2022
中国
年选系列

2022年中国
悬疑小说
精选

华斯比 选编

长江出版传媒 长江文艺出版社

图书在版编目（CIP）数据

2022 年中国悬疑小说精选 / 华斯比选编. -- 武汉：长江文艺出版社，2023.1
（2022 中国年选系列）
ISBN 978-7-5702-2944-4

Ⅰ．①2… Ⅱ．①华… Ⅲ．①推理小说－小说集－中国－当代 Ⅳ．①I247.5

中国版本图书馆 CIP 数据核字(2022)第 213764 号

2022 年中国悬疑小说精选
2022 NIAN ZHONGGUO XUANYI XIAOSHUO JINGXUAN

责任编辑：刘兰青　余慧莹	责任校对：毛季慧
封面设计：徐慧芳	责任印制：邱　莉　胡丽平

出版：长江出版传媒　长江文艺出版社
地址：武汉市雄楚大街 268 号　　邮编：430070
发行：长江文艺出版社
http://www.cjlap.com
印刷：武汉市籍缘印刷厂

开本：680 毫米×980 毫米　　1/16　　　印张：17.5　　插页：2 页
版次：2023 年 1 月第 1 版　　　　　　2023 年 1 月第 1 次印刷
字数：278 千字

定价：38.00 元

版权所有，盗版必究（举报电话：027—87679308　87679310）
（图书出现印装问题，本社负责调换）

目 录

时空画师	海 漄	/ 001
江雪	扶 鸟	/ 031
百万赢家	青 稞	/ 071
牛顿与希波克拉底	孤 杳	/ 104
婉秋的故事	许 言	/ 128
你好,纸片人	钱一羽	/ 148
惊艳一枪	何 慕	/ 178
西瓜狂想曲	冷水砼	/ 209
黑桃 K 的复仇	轩 弦	/ 250

时空画师

海崖[①]

引子

  一道青白的电光猛地撕裂了浓黑如墨的夜空。瓢泼大雨下，恢宏的宫殿宛如巨兽，静卧于天地之间。

  老李捶了捶酸痛的胳膊，连日的雨水让他风湿的老毛病又犯了。院里的展览计划年初便已定下，展品中将有几件自新中国成立后就鲜少露面的国宝级文物。可开展在即，这场不期而至的大雨却让空气变得湿润，给本就精细入微的文物保护工作平添了许多变数。如果展览因此推迟甚至取消，翘首以待的观众乘兴而来、败兴而归，又该如何交代？

  虽是这么忧心忡忡地想着，但老李仍然恪尽职守，他巡视着空荡荡的展厅，一丝不苟地检查每一处设备和电源。他相信，院里那些学富五车的专家一定会为国宝从长计议，做出最周全的安排。而自己的工作，也在为文保事业贡献着绵薄之力，容不得丝毫马虎。这是他作为一个老故宫人的尊严和骄傲。

  所以，当那个影子的轮廓渐渐浮现出来时，老李并没有慌乱。起初，大厅的立柱上只是出现了一块不大的黑斑，老李以为是立柱底部朝上打光

---

  ① 海崖，深圳市作家协会会员，资深科幻迷、纪录片爱好者。对或然历史及怪兽题材情有独钟，作品追求在不改变真实历史的前提下，重构、解析某段时空背后的故事，以此展现历史的恢宏与个人的渺小，营造如纪录片一般的真实感和惊奇感。作品散见于《银河边缘》《科幻世界》《科幻立方》《中华文学选刊》《今古传奇·故事月末》等。

的投射灯出了问题，但那灯明明好好亮着，黑斑却如同活物一般蠕动了起来，最后竟然形成了一个图案！它慢慢站起来，活动着大小关节，发出咔嗒咔嗒的摩擦声。

从那黑影的形状来看，它是一具骷髅，活的骷髅。

"谁?!"老李下意识地大喝一声，想把那个装神弄鬼的人吓出来，可此时展馆内除了自己开始变得粗重的呼吸声外，再无其他响动。老李眉头一跳，拧开手电将展馆内投射灯照不到的阴暗角落搜了个遍，期间，他眼角的余光一直没离开立柱上的骷髅影子。

老李做这份工作十多年了，偌大的展厅他每天都要走上无数遍，能不能藏得住人心里还不清楚吗？他放弃了自欺欺人的努力，走了回去，直面黑影，伸手摸了摸立柱。谁知这一摸，影子还真起了变化，它渐渐变淡，直至消失不见。听老一辈的守夜人说，故宫里某些宫殿确实出现过奇异的影像，而且，它们往往也出现在雷雨天。专家推测可能是宫墙中的四氧化三铁在闪电的激发下产生了类似录像的效果，记录了当年的景象，又碰巧在合适的条件下播放了出来。莫非这个神秘莫测的影子也是某种特殊的光学现象？老李揉了揉眼睛，犹豫着要不要把这番奇遇上报。绷紧的神经渐渐放松下来，老李转过身，准备离开展厅，却猛地倒退两步。身后的墙面上，骷髅重新出现了，而且比上次更为清晰。

啪，手电摔落在地。顾不得捡起它，老李跌跌撞撞地冲出了展厅。

一

刚休完婚假的周宁回到警局，就接手了一起奇怪的案子。

要说这个案子小吧，故宫这地方有点风吹草动都是大事。但要说它大吧，却又没造成任何损失，连案子的真实性都存疑。事件的唯一目击者是一名快要退休的老院工，尽管他的同事们一致评价他为人老实可靠，但周宁仍然倾向于认为这只是一场乌龙。不过为了保险起见，他还是决定前往现场一探究竟。

周一是故宫闭馆日，周宁与馆内的安保人员联络好后，便在夕阳西下之际步入了这片世界上规模最大、保存最为完好的宫殿群。之所以选择这个时间，一方面是考虑闭馆日没有游客，对现场的干扰小；另一方面也是因为守夜的院工这会儿刚刚开始工作，可以在院工较为熟悉和放松的环境下尽可能再现那晚的场景。

周宁没等多久，那位老院工就跟在安保人员身后走了过来。他是一个五十来岁的干瘦男人，个头不高，头发已经有些斑白，但身子挺得笔直，目光炯炯，看起来很精神。

"你好，周警官，这是咱们保卫处的老李，他是从部队转业到咱们院的老职工了。"

"老李，这位是周警官。从现在起，就由他来负责处理你前几天遇上的那件怪事，你好好配合人家。"

安保人员引荐一番后便离开了，恐怕和局里对这件事的态度相似，故宫方面也是将信将疑的吧。

离开了熟悉的同事，老李稍显局促，低着头，不时瞟周宁一眼，一副欲言又止的样子。周宁见状，主动打开了话匣子。

"原来您还是转业军人，怪不得您的同事对您评价都很高。"

"警察同志，你都找我同事和领导聊过了？"老李也不再藏着掖着，苦笑道。

"是的。"周宁点点头。

"他们都觉得我在骗人对不对？"老李声音不大，却一字一顿的，透着股固执。

"老李，你放心，院里没有不相信你的意思，只是你那晚看到的东西确实太离奇了，不像是自然现象。但如果是人为的，你肯定比我更清楚，要躲过层层安保在故宫里玩视觉魔术，成功的可能性几乎为零。再说了，这么做有什么意义？"几句话聊下来，周宁觉得老李确实如他同事所说是个实在人，索性将自己的怀疑毫无保留地说了出来。

"是啊，我也想不通。"老李困惑地摇摇头，态度有些动摇。

两人陷入了沉默，不多时，周宁已经跟着老李巡视了数个宫殿和展厅。虽然天色已暗，但老李驾轻就熟，有条不紊地穿梭在重重叠叠的宫室和回廊中，不见一丝迟疑。两人的脚步在空荡荡的宫城内回响，不疾不徐，但在途经道路尽头的一处宫殿时，步伐的节拍被打乱了，老李微微一顿，似乎想要绕道，又最终放弃了。

"怎么了，老李？"周宁多年的刑警生涯练就了极为敏锐的观察力，哪怕是再不起眼的变化也逃不过他的眼睛。

"那天夜里，我就是在这里面看到了那个鬼影。"老李带着那种从噩梦中惊醒的人所特有的语调，幽幽地说道。

"我们进去看看吧。"周宁轻轻拍了拍老李的肩膀。

被身边这个年轻警察的沉稳所感染，老李心里踏实了不少，他点点头，和周宁一起踏入了宫殿。

因为老李出的这档子事，这座宫殿内的展厅布置工作暂时中止了，原封不动地保持了事发当晚的状态。周宁发现，因为方位和格局的原因，这座宫殿远不如之前走过的几座通透，采光和通风都不好。

而出现鬼影的展厅恰恰位于宫殿最里间，即使周宁站在展厅正中央，也隐隐有种逼仄之感。再摸摸展厅立柱和墙面，不像被涂抹过化学颜料的样子。周宁细细端详起自己的手掌，同样没发现什么异常，只是射灯将手掌放大了数倍，弯弯扭扭地映在了墙面上。他缓缓移动手指，影子也随之颤动起来，倒真有一丝诡异。

周宁略一沉思，哑然失笑，真相或许就是如此简单——在晦暗难明的雷雨天，幽深闭塞的宫殿内，在某些潜意识的暗示下，孤独的守夜人将自己的影子看成了骷髅。这并不是件多么难以理解的事情。

虽然心里已经有了大致的推断，但为了照顾老李的情绪，周宁并没有直接挑明，又默不作声地在宫殿内转了两圈，才和老李一起退了出去。

走出宫殿，明月高悬，凉风习习，压抑的感觉顿时一扫而空。周宁由老李送出宫门，和负责对接的人员简单地交代了几句，算是结束了这次调查。临走前，周宁似是不经意地环顾四周，好像发现了什么。

夜色下的北京格外静谧，在这难得不堵车的时候，周宁一反常态地选择了步行。只见他踱进一条窄巷，脚步在绕过一个拐角后骤然停住，猛地转身，摆出一个标准的擒拿姿势，把尾随者堵个正着。

"什么人！"周宁厉喝一声，作势欲扑。对方措手不及，战战兢兢地靠在墙根，不敢再动，竟是一个穿着白衣黑裤的清秀女孩。

周宁狐疑地打量起这个奇怪的跟踪者。她留着齐耳短发，戴一副镜片很厚的眼镜，实际年龄应该比看起来年轻，与大多数乐于展现自己青春活力的女孩儿截然不同。周宁记性极好，对人脸更是过目不忘，他有印象，在进入故宫时好像见过这张脸。既然闭馆日没有游客，那她多半是故宫的工作人员了。

如果说老李见到的鬼影不是幻觉，那会不会是这个身为内部工作人员的女孩儿搞的恶作剧？周宁脑筋转得飞快，第一时间就把女孩儿鬼鬼祟祟的行为和老李的案子联系到了一起。

看着周宁放松了戒备，女孩儿也慢慢镇定下来。她果然是为老李的案子而来，但她接下来的说辞却又大出周宁所料。女孩自我介绍叫陈雯，是故宫博物院文保科技部书画组的一名文物修复师。

故宫文物修复厂始建于1953年，靠着传统的师徒关系将文物修复技艺代代相传。时至今日，绝大多数馆藏的顶级书画已经修复完毕，对于陈雯这一代人来说，几乎不可能再等到这些国宝下次修复和装裱的那天了。他们的日常工作主要是修复那些从前在故宫随处可见的，贴在宫殿门楣上、内墙上，保存极不完好的低品级书画。在日复一日与现代社会近乎脱节的工作环境下，他们的芳华岁月一点点流逝，只为将这屠龙之术传承下去，静静等待未来需要它的那天。

陈雯从美院毕业后进入故宫，已经在师父手下学习了五年有余，难得的是她几乎从第一天起就喜欢上了这份旁人看来十分枯燥磨人的工作。几个月前的一天，她正在修复一幅原本贴在门扇上的装饰画，这幅古画历经风吹日晒，破损十分严重。在用温水将画闷润后，陈雯开始用镊子小心翼翼地在画背揭裱。随着旧裱被一点点揭开，一个奇怪的符号逐渐出现在陈雯眼前，之所以说它是个符号，是因为即使以陈雯的专业眼光，也看不出它到底是一个什么字，倒像是一个跑动的小人。也许是当年的画匠随手留下的涂鸦或是印记吧，陈雯没把这太当回事，完成一天的工作后就下班回家了。

谁知第二天再看那幅画时，不可思议的事情发生了，画中的小人从画背左上角移到了画背正中，不仅位置变了，尺寸也变大了不少。陈雯起初以为是墨迹晕染或是氧化霉变造成的，但昨天临走时明明已经做好了防护措施。她取来放大镜仔细一看，几乎不敢相信自己的眼睛——小人已经不再是简单的粗线条构成的了，在放大镜下，骨骼、关节等等人体构造正秋毫毕现地展示出来。这太荒谬了，古画上突然出现的人形符号，不但会动，还在缓慢地生长和发育！

又过了几天，小人的精细程度达到了媲美外科解剖图的程度，陈雯的精神也快崩溃了。她下定决心，找来师父。谁知师父一到，刚刚还在画背上的小人竟然消失得无影无踪。陈雯在师父的批评下百口莫辩，连她自己都开始怀疑所谓的小人只是自己长期伏案工作产生的幻觉。可就当她渐渐遗忘这件事的时候，小人突然又出现了，这次是在一张她用来打草稿的白纸上，整个纸面都被小人占满。陈雯一惊，将白纸撕成了碎片。

之后，陈雯的工作和生活便恢复了平静，小人再没出现过，但她怎么也做不到将这件怪事忘诸脑后。所以，当守夜人老李在距她工作的院落不远的宫殿遭遇鬼影的事传开后，她几乎能肯定鬼影和小人就是同一个东西。也是在她的鼓励下，老李才选择了报警。陈雯知道院里没人相信老李，她自己又何尝不是呢？今天下班时偶然遇见了前来调查的周宁，她终于燃起了一丝希望，只是因为一直没能找到合适的机会，瞻前顾后下才被周宁当成了别有用心的跟踪者。

二

本已明了的案情再次扑朔迷离起来。周宁不得不承认，鬼影并不是什么幻觉，而是某种真实存在的现象。很快，他就在目击记录中发现了三个值得关注的地方：

第一，老李和陈雯目击鬼影的地方，在故宫中都属于比较偏僻的角落，两者之间相距不远，却都游离于整体建筑群之外。

第二，据两人回忆，鬼影出现时，都是雷雨天。

第三，鬼影虽然出现得毫无征兆，但需要依附于某些物体，比如古画、纸张、墙壁。

周宁决定以此为突破口追查下去。他隐隐感觉，这并不是一起通常意义上的"案件"，至少到目前为止，没有被害人，没有嫌疑人，没有造成任何损失。如果继续沿用传统的办案手法，恐怕永远无法揭开鬼影形成的奥秘，他需要引入各方力量，其中最为紧要的便是历史和物理方面的专家。而这一切的前提则是他得拿出足够的证据，让故宫和警局方面接受鬼影存在的事实。

考虑再三，周宁还是把自己的打算跟直属领导刘局长交了底。可刘局长却认为周宁有些小题大做，只是聊胜于无地与故宫安保部门联络了一番，使周宁可以不受限制地进入故宫调查。但这时老李已经好几天没去上班了，院领导担心他的精神状态，特意安排了调休。

看来陈雯的顾虑并非多余，在事情尚未明朗前，还是不要再将她牵扯进来为好。周宁明白，接下来就只能靠自己孤军奋战了。他先是收集了最近一段时间的天气预报，圈定了可能有雷雨天气发生的几天，到时他将重回现场蹲守，没准能撞见那个神秘鬼影。

为了寻找合适的监视点，周宁要来了那一片的建筑图，发现在陈雯工作的院落和发现鬼影的那座宫殿之间，竟还标注了一座建筑，可在他印象中，那个位置明明就是一片空地。提供图纸的工作人员解释说，原来那是一间专门用来存放两宋时期书画的地库。因为其中不乏国宝级文物，它极少开启，所以从外面根本看不出来什么。

既然地库存放的书画价值连城，它又常年处于封闭状态，周宁理所当然地认为不大可能有人能潜入其中。直到这时，他仍然倾向于认为鬼影事件是人为造成的。勘察完周边环境后，周宁按照计划开始了守株待兔的工作，谁知一连几天过去，预报中的雷雨却迟迟未至。转折发生在一个下午，根据天气预报，这天本应是个晴空万里的好天气，上午也确实如此，可到了下午，天空突然暗下来。周宁打开窗户，大风猛地灌进办公室，在耳边呼呼作响。要下雨了，他当机立断，一把收起办公桌上被吹乱的文件，冲出警局，以最快的速度向故宫赶去。

当周宁在鬼影出现的宫殿一处屋檐下就位时，四周已经彻底黑了下来。这个蹲守点是他精心选定的，那块建有地库的空地让视线毫无遮挡，一直能看到远处陈雯和书画修复组所在的小院外墙。在警用热成像眼镜的帮助下，任何东西只要从小院和宫殿里出现，都会立刻引起他的警觉。周宁披上光学迷彩，静静地潜伏起来，在空中闪过的冷冽电光下，他几乎与身后的宫殿融为了一体。雨势渐大，到了下班时间，陆续有人从小院里撑伞出来，这时，警用眼镜接入了一个电话。

"周警官，我看到你停在外面的警车了！"电话是陈雯打过来的，她大概没料到周宁会去而复返，语带兴奋地问道："你在哪儿？是不是有什么发现？"

"先不要急，眼见为实，我还需要确认一下。"周宁的话滴水不漏。

"对了，最近你还看到过那个纸上小人吗？身边的同事有没有什么异常表现？"周宁顿了顿，估计陈雯身边已经没有其他人了，又问道。

"大家都没什么问题，就我整天神经兮兮的。今天天气和第一次见到鬼影的那天差不多，我紧张了好久，结果什么也没有出现。"陈雯苦笑道。

"好，雨挺大的，你赶紧走吧。这事儿我一定会追查到底的。"周宁又说了几句让陈雯安心的话，便挂断了电话。

周宁一直等到后半夜。雨已经停了，他先是检查了宫殿的各个角落，又走到小院，沿着院墙巡视了一圈。宫殿内的陈设一如当初，除了值夜的工作人员，不见有其他人来过的样子。小院则只有一道门，门锁完好无损，墙外也没有发现脚印等可疑痕迹。看来今天要无功而返了，周宁没有气馁，也不缺少耐心，但他不禁思索，会不会是自己的出现惊动了那个影子？虽然他身上的光学迷彩隐蔽性能极佳，但毕竟还没到完全隐身的地步。

就在这时，仿佛为了回答周宁的疑问，异变陡生。尚未排干的雨水在那片空地上形成了许多大小不一的水洼，倒映着弯弯的残月，如同昆虫的复眼一般。一个黑影就在其中突然浮现，它吞噬了月影，在一个个水洼间跳跃，每移动一次，它的轮廓就清晰一分，渐渐变成了骷髅的样子。

老李和陈雯没有说谎！周宁热血一涌，追逐着鬼影，试图用眼镜自带的摄像功能将它记录下来，却总赶不上它移动的速度。直到"撞"上宫殿外的一座影壁后，它才终于停了下来，像爬山虎一样，慢慢脱离了水洼，从墙根处蜿蜒而上，攀上墙壁，似乎在等待周宁追上来。片刻后，周宁赶到，却发现它的下半身已经消失了，鬼影正沿着墙面一点点没入地下，很快便无影无踪了。

尽管事后发现警用眼镜只拍下了几段模糊的残影，但周宁备受鼓舞，随即扩大了搜索和蹲守的范围，希望能找到鬼影出现的规律。之后的数月间，周宁又多次与鬼影正面遭遇，他很快发现，虽然鬼影每次出现的时间或长或短，对自己的反应也不尽相同，但鬼影出现的频率明显是以那块空地为中心，向外逐渐递减的。结合这段时间的观察，鬼影体现了一定的智能，周宁据此推测，它多半是受人操控的，而这个神秘的操控者，极有可能就藏匿在空地附近。真相几乎已经呼之欲出了，因为这里只有一个地方躲过了周宁的搜查，那就是存放两宋书画的地库！

周宁立即向上级请示，要求调取地库监控，却迟迟不见回复。对方是以何种方式潜入地库的？又是如何做到来去自如不被发觉的？周宁倾向于认为对方掌握了某种全新的科技手段，频繁出没的鬼影正是幕后黑手利用技术手段制造出来掩人耳目的幌子。既然对方可以从容进出地库，那也完全有能力带走其中的国宝，得手之后只需将其归咎于灵异事件，便可扰乱警方视线，逃之夭夭。事不宜迟，即便周宁再有耐心，也无法坐视国宝可能失窃的危险，只得冒失地闯入刘局长的办公室问个明白。

"刘局，故宫地库的监控还没调取到吗？情况已经非常紧急了……"

"够了，周宁！你不知道我磨了多少嘴皮子才把它弄来，可结果呢？我这张老脸都快被你丢尽了！"

周宁没想到刚进门便碰了个大钉子，接过刘局长抛来的存储卡，面对领导的严厉目光，他无从辩解，只得怏怏而归。

周宁深知跨部门协调的不易，也难怪一向和蔼的刘局长大动肝火。不过只要能把事情解决，挨两句骂也没什么大不了的，周宁边想着边把存储卡插入电脑中播放。可没看多久，他的眉头就皱了起来，监控里呈现的画面和想象中的不太一样。难道是看漏了？他不再快进，花了整整一天的时间将鬼影出现前后的录像仔仔细细地看了个遍。

什么也没有发生，没有任何人或物出现。

周宁甚至产生了一种错觉，仿佛从那些书画被存放进来之日起，地库内的时间就静止了。

对手的技术竟然已经先进到了碾压警方最新光学迷彩的地步！周宁有些难以置信，但来去无踪的鬼影不正是对手在光学技术上取得突破的证明吗？

三

经过这样一番折腾，局里对周宁的说辞越发不信任了。好在周宁是个越挫越勇的性子，当天晚上便重整旗鼓，前往故宫继续蹲守了。他在心底里暗暗较劲，不把鬼影事件查个水落石出，决不罢休。

功夫不负有心人，此后周宁又数次目击鬼影。鬼影形成的原因仍然笼罩在一团迷雾之中。它随机出现在地库附近，预示着之前的推测不无道理。周宁单枪匹马，艰难地摸索着真相，明明已经锁定了它的轮廓，却又无法更进一步，他渐渐开始焦躁起来。因此，当这晚再次遇见鬼影，并与它捉迷藏似的追逐了好一阵之后，周宁终于爆发了。眼看着它即将再次没入墙面，周宁抢先一步，试图将其拦截。这本是他情急之下的条件反射，自然也不可能有什么效果，鬼影很快便消失不见了。

可怕的事情发生在周宁回家之后。为了不吵醒熟睡的妻子，他轻手轻脚地溜进卫生间，换下了汗湿的警服。在解开衬衣时，周宁无意中发现，自己左肩上出现了一块黑斑。可能刚刚在墙上蹭到了什么脏东西吧，他起初还不在意，却在淋浴时发现怎么也洗不掉它。透过镜子，可以看到周围的皮肤都已经搓红了，黑斑却还像胎记一般顽强地附着在那里。周宁的心中一凛，升起一丝不祥的预感。

也许是什么皮肤病或者黑色素瘤？躺到床上，周宁辗转反侧。睡梦中的妻子拉住他的手，嘴角露出幸福的笑意。还是不要吓着她了，让她睡个好觉吧。周宁放弃了让身为肿瘤外科医生的安然看看那块黑斑的想法，忐忑不安地闭上了眼睛。

到了第二天一早，周宁心中残存的最后一丝侥幸也被彻底击碎了。黑斑已经从左肩移到了右肩，熟悉的骷髅线条也越来越明显。根本不需要让安然看了，任何皮肤病或黑色素瘤都不可能在一夜间转移，他只得接受这匪夷所思的结果——自己被鬼影给"附身"了。

"怎么啦，是不是哪里不舒服？可别硬撑。"看着从卫生间出来就脸色苍白的周宁，安然关心地问道。

"没事，昨晚没睡好。"周宁不知从何说起，又怕安然担心，只好随口答道。

在细心的妻子面前，周宁坐立难安，胡乱扒了两口早餐便急匆匆地出了门。无论如何，他必须先把自己身上的事儿解决了。打定主意，周宁直奔医院，在皮肤科挂了一个专家号。等候的过程中，他又摸了摸肩膀，感觉并无不适，心里有些不确定是否该来皮肤科就诊了。可事到如今，只能走一步看一步了。

接诊的是一名主任医师，他耐心地听完了周宁关于病情的描述，并没有表现出很惊讶的样子。也许是因为医生接触过太多疑难杂症，早就见怪不怪了吧。周宁一边想着，一边按照要求脱掉了上衣。在他的肩膀和后背上，医生的目光停留了许久，还问有没有痛痒等症状。在得到否定的回答后，他绕着周宁转了一圈，最后问道："你刚刚说你是警察，常常外出执行任务是吗？"

"没错。"周宁点点头，不明白医生问这个有何用意。

"回去好好休息吧，注意不要熬夜。"医生说完这句便示意周宁问诊已经结束，连药都没开。

"您是说我的身体没有任何异常？"周宁好不容易转过弯来，难以置信地问道。

"你自己看看吧，根本就不存在什么黑斑和骷髅。"医生找来一面镜子，把周宁的后背照给他看。

"明明早上起来时还在的！"周宁忍不住争辩道，谁知话还没说完，一阵眩晕突然袭来，让他站立不稳。医生连忙扶住他，字斟句酌地说道："实在不行的话，我建议你去精神科看看。"

"不，我的精神没有问题！"周宁使劲揉了揉太阳穴，努力想使自己清醒起来，却紧接着又看到了更令他瞠目结舌的一幕：面前的医生，不知什么时候竟化作了一具活动的3D人体标本。他的皮肤就像一层透明的塑料纸，包裹着肌肉和骨骼，而更深处的内脏则若隐若现，缓缓蠕动着。稍一定神，只见医生胸口的肌肉也如动画一般渐次剥离，露出左上方跳动的心脏。心房、心室、动脉、静脉，乃至其中奔涌不息的血液……这一切都过于鲜活、精准和真实了。周宁常年处理刑事案件，各色人体也见过不少，却从未有过这种触目惊心的冲击感。

"天啊。"周宁喃喃自语，奋力推开这个靠近自己的"怪物"，在医生诧异的目光中挣扎着离开了医院。

虽然每一步都走得像踩在棉花上，但周宁还是用意志强撑着，压抑住翻腾的呕吐感，他终于看到了外面的世界。

车水马龙，行人如织，尘世的喧嚣一如往日。周宁扶住自己汗津津的额头，喘息着，慢慢恢复着体力。久违的踏实充盈在心间，缓解了头痛，自己没有疯，世界也没有疯。来不及思考原因，此时此刻，他只有劫后余生的庆幸。然而，看似稳如磐石的现实城堡却建立在流沙之上，周宁只稍稍集中了下注意力，脆弱的平衡便被打破了——

转瞬之间，无论是人还是物，他们都像是被风干压扁在玻璃下的昆虫一般，既褪去了色彩，也丧失了立体的形态。鬼影并未离去，它就潜伏在自己体内，正是它造成了这些说不清道不明的变化！周宁绝望地认清了现实，恍惚间横穿马路，愣愣地看着一个个有着精密内部构造的长方形擦身而过。啊，这是平面化的汽车！一时间，周宁竟有些好奇，如果被它们撞到会怎么样？

"眼瞎了吗！找死啊！"怒骂声传来，一个近在咫尺的长方形慌忙扭转了方向。周宁有些无奈，觉得自己正行走在一张照片中，渐渐连起码的警惕也放下了。直到背后一股巨力猛地袭来，感觉身体轻飘飘地飞了出去，他才意识到，原来，现实世界仍在有序地运转着，幻变的只是自己啊……

四

这是大观四年①一个炎热的夏日，开封通津桥旁的画学聚集了一群生徒，他们在焦虑和兴奋的情绪中互相推搡着，试图挤占靠前的位置，以期尽快在皇榜上找到自己的名字。人群中不时爆发出一阵欢呼或哀叹，人与人的命运便在此走向不同的方向。他远远看着，三年前入画学时他是年纪最小、体格最弱的一个，为此也没少被欺辱，此时又何必去凑热闹呢？

已经很久没收到太师的书信了，只怕他已顾不上自己了吧。虽然不过束发之龄，但自小寄人篱下的经历让他格外敏感。他心里自然清楚，当日太师将自己从兄长令穰②府上的柴房中带出，多番打点让他提早进入画学为的是什么。还有什么是比一个出生卑贱、自小病弱却又极具绘画天赋的宗室子弟，更适合当作棋子来取悦当今圣上的呢？若按计划，画学生徒的学习结束后，他就该进入翰林书画院，成为一名专职画师，供圣上差遣了。谁知自去年起，台谏官仿佛商量好了一般，纷纷弹劾太师。山雨欲来风满楼，先有太学生上疏列举太师十四大罪状，引得朝野震动，士人们争相抄写，作为实录。后又有御史指责太师贪婪奸恶，不轨不忠。圣上闻之，疑心顿起，终于将其降为太子少保，贬往杭州。

他的母亲本为奴婢，比不得兄长出身正室。加之幼时所患的离魂之

---

① 公元1110年，北宋时期。
② 赵令穰，北宋宗室，画家。

症，他们母子俩早已为父亲所厌弃。好在他于画道一途天赋卓绝，能视常人所不能视之色彩、明暗、构造；又在兄长研习山水画意时偷偷旁听，师法大小李将军①，竟成了远近闻名的神童。三年画学生徒的学习更令他胸有丘壑，将"高远、深远、平远"的三远画理②融会贯通。即使不依附于太师，他也自信可凭画技一展才华，扬眉吐气。只是现在的情形，也许他连表现的资格都要被剥夺了。

人群总算散去，走近一看，不出所料他榜上无名。偌大的开封城，一旦失去权力的庇佑，竟是寸步难行。虽然早有预感，但当结果真切地摆在眼前时，他仍不免心如死灰，只想从桥上跳下，一了百了。父亲死后，兄长当家，想到为自己熬瞎了双眼的母亲，想到将自己视为瘟神的兄长，他犹豫了，不甘和愤懑撕裂了他的心，只留下空荡荡的皮囊。桥下的河水静静流淌着，而他却不知该往何处去。

陈雯得知消息赶到医院时已经很晚了，手术还没结束，家属正在手术室外焦急地等待着。她刚准备过去问问病情，医生突然从手术室出来了，家属们立刻围了上去。

"重度颅脑损伤，尤其是额叶。本来打算做钻孔引流，创伤会小一点。但现在水肿面积太大，只能去骨瓣减压。另外，肯定要切除一部分脑组织了。"凌晨时分的医院格外安静，虽然隔得挺远，陈雯还是听出了医生的无奈与疲惫。

"大夫，求求你救救我儿子啊！他还这么年轻……"家属中的一位老人闻言身子一晃，好在老人身边的年轻女人眼疾手快，连忙将她扶住。

"妈，您冷静一点。大夫已经在尽力想办法了，我们要相信周宁，他会挺过来的。"

安慰完老人，扶她在一旁的椅子上坐下后，年轻女人一面拉着医生往陈雯这边走来，一面小声问道："大夫，您刚刚说额叶损伤很严重。据我所知，这一区域和记忆、情绪，甚至是性格都有很大关系。"

---

① 唐代画家李思训，曾任右武卫大将军，善画山水，其子李昭道，继承家学并有创新，父子并称为"大小李将军"。

② 中国山水画的特殊透视法，以仰视、俯视、平视对景物进行散点透视。

医生有些惊讶地看着女人，似乎没想到她能说出这些。

"我也是医生，我绝对信任您，您跟我交个底，手术的把握大不大？"女人的眼神里混杂着痛苦和坚强，看来已经做了最坏的打算。

"目前来看，把命保住问题不大，但即使救过来了，人肯定也和以前不一样了，你们家属要有心理准备。"

"好！人能救过来就好，拜托您了！"女人深深吸了口气，用力握了握医生的手。天有不测风云，人有旦夕祸福。对于彼此深爱的人们来说，即使对方失去了所有的记忆，甚至完全变成了另外一个人，但只要他还活着，一切就还有希望。

跟家属交代过后，医生转身进了手术室。女人和已经六神无主的老人们解释了好一会儿，终于说服了他们，老人们同意先结伴回家等候消息。好不容易将事情安顿好，一直像主心骨一样的年轻女人总算卸下了坚强干练的伪装，她靠着墙面缓缓蹲了下去，从侧面看去，她双手抱膝，脸埋在手臂里，只露出一截白皙的脖颈。止不住的泪水划过手臂，滴落在地面上，她的身子微微颤抖着。

此情此景让陈雯心里实在不是滋味，表面上看周宁遭遇车祸是个不幸的意外，但她总感觉事情没那么简单。跟周宁几次接触下来，他的胆大心细给自己留下了很深的印象，怎么都不像是会做出横穿马路这种行为的人。她甚至怀疑，这起离奇的车祸与周宁帮助自己调查的案件脱不了干系，如果真是这样，周宁可以说是被她牵连的。愧疚之情不禁涌起，陈雯掏出纸巾，轻轻拍了拍年轻女人的肩膀。

"请问你是？"女人抬起头，双眼通红，满脸憔悴。

"我叫陈雯，是周宁负责的一起案件的当事人。他是一个很负责任的好警察，我来看看他。"

"哦，你好，我叫安然，周宁是我丈夫。他一直都这样，把职责看得比什么都重要。因为这个，我没少抱怨，但现在发生了这样的事情，我只希望他能好起来。当着父母的面，我不敢表现出来，实际上我比谁都怕，我不能没有他……"也许陈雯出现得正是时候，在外人面前，安然终于不用再掩饰自己的脆弱和无助，她起身抱住陈雯，失声痛哭起来。

陈雯更加内疚了，只能尽量说些好的结果，让安然好受一点。时间就这样一分一秒地过去，直到天快亮时，手术才结束。已经疲惫不堪的安然腾地一下站起,冲向医生。陈雯紧随其后。

"大夫,我老公怎么样了?"安然抓住医生的袖子,声音又颤又哑。

"手术还算成功,颅内压暂时降下来了,转 ICU 气切①吧。后续要特别注意观察脑电反应和是否高烧,防止术后癫痫,争取让病人尽快苏醒。"

"谢谢大夫,谢谢!"听医生说完,安然和陈雯不住地给医生鞠躬道谢,悬着的心总算放下了一半。

他已在外城金耀门内的文书库当差两年了。这个冷僻的衙门主要负责存放五年以上的财赋档案,连库监也不过是个无足轻重的八品小吏。他已然接受了命运的安排,日复一日在抄录和整理中消磨着时光,任由满腹才华被这枯燥的生活所埋没。即使听闻太师近来复起,被圣上召回,再度为相的消息,他死水般的心境也未能激起一丝波澜。先是兄长,后是太师,他处处寄人篱下,始终只是毫无尊严的傀儡,他受够了这种身不由己的感觉。更何况太师的所作所为他早有耳闻,他虽自问不算君子,但尚有一身傲骨,为了一己前途谄媚奸邪的事还是免了吧。也罢,像他这种人,本就不该有所奢望的。

然而,树欲静而风不止,太师回京后竟马不停蹄地召见了他。

"拜见太师。"到了太师府,他恍如隔世,面对命运的无力感再度袭来。

"起来吧。"端坐椅中的老人正在品茶,头也不抬,慢条斯理地说道。

他缓缓站起,垂首静立,虽在动身前就已决定今后不再任这老贼摆布,但在太师多年积威之下,此时仍不免心中惶然。

"你准备一下,再过得几日,便可离开文书库了。之后为陛下作画,自有大好前途等着你。"太师终于把目光投向了他,悠然地吹散了茶盏中的热气。

听得此言,他神色中闪过一丝错愕,沉吟片刻后说道:"太师好意,小子心领了。只是我的画技早已荒废,怕是无法再担重任,还请太师另寻才俊吧。"

"哦?"老人白眉一挑,面上的肃杀之气一闪而逝,随即展颜轻叹道:

---

① 气管切开术,可用于丧失了自主呼吸能力的颅脑损伤病人。

"无妨,你若志不在此,老夫也不强求。只是我已知会你兄长,让他好生照料你母亲,此事不成,他定要大失所望了。"

两年的蛰伏让这老狐狸收起了以往咄咄逼人的气焰,却更加工于心计,暗藏杀机了。只三言两语,他的命门便被死死捏住。后背上冷汗涔涔,他双膝一软,声若蚊蚋:"太师吩咐,小人照办便是,还请不要为难我母亲。"

"这又从何说起?"老人连忙将他扶起,方才的轻慢一扫而空,满脸痛惜道:"我知你这两年心灰意冷,但我的眼光从不会错。陛下看重令穰,只因他习得一手好画,又同为宗室,陛下自然待他较旁人要亲近些。只是他仗着出身不凡,清高自许,于我难免阳奉阴违。依我所见,你的画技绝不在令穰之下,只要觅得机会,又何愁陛下不对你另眼相看?现下正有这样一个天赐良机摆在眼前,就看你能不能抓住了!"老人宦海沉浮多年,恩威并施的手段娴熟无比,轻而易举地就击破了他内心的防线。

见他已被勾起了兴趣,老人心中暗喜,却仍面不改色地感慨道:"老夫自熙宁三年中进士以来,仕途可谓顺利,至崇宁元年承蒙圣恩,更是首度为相。期间虽有贬黜,我却从未丧失信心,每每绝处逢生,你可知是为何?"

"小人不知。"他自幼与母亲寄居兄长府中相依为命。进入画学之前,柴房和花园就是他眼中的全部世界,又怎会知晓这深不可测的官场权术呢?

"哈哈!"老人自鸣得意地抚须大笑起来。当初将他收入门下,看中的就是他心思单纯,容易掌控。没想到两年过去了,他竟一点没变。只是这招闲棋如今可要派上大用场了,少不了得指点他一番。

"无他,老夫屹立朝野而不倒,靠的就是陛下独一份的荣宠!天下承平已久,陛下贵为天子,富有四海,本可纵情享乐,却受制于群臣非议。我以丰亨豫大为纲施政,深恤圣心,陛下借我之手,既可安享太平,又不必受群臣指摘,怎会真心将我罢黜?不过为堵悠悠众口,装装样子罢了。如此一来,老夫身家性命、荣华富贵皆系于陛下一身,陛下心中所想,自是我极力要去做的。"

见他似懂非懂地点点头,老人喝了口茶,又道:"如今陛下即位已逾十年,意欲超越父兄基业,我又再度为相,此时若呈上一幅高头大卷,将我大宋大好河山，百姓安居乐业之景绘入其中，龙心必悦，岂不美哉！"

"小人明白了，这就回去准备。"绕了半天圈子，太师总算把话挑明了，而他也无力拒绝。

"从今日起，文书库的事你就不用做了。我已命库监为你腾出一间空房充作画室，笔墨颜料已经备齐，陛下御赐的官绢不日也将送到，你务必尽快完成，切记。"

"是。"

五

"周宁的情况好些了吗？"陈雯提着饭盒走进病房，柔声问道。自从周宁出事之后，陈雯一直耿耿于怀，犹豫再三还是把前因后果跟安然说了。没想到安然不但没怪她，还宽慰她周宁因为追查案情受伤只是一种猜测而已，并没有确切的证据。再说以周宁的个性，也绝不会因为负责的案子有危险就退缩。

陈雯被安然的善良和坚强感动了，时不时便来医院探望，一来二去两人就成了无话不谈的朋友。

"目前来看算是稳定下来了，但脑电反应还是很弱，也不知道什么时候能醒过来。"安然心疼地摸了摸躺在病床上插着管、头戴脑电帽，已经瘦脱了形的周宁的脸。

吃过陈雯带来的快餐，两人又简单聊了几句，安然便握着周宁的手絮絮叨叨地回忆起了他们在一起相识、相知、相恋的时光。陈雯也不觉得心烦，就这样陪她静静地坐着，任时间一点点流逝。夕阳西下，透过窗户照在安然的额头和眼角上，映出了细小的皱纹。她最好的年华已经悄然离去了，但陈雯却分明在她脸上看到了爱情与人性的光辉，她美得如同一个天使。

夜幕不知不觉降临了，沉浸在往日幸福中的安然猛地一惊，发现陈雯还默默陪在自己身边，不禁赧然："你看我，净顾着自说自话，都忘了你还在这儿了，害你浪费了大半天，真是不好意思。"

"没事，我今天正好休假，孤家寡人的也无处可去。说实话，我好羡慕你俩，因为你们，我又开始相信爱情了。"陈雯会心一笑。

"哎呀，你怎么也开我玩笑啦？要不是医生说多陪周宁说说话有助于他恢复，我才懒得讲这些陈芝麻烂谷子的事呢。"有陈雯陪着，安然的情绪也好了许多。

"原来如此啊，就是太辛苦你了。"陈雯感叹道。

"只要对周宁恢复有帮助，再苦再累我都不怕。不过周宁一直深度昏迷，说这么多他也不见得能听到一句，效果确实不太好……"安然有些沮丧，但随即好像又想到了什么，"不过医生说最近会把一套新研发的脑电设备用到周宁身上，这套设备可以把图片和简单的声音通过电信号的方式直接投射到他的视觉、听觉神经上，肯定比我现在的方法管用。"

"那太好了，有没有什么我能帮上忙的地方？"听到这个好消息，陈雯也为安然感到高兴，连忙问道。

"嗯……医生让我这几天准备一些素材。这种新型的唤醒方式比传统手段要直接和激烈得多，用到的信息也不同于以往。最好是周宁很感兴趣但又不太熟悉的东西，这样才能最大限度地挖掘大脑的潜力，调动起他沉睡的意识，以此来促进他的苏醒。我想，解铃还须系铃人。"安然拉住陈雯的手，郑重地说道。

"好，这事包在我身上！"陈雯一口应承下来。安然的意思再明白不过了，她也怀疑周宁的意外和故宫的案子有关，那么与案子相关的一切不正是周宁求之不得的东西吗？

第二天下班后，陈雯就开始紧锣密鼓地收集起资料来。这起案子无论是在警局还是故宫都被当作一场闹剧，除了几个亲历者几乎没人相信，更谈不上被重视了。好在正因如此，陈雯没费多大力气就摸清了周宁最近调查的进度。对周宁调查指向地库的结果，她并不太认可，因为那里她实在太熟悉了。虽然工作后真正下到里面的次数屈指可数，但那儿可是凝结了几代书画修复工作者心血的圣地，其中保存的一件国宝正是师父年轻时，由他的师父牵头修复的。

师父在故宫待了一辈子，性子也在这凝结的时光里磨炼得如同古井一般沉静。但每每忆及当年，脸上总是情不自禁显出飞扬的神采，只有在这时，严厉而古板的师父才会亲切可爱起来。他沉浸在对过往的追思和自豪中，喋喋不休地诉说着自己的幸运，感叹那幅画举世罕见的绚烂、大气以及怅惘。陈雯总会搬条小板凳坐在师父身边，就像听爷爷讲故事的小女孩儿一样，夹杂着一丝憧憬和羡慕。古老的技艺在这一老一少间薪火相传，容颜终将老去，文化和精神却历久弥新，回荡在这座宫殿的每一处角落，永世长存。

陈雯毫不怀疑，在这个地方要藏下点什么简直难比登天。且不说布置在进出通道中的数道安防关卡，地库内部因为要保持恒温恒湿的环境，其监控系统也是极为敏感的。别说是未经许可的人了，就是飞进去一只昆虫，所造成的微扰也足以触发警报。周宁对文物保护的具体工作缺乏了解，导致他做了错误的推断，可事到如今，要想解开他的心结，地库就是一个绕不过去的话题。陈雯不可能替周宁进入地库搜查，但以她对地库的了解，要制作出一段图文并茂，使其身临其境的影像资料就易如反掌了。在现实世界中，地库从未对外开放过，但在意识的深不可测之处，陈雯打算为这个特殊的游客充当一次解说。

说干就干，救人心切的陈雯很快就制作了一段长达数小时的视频。她从地库的用途和构造说起，又详细介绍了里面保存的文物，可谓知无不言，言无不尽。当她带着资料来到医院时，连安然都惊讶于她的效率。

"鬼影的事情暂时还没有眉目，但周宁的治疗已经拖不起了，咱们先用这个试试。"陈雯带着歉意说道。

"不要紧，这么短时间里能做成这些，你已经尽力了。"安然憔悴了不少，但态度仍然温柔得体。

很快，医生就将资料转化为了电信号。安然和陈雯紧张地手拉着手，相互支持着，为对方传递信心和勇气。在医生的示意下，安然按下了机器上一个醒目的绿色按钮，它随即发出了低沉的嗡嗡声，开始了被医生称为"上传"的过程。

无边无际的混沌中，一幅壮阔绚丽的山水画卷徐徐展开，四散游离的意识猛地一挣，在行将飘散之际重新聚拢起来。

"此图为大青绿设色绢本，纵51.5厘米，横1191.5厘米，全卷大致分为五段，构图上景随步移，运用传统的散点透视法描绘了连绵的群山冈峦和浩渺的江河湖水。每段又以水面、人物、游船、渔舟、桥梁衔接呼应，多种视点穿插并用，于疏密之中讲究变化，主次分明，错落有致。在设色及技法上，以浓厚的石青、石绿为主调，在赭石、朱砂等色打底的基础上反复渲染，表现峰峦明暗；又将披麻与斧劈皴法相结合，勾勒山石纹理。水面及天空则用网巾法和湿画法，施以汁绿、花青，随类赋彩，气韵生动。整个画面富丽堂皇而又不失明快，可谓是绚烂至极，归于自然……"

缥缈如祝由吟唱般的女声弱不可闻，似有些熟悉，却又记不起是谁，远处的画卷也渐渐消散。但周宁的自我意识竟慢慢清晰起来，尽管他还很虚弱，也不知自己身在何处，但至少，他不会再浑浑噩噩地沉沦在另一个意识中不可自拔了。

"你终于醒了。"

"这是哪里？你又是谁？"

"我就是你追逐的那个影子。"

"骷髅，鬼影？"

"不错，但那只是我在你们世界的投影而已。"

这是一个梦吧。亦真亦幻间，周宁如坠云端。

谁知在混元一气的意识中并没有什么秘密可言，那个声音几无间隔地直透心灵："不必怀疑。用你们的时间尺度来说，我上一次出现已经是好几百年前的事了。我对你们很感兴趣，但时间毕竟太漫长了，即使在合适的自然条件下，在这个世界留下投影也需要一些我曾经熟悉的物件作为锚定物。好在这里竟还有我的知音，在这座宫殿里，我的画作和其他古物一起被妥善保存着。我循着它追溯而来，直到遇见了你。我尝试与你建立联系，但却害你差点丢了性命。也怪我操之过急，想当初连我自己，也花了十几年工夫才走到这一步。"

"难道你就是那个人？"周宁终于从震惊中回过味来，他记起了最脆弱的那段时间，他像寄生虫一样附着在另一个意识之上，几乎把它当成了自己。

"他就是我，但我却不完全是他。准确来说，那是我放弃肉身前的样子。"

"你是什么已经不重要了，但外面还有人在等着我，你能帮我出去吗？"一定是安然，她从未离开过，为了她，自己无论如何也要回去！

"我已经寂寞太久了。你不妨陪我在记忆中回溯一阵，到时候，你自然会明白我为何而来，你又该往何处去。"

不待周宁反对，他便被一股巨力裹挟着，卷入了近千年前的记忆长河中……

六

自打他从太师府回来后，以往慵懒冷漠的库监仿佛换了一个人，围着自己忙上忙下不说，态度更是殷勤备至。院内最大的那间库房已在一夜之间搬空，打扫得焕然一新。要知道之前他也曾建议将其中积压十余年之久的旧档分门别类，挪往别处，库监却从未理会。他忐忑不安地踏入库房，只见由数张长桌拼接而成的画案置于库房中央，其上铺有一层整匹宫绢，洁白如练，以手抚之，更是柔若无物。桌角一旁，由绿宝石、孔雀石、金粉、生漆等制成的石青、石绿、泥金及各色颜料渐次摆放，可谓应有尽有。凡此种种，皆是他平日连想都不敢想的昂贵画材，由此可见，太师此番下足了本钱，圣上对他又是何其重视。

已有许久不曾提笔作画了，他一时也有些手足无措，生怕糟蹋了来之不易的宫绢和颜料。跟在身旁的库监见他愁眉不展，额角冒汗，揣摩许是他不耐炎热，竟大费周章购来冰块降温解暑。他哭笑不得，只好嘱咐昔日顶头上司暂莫打扰，只需找些寻常纸墨让他静心练习一段时间便好。库监惊觉自己会错了意，很快就诚惶诚恐地退了出去。

最初的慌乱很快就过去了，毕竟这是他与生俱来的天赋。没几日，他随手练习的画稿便足可一观。太师精心挑了几幅呈给圣上，不想圣上对画作反应平淡，却对画师颇感兴趣。太师老谋深算，转念便想通了此节。当今圣上于书画一途造诣极高，眼高于顶，自命"天下一人"①，又怎会轻易向一个籍籍无名的年轻人表示赞赏呢？但他想必也看出了画师稚嫩笔触下流露出的绝顶天赋，以他好为人师的秉性，自然要亲自见一见这个年轻人了。如此甚好，一力引荐之人成了天子门生，自己的目的岂不就达成了一半吗？

不出所料，几日之后，一纸诏书如期而至。看着少年瘦弱的背影渐渐隐没于重重宫墙之后，太师叹了口气，令人琢磨不透的老脸上罕见地露出了悲悯又寂寥的神情。惊艳绝伦的才情终归要献祭于权力，老人以为将这

---

① 宋徽宗所作书画的落款，四笔写成四字，风格特异，极具辨识度。

头怪兽喂饱便可高枕无忧，掌控一切。殊不知白云苍狗，芸芸众生皆是命运的傀儡。

"你就是那个病童？不必拘礼，多年前在令穰府上，朕曾听下人说起过你。"高居于宝殿之上的中年人仪态倜傥，五岳丰隆，自带一股王者之气，只是脸色透着病态的苍白，或许朝野议论的轻佻放纵并非空穴来风。

"正是小人。"他匍匐在地，战战兢兢地抬起头。早听人说过，当今圣上还是端王时便与兄长交好，时常出入府上。自己身份卑微，兄长深以为耻，自然不会让他面见贵客，但没想到多年过去，圣上竟还记得自己。然而，中年人接下来的话很快便击碎了他的幻想。

"太师已把你的画稿呈给我看了，我自是明白他的心思。可他一味讨好，又可知朕有何深意？"皇帝似是问他，又似是自言自语，饶有兴致展开一幅卷轴，正是他所绘的群峰图。

他又怎敢轻易作答？半晌，皇帝又问道："此画未甚工。你可知差在哪里？"

"太师曾说小人年岁尚轻，技法灵动有余而雄浑不足，意境灿烂却不知留白。"他老老实实地答道。

"哈哈，太师有此见解，也算当世大家。只是眼光未免短浅了些。其一，山水之作，务求可行、可望、可游、可居，而你这画群峰叠翠，却无江河人烟，如何展现得了在朕治下天下太平，百姓安居乐业之盛景？其二，此画诸峰并立，君臣不分，主次不明，大违纲常礼法，其罪当诛！"皇帝语带讥讽，目光森然。

"小人该死！"这两条点评，第一句也还罢了，勉强可算是画理画意之争，但这第二句才是皇帝真正想说的，可谓字字诛心。他急道："此画乃小人临摹城郊荒山所作，取景自然，未经雕琢。绝无半点不臣之心的意思！"

"哼，既是无心之失，朕便饶你一次。待你回去，好好说与太师听吧！"皇帝一挥衣袖，扬长而去。

此时他的后背已被冷汗浸湿，一股悲凉油然而生，太师利用自己来谄媚陛下，陛下又借自己来敲打太师。他就像傀儡一般被这对心怀鬼胎的君臣操控着，身不由己地做着扭曲的动作。可他也曾有过远大的抱负，他不想，也不愿再被当作一个随手可弃的工具啊！

"你当年还真是不容易。"周宁遨游于少年的记忆长河中，鬼影少年时的秘辛毫不设防地展现在他眼前，令他感同身受。他很快想到了一个关键性的问题，"后来，你画出让皇帝满意的画了吗？"

原以为鬼影是因为没有完成皇帝的命令才变成现在的样子，它却淡淡地答道："当然是完成了。"

与此同时，记忆中的少年落寞地回到了文书库。太师早已在此等候，听得少年带到的话，太师脸上阴晴不定，似有恼怒，又似有一丝畏惧。见少年一双空澈的眸子直愣愣地盯着自己，太师竟感觉自己反被戏弄，怒叱道："陛下说什么你照做便是。若再为陛下所不喜，老夫唯你是问！"将自己撇得一干二净之后，太师匆忙离去。没想到这权势滔天的弄臣也有失魂落魄的一天，他心中一阵快意，第一次感觉命运握在了自己手中。

跳出皇帝与太师貌合神离，弯弯绕绕的机锋之后，皇帝的要求对他而言并不算困难。唯一的难处在于，以往碍于条件，他从未画过这种高头大卷，这次运用自己的能力，想必要花费比以前多上数倍的时间和精神，会不会永远陷在里面，再也无法出来？他摇摇头，将这个念头赶走，事到如今，他已没什么好怕的了。决心已定，少年焚香沐浴，饮下大量清水后便把库房门窗钉死，在榻上进入了冥想状态。

在记忆长河中，时间是个模糊不定的概念，鬼影想让它快便快，想让它慢便慢，周宁只能根据透入光线的明暗变化来推测昼夜交替。令他震惊的是，整整三天过去了，少年竟纹丝不动，好似死人一般。直到第五天，他终于幽幽醒转，脸上虽已瘦得完全塌陷下去，眼神却炯炯发亮。他一跃而起，带着灼人的气场，挥毫泼墨，将自己的生命尽数燃烧在如雪的素绢之上。不多时，少年委顿于地，他挣扎着再次饮水，胡乱吞咽着事先备好的干粮，很快又沉沉"睡"去。而这次，他用了七天时间才醒来。如此往复，少年冥思的时间越来越长，偶尔清醒时便在素绢上忘情挥洒。终于，在一次长达十二天的沉睡苏醒后，少年为这幅鸿篇巨作画下了最后一笔。

定睛一看，赫然是将周宁唤回的那副山水长卷①！它已不再朦胧，山上山，水中水，行人建筑，包罗万象，灵动非凡。

随着周宁的思绪，鬼影逐一向他介绍画中之景：

"此山乃庐山。"

"鸟瞰彭泽②而作湖沼。"

"飞瀑取自仙游③。"

"那长桥便是苏州利往桥。"

……

"没想到那时你年纪不大，却已踏遍大好河山了。"周宁由衷感叹。

"我自小体弱多病，进入画学之前，从未迈出兄长府邸一步，但这些确为我亲眼所见。"

"难道你的离魂症……"周宁一点就透，鬼影自相矛盾的说法指向了一个早已预示，却仍然荒谬绝伦的可能。

"不错，离魂正是我洞悉色彩、光影，乃至穿越空间的秘诀，它不是病，而是上天赋予我的异能。用你们这个时代的话来说，意识与灵魂之所以无从窥探，正是因为它不仅仅局限在三维世界。进入离魂状态相当于意识跨入另一个高维空间，现实世界纵使相隔万里，在我眼中亦不过是袖珍盆景。"

周宁尚在怀疑，鬼影继续道："其中妙处，你在遭难之前实已感知，只是不如我得心应手，一时无法适应罢了。"

联想到车祸之前的异象，周宁终于恍然大悟。

"既然你在高低维世界中穿梭自如，现在为何又留在这儿呢？"周宁抛出了最后一个疑问。

"说来话长，且随我来吧。"鬼影黯然道。

---

① 该幅古画现藏于故宫博物院，画中景物据考证应是画家以现实中真实存在的多处景观融合而来。

② 鄱阳湖古称。

③ 今福建仙游，以瀑布闻名。

七

不到半年，他就将这幅长卷绘成。皇帝看后果然赞不绝口，召来群臣共赏，众人万未料到此画竟是一无名小卒所绘，无不拜服，进而颂扬皆是皇帝天纵英明，调教得当才有如此神品现世。

君臣相宜，皇帝连饮数杯，乘兴将此画赐予太师，同时意味深长地嘱咐道："天下士在作之而已。"

太师立时听出了皇帝的嘉许，又有鼓励自己效犬马之劳的意思，心中一块石头总算落了地，当即叩拜谢恩。

陛下金口一开，他便是御笔亲传的天子门生了，太师顺水推舟，安排他做陛下的伴读侍从。与他想象的不同，皇帝虽有些骄奢轻浮，对待身边侍从却是十分随和。他又出身宗室，虽是旁支，但画技出众，可谓正中皇帝下怀，也因此受到格外优待，一时间风头无两。

可每当夜深人静之时，总有一种不真实感袭来。自己勤学苦练，数年之功，一朝翻身靠的竟是陛下兴之所至的一句话，如此一来，与太师之流又有何区别？他在离魂冥思之际神游物外，不但遍览名山大川，也见识了诸多民间疾苦，生生走出了一条以画醒世、心系天下的道路。自此，他一有机会便向皇帝进言，劝其体恤民间疾苦，少做劳民伤财、大兴土木之事。可惜皇帝沉迷声色犬马，对他的话置若罔闻。

一日，许是享乐过度，穷极无聊，皇帝突然命他再绘一图，言道当日他既可绘现时海内之全景，自可想象千秋万载之后的太平盛世。

这也难不倒他，他早已发现，在离魂之时，不仅能挣脱空间的束缚，连时间的界限都被打破了。以他现在的能力，千百年后的事难以一窥全貌，但看到往后百十年的光景还是不在话下。从前，他很少在时间上进行跳跃，一来这对作画并无帮助，二来若是窥测天意，难免影响当下所行，患得患失不说，时间还总是可以针对他所做的改变进行微调。就像一颗投入河中的石子，一时激起了波澜，却很快归于平静。既然徒劳无用，又何必强求？皇命难违，他只得从命，好在陛下想必也不会将他所画内容当真，倒不至于闹出什么变故来。

"等等，这不可能！"周宁随鬼影回溯至此，忍不住提出质疑。

"有何不可？从高维世界俯瞰尘世，形如一条盘旋而上的绫罗，上下移动即为空间变换，前后移动则为时间迁移，于我而言并无分别。"

"可是，哪怕在我的时代，科学昌明，也没有发现任何未来可以被预测的证据。"

"谁说没有？进入高维世界后，除非在特殊的自然条件下，我绝少在尘世中留下投影，但我一直耐心地观察着你们。想想看，你们不是已经发现了最短时间原理了吗？"

"你是指，光在不同介质中走的是一条折线，是耗时最短的路线？"周宁已经想到了什么，但这个解释太玄乎了，他还不敢确认。

"大胆一点，离奇的事，你见得也不少了吧？"鬼影笑道。

"你是说，光在发出之前，就已经预知了未来的结果，然后才做出了行动。"

"不错。"

这一切实在和周宁长期以来的认知产生了极大的冲突，他下意识地想要反驳，却发现自己居然找不到这番理论中的破绽。

"不要再被低维的经验束缚了，这个世界，远比你想象的复杂，但若能抽身事外，你又会发现它极为简洁。"鬼影继续说道，随之轻叹一声，"你若还不信，瞧瞧我那次看到了什么吧，它已经被验证了，这便是最好的证明。"

他看到了什么？

最黑暗的未来。

他本以为天下已定，世间虽有不平之事，但总归会越来越好。谁知，仅仅十余年后，繁花盛景便化为了人间炼狱！

明知道忤逆皇帝的下场是什么，但他还是义无反顾地将触目惊心的惨象毫无隐瞒地画了出来。这次，他没有一刻休息，心中的绝望、不屈和奋勇化作熊熊怒火，催动着他以画死谏。

只一日，此画便一气呵成。他留下家书，携带墨迹未干的画作直奔皇宫。

入得内室，侍卫都认得这是陛下和太师面前的红人，虽面带难色却未加阻难，不想他恰逢其会，撞见了一场密谈。室内共有三人，陛下正襟危坐，面带犹豫；太师站在一旁，巧舌如簧；一身穿貂皮的外族汉子居于下座，神色桀骜。

想到十余年后的事情，他顿时明白了这汉子是何身份，顾不得礼数，他冲上前去，大呼道："陛下万不可听信太师之言！辽国已经疲弱不堪，金国才是我朝心腹大患，若与之结盟，待到辽国一灭，下一个就是我们了！"

在场三人，听得这一席话，均是脸色一变：这毛头小子，如何得知两国密谋结盟之事？

太师反应最快，此番金国使者面圣本就是他一手促成，可今日少年这一闹，无论金国还是陛下，恐怕都会怀疑是自己走漏了消息。他蹿上前去，一面劈头盖脸地掌掴少年，一面叫骂道："黄口小儿怎敢胡乱议政？还不快滚！"

"老贼！你祸国殃民，不得好死！"少年毫不畏惧，怒目而视，左右侍卫被他逼视，一时竟不敢上前。

"慢着。太师你休要阻拦，朕倒是好奇他还有何高论。"皇帝喝退了侍卫，看向太师，目中满是怀疑。

"陛下请看，此图乃小人奉陛下之命所作，若陛下再不铲除奸邪，励精图治，十余年后图中惨事便将在开封上演！"他深知皇帝疑心已被勾起，这是自己唯一的机会！他猛地将卷轴一把展开。

"嘶……"皇帝、太师、金国使者，三人同时倒吸一口凉气。只见图中遍布尸骸饿鬼，无不狰狞可怖，远处隐现宫墙，却已是残垣断壁……

"小人愿以性命担保此《千里饿殍图》所绘之事绝无半点虚假，还望陛下迷途知返，逆转天命！"他声嘶力竭，头一下下磕在地上，直至鲜血淋漓。

"你……好大的胆子！朕的千里江山……岂容你如此诅咒！来人啊！将这狂徒押入天牢，斩立决！"忠言逆耳，皇帝气得脸色煞白，连话都哆嗦了起来。众侍卫得令，一拥而上，将少年拖走。

他早已将生死置之度外，拳脚交加下依然放声大笑，却透着莫大的绝望："报应啊！昏君，毙于北地。奸臣，葬身南蛮。可怜天下百姓，亦要为你二人陪葬！"

"是靖康之变，你没有骗我。"周宁喃喃自语道。

"从那时起，我舍弃了肉身，进入了这通晓天地奥秘的无上妙境。我不后悔，只是此间唯我茕然一人，未免太过寂寞了。不如，你便留下与我做伴？"鬼影提议道。

"不行！"周宁不假思索地反对。但稍一冷静便心底一寒：在这里，鬼影可是全知全能的，谁知道在千百年的孤寂中，它是不是已经变成了一个专横偏执的怪物呢？

"死为休息，生为役劳。死，无君于上，无臣于下，亦无四时之事，从然以天地为春秋。尘世间，千丝万缕，羁绊重重，人如蝼蚁，又是何苦呢？"鬼影倒也不急，循循善诱。

"未尝生，何尝死？《骷髅说》有云：劳我以形，苦我以生，今也幸变而之死，是反吾真也。何子之好劳而我之好逸乎[1]？我坚信，苦难并不会妨碍这个世界越变越好。"周宁思索了片刻，笃定地回应道。

"我这次现身，之所以找上你，原只是见你大胆而又好奇，没想到你的思想竟也如此通透，倒是像极了一个人。"好在鬼影并未强求，只是稍有落寞地说道。

"像谁？"周宁不解。

"他也是一名画师，除了你，我也尝试过将他拉入这个世界。但他用和你同样的理由拒绝了我。你们都是豁达乐观之人，在你们眼中，凡尘俗世亦有它的美好吧。"

"哦，是吗？"周宁哑然失笑，对那个人也越发好奇起来。

"他生于南渡之后，距离你的时代也已经很遥远了。我的话他听得一知半解，还据此作了一幅画，徒引得世人猜测[2]。"

到了这时，周宁已经猜到鬼影，还有自己之前那个人的身份了，但为了最后确认，离开这个世界前，他还是问道："能告诉我你的名字吗？"

---

[1] 语出东汉曹植《骷髅说》，意为人活着时要努力奋斗，不因空想而虚度年华。
[2] 此人为南宋画家李嵩，其绘有一幅《骷髅幻戏图》，画面阴森诡异，其中深意历来众说纷纭。

"鄙姓赵，名希孟①。"

尾声

安然扶着周宁散完了步，向病房走去。虽然在CT下，周宁的额叶还是缺失了一小块，但当下对大脑的研究仍然有限，它的代偿功能有时甚至超出人们的想象。不管怎么说，历经苏醒、意识模糊、镇静、移除呼吸机等阶段，周宁终于挺了过来。

他还是以前那个周宁吗？安然经常这样问自己。表面上，他温柔细致、乐观上进，一如从前，连过往记忆都分毫不差。但内在里，安然总感觉他和以前有些不一样了。

"放心吧，我还是那个我。出了这么大的事，就不许我变深沉些吗？"周宁仿佛看透了安然心中所想，打趣道。

"往后的日子还会有许多艰难险阻，但它们永远无法打倒我们。相信我，亲爱的，我会给你想要的幸福，我们一定会白头偕老的。"周宁揽住安然的肩膀，与她四目相对。

"我相信你。"安然心底突然就踏实了，在这个男人身边，自己从来不缺少安全感。

病房里，两个老熟人已经等了好一会儿了，陈雯和刘局长，他们都是来看周宁的。半年不见，陈雯换了发型，戴上了隐形眼镜，衣着也时尚了许多，看起来像个刚毕业的大学生。在安然和她的奔走下，一位曾经和周宁共同破获"血滴子"一案并借此进入相关机构的朋友胡炎②介入了调查，鬼影事件最终引起了上面的重视。也许是因为第一次距生离死别如此之近，这段日子里，陈雯对自己未来的路产生了迟疑。

"还记得你当初为什么选择故宫吗？"周宁突然问陈雯。

---

① 皇帝将主人公所画山水画赐给了权臣，权臣在跋文称画家为"希孟"。自清代梁清标起，其被称为"王希孟"，梁为当时收藏大家，或许在其他资料上得知了画家姓氏为"王"，但此说法仅为孤证，并未得到普遍认可。本文参考另一说法，即画家为北宋宗室子弟，跋文不提姓氏实为避讳。

② 此人为主人公死党，曾在《银河边缘004：多面AI》发表的《血灾》一文中帮助过周宁破案。

"我喜欢身处古建筑群中的沉静时光，用师父的话说，我耐得住寂寞。"周宁的问题，将陈雯的迷茫引回了本心，也许，那就是最适合自己的地方。

"我敢肯定，在不久的将来，你一定会得到一个修复顶级书画的机会。这门技艺不但将由你传承，还会在你手中发扬光大。"

开导完陈雯，周宁又向老领导问了好。刘局长却有些局促，毕竟鬼影事件一开始他并未给予足够重视，而现在，他还带来了一个不知如何跟周宁开口的消息。

"刘局，我要离开警局了，感谢你一直以来的照顾，我人不在了，但我的心永远和局里的弟兄们在一起。"周宁真诚地说道。

"这……"刘局长有些诧异，自己还没通知的消息，怎么周宁就已经知道了？一时不知如何作答。

"老朋友马上就到，我又得忙起来了。"周宁面带笑意，自言自语道。

话音未落，病房门被推开，闪进来一个圆滚滚的胖子，正是曾经帮周宁破过"血滴子"案的野生历史学家胡炎。

"你还能动弹不？"胡炎一脸戏谑地问道。

"老哥我好得很！"周宁答道。

"好，那今后你就是我们AIB[①]的人了。"

两人相视一笑，默契地击了下掌。

原载于《银河边缘009：时空画师》（2022年4月）

---

① Abnormal Incident Bureau，异常事件局。

江雪

扶鸟[①]

1

我站在落地窗前,窗外白雪皑皑,远处的群山裹上银装,在灰色天空下显得分外亮眼。窗前,钓雪湖的景象一如其名,湖面覆上一层薄冰,无论鳞波荡漾或水平如镜,此时皆封藏在冰雪之下。

几乎占据整面墙的落地窗紧靠湖岸,窗正中开有一扇玻璃门。门外,一条木质栈桥如剑般直指湖中。栈桥尽头,一艘小巧的乌篷船静卧于冰封的湖面。

千山鸟飞绝,万径人踪灭,孤舟蓑笠翁,独钓寒江雪……

此情此景,正应了《江雪》这首诗。

作为诗的主角,"蓑笠翁"当然不能缺席。此刻,他正坐在乌篷船内,只是,再无法手握钓竿,垂钓寒江之雪。

因为,"蓑笠翁"死了。

我将目光移至栈桥桥面,桥面积雪上印着凌乱的足迹。只是,这些足迹,都是我们这些命案发现者留下的。在此之前,无论桥面或船头船尾,甚至乌篷顶,全是初雪之态,了无痕迹。而四周湖面,薄冰冰盖同样完好

[①] 扶鸟,85后悬疑推理写手,阅读推理小说二十余载,2007年初尝写作,热衷于本格推理创作,曾以笔名"怪陀使"于《推理世界》杂志发表推理小说多篇。《死神闯入雪密室》曾入围第一届华文推理大奖赛,《雪人》荣获第五届全国侦探推理小说大赛优秀奖,《空车》荣获第一季"谜想故事奖"悬疑短篇征文比赛"短篇组"二等奖。

无缺。

可已知线索表明,"蓑笠翁"分明是在雪停之后遭到勒杀。而船内除了他的尸体,空无一人。

这是一起不可能的杀人事件。

"听我说,"身后传来说话声,我转过脸,只见万径从椅子上站起。他那张苍白的脸比雪更白,目光也比冰更冰,他的语气依然低沉沙哑,却不再慵懒。

"我知道真相了。"

又开始下雪。

我的余光扫见飘零的雪花,耳朵准备倾听万径的解答,而脑中,这两天来的经历如影片快进般闪过。

2

我叫柳宗元,是纸墨文化出版公司的一名编辑,也是大名鼎鼎的悬疑推理小说家"蓑笠翁"的责编。

"蓑笠翁"自二〇一一年起与我司签约,以每年一本的速度,创作出版"名侦探寒江雪系列"长篇推理小说,截至去年共出版十部。该系列市场反响极佳,在影视开发领域也是香饽饽,"蓑笠翁"本人更是凭借该系列第四部作品,获得代表国内悬疑推理文学最高荣誉的"黑匕首奖"。

正是这样一位炙手可热的作家,却在第十部作品完成后,于上个月——也就是去年十二月——宣布封笔。震惊与惋惜之余,我公司上下苦劝无效,只好提出对其进行封笔前的访谈。

蓑笠翁是一个极其神秘之人。他是一名覆面作家,没人见过他长什么样,也无人知晓他的真实姓名、性别、年龄、婚姻状态、电话号码、家庭住址,等等。我们唯一知道的,只有"蓑笠翁"这个笔名,一个联系用的QQ号,以及一串用来汇款的银行卡号。

这些年来,相较于讨论作品,"蓑笠翁"的读者粉丝似乎更热衷于揣摩作者身份。此次,如果能通过面对面访谈,揭开"蓑笠翁"的真容,再配合"寒江雪系列"封笔作的宣传营销,必然能掀起一股大热。

事实上,这十年来我们多次提出采访请求,无一例外均被拒绝。没想到，这一次，"蓑笠翁"却爽快地答应了。

时间定在新年的一月四日，也就是昨天。经过协商，采访任务由身为责编的我独自前往完成。依照"蓑笠翁"提供的路线，我乘坐长途大巴，于中午十二点抵达一个名叫冶石镇的偏僻小镇，并在一点前来到作为接头地点的镇卫生院。

卫生院大门外，路边停着一辆白色大众高尔夫。而万径，正坐在驾驶座上等候多时。

这是我第一次见到万径，他的名字我却早有耳闻。万径是一名小说写手，长年在各大微信公众号和自媒体平台发表短篇小说，题材涉及悬疑、恐怖、科幻、武侠、奇幻等诸多领域。三年前，他与我司合作，出版了一部短篇推理小说集。虽然我不是其责编，对这个作者却留下了印象。

直到这时，我才知道，此人竟是"蓑笠翁"的一位远房亲戚。他被委托前来，担任此行的"接引使者"。

我坐上副驾驶，万径将车启动，快速驶离小镇，沿一条乡间大道，向北行进。

万径给我留下的最深印象，是一张苍白如冰雪的脸，以及与之相反，一头乌黑如墨汁的卷发。发长及肩，配以下巴凸起的一撇山羊胡，此等造型，仿佛将"文人墨客"四个字写在脸上。

万径话很少，嗓音低沉沙哑，且疲惫慵懒，仿佛对世间一切事物都提不起兴趣。我俩礼仪性地通过讨论天气和询问吃饭否过渡打招呼环节，之后我直入主题："'蓑笠翁'究竟是个什么样的人？"

万径没有立刻开口，像是在思考如何回答。思考后，他给我的答案竟然是——

"见面就知道了。"

我顿时觉得无比尴尬。万径显然也察觉出了我的尴尬，于是想了想，又说："有一点可以告诉你，整整十年，他把自己一个人关在一座房子里，几乎足不出户。"

此后无话。

道路两旁是田野，远处是群山。天空灰蒙蒙，云层压得很低。我想起出发前查看天气预报，提示近日将有暴雪。

不多时，群山来到眼前，车子驶上山路。山间只见枯木、落叶与裸露在外的岩石。目光所及，一片萧索。经过两次上山下山，在第三次爬坡、尚未抵达山顶时，车子突然从主干道偏离，拐向右边，开始下坡，开进一条更为狭窄和陡峭的小路。

看样子，我们在驶入一座山谷。我掏出手机看时间，差十分钟两点。距离离开冶石镇，已过了近一个小时。

不多时，山路渐趋平缓，眼前，竟出现一大片湖泊。我被所见景象镇住，万径则在一旁开口："钓雪湖，本来没名字，他给取的。"

我开始对地理方位进行梳理。很明显，我们进入了一座山谷。目前行驶中的山路，应该就是山谷入口，位于山谷南面。万径称之为"钓雪湖"的这片湖泊，则位于谷中央。

当车子开到湖岸边，万径指了指对岸。我朝他所指方向眺望，隐约可见房屋的轮廓。路面这时已变平坦，紧靠湖岸，朝车子左手边——也即西北方向——转向。

车子沿路行驶，不多时到达钓雪湖的北边。先前望见的房屋轮廓，逐渐清晰。

原来，这里不止一座房子，而是两座，两房通过一条带玻璃顶棚的走廊连接。我透过车窗观察，靠西的房子偏大，是一座两层的乡村别墅，红砖青瓦，傍湖而建，距离湖岸约五十来米。靠东的那座则更小，似乎也是两层，外观简陋，四四方方，通体灰色，像一只水泥盒子。相比别墅，"水泥盒子"更靠近湖，几乎贴着湖岸，并且，伸出一条栈桥，直通湖中，栈桥尽头，泊着一只小舟。

"孤舟蓑笠翁，独钓寒江雪……"我忍不住吟道。

万径将车绕到别墅北面的一片空地，停下。下车后，万径领我走向别墅。大门面朝北开，当我们来到门前，门已打开，出现一位老妇。

老妇个头不高，目测一米五上下，年纪估计六十出头，头发花白，圆脸，面色蜡黄，皱纹满布。

万径向我介绍："这位是'蓑笠翁'的婶婶，谷舟，谷婶。"

老妇点点头，避开目光，一言不发，面无表情，让开身子，招呼我们进门。

老妇冷淡的态度多少让我有些局促，但我脑子里首先浮出的问题是——如果这个老妇人是"蓑笠翁"的婶婶，那"蓑笠翁"本人该有多大年纪呢？毕竟这样一个笔名，许多年来在我心中塑造了一位老翁的形象。

一边想，我被万径领着，一路穿过客厅，爬上二楼，来到客房。房间布置简约，家具似乎都是新的。一张床，一座衣柜，一只书桌，一把椅子。书桌靠窗摆放，窗户朝北开，看不到湖。

万径将一个无线网密码告诉我。他说，这里位置偏僻，手机信号弱，经常打不通电话。因此房子各处装有五六台高性能无线路由器。若要上网或与外界联系，使用无线网就行。

"你稍作休息，三点整我领你去见他。"万径说完，离开房间。

我想起别墅旁的另一座房子——"水泥盒子"。"蓑笠翁"一定就在那里。万径说，他将自己一个人关在里面整整十年。从时间上看，十年前正是他开始创作"寒江雪"系列小说的时间点。他是为了专心写作才这么干的吗？可是，住在这样一座山谷里，本已足够幽静，还用得着进一步与世隔绝吗？

或者说，这么做，另有隐情？

我看看时间，下午两点半。距离采访还有半小时。我激动又紧张，赶忙从背包里拎出笔记本电脑，把访谈内容最后梳理一遍，同时准备好记录用的纸笔和录音设备。

"寒江雪"是这样一个人设——一位垂暮老刑警，临终前受某种超自然力影响，灵魂转移到一名五岁幼童身上，由此获得新生，开启崭新却离奇的名侦探生涯。由于幼童名"江雪"，老刑警名字里则带一个"寒"字，这位名侦探便自称"寒江雪"。

最初，很多人诟病"寒江雪"的设定抄袭了那位大名鼎鼎的"日本死神小学生"。但该系列的看点在于惊人的诡计设计，以及严谨的逻辑推理。即便相似的人物设定，相较"日本死神小学生"，"寒江雪"甚至有了更多的挖掘和升华。苍老的灵魂与幼稚的肉体交融碰撞，"蓑笠翁"借这位笔下人物表达了相当丰富的生命感悟。

我正专注于采访准备，忽然传来敲门声。一开门，发现那位老妇——"蓑笠翁"的婶婶谷舟——站在门前，双手端一只托盘，盘中摆一杯茶。

谷舟将托盘朝我一递："请用茶。"

从她喉咙发出的声音，像被浓痰滤过。我赶忙接过，连声道谢。

这时，我注意到她的目光——空洞，浑浊。与万径满眼慵懒不同，这目光让我联想起另一个词——

死亡。

3

三点，万径准时现身。我随他下楼，回到一楼客厅。客厅南墙开有一扇大落地窗，窗外正对钓雪湖，采景极佳。落地窗旁有一扇小门，门外便是连接两座房子的走廊。

万径领我走出小门。看来我的推测不错，"蓑笠翁"就在旁边那座"水泥盒子"里。

走廊略呈S形，我俩一前一后走。虽然同为两层，"水泥盒子"明显比别墅矮，想来层高差了不少。身处走廊，只能看见房子的西北两面。这两面墙上，没有一个窗户，完完全全的水泥墙。

"好奇怪的房子。"我嘀咕。

"这里原来是座仓库，被当成书斋后，做了一些改建，"万径边走边向我解释，"除了靠湖那一面开窗外，其他三面墙全被封实，只留北墙一扇大门。"

如此一来，除非身在湖中，否则从外看不见屋内情况。难道说，"蓑笠翁"藏着什么秘密吗？

走廊尽头，一扇单开乌木门。门头挂一块木匾，黑框白底，以隶书写着三个墨字——"钓雪斋"。

原来，"水泥盒子"是有名字的。

万径敲一敲门，屋内传来一个苍老的声音："门没锁。"

我心中一动。听这声音，难道真是一位老翁？

万径按住门把手，向下一压，我的心则随之一提。他朝里推开门，我的心则仿佛提到嗓子眼。他侧身一让，示意我进屋。我呆呆看他，过了几秒才反应过来，深吸一口气，将心咽回胸腔，如慢动作般，一步一动，缓缓走进屋内。

终于，要和"蓑笠翁"见面了。

屋内没人。

且陈设怪异。

一间约一百平米的房子，没有任何隔断，显得格外开阔。从外看完全密封，不想临湖的南墙，竟整个被一座巨大落地窗占据。窗正中似乎开有一道玻璃门，门后便是那条通往湖中的栈桥，桥的尽头，隐约可见扁舟荡漾。

屋内陈设简单。正对门，落地窗前，一张黑色金属书桌。桌后一张靠背椅，此刻，椅子正背对我。桌面整洁，一台银色笔记本电脑，一盏白色台灯，一只黄铜笔筒，筒中插满原木色铅笔，一本黑封皮记事本。另外，桌面一角，放有一座精巧的乌木刀架。架上，摆一柄匕首，乌柄乌鞘，通体漆黑。

这，正是象征国内悬疑推理文学最高荣誉的奖杯——"黑匕首"。

进门左手墙面，设一整排红木书架。书架上，除各类书籍外，还有不少盆栽植物。书架与书桌之间，靠墙立一根红木挂衣杆，杆上空无一物。通往二楼的楼梯，位于东北墙角。楼梯与书架之间，开有一扇小门。此刻，门半开着，露出白色瓷砖和马桶一角，想来是卫浴室。

右手边，大门所在的墙上，挂一台液晶电视。与电视正相对的窗前，摆一条灰色布艺直沙发，一张胡桃木圆茶几。再往里，紧贴西墙放有一张单人床，床旁一只床头柜，床尾一座衣橱，床、床头柜和衣橱也是胡桃木材质。

身处屋内，环顾四周，我心中莫名产生一股违和感。很快，我便明白个中原因。

家具尺寸有问题。

与一般家具相比，屋内所有东西，都要小上许多。虽然外观造型正常，但从尺寸来看，分明是儿童款。

住在这里的人，是名儿童？

老人的嗓音，儿童的体型——我脑中浮现出"寒江雪"这个名字。

就在这时，书桌后的靠背椅突然转向，椅子里，竟然坐着一个人！

从体型判断，此人绝对是一名儿童。虽然坐着，但目测身高不会超过一米。即使是儿童款靠背椅，对这副身子来说，也显得过于宽大。所以，当椅子背对我时，我完全没有察觉上面正坐着人。

更诡异的，是此人的装扮——头顶斗笠，身披蓑衣，脸上，还戴着一副京剧老生的脸谱面具。

"蓑笠翁"……

我设想过无数种与我的头牌作者见面的场景，万万没想到会是这般。我愣在当场，心中虽有无数疑问，脑子却乱成一团，无法思考。仿佛为了配合我，面前之人同样一动不动，沉默无语。

万径在我身后轻咳一声，走上前，说："都到这一步了，脱下来吧。"

对方听了万径的话，先摇摇头，又点点头，慢慢地，将面具摘下，轻轻放到桌面上。我注意到那双手，好似枯木，骨节膨大，手指活动僵硬又无力。这绝不是儿童的手。

由于斗笠实在太大，虽摘下面具，依然看不清相貌。只见对方缓慢又吃力地爬下靠背椅，拖着两条腿，蹒跚着走到书桌旁的挂衣杆前。走路时，双腿分得很开，膝盖几乎很难弯曲。这绝对是老人的步态。

对方背对我，脱下蓑衣，踮起脚，双手举着，挂上衣钩。蓑衣底下，是一套灰色棉睡衣。少了蓑衣的遮挡，加上站直了身，我做了更精准的身高目测——与第一眼印象相符，确实不足一米。这绝对是儿童的身型。

最后，对方双手托住斗笠的帽檐两侧，缓缓举起、摘下。我呆住了。出现在我眼前的，是一颗硕大的秃头，头皮看上去又薄又干，布满青紫色血管纹路。斗笠也被挂上衣杆。每一个动作，都像影片慢进。我的心跳，却如引擎加速。

终于，对方转过身来。

空气停止了流动，随时间一起变为固体。

这是一个小孩，也是一个老人。矮瘦，头大而脸小，有如科幻片里常见的外星人。满脸皱纹和老年斑。没有眉毛，双眼弯尖，像鸟眼，鼻子下钩，如鸟嘴，耳尖突起，耳垂极小，似精灵，唇薄，嘴巴微张，可见牙齿缺了大半。

我不受控制地张大嘴，又在最后一秒，把即将涌出口的惊叫声吞回去。但我的失态已写在脸上，正不知如何是好，对方却先开口："对不起，吓到你了。"

嗓音和样貌一样，苍老无力。

我不知所措，万径则在一旁解释："'蓑笠翁'，其实是一名早衰症病人。"

早衰症……

这一刻，盘绕在我心头多年的种种问题，都有了答案——例如，为何"蓑笠翁"这么多年来，从不肯以真面目示人。

"蓑笠翁"坐回椅子，我则被安排至旁边沙发。

"我出去等。"万径看我一眼，转身出门。

我直直坐着，双手用力按住膝盖，不住地跺脚，鼓起腮帮子吹气。事先准备了数套见面打招呼的方式，如今全都不管用。排练了无数次的采访内容，也尽数被抛在脑后。

"蓑笠翁"似乎和我一样局促不安，低着头，一动不动坐着。虽说作为作者和责编，我俩这些年通过网络已经交流过无数次，彼此十分熟络。但此时此刻，气氛却犹如网恋奔现般尴尬。

我目光游弋，最后停在书桌一角的"黑匕首"上。

"这不仅仅是奖杯，也是实实在在开了锋的刀子。"我不自觉低语。

"什么？""蓑笠翁"抬起头，眼里流出疑惑。

我指着"黑匕首"，说："当年替你去领奖，颁奖主持人的台词。"

"谢谢你寄给我。""蓑笠翁"看一眼开锋过的"黑匕首"，又看向我。

我笑了笑，想一想，忍不住说："我总算明白，为何你会创造'寒江雪'这样一个人。"

"蓑笠翁"浑浊的目光忽而变得清澈，嘴角浮出笑意，尽管在满脸皱纹的映衬下，这笑实在不够显眼。

"'寒江雪'，是一个和我完全相反的人。"

我点头回应，同时从包里取出笔记本和录音笔。尴尬气氛被打破，采访总算步入正轨。一开始，"蓑笠翁"还有些拘谨，和我相比，他倒更像客人。不过随着时间推移，他渐渐放松下来，话也多了。

采访重点，集中在"推理小说"上。"蓑笠翁"聊读书，聊写作。言语间，我感觉到他阅读量巨大，对推理文学的见解也颇深刻，至于写作经验和技巧，更是丰富又独到。

可是，除了"业务工作"外，关于个人生活，"蓑笠翁"几乎闭口不谈。

"我的私生活，实在没什么可谈的。如果你真想了解，回头可以问万径哥。"

隐居在这山谷中，把自己关在书斋，足不出户，将整座房子的窗户封掉,穿蓑衣、戴斗笠、罩面具遮挡真容……为了隐藏自身的存在,做到这种程度,不想对外人谈论自己,这种心情,我也可以理解。

但是很不甘心。我难以认同"蓑笠翁"对自身的不认同。

"听万径说,你在这屋子里待了整整十年,没出过门?"我盯着"蓑笠翁",问。

他别开目光:"也不是——不定期会去医院,而且——我也有户外活动。"

说着,他伸手指了指窗外的湖面,我循着所指方向望去,看见栈桥尽头的小舟。

"泛舟,钓鱼,晒太阳。"

说完,他笑了,我也跟着笑,心情却越发沉重。

"为什么?"我忍不住问。

"蓑笠翁"看着我,愣了一愣,似乎在咀嚼我的问题,然后回答道:"读书,写作,对我来说,就够了。我的人生,装不下太多东西。"

我叹口气,决定就此打住,换个话题。先前网上聊天,"蓑笠翁"告诉我,他有一间藏书室,藏书十分丰富。我聊起这事,希望参观一下。原以为"蓑笠翁"会爽快答应,不想听完我的话,他脸色一变,轻轻摇头,伸出右手食指,艰难地活动指关节,朝天指指。

"藏书室,就在二楼。只是,暂时还不能让你进去。抱歉!"

我迷茫地点点头,回答没关系。

采访近尾声。我收拾东西时,"蓑笠翁"忽然问:"对了,柳编辑,之前请你帮忙的那件事,不知结果如何?"

事情是这样。一周前,"蓑笠翁"上网联系我,让我帮他办一件私事。他发给我一封邮件,内容是关于国外一家医疗机构的信息介绍,该机构专攻基因治疗。"蓑笠翁"想让我调查一下这家机构的详情。我便委托一名从事医疗行业的亲戚,帮忙办这件事。

"放心,已经在调查,这一两天应该就会有结果。"

"非常感谢!"

由于工作安排紧,我在此留宿一晚,第二天便得返程。原以为"蓑笠翁"会和我共进晚餐,不想他却委派万径在别墅招待我,自己依然留在书斋。

不过，分别之前，他邀我第二天一早，来书斋与他一起吃早餐。

"到时会给你一个惊喜。"蓑笠翁说，他的脸上布满皱纹和神秘。

4

走出钓雪斋，天色已暗，时间过五点。

万径站在走廊另一头，朝我招手。

"吃饭了。"

回到别墅，刚进屋，只见谷舟与我擦肩，经小门出去。她双手端一只托盘，盘上放一大碗米饭，一大荤、一小荤、两素，外加一盆鱼汤。看来，是去给"蓑笠翁"送饭吧。这便是隐居作家的日常生活一角。

万径领我来到别墅西面的餐厅。餐桌前，一个之前没见过的老大爷正张罗晚餐。万径介绍说，这是"蓑笠翁"的叔叔，谷舟的丈夫，江千山。

江千山和妻子一样，头发花白，马脸，面色蜡黄，布满皱纹，年纪看上去比谷舟更老些。他对我点头微笑，小声说"你好"，之后继续在餐厅与厨房间来回奔忙。看来，沉默内敛的性格，也和妻子一样。同时，我也注意到他的眼睛，同样渗透出——死亡。

饭菜上齐，万径招呼我就座。我注意到桌上只有两副碗筷，四下张望，却不见江千山夫妇身影。

万径看出我的疑惑，解释道："江叔谷婶他俩在自己房里吃——"

说着，转身朝后指了指。我朝他所指方向看去，原来江千山和谷舟住在一楼东面的房间，与楼梯口正对。

"这——"

没等我开口，万径继续解释："他俩长年隐居在此，不习惯和外人打交道。我当初也是花了很长时间，才和他们交熟。"

"你们不是亲戚吗？"我问。

"远亲——"万径不知从哪拎来一坛黄酒，替我满上，"江叔是'蓑笠翁'父亲的堂弟，我则是他母亲那一方的。我父亲和他母亲是表兄妹。"

我想起刚才采访时，"蓑笠翁"管万径叫"哥"，原来两人是这层关系。我又想起，之前和万径相互自我介绍，记得我俩同年，都是三十三岁。换句话说，"蓑笠翁"至少比我俩更年轻。

"原来他这么年轻吗？"我小声嘟囔。

万径有些意外，问："采访半天，你都没问他年纪吗？"

岂止年纪，连姓名我也没问出来。我只好把采访情况大致说了一下。

万径听后苦笑："他叫江寒，今年二十五岁。"

才二十五岁……那张苍老的脸浮现在我脑中。

万径似乎看出我的想法，又问："你猜江叔和谷婶多大？"

我狐疑地看向万径，不知他为何问这个。

"唔，看样子应该至少六十吧？"

万径摇摇头："江叔今年四十五，谷婶四十。"

我吃了一惊。从样貌来看，夫妻俩绝不像四旬之人。莫非这座山谷是诅咒之所，但凡居住此地，都会早衰？

万径不再发话，举杯与我对碰，将杯中黄酒一饮而尽。我不胜酒力，便浅尝一口。万径也不介意，兀自从兜里掏出一只银色烟盒。

"不介意我抽烟吧？"

"请便。"

万径取出一支烟，叼进嘴里，点上。我注意到烟没有滤嘴，烟纸皱巴巴，像手工卷的。

"既然他让你问我，你想听，我就说说吧。"

受酒精和尼古丁双重刺激，万径有些兴奋起来。

"'蓑笠翁'——不，江寒——一九九五年出生。原本家境很好，父母生意人，最开始靠卖盗版书发家，后来又搞中小学教材批发，攒了钱，开了家印刷厂，后来又搞连锁书店，赚了不少钱。

"才出生时，江寒的身体还看不出毛病来。到了三四岁，慢慢发现不对劲。直到五岁，才终于确诊。在这之后，江寒父母做了一个决定——从城市搬走，来到这座山谷，盖了这间房子，过上隐居生活。"

"可——为什么——还有，江寒上学读书怎么办？"我问。

"说起来，江寒算是黑户。除了医院开的出生证明外，他既没有户口本，也没有身份证，更没有医保卡。"

"怎么会这样？！"

"很简单，父母没给他办户籍手续。"万径轻吐烟圈，"大概，他们不想承认有这么个小孩。"

"那他们为什么不干脆弃养？"

"或许很矛盾吧，既不想要，又舍不得丢。我没结婚，也没孩子，做父母的心思，我不太懂。"

"所以，才躲到这个与世隔绝的地方来吗？"我想，这究竟是怎样一种逃避现实的心理。

万径朝烟灰缸弹一弹烟灰："总之，他们一家三口，二〇〇〇年搬来这里。不久，江寒父亲又从老家喊来堂弟夫妇，帮忙照看家。夫妻二人则轮流外出打理生意，留一人教养江寒。"

"他们自己教书？"我很诧异。

"简单的认字写字，拼音算术，科普常识之类，不像学校教的那么复杂，但很实用。"万径说，"他们本就是做书商起家，家里最不缺的就是书。江寒住的书斋，原来就是放书的仓库。"

一根烟抽完，万径把烟屁股摁进烟灰缸。

"总而言之，靠父母教，加读书自学，江寒的知识水平倒没落下，可能比学校里死读书的孩子还更聪明些。"

那倒是，否则也不可能成为作家。

我想起一件事来："可是，江寒看病怎么办？他这身子骨，怎么着也要上医院吧？"

如果连身份证和医保卡都没有，医院看病怎么办？毕竟现在挂号都要实名制。

"高级私人医院。"万径的回答简单明了，"只要钱到位，服务绝对周到。隐私保护，医疗便捷通道，还能办理VIP就诊专号。"

我顿时无言。看来，贫穷的确能够限制一个人的想象力。

万径则接着说："一家人如此这般地活着，虽然旁人看来怪异得很，但也算平静。直到二〇〇五年，意外来临。"

听到这话，我心中咯噔一惊。

"那一年发生了两件事。其一，江寒父母遭遇车祸，双双身亡——"

"啊！"

"其二，谷婶生下一名男婴——"

一边说着，万径将捋山羊胡，意味深长地看我一眼。我还没从"车祸""身亡"等字眼带来的震惊中复原，又陷入更深的泥潭。

"你这么说，该不会——"

万径点头："这孩子，生长发育也有问题。"

"难道是家族遗传？"

"不清楚。唯一清楚的是，江叔谷婶对待亲生骨肉的态度，和江寒父母如出一辙。"万径深饮一口酒，又抽出第二根烟，"他们也没给孩子上户口。"

我陷入沉默。

"靠江寒父母留下的遗产，几个人继续在这生活，但各自怀着怎样的心情，外人就不得而知了。等五年后，也就是二〇一〇年，又发生一件事——那孩子走失了。"

"走失？怎么可能？"

那孩子当时才五岁，又住在这样一个与世隔绝的地方。

"个中详情，外人同样不得而知。"万径说话时，面色变得极度阴沉，原本苍白的脸，越发不见血色。

我全身上下泛起鸡皮疙瘩，心脏仿佛浸入冰冷的深井。我的脑中，闪着四道充满死气的目光。我大概明白，江千山和谷舟为何看来如此苍老。

"这件事给江寒的打击极大。出于同病相怜的心理，他对这位堂弟疼爱有加，还为其取名江雪。"

"江雪"这两个字触动了我。江雪——江寒——寒江雪——

"江寒二〇〇八年左右开始尝试写小说，在各类杂志和网络平台投稿。也是在那会，他动了念头，将仓库改造成书斋。只不过，一开始他仅仅在书斋写作看书，仍会回别墅这边吃饭睡觉。可是，江雪走失后，江寒就将自己关进书斋，再也不出来。"

本来，为了采访工作，打算尽可能多地了解"蓑笠翁"这位覆面作家的个人信息。没想到，却听了这么多悲沉的故事。

为了换个心情，我问万径："谈谈你吧。你什么时候来这儿的？"

"你误会了，我不在这常驻，只是不定期串门。这一次，也是江寒通知我过来帮忙。"

"可江寒打小隐居在此，你又是怎么找到他的？"我想，既然江寒父母选择逃避，一定不会把隐居地告诉其他亲朋。

万径烟酒交替入口："我这个人，居无定所，喜欢四海为家，没事写几篇小说，骗点稿费维持生计。我最爱的就是到处旅行。人活着嘛，总归要死，既然如此，何必要受约束，自由才是真谛。抱着这种生活态度，我四处游历。二〇一二年，偶然听老家人提到，有一个远房怪亲戚住在这一带的山谷，似乎还得怪病。我的好奇心被激起，便开车来这片山地，漫山遍野找，最后还真让我找着了。可是，虽自报家门，却碰了一鼻子灰。直到我说自己是个写手，唤起江寒兴趣，这才同我见面。我也是那时才知道，他居然就是那位成名作家。"

万径说，自从那次起，便开始不定期造访江寒。两人爱聊小说，聊写作，江寒也爱听万径讲外面的花花世界。而且，万径上过医学院，懂医学知识，可以顺便充当家庭医生，替江寒体检、备药。

"这个地方，还有没有其他人来过？"我问。

"据我所知没有。"万径顿了顿，又指了指我，"当然，除了你。"

5

饭后，回到客房，暖气已开，十分舒适。

万径已向我介绍别墅格局。一楼是客厅、餐厅、厨房、卫浴室以及江千山夫妇的卧室。二楼则有三间卧房加一间卫浴室。本来，这三间房分别是江寒和他父母的卧室，以及书房。可是，父母去世，江寒本人又搬去钓雪斋，二楼房间便整个空置。两间卧房被清空，书房也只剩空书架和书桌。

后来，万径成了常客，江寒卧房便被重新布置，给了他用。而我住的，则是江寒父母生前卧室。想来这间房是为我特意布置，难怪家具看起来都是新的。

我和万径的房间相邻，窗向北开，而书房面积稍大，靠南，窗可观湖。卫浴室则位于二楼东北角，正对楼梯口。

我冲了个热水澡，顿感神清气爽，回到客房，已是晚上七点。窗外，开始飘起雪花。我在临窗的书桌前坐下，拿出笔记本电脑，对照采访记录，将内容整理编排，制成文档。

完成工作，已将近八点。窗外，雪下得越发大了。我掏出手机，发现果然没信号，看来万径所说不假。我连接无线网，试了试，速度的确很流畅，便用微信和主编汇报工作进展，又打开电子邮箱，将文档给主编发过去。

这时，我看见收件箱多了一封新邮件，点开一看，原来江寒委托我调查的事，有结果了。

见到"蓑笠翁"之前，我不清楚调查一家国外医疗机构是何用意。现在明白了。这是一家专攻基因治疗的机构，江寒所患疾病，想必正和基因遗传有关。之所以选择封笔，可能由于他的身体状况逐渐恶化。接下来，江寒应该会把主要精力放在治病上。

然而结果是残酷的。调查结果显示，这家医疗机构是假的。我的心情沉重起来。不知得到这样一个结果，江寒会作何感想？可我不能对他隐瞒，只好将邮件转发。

做完这件事，一阵疲惫袭来，可毕竟才八点多，作为夜猫子的我，夜生活甚至还没开始。我正想该如何打发时间，身后传来一阵敲门声，开门一看，又是谷舟，依旧面无表情，手里端着托盘，这次托盘上是一杯热牛奶。

我接过牛奶道谢，谷舟依然只微微点头，转身离开。

我手捧热奶，坐在椅子上，呆呆欣赏了一会儿窗外雪景，突然想起一件事，打开百度，输入"早衰症"——

早衰症，全称早年衰老综合征，又称儿童早老症，属于遗传病。患有早衰症的儿童，其身体衰老速度比正常人快五到十倍，使其貌如老人。患者体内器官亦快速衰老，造成各种生理机能下降。

常见症状包括：身材矮小，体重下降且和身高不成比例，性发育不成熟。皮下脂肪组织减少，皮肤变薄、紧张、干燥、皱褶，生长老年斑，许多部位的皮肤呈硬皮病样表现。头和面不成比例，头部所占面积相对较大，面部相对较小，下颌比正常人小。脱发，头皮静脉明显，前囟门凸起。眉毛和睫毛缺如，眼呈鸟眼样外形，鼻尖呈钩状，嘴唇薄，牙齿脱落，耳尖突起而耳垂小。胸廓呈梨形，锁骨短而发育不良。四肢关节僵硬，常有髋部脱臼，指甲营养不良。

病童的心智大多和同龄儿童无异。专家指出，病童一般只能活到七至二十岁，普遍很少超过十三岁，大多死于心血管疾病等衰老性疾病。目前尚无有效治疗早衰症的方法。

我盯着屏幕，发了一会儿愣，回过神来，将剩下牛奶一口喝干，从包里取出电子书阅读器，脱衣上床，打算看会儿小说，可没看几页，一阵浓烈倦意袭来，便睡死过去。

也不知睡了多久，我被一阵怪异声响吵醒。迷迷糊糊间，听见一阵凄厉的哀鸣声，似乎从楼下传来。看一眼时间，凌晨十二点半。半梦半醒间，我像着了魔般，穿衣起身，轻轻开门，踮着脚走到楼梯口。

侧耳倾听，声音果然是从楼下传来。我开始下楼，打算一探究竟。就在踏上楼梯前一刻，我瞄了一眼窗外。楼道旁的窗户，开向东边，从这个位置可以看到钓雪斋，以及两座房子间的走廊。

窗外，雪已停了。整个世界被白雪覆盖，唯独走廊的玻璃顶棚，积雪被狂风一扫，纷纷散落，露出底下的玻璃面来。正是透过这玻璃面，我瞥见一道人影快速闪过——

人影个头极小，形如孩童，以飞快的速度朝钓雪斋奔去。

江寒？

楼下，哀鸣声依旧不止。我如猫一般潜下楼。楼梯口正对江千山和谷舟的卧室。此刻，房门大开，房中亮着微弱的灯光。当我看清房中情景，彻底呆住了。

江千山，正跪在地上，弓着背，痛苦哀号。我听见的哀鸣声，正是他发出。至于谷舟，丝毫没理会自己的丈夫，怀里抱一样东西，正一个劲来回踱步，嘴里念念有词："哦，不哭不哭，宝宝乖，不哭……"

我将视线集中到她的怀中物，等看清后，一股寒意自脊背爬满我全身。

那是一只又旧又破的布娃娃。

谷舟突然发现我的存在。她停下动作，一双眼睛直勾勾盯住我，眼里的死气如洪水般朝我涌来。

我转身狂奔回二楼，将自己锁回房中。

6

第二天醒来，不到八点，我的脑袋晕晕沉沉，身子疲软乏力。

心怀忐忑下楼，只见江千山和谷舟夫妇正在餐厅厨房张罗早餐。他们见了我，没有任何反应，仿佛夜里发生的一切，纯粹是场梦。

原以为万径还在睡，不想他却从大门外走了进来。看见我，打个招呼，说："我出去探了个路，这一夜雪下得够大，路上积雪太深，不知道能不能回得去。"

听他这么一说，我有点担心。最近工作太忙，实在浪费不得时间。

"总之，先去书斋那边吃早饭吧。"

我这才想起，昨天采访结束时，江寒邀我共进早餐，还说会给我一个惊喜。

我把这件事告诉万径，他听完却摇了摇头，表示并不知情。

谷舟准备了丰盛的早餐，装进一只大竹篮，又用棉布盖住保温，挎在胳膊肘上，和我们一道前往钓雪斋。

出了门，寒意凛然，我忍不住打个哆嗦。放眼望去一片白，湖面也已结冰。岸边积雪平整光洁，有如山水画中的留白。

我们沿走廊来到钓雪斋。谷舟上前敲门，没有人应。再敲，还是没动静。

谷舟面露疑惑，看了看万径。万径走上前，握住门把一拧。

"咦？没锁？！"

推门进去，屋内空空如也。万径跑到床前，空的，谷舟打开卫浴门，空的，我弯下腰看书桌底，还是空的。

谷舟一改平时的漠然，急得直念叨："平时门一直都锁着，不可能这样，一定出事了，出事了。"

说完，她急匆匆跑了出去。

万径突然抬头看看天花板，我顺着目光往上看，明白了他的想法。

我俩同时爬楼，楼梯尽头，是一扇乌黑厚实的金属防盗门。用力敲门，没有反应。

"钥匙呢？"我问。

万径摇头："只有江寒自己有钥匙。"

我想起昨天提议参观藏书室，却被拒绝。

"你进去过吗？里面什么样？"

没想到万径依然摇头："他不给任何人进。"

我哑然。这真的只是一间藏书室吗？

楼下传来响声，回到一楼，发现谷舟把江千山拉来了。

江千山听了我们的话，直皱眉头："会不会晕倒在二楼了？钥匙说不定在他自己身上。实在不行，只能想办法把门撬开。"

这时，万径走到落地窗前，一动不动望着窗外，背影看上去若有所思。

我跟上前。窗外，湖面结一层薄冰，栈桥上积雪平整，雪面无一丝痕迹。乌篷船在冰封的湖中一动不动，乌黑的船体被白雪点缀，若不是此时情况紧急，倒也颇有品味的乐趣。

万径突然打开玻璃门。

"怎么了？"我问。

万径没有回答，径直走出去，我只好跟在身后。

踩在雪里，发出咯吱声，脚底传来踏雪特有的触感。我俩来到乌篷船前。

近距离观察，船通体黑色，船体木质，船篷则由竹篾编成，呈拱形，船长近三米，篷舱位于正中，占了船体总长的一半左右，双桨固定在船尾。

此时，船头船尾的甲板、船篷的顶端，全被白雪覆盖。积雪同样了无痕迹。

我随万径踏上船头，往船舱里张望，这一望，整个人凝固了。

舱内，沿两侧船栏各有一条长凳。靠栈桥一侧的长凳上，坐着一个人。

此人个头极矮，不足一米，头顶斗笠，身披蓑衣，在冰冷的船舱内，一动也不动。

万径赶忙上前，掀起斗笠，一张京剧老生的脸谱面具出现在我们眼前。

"蓑笠翁"……

万径用力拍对方的肩，没有反应，伸手揭面具，却怎么也揭不下来。

"奇怪，冻住了吗？"

万径小声嘀咕，改用手指探颈动脉。就在这时，我俩同时发现了脖子上的东西——

一道暗红色的勒痕。

"死了。"约十秒钟后，万径收回手指，下了结论。

话一出口，身后传来哭声。我回头一看，江千山谷舟夫妇也跟我们上了船。

谷舟歇斯底里地哭喊，看样子随时要瘫倒，江千山面露苦色，使劲拽住妻子，防止她摔进湖里。

"先走吧，报警，保护好现场。"万径冷静地说。

我们回到别墅，打电话报警，或许受恶劣天气影响，手机信号比平时更差，电话根本打不出去。

只能利用网络和外界联系了。

当我将注意力移向无线网信号图标时，却愣住——

无网络信号！

我抬头看其他人，结果全部和我一样！

江千山面色凝重，开始四处查看。等回到客厅，他用颤抖的声音说："所有路由器都被破坏了。"

我一屁股坐到沙发上，脑子乱成一团，完全无法理解目前的状况。谷舟瘫坐在另一张沙发，浑身颤抖，不住抽泣。江千山站在我们面前，像个犯错的孩子，一动不动。

最先恢复冷静的是万径："我试试看能不能开车出去，你们在这等。"

我提议跟他一起，却被拒绝。

"外面雪太深，路况不好，万一我被困住，可能还要你们来救。"

说完，他快步走出大门，随即传来车子启动的声音。

听车辆行驶声渐渐远去，我和江千山谷舟夫妇三人待在客厅，彼此沉默无言，气氛极度尴尬。他俩没有和我说话的打算，我直感身心疲惫，也不想开口。

可没过多久，车辆声再次响起。我急忙起身，跑到门前，只见万径的白色高尔夫开了回来。

"不行，山谷出入口全被雪堵上了，车子根本爬不上去。再往前，还有树干被雪压断，横在路中间。"

下车，回屋。万径说话时，表情明显比先前沉重。

"看样子，只能等雪化了。"

"天气预报说，今天还有暴雪。"江千山用苍老而颤抖的声音说。

万径不吭声，径直走进厨房，出来时，手中捧着一杯热水。

"从目前情况看，江寒应该是被谋杀的。凶手将他勒死后，又将屋里的路由器破坏，将我们与外界隔离。"

"什么人干的？！会不会还躲在这里？！"

几乎没怎么听谷舟说过话，我才发现她的嗓音尖锐又刺耳，像指甲划过黑板。

万径没有回答她，继续说："昨晚谷婶热完牛奶，我给江寒送去，大概是八点半。我在书斋逗留了一会儿，聊我正在写的小说，离开时差不多九点半。从命案现场的情况来看，雪地里没有脚印，说明江寒是在雪停之前被杀的。我写稿到深夜，记得雪是在凌晨十二点左右停的。也就是说，江寒死亡时间是在九点半到十二点之间。当然，这是从我的角度来看。毕竟我应该是最后见到江寒活着的人，如此一来，我反而最有嫌疑……"

"等等！你在说什么呀？！"江千山大声打断万径的话。

"不明白吗？相比外人作案，我们这几个内部人士犯罪的可能性更大。这地方太偏僻，又是这鬼天气，外人能不能找上门都是问题。而且，家里没发现入侵痕迹，所有路由器却都被破坏。可见，凶手对这里非常熟悉。所以，我们要先互查……"

"等、等一下。"江千山再次打断，"实际上，雪停之后，小寒还活着。"

此话一出，万径愣住了，我却回想起，夜里下楼时，在窗外看到的身影。

对，那个身影，应该就是江寒。而当时，雪确实停了。

"你怎么知道？"万径问，语气变得越发严厉。

"他当时……来找过我们……"江千山吞吞吐吐，不时望望谷舟，后者低下头，不吭声。

"这些年他从来没回过这边，突然出现，我们都吓了一跳。虽然昨晚睡得很沉，还是一下就惊醒过来。我记得，当时看了墙上的钟，十二点十分，也看了窗外，雪确实停了。"

"可是，他为什么会来找你们？"

这一次，江千山脸色变得惨白，不再回答。谷舟突然表示头晕心慌胸闷，让江千山扶她回屋。于是夫妻俩撇下我们，径直回房。

等他们走后，我将夜里的见闻告诉万径，算是证实了江千山的话。

万径眉头紧锁，掏出一根没有滤嘴的卷烟叼上，没抽两口，把烟一摔——

"走，去现场。"

7

前往现场之前，我和万径回二楼，各自取出一副手套戴上，顺便将二楼整个巡视一遍，没有发现异常。回到一楼，又将除江千山夫妇卧房外的各处也做了详细检查，同样无异常。

然后，我们回到乌篷船。

万径让我站一旁，用手机摄像，日后交给警方，当作证据。自己则蹲下，认真检查起江寒的尸体来。

除了脖子上的勒痕外，江寒身上找不到其他外伤痕迹。勒痕很细，想来凶器是某种坚韧的细线。

摘下斗笠，万径又试着摘面具，和之前一样，依然摘不下，查看过面具和脸的贴合面，对我说："似乎浸过水，戴上后结了冻，和脸整个冻一块了。"

早衰症病人的皮肤很薄，使劲拉扯很容易拉破。所以我们没敢使蛮力，只能任由面具继续挂着。

万径又将蓑衣解开，底下是昨天见过的灰色棉睡衣。

想起昨日初见江寒的情景，我忍不住问："为什么他总要打扮成这样？"

"我常见他如此。听江叔他们说，平日里他也总爱这么打扮。据本人说，写作时扮成蓑笠翁的样子，能带来灵感。但我想，他大概觉得，这样做可以隐藏真正的样貌吧。"

隐居山谷，住在一面临湖三面无窗的房子里，足不出户，做到这种程度仍然不够吗？就算关在屋子里，还要进行伪装遮掩。江寒究竟对自身怀着怎样的不认同感？

脱下蓑衣，万径继续检查里面的棉睡衣。他在睡衣兜里翻找，似乎在找什么，看样子却没有收获。我注意到睡衣冻得很硬，完全没有棉布料该有的柔软，反而像硬纸板。看来夜里气温低得可怕。

我想起万径读过医学院，或许选修过法医学，便问："能大致判断死亡时间吗？"

万径摇摇头："现场环境温度太低，很难通过尸温尸僵评估。"

我们又仔细检查了船舱。船舱面积不大，长约一点五米，宽度大概一米，除了两侧长凳，舱内空无一物。忽然，我注意到甲板上开有一道地门。

"这是什么？"

地门靠船头一侧有一内嵌门把，万径用手指抠住，往上一提。我凑上前，伸脖子低头一瞧，原来门下直通湖面。

"茅坑。"万径说。

我瞬间会意。万径将门轻轻合上。

"茅坑"四四方方，边长四十厘米左右，作为排泄物的出口绰绰有余，但要让人进出，却实在不够大。

我们又走到船尾，除了两副船桨，别无他物。并且，此处积雪也完好无痕。

虽然觉得残忍，我们还是决定将江寒的尸体暂时留在原地。

下船前，我再一次环顾四周，乌篷船周围的湖面，乃至更远的湖面，冰封完好，冰面不见破裂痕迹。

如果我的眼没花，江千山没说谎，那么这是一起实实在在的不可能杀人事件。

回到书斋，万径抬头看天花板，喃喃说道："钥匙不在江寒身上，那一定藏在这屋子某处……如果实在找不到，只好想办法把门撬开。"

原来，他适才在衣兜里摸寻，是想找二楼藏书室的钥匙。

的确，一个有藏书癖的人，无论如何，不会介意在他人面前展示自己的收藏，更有可能会乐于如此。然而，无论我或万径，都没能得到参观许可。

这说明，二楼不仅藏书，还藏着其他秘密。这秘密，或许和江寒之死有关。

万径提议，一边寻找钥匙，一边检查屋里有无留下线索。

首先，门窗。早上到达书斋时，大门没锁。可万径说，除了昨天采访，大门被提前解锁外，通常情况下始终反锁。没有江寒允许，他人绝对无法擅自进入。难怪先前谷舟一见大门没锁，便发觉不对劲。至于落地窗正中的玻璃门，倒是只关不锁，毕竟门外临湖。玻璃门两侧，各开有一面可开合的窗扇，此刻，窗扇从内关锁。

其次，书桌。如昨天所见，桌上有笔记本电脑、台灯、记事本、笔筒，以及"黑匕首"奖杯。翻看记事本，只是笔记摘抄。将笔筒中铅笔拔出，筒中未藏他物。黑匕首静静躺在刀架上，刃在鞘中，刀架底座印有一指纹图案，旁刻四字——"黑指工坊"。书桌抽屉左右各三，全部塞满稿纸，清一色小说大纲草稿。

再次，书架。架上全是各类工具书，包括法医学、药理学、刑侦学、心理学、逻辑学等等，想必是写作用的参考资料。除书外，剩下都是盆栽，以及一艘乌篷船的模型摆件，造型与湖中真船倒颇相似。

书架最底层摆着一只药箱，箱体白色，箱盖上印着一个红十字。打开药箱，见箱中堆满药瓶药盒，我认识的有感冒药、抗生素、止痛药，还有安眠药等。万径说，这些药都是他帮江寒备的。我们将药品倒出，翻找，没有钥匙。

书架旁一角，地上搁着一口长条形的包，黑色，防水帆布材质。打开，包里装着钓竿、渔线等钓具。万径抽出一束渔线，举到眼前观察，我在旁灵光一闪。

"难道……"

万径点头："和脖子上的勒痕很接近。"

独钓寒江雪的"蓑笠翁"，居然在雪夜湖面舟中，被自己的渔线勒杀。

接下来，卫浴室。室内陈设简单，一张盥洗池，一座镜柜，一只马桶，最里面是淋浴花洒。

书斋另一边是生活区。沙发，茶几，电视墙，床，床头柜，衣橱。挨个翻找，一无所获。

万径掏出烟盒，取出一根，快速抽起来。不一会工夫抽完，他又拿出皮夹子，从里头抽出一根细长的金属条，外观好似掏耳勺。

他看我一眼，随即爬上楼。我紧跟其后。

来到二楼防盗门前，万径猫下身子，将金属条小心地插入锁孔，整张脸贴上去，用右手拇指和食指捏住金属条尾端，开始轻轻地来回旋拨。

我诧异地看着眼前情景——没想到一个写手还会这技能？

"写小说，就得什么都学什么都会。"即便背对我，依旧看穿了我的想法，万径一边"工作"一边说。

然而，二十分钟过去，门纹丝不动。

万径站起转身，只见他额头渗出汗珠。

"不行，好像是专门定做的防盗门，锁芯也很特别，和市面上一般门锁不同。"

回到一楼，万径一屁股坐到沙发上，又点起一根烟。看上去他似乎有些烦躁。这也难怪，不但门锁打不开，摆在我们面前的，还是一起不可能杀人事件。

我望向窗外，看着满目白雪，脑子里突然冒出一个想法。

江寒，真的是江寒吗？

会不会，真正的江寒早已死了，被江千山和谷舟杀害，夫妻俩吞并了江寒的家产，同时让自己的孩子冒名顶替。万径说过，江千山和谷舟夫妻俩的孩子二〇一〇年失踪，之后不久，江寒便将自己关在书斋，足不出户。时间上完全对得上。

至于江寒的尸体，大概率沉尸湖底，又或者——

藏在藏书室中？

我忍不住将猜想说出来。万径听完，瞪大眼睛盯着我。原以为他被我的灵光乍现惊到，不想接下来的话，却浇给我一身冷水。

"你有没有想过，二〇一〇年，江千山和谷舟的孩子——也就是江雪——才五岁。这个年纪的孩子，估计拼音都没学会，更不用说认字写字。你觉得他能写长篇小说？"

一时间，尴尬如夏日蚊虫爬遍我全身。忽略了年龄，而且，这个猜想对解决眼前问题没有任何帮助。

我正努力平复心绪，万径忽然想起什么似的，从沙发站起，走到书桌前，再次坐下。由于靠背椅是按江寒的体型设计，万径坐上去显得十分别扭。

只见他打开笔记本电脑，我心中一动，绕到他身后。

待电脑启动，我俩愣住了。桌面上，除回收站外，所有程序图标全被删干净，只剩正中央放着一个文档。

文档名称叫——《请看》。

点开文档，似乎是一篇小说，名字叫《最后的谜面》。我俩快速阅读，越往下看，越感觉头皮发麻。

这是一篇以第三人称视角写的短篇小说，主人公叫"寒江雪"，但并非系列作里那位，仅仅借用了这个姓名。至于小说内容，与这两天来的经历几乎完全一致。最后，主人公"寒江雪"被发现勒死在乌篷船中。现场，是一个雪地密室。

之后，有一个经典的挑战读者桥段。小说到此处结束，没有解答部分。

正如文名，这是一篇只有谜面的小说。

我和万径面面相觑。

"这是什么意思？"我感觉喉咙很干涩，"难道一切都是自导自演？江寒是自杀？"

万径没有回答。他眉头紧锁，眼里闪着光，整个人陷进不合身的椅子里，左手捋起胡须来。

窗外，美丽的雪景并不能激起我的诗意，冰雪反倒封住了我的理智。

天空，又飘起雪花。

这时，身后传来万径的声音。

"听我说，我知道真相了。"

8

"说起来，多亏你，是你提醒了我。"

万径如是说，我却如坠云雾，不知其何所指。

"你刚才说，江寒也许被江雪顶替了。"

"可不是已经排除了吗？"我说。

"但我们可以做一些修正。"万径说着，又去口袋里摸烟，"你的猜想是，江寒被杀，再由江雪顶替。但如果江寒没有死呢？"

"你的意思是——"

"如果，两人共同隐居在此呢？"

万径深吸一口尼古丁，表情明显兴奋起来。

"江寒的样子，你昨天也见过了。我常有一个疑惑，只是从未深思——就江寒的身体状况来看，他那双手，真的能敲键盘码字吗？"

简单的一句话，却给我带来不同寻常的强烈冲击。江寒那双枯槁的手，那一个个膨大僵硬的指关节，开始浮现在我脑际。

"另外，他那副身子，真的能划动船桨，驾舟钓鱼吗？"

如此显而易见的事实，摆在眼前，我却全然未察觉。

万径继续说："也许，早些年他的身子还没衰退到如此严重。但后来，必然有人帮他。"

我突然想起昨晚谷舟给江寒送饭的情景。托盘上的饭菜，绝不是一个人的食量。

江寒和江雪，共居在此。可我们只见江寒，那么另一个人——

我下意识地抬起头来。

原来如此。这就是藏书室的秘密吗？

万径又一次洞察了我的想法："二楼一定有江雪的生活痕迹。"

"江千山夫妇知情吗？"

万径摇头："应该不知情。将房子三面墙窗户封死，书斋大门终日反锁，二楼专门定做防盗门。这一切，应该都是为了防江叔谷婶夫妇俩。"

他顿了顿，又说："江寒经常斗笠蓑衣面具装扮，你有没有想过，为什么？"

"不是为了隐藏自己的真容吗——啊——难道说——"

我俩互相对视。

"斗笠蓑衣面具下的，不一定是江寒，有时也可能是江雪。"

通过这种方法，江雪也能近距离与前来送饭的父母接触，却不被发现。

"江叔谷婶说，江雪二〇一〇年走失。但我想，一定不是走失，而是抛弃。也许他俩不愿复制江寒父母的悲剧。江寒大概早有察觉，出于同病相怜，在江雪被遗弃后，他又悄悄将其领回，藏在这座书斋。之后，为了方便照顾，便以专心写作为由，长久住了进来。江雪当时五岁，正到懂事的年龄，对于发生之事，想必已能理解。所以，才会配合江寒，藏身此处。"

我沉默无语。

"江叔谷婶只说过，江雪的生长发育有问题，但没说具体是何病症。我认为，未必和江寒患的是同一种病。"

"为什么？早衰症本来就有家族遗传性吧？"我提出质疑。

"如果两人都患早衰症，江寒不能做的事，江雪同样不能做，不是吗？"万径一针见血，"虽然不确定，不妨猜想一下。江寒收留江雪，隐居在此后，开始创作'寒江雪'系列小说。'寒江雪'的人设，是一个老人的灵魂转移到一个孩童的身体。为何非要创造这样一个人？毕竟读者第一时间会联想起'名侦探柯南'，有被质疑抄袭模仿的危险。事实上，过去也确有类似发声。按江寒所说，他本人是年轻的灵魂被困于老朽的肉体，所以想创造一个与自己相反的人物。但如果事实并非如此呢？如果说，'寒江雪'的设定，其灵感来自江雪呢？成熟的灵魂附着于幼稚的身体，这会让你想到什么？"

难道是——

"侏儒症。"

"侏儒症病人，智力与正常人并没差异。身体虽然发育慢，但相比早衰症，更接近健康人。很多侏儒症病人从事马戏杂技，甚至做演员。他们可以和普通人一样生活工作，结婚生子。"

万径一边说，一边将香烟续上。看来解开真相前，他的烟不会停。

"江寒一边写作，一边教江雪认字读书上网敲键盘。等江雪学会，便能帮助江寒，扮演作家助手的角色。另外，我还想到一种可能——"

万径意味深长地看着我。

"你们的金牌作家'蓑笠翁'，也许不是一个人，而是两个。"

我惊讶地张大嘴，摸摸下巴，幸好没掉。仔细想想，万径说的话，虽然出人意料，却也合乎情理。毕竟在这般特殊环境下长大，江雪爱读爱写推理小说，几乎可说是必然。加上他需要给江寒帮忙，参与创作的可能性极大。

"江寒，江雪，寒江雪……原来，寒江雪就是蓑笠翁。"我感叹。

可是，即便推理出江雪的存在，面对眼前谜团，依旧束手无策。江雪在这件事中扮演什么角色？凶手？他为什么要杀江寒？还有，怎么杀的？

这些问题，仍然一无所知。

没想到，万径接下来的话，像一只无形的手，狠狠扇了我一嘴巴子。

"现在，我们知道，江寒并非独自一人，而是和江雪共生。以此为前提，这起不可能杀人事件的手法和动机，也就一目了然了。"

"什——什么?!"我觉得这回下巴真要掉了。

万径表情语调始终平静："首先看手法。两人事先准备好《最后的谜面》这篇小说，存进电脑，留作线索。等夜里雪停，江寒前往别墅和江叔谷婵见面，从而取得雪停后人还活着的证词。回到书斋，江雪用渔线勒死江寒，将尸体背上身，用绳索捆绑固定，连同斗笠、蓑衣、面具一起用袋子装好携带，然后，走到这个位置——"

万径一边说着，走到落地窗玻璃门一旁，站在可开合的窗扇前。他将窗扇锁扣旋开，朝外一推，冷风扑面而来。我在万径示意下，走上前，将头伸出窗外。由于书斋南墙紧贴湖岸，窗外便是湖面。

"江雪背着江寒尸体，一手拎着袋子，爬上窗，跳出去。"

万径用手在我眼前划一道弧，指向窗外湖面。

"江雪身体远较江寒健康，又爱驾舟钓鱼，懂得游泳潜水，实属正常。他背着尸体，朝乌篷船游去，虽然吃力，好在路程短。到了船边，改为潜水，到达船底，找到'茅坑'门，朝上推。'茅坑'尺寸很小，正常人不可能通过，可江寒江雪都不是正常人。以他俩的身型，由此进出，绰绰有余。

"江雪先将袋子经'茅坑'扔进船舱，再解开绳索，把尸体托起，塞进去，最后自己爬上船，替江寒的尸体穿戴上斗笠蓑衣面具。这么做，也许出于仪式感，但我认为，更可能是为留下线索。当我想摘下面具时，发现面具被冻住。夜里天气虽冷，可要将面具整个冻在脸上，除非脸上有水。穿斗笠蓑衣也是一样，为了检查尸体，必须将其脱下，期间注意力自然会集中至尸体衣着。然后，我们会发现一个异常现象——衣服被冻得硬邦邦。"

我回想当时情景，江寒身上的棉睡衣，其质感有如硬纸。一般来说，即便天气再冷，棉布料也不会冻成那样，除非——布料湿了。

"他们在暗示'水路'。"我说。

万径点点头，继续说："做完这一切，江雪原路返回，关上窗户。如此，一宗不可能的杀人谜案便诞生了。"

我细细咀嚼万径的推理。这起不可能杀人事件的基石，在于一条处于思维死角的路径——水路。造成思维死角的原因有二。其一是"茅坑"的尺寸，其二则是冰封的湖面。勘查现场时，整个湖面结上一层薄冰，冰盖完好无损，让人想当然以为，没人下过水。然而，案发时雪虽停了，却不表示湖面也已结冰，依据常识也可知，雪后方才上冻。即使江寒江雪下水时，湖水已结冰，两人将冰盖破坏，经过一夜，冰盖依然会复原。毕竟，水路冰面和陆路雪面截然不同。

"如此看来，江寒江雪其实是自导自演？"

"本来还有疑虑，可看了小说，我相信了。"

"他们为什么要这么做？"这是最核心的动机问题。

万径突然反问："你不觉得奇怪吗？"

"奇怪？"

"出道以来，'蓑笠翁'拒绝一切采访，为什么偏偏这次会同意？"

"因为是封笔呀。"虽然这么说，其实我也感到疑惑。

"我想，他的真正目的，是让你来担任见证人。"

"见证人？见证什么？"

"江寒昨天对你说，今天会给你一个惊喜，对吧？"

的确如此。可人死了，也不知这惊喜所谓何事。

"我推测，他所谓的惊喜，有两个版本。"万径点上不知第几根烟，"至于选哪个版本给你看，取决于他和江叔谷婶的交谈结果。"

"此话怎讲？"

"江寒身体越来越差，想必时日无多。最大的问题摆在他面前，江雪以后怎么办？江寒夜里去找江叔谷婶，一定是告诉他们，江雪还活着。他想知道夫妻俩的态度。如果他俩愿意重新接受江雪，那今天早上，江寒一定会在我们所有人面前，让江雪现身，将他交还给自己的父母，同时也交给你——"

说着，万径指了指我。

"我？"我惊道。

"他会告诉你，江雪是'蓑笠翁'的一部分。他会让你为江雪提供平台，帮助江雪开启属于自己的作家道路。"万径语速飞快，"安排好家庭和事业，如此，江寒便可安心离去。"

听了这些话，我唏嘘不已。

"可事实结果应该是——江叔谷婶依然无法接纳江雪。于是,我们看到了第二个版本——一起名为'雪地密室'的不可能杀人事件。"

"以这样一种方式,结束身为推理作家的人生吗?"我低喃道。

"这不仅是江寒的个人表演。他将江雪的存在,藏于谜团之中。"

我顺着思路接过话:"解开谜团,也就知晓了江雪的存在——"

"这是隐身人江雪的第二套出场仪式。既然不被亲生父母接受,不为世人所知晓,便只能以这样一种方式,证明他存在过。"

"江雪——人现在何处?"我注意到,万径使用"存在过"这样的字眼。

"大概率自杀了,又或者,小概率藏在某个地方——"

说到这,万径突然打住。他的目光变得古怪又犀利,仿佛被钉子牢牢钉在某个点。我顺着他的目光转向,看见摆在书架上的——

乌篷船模型。

9

船模和湖中实物一样,舱中有一暗门,只不过门下并非排泄口,而是一个暗格。我们在其中找到了钥匙。

二楼防盗门终于被打开,我们终于踏入了这间神秘的藏书室。如意料之中,江雪并不在此。

"看来,果然自杀了。"万径轻声说,"毕竟,按照既定剧本,江雪自杀是最合适的结局,活下来只会更可怜。"

我们开始搜查。二楼大小和一楼一样,靠湖一面开有四扇大窗,采光很好。此刻,所有窗户都关锁着。房中整齐摆放七排书架,书架上几乎全是推理小说,按国籍、年代、流派、作者分门别类,有序陈列。我注意到,其中不少绝版书,价格不菲。

只是,此刻我俩无心阅览。

终于,在最后一排书架后的角落,发现了一床地铺。垫铺,棉被,枕头,衣物,还有一只保温杯。

我们找到了江雪的生活痕迹。

万径的推理是正确的。

"接下来怎么办？"我转过头问。

万径脸上丝毫看不出胜利的喜悦，相反，他板着脸，一声不吭地离开。

我俩回到别墅，江千山和谷舟依然待在卧室。

万径上前用力敲门。江千山一脸疲惫地出现在门口，我从门缝瞧见谷舟一脸木然躺在床上，怀中抱着那只又旧又脏的布娃娃。我一阵心寒。

"江寒夜里找你，是告诉你，你们的孩子——江雪——还活着，对不对？"万径厉声问。

江千山脸色瞬间变得惨白，如木头般静止的谷舟也一脸慌张地望过来。

"他问你们，愿不愿意抚养江雪，你们拒绝了，对吧？"

"不——不——没有，我没有——"江千山一个劲地摇头。身后，谷舟开始哀号。

看来，推理已成事实。

不觉已是中午十二点，以江千山夫妇的精神状态来看，不能指望他们做午饭了。

万径让我到客厅歇着，自己钻进厨房，煮了一大锅面条，我俩各自盛一碗，万径又盛了两碗给夫妇俩送去。

窗外，雪依旧下个不停，丝毫没有停止的迹象。

"吃完回房休息吧，"万径一边低头嗦面条，一边说，经过这一切，他变得无力起来，"雪一时半会停不了，等雪化路通，更不知道要到什么时候。该做的都做了，剩下的，就等与外边联系上，交给警察处理吧。"

我点点头，默不作声地吃面。

回到房中，我整个人如大字躺倒在床，疲惫感如暴雨袭来。恍惚间，我想起一件事——江雪，真的死了吗？

总觉得，哪里不对。

按照万径的推理，江雪杀死江寒后，返回了书斋。这是对的。如果他选择直接在船上投湖，那么书斋的窗扇应该开着。可是，我们查看现场，窗扇锁扣是从内锁上的。

问题在于，回房后，江雪又去了哪，并且，如何自杀？

对江雪来说，最简单的方法，自然是投湖。可是，一楼窗户从内锁上，二楼同样如此。如果从书斋内投湖自尽，必然要打开某扇窗才行。

那么屋外呢？

早上出发前往书斋，一路上，我看见四周雪地平整洁净，完全保持初雪之态。若江雪选择屋外投湖，必须走到湖边，也就必定会在雪里留下足迹。

所以，他没有选择投湖，而是用了别的自杀方式。可又一个问题，不论如何自杀，只要死在陆地，尸体呢？如在屋内自杀，不管别墅或书斋，都会留下尸体。可是，没有找到尸体。如若远离屋子，跑进深林自杀，依然不可避免要留下足迹。可是，没有发现足迹。

那么，江雪并没自杀？而是藏了起来？他会藏在哪？还有，他打算做什么？

一股无法言喻的不安感袭上心头，可更为强烈的倦意将我裹住，我终于失去意识。

不知睡了多久，我缓缓睁眼，眼皮如铅一般沉重。莫名地口干舌燥，直想喝水。可房中没水，我只好起身，看一眼时间，下午四点，开门，下楼，打算到厨房取水。

当我走到一楼楼梯口，站住了。和夜里一样，我看见正对楼梯口的卧室门敞开着，而房中景象，比夜里所见更加恐怖。

我飞一般转身上楼，跑到万径门前，猛敲，不想门没锁，直接被我敲开。万径没有睡，侧身坐在床边，两手搁书桌上，一手托一张白色烟纸，另一手撮一团类似烟叶的东西，正往烟纸上放。

看见我，万径似乎微吃一惊，不慌不忙将手中东西放下，轻轻推到桌子中央，问："怎么了？"

"他们死了，全死了。"我感觉自己的喉头在颤抖。

江千山和谷舟死在床上，两人心口各中一刀，血溅了一床。

第三具尸体斜躺在靠窗的地板上。此人没见过，男性，光头，身材矮小，不到一米，似乎是孩童，可面容五官却和成人无异。

侏儒症患者。

江雪。

死因应该和他的父母相同，心口中刀。不同的是，凶器依然留在心口——

象征国内悬疑推理文学最高荣誉的黑匕首。

我让自己冷静下来，和万径一道检查江雪的尸体。除心口一刀外，后脑勺有一处血肿，头皮轻微擦破，似乎是钝器击打所致。另外，尸体口唇周围，还有双手手腕和双脚脚踝处，都发现类似胶带捆绑的痕迹。

"看来，江雪并没自杀，而是回来找自己的父母，却被两人袭击后，捆绑囚禁起来。我想，大概是藏在衣橱里吧——"

万径说着，指了指床边的衣橱柜。

"后来不知什么原因，两人把江雪放了。江雪回到书斋，拿到匕首，回来又将两人杀害，然后自杀。"

一口气说完，万径深深叹一口气。

我一面听万径说话，一面扫视江雪的尸体。

不对劲，少了点什么——

万径向门口走去。

"是我的错，我草率地以为，江雪一定会自杀，不想他对自己父母还抱有某种复杂的感情。"

"的确是你的错，"我回答，目光锁住万径的背影，"因为，你才是真正的凶手。"

10

卧室外，我与万径隔门对立，像两名对弈的棋手，又如两位过招的剑客。

万径朝我摆个手势："说吧。"

我点头出招："第一个疑点。江雪的尸体上，少了点什么——"

说着，我朝房中一指。

"心口中刀，由于刀留着没拔，所以身上没多少血。可是，本该有更多血才对——不是他自己的，而是江千山和谷舟的血。照你的推理，是他杀了江千山和谷舟。那么，匕首刺入和拔出，两人的伤口必定会喷溅大量血液，正如床单上呈现那般。可是，行凶时应该站在两人面前的江雪，身上却几乎没溅上多少血。"

万径点头拆招："所以，这个现场是伪装的。他们三人，都是被人所杀。这里除了他们，只有你我。我有嫌疑，你也有。"

万径轻松化解我的攻势。没事，这只是开始。

"第二个疑点。既然江雪杀人再自杀这一结论是错的，那么，导致这一结论的前提，自然也是错的。换句话说，江雪并没来找江千山和谷舟，也没被他们囚禁在房中。江寒死后，江雪原本就没有理由来找自己的父母。既然如此，便出现另一个问题——江雪藏身何处？"

我已考虑过，江雪自杀的可行性不存在。所以，他只能藏在某处。无论别墅或书斋，每个地方我都仔细搜查过，除了江千山和谷舟的卧室。这间卧室也被排除的话——

"还有一个地方——你的汽车。"

万径眉毛扬扬，左手抬起捋捋胡须，表情依然轻松："有意思。"

"第三个疑点。我查阅了有关早衰症的资料，显示患者的寿命区间在九到二十岁，平均年龄是十三岁，很少有活过二十岁的病人。可江寒的年龄却是二十五岁。"

"或许他是极端个例。"

"第四个疑点。夜里我在窗口看到的人影，从身形判断为小孩，结合江千山的证词，可以认定是江寒。可当时所见，人影正朝书斋飞奔。问题来了——患有早衰症的江寒，凭他的身体，如何能飞奔？"

这一次，万径没有说话。他终于察觉我的刀出鞘了。

"于是，我有了一个想法，一个大胆的想法——如果反过来看呢？如果说，患早衰症的其实是江雪，而江寒才是侏儒呢？"

万径目光流转，如剑客在防另一把剑。

"以这个想法为基础，我开始重新看待整件事。首先，江雪被遗弃，江寒背着江千山夫妇将其捡回，教养长大。这些应该和你所说一样，是事实。唯一的问题是，如果江雪患有早衰症，该如何看病？

"江寒是侏儒症，比起早衰症，身体不会太差。而且，即使生病，就算没有医保卡，也可以去私人医院。可江雪怎么办？早衰症的健康状况普遍很差，这么多年下来，江雪不可能不生病不看病。可是，江寒如何才能瞒着江千山和谷舟，一个人带江雪外出就医呢？做不到。

"好在，这个时候你出现了。江寒当初肯见你，绝不因为你是写手，也绝不因为你学医出身，可以担任家庭医生。唯一的原因——你能帮忙把江雪带出去看病。

"我想，乌篷船的真实作用，也绝不是游湖钓鱼，而是用来运送江雪。为了防止江千山夫妇发觉，你不会把车开到这来，而是停在湖对岸，山谷入口处。江寒则假装钓鱼，驾舟把江雪送去对岸，交由你手，你再带出去看病。你一定乐于如此，因为江寒会支付给你相当可观的酬金，毕竟仅靠微薄的稿费，无法支撑你四海游历的生活。"

万径笑笑，眼中却无笑意："我这人很节省的。"

"回到这次采访。实际上，除了敲定采访工作外，江寒还委托我办一件私事——调查一家国外的基因医疗机构。"

听到这，万径的脸色立刻沉下来。我知道，我的刀刃割到他皮肤了。

"他大概想通过这家机构，为江雪治病。江寒之所以封笔，我想也是因为江雪的病情恶化。他们应该下定了决心，结束过去，换一种活法。我推测，江寒的计划是——安排采访，将'蓑笠翁'带来的荣耀成果交由江雪享受，为的是给他激励，江寒自己则藏于幕后。这也是为何与我见面的，是患有早衰症的江雪。采访结束时提到的惊喜则是指，两人会在所有人面前揭开秘密，结束隐身的生活，重新开始。

"所以，江寒江雪的计划是积极的，绝不会因为江千山谷舟夫妇的态度而动摇。自然，也不可能通过自杀来营造推理谜团，写下这样猎奇又悲惨的剧本。"

万径从裤兜掏出银色烟盒，从烟盒抽出一支烟，一支没有滤嘴的烟，放进嘴里。

在他打火的同时，我继续说："江寒委托我作调查时，我没有多想。直到现在，我了解到江寒江雪和你的关系后，才心生疑惑。既然你是这世上唯一知晓他们秘密，与他们关系最亲近的人，为何不让你调查？唯一的原因只能是，这家医疗机构，正是你推荐的。

"江寒江雪应该对你信任有加，毕竟这么多年你帮了他们很多忙，所谓调查无非走个过场。他们一定对这家机构深信不疑，对治疗充满希望。然而，这家机构是假的。"

万径淡然抽烟，表情飘飘欲仙，仿佛全然不在意我的刀，在他身上开了一道又一道口子。或许是伤口尚浅。

"你骗了他们，资料全是假的。问题是，你为什么要骗他们？善意的谎言？类似临终关怀？我想不是。答案是，钱。

"通过这一骗，你应该从他们身上获得了相当数量的钱，名头可以是跨国治疗中介费，委托费，医疗订金，等等等等。当然这么做风险极大，既然是骗局，总有一天会被拆穿。你原本已赚得了不少酬金，为何还要冒这么大险？我想，一定是你有了需要花大钱的理由——"

我指了指万径手中的烟："你吸的不是烟，是毒吧？"

刀刃割得更深，触到肌肉了。

"不知道你什么时候染上的毒瘾，但人一旦吸毒，就会变得疯狂。"

万径笑起来，笑容似乎开始变得狰狞。他挑衅般朝我吐出个烟圈。

我继续挥刀："巧的是，就在昨晚，调查报告发到了我的邮箱，我又转发给了江寒。江寒看过后，一定非常气愤，立刻联系你。而你，就在那时起了杀心，想好杀人计划，并立刻付诸行动，对吧？"

现在想来，正是我转发邮件这一行为，引发了之后一连串的惨剧，不由心中一痛。

"让我来看看，你是如何行动的。其实整个计划的核心很简单，你只利用了一点——我眼中的江寒和江千山谷舟眼中的江寒，不是同一个人。

"前面说过，我采访时见到的'蓑笠翁'是江雪。到晚饭时，你向我讲述'蓑笠翁'的生平，除了早衰症这一点外，都是江寒的生活经历。那时你还没有杀人意图，江寒江雪也没有向你透露'惊喜计划'，之所以这么做，纯粹是为了替两人保密。

"结果，在我看来，所见之人便是江寒，一名早衰症患者。然而，对于江千山和谷舟来说，江寒则就是江寒，真正的江寒。

"当你起了杀心，立刻意识到这一点，便结合下雪天气，定下杀人计划。昨晚，江寒一定联系过你，让你前去书斋对质。出发前，你做了一件事。你知道这一家人睡前有喝牛奶的习惯，便在牛奶壶中偷加安眠药，让江千山夫妇和我睡熟，方便你行事。同时，你还将掺了药的牛奶带去书斋，诱骗江寒江雪喝下。

"两人被你迷晕后，你先将牛奶杯带回别墅，冲洗干净，同时确认我们已睡熟。接着，你再次返回书斋，趁两人还没醒，用渔线勒死江雪，替他穿戴上蓑衣斗笠面具，趁雪还在下，抱着江雪的尸体，来到乌篷船上。上船时，你故意把尸体放进湖中浸泡，制造在水中待过的假象。之后，你便将他放进船舱，摆成我们发现时的样子。

"你回到屋内，等待雪停，同时等待江寒醒来。你告诉他，你因禁了江雪，藏在某个地方，并以江雪的性命相威胁，让他听命行事。雪停后，你让江寒回到别墅见江千山和谷舟，让他告诉夫妇俩，江雪还活着，看夫妇俩如何反应。这么做的目的只有一个，让夫妇二人作证，证明江寒雪停时还活着。我当时恰巧也看见了江寒返回的身影，进一步巩固了江千山的证词。只不过，这同时也是一处破绽，因为我发觉江寒跑得很快，不像早衰症病人。

"等江寒回到书斋，你对他偷袭，大概是用书桌上的笔筒砸后脑，将其砸晕，并用胶带封住嘴，绑住手脚。接下来，你打开电脑，将所有程序删除，其实想删除的只是QQ吧，因为其中有你们的聊天记录。但只删QQ太显眼，只好掩人耳目，将一切删光。之后，你通宵写下那篇小说——《最后的谜面》，作为假线索备用。

"写完小说，你趁天还没亮，抱着江寒回到别墅。这时，江千山夫妇和我又已睡熟。你从大门出去，将江寒藏进车里。只要悄悄把车子的内循环和空调打开，江寒并不会被冻死或闷死。最后，你将整个屋子的无线路由破坏，切断与外界的联系。"

刀刃长驱直入，想来已伤及筋骨了吧。只是，万径依旧无动于衷。

"今早我起床后，你从大门外进来。你说你出去探查路况，其实是借此掩盖藏匿江寒时留下的足迹。之所以把江雪打扮成'蓑笠翁'，一来让我确信死者就是江寒，二来则是不让江千山谷舟看清死者真面目。江寒江雪身高相似，都不足一米。看不清相貌，夫妇俩只能凭借身高装扮做出判断。如此，由于我和江千山谷舟夫妇各自的误判，让这桩雪地密室得以形成。

"回到别墅，你外出寻找救援。不让我同行，是因为真正的江寒正被你关在车里。之所以要切断外部联系，则是为了延缓警方介入，以便你诱导真相，同时也为后续犯罪留下时间。

"不得不说，你是个小说高手，更是个犯罪天才，杀人有如写作。整个过程唯一遇到的困难，就是找不到二楼藏书室的钥匙。推理需要决定性物证——江雪的生活痕迹。你知道，证据就在二楼，可又确实不知钥匙在哪，撬门又失败。所幸最终钥匙还是被找到。

"自此，你已成功大半，但还需收尾。你必须将江千山谷舟夫妇以及江寒全部灭口。杀江寒是必然，你也打算让其顶罪。而你的计划之所以能实现，在于我和江千山谷舟几乎零交流，可时间一长，困在一起的我们难免得说话，话说得越多，诡计暴露的风险就越大。所以江千山和谷舟也必须死。我之所以幸免，是因为我得做你的清白证人。

"我想，你一定又在面条里下药了吧。我们全部睡晕后，你完成了最后一步。杀江千山和谷舟时，身上一定会溅到血，所以得事先换件衣服。这件血衣恐怕已被你扔进湖里了。

"做完这一切，你只要和我一起，等待雪化，外出报警，将一切交由警方，并在警方调查中，说出你编排好的剧情。即便警方出手也不会有问题。因为，江寒和江雪的特殊在于，两人都无社会身份，都身患残疾。无论进行户籍调查，还是尸检认鉴，都难以像正常人那样确认身份。两人谁是谁，只能听你我一面之词。

"只是，最后的最后，你犯了致命失误——江寒的身上少了本该有的血迹。正是这一点，让我心中的怀疑得到证实。"

刀刃破筋骨，正中心脏，拔出。再看万径，却无奄奄一息之感。

"你的解答很好，比我的更好。只是有一点，你的推理中，所有适用于我的，同样适用于你自己。作为'蓑笠翁'的责编，你可以和江寒建立超越工作的亲密关系，自然也可以知晓他和江雪的秘密，进而提供帮助。你和贵公司从'蓑笠翁'身上赚取大量利益，江寒突然宣布封笔，相当于砸你饭碗。劝阻无效后，你心生恨意，进而演变为杀意。你说你对江寒委托之事做了调查，并发回调查报告，这份报告也许本身就是假的，目的为了打消江寒治疗江雪的念头，让其回过头来安心写作。你的推理中，所有我行凶的时间，你都在睡觉。这也可以反过来——你行凶，我睡觉。对吧？"

万径嘴角浮笑，云淡风轻般拔刀出鞘。我感到一阵刺痛。

"这个时候了，还要狡辩吗？"

笑容自万径嘴角消失，目光如刀光闪烁："雪还在下，所有痕迹最终都将被掩盖。一切会回到最初。你我写下的推理，全部会被擦除，变回雪一样的白纸。然后，这张白纸上，会重写下新的内容。"

我明白他的意思。

他的目光转向卧室。我也是。
留在江寒心口，乌黑的匕首。
看谁快！

原载于《锐阅读·推理》（2022年1月）

百万赢家

青稞[1]

第0节 5：01 AM 25/5

眼皮好重……

当孙简成功察觉到自己的意识后,这是他的第一反应。感觉自己喝了很多酒,头昏昏沉沉的,就连睁眼都花费了他不少力气。他挣扎着爬起,用蒙眬的双眼观察着眼前的一切。

这是他的家,面前是熟悉的茶几、熟悉的壁挂电视,还有电视旁边那熟悉的水族箱。一看到这些熟悉的环境,孙简顿时放下了心。只是他的手脚现在特别沉重,他只能一动不动地坐在沙发上。

这时,他闻到了一股奇怪的味道,是铁锈味,很浓重的铁锈味。孙简下意识地将头向一侧扭转,没有看到什么特别的。然后他又费了一番力气将头扭向另一侧,这时他的眼前出现了奇怪的一幕。有一个女人躺在地板上,地板上满是红色,是血水……看到这一幕,孙简的呼吸瞬间变得急促起来。

---

[1] 青稞,90后,推理作家,香港城市大学机械工程系博士。本格推理死忠,经常为了构思一个诡计苦思冥想好多天,也会为了一点小小的感动而泪流不止。推理小说代表作"陈默思探案"系列散见于《推理》《推理世界》等国内知名推理刊物。2017年,长篇推理小说《巴别塔之梦》入围第五届岛田庄司推理小说奖决选;短篇推理小说《推理作家的逆袭》荣获第三届华文推理大奖赛二等奖。已出版长篇推理小说:《巴别塔之梦》《钟塔杀人事件》《日月星杀人事件》《死愿塔》《溯洄》《土楼杀人事件》《死者AI》。

这时，地板上的女人突然动了一下。孙简以为是自己眼花，他猛地揉了揉双眼。与此同时，女人慢慢地从地板上爬了起来。孙简瞬间屏住了呼吸。女人满脸都是鲜血，看起来十分狰狞。这时，刚刚站起的女人猛然睁开双眼，并且朝他这里走了过来。就在那一瞬间，孙简顿时感觉天旋地转了起来。

等孙简再次睁开双眼的时候，他才意识到自己还在床上，原来刚刚都是他做的一个噩梦。孙简用手摸了摸额头上的冷汗，然后下意识地点开了放在枕边的手机。才刚过五点，天还没亮。

但当孙简的双眼注意到手机屏幕上的日期时，他的心跳瞬间加速起来。还有两天，他就可以摆脱现在的困境了。想到这里，孙简用力握紧了拳头。

第 1 节　3：01 PM　27/5

"欢迎来到本期的《百万赢家》，我是主持人明嘉。上期节目中，我们成功诞生了一位百万赢家，赢得了最终的百万现金大奖。相信看过上期节目的朋友一定会为这位百万赢家的表现感到赞叹吧！"

主持人话音刚落，现场就响起了一阵欢呼声。与此同时，主持人也露出满意的表情，他继续说道："本期节目中，我们再次通过抽签的方式邀请了五位朋友参与本节目。报名链接就在屏幕下方，这也是本节目的唯一报名渠道，观众朋友们可以通过这个来报名参加本节目。好了，废话不多说，我们进入今天的答题环节。首先，我们有请今天的第一位嘉宾。"

一段标准的开场白之后，正站在后台的孙简便听到一阵表示欢迎的音乐声，他知道这是轮到自己出场了。在一阵绚烂的出场灯光中，孙简缓步走到舞台中央，然后坐在了主持人的对面。他和主持人面前各有一台电脑，上面会显示今天要回答的题目，只要他答对全部九道题，就能赢得最终的百万大奖。只不过现在答题还未开始，所以屏幕一直都是黑的。

这时主持人又再次说话了："原来我们今天的第一位闯关者，竟然是一个帅小伙，我们让他先简单自我介绍一下吧！"

"大家好，我叫孙简，今年二十八岁，在一家软件公司工作。"

虽说都是按照事先准备好的剧本，但真正开始说话的时候，孙简还是察觉到了自己有一丝紧张，毕竟他从未参加过这种电视节目的录制。而这一切，都源于半个月前他收到的一封邮件。

这是一封陌生人的邮件。起初他以为只是个垃圾邮件，不过当他点开这封邮件的时候，却发现里面全是关于一个《百万赢家》节目的信息，当然后面还附了一个报名链接。然后，鬼使神差地，他就点了进去。报完名之后，他就忘了这件事。然而上周末，他接到了一个电话，说他被选中了，要去录制节目。再三确认之后，孙简才终于相信这件事是真的。

经历种种倒霉的事情之后，没想到他的运气终于开始好转了。孙简不禁为自己感到庆幸起来。于是之后的那一周里，孙简就在网上将这个节目的往期视频都找了出来，当作比赛前的温习。尽管他已经做足了准备，但当他真正来到现场，坐在主持人面前的时候，他才切实感受到了那种来自主持人、录像机，甚至头顶灯光的无形压力。

"看来我们今天的第一位闯关者，是有点紧张啊！我都看到他额头上有汗水了。不要紧张，我们的闯关马上开始。"

主持人的话让孙简稍微冷静了一下。这时主持人继续说道："现在我来介绍一下比赛的规则。和之前一样，每场挑战总共有九道题，答对所有题目就能赢得我们的百万大奖。不过在答对第六题的时候，选手都会有一次选择的机会。他可以选择带走目前所积累的十万元奖金，或者选择继续答题。不过接下来只要答错一题，他就会失去所有奖金。另外答题过程中，选手有三次求助的机会，分别是去掉一个错误答案、换一道题，还有电话求助场外的观众。好了，我的规则介绍完了，请问你听明白了吗？"

"明白了。"孙简看着主持人的双眼，深吸一口气，掷地有声地回答道。

"好，那我们本期节目第一位挑战者的闯关就此开始！请听第一道题。"

第-1节　10：27 AM　19/5

一间不大的办公室中，不时有职员来回走动，显示着这些工作的忙碌性。新晋职员王恺就是这其中的一员。此时的王恺正不停地打着电话，而他的任务就是和电话那头的人确认一些必要的信息。就在这时，突然有人喊了他的名字。

"对了小王，下期节目的五位挑战者，都选好了吗？"

王恺抬头一看，是吴导。于是他在确认了最后一点信息之后，赶忙挂断了电话。

"吴导，都选好了，现在正一个个电话确认呢！"

"哦，那就好。记住一定要深入挖掘每个挑战者的性格特点，上期节目的效果就挺不错，收视率也比之前高很多，我们得继续保持下去！"

"好的，吴导！"

吴导是王恺现在所在的《百万赢家》节目组的编导，是个出名的工作狂，几乎所有人都有点怕他。只要他找上你，那一般就说明你得加班完成新的任务。王恺虽然刚来不久，但也是知晓这些事情。所以刚才发现是吴导找他的时候，他就心想着完了，晚上又要加班了。不过看吴导刚才那些话中的意思，好像也没有布置新任务的迹象。于是王恺一番应答之后，一心只想着眼前的这个魔王赶快离去。

就在王恺这样想的时候，他的面前突然递过一张纸条，而递出这张纸条的人，正是吴导。

"把这个人加入下期节目的名单中，具体原因就不要问了，你照办就好。记住，不要告诉其他任何人。"

吴导的神色有些奇怪，不过还没等王恺回应，他就离开了，只留下王恺一个人坐在那里愣神。吴导这是怎么了？他不是这种人啊……王恺的思绪顿时混乱了起来。

从这个节目的第一期开始，吴导就作为编导一直掌控着整个节目。也正是在他的领导下，《百万赢家》这个节目才越来越火，收视率越来越高，现在已经成了他们这个台的王牌节目。而从一开始，吴导就定下了一个规矩，那就是挑战者的名单一定要公开公正，通过抽签的方式从报名者当中产生，绝不能出现徇私舞弊的现象。也正是因为这个，吴导在他们所有工作人员心中的威望都很高，大家也都很配合他。不过就是这样一个公平公正的人，现在却递了一张小纸条给他，这让王恺顿时感到有些难以理解了起来。

他打开那张纸条，只见纸条上写着一个人的名字。

"孙简。"王恺不小心念了出来。

第2节 3：10 PM 27/5

"请听第一道题——

1. 人的大脑复杂无比，而大脑又储存了人的所有记忆，那么请问人脑中负责记忆的区域被称为什么？
A. 扁桃体　B. 垂体　C. 胼胝体　D. 海马体

请作答！"

"海马体。"

主持人的话音刚落，孙简就已经做出了回答。就连主持人也没想到对方的动作会如此迅速。主持人先是愣了一下，然后才有了反应。

"没想到我们的挑战者这么自信，一下子就给出了答案。所以你的选择是D海马体，对不对？"

"是的。"孙简再次肯定道。

"好的，既然我们的挑战者已经给出选择，我也不卖关子了。下面我就公布这一题的正确答案。"

虽说是马上公布正确答案，不过也许是为了节目效果的缘故，主持人还是等了两秒钟，才最终说出了答案："答案就是选项D海马体！恭喜我们的挑战者选择了正确的答案！"

在一阵鼓掌的音效中，主持人继续说道："看来我们这次的挑战者很有实力啊！不过关于其他三个错误选项，我们也要简单地解释一下。扁桃体位于人咽喉部位，有一定的免疫生理功能，帮助机体消灭细菌等入侵者。垂体位于丘脑下部的腹侧，能产生促进人体生长的激素。胼胝体也位于脑部，它连接大脑的左右两个半球，大脑两半球间的通信多数都是通过胼胝体进行的。"

主持人一口气念了这么多，中间停下来喘了口气，然后继续说道："没想到都是这么专业的词汇，如果不是照着念的话，连我都完全不知道该怎么讲了。由此也可以看出我们的这位挑战者有多么厉害！"

尽管得到了主持人的赞赏，不过孙简的表情还是没有过多的变化。这时主持人接着说道:"那我们废话不多说,接下来是第二题,请听题——

2. 醋是一种常见的调味料,很多人都喜欢食用,甚至在公元前的古巴比伦就已经发现了醋的记录。不过醋之所以能从这么古老的时代沿用至今,其功效起了很大的作用。那么请问以下哪个选项不是醋的功效?
　　A. 抗菌　B. 促进血液循环　C. 提高记忆力　D. 降低胆固醇

请作答!"

第-2节　7:13 PM　12/5

一处僻静的咖啡店里,幽暗的灯光下,店里已没有多少人。服务员在吧台前收拾着,眼角的余光不时打量着店门,像是在等待着什么人一般。

此时靠窗的位置上也坐了两位客人,其中一位客人戴着鸭舌帽,帽檐压得很低,看不清样貌。而坐在对面的那位,则是一位身材微胖的中年男子,他是这家咖啡店的常客,而他的另一个身份则更为出名——超人气节目《百万赢家》的编导吴若。

"你真的决定这么做?"吴若压低声音,向坐在对面的鸭舌帽男子小声询问道。

鸭舌帽男子点了点头,随后拿起放在面前的咖啡喝了一口。

"可……可这样不符合规矩啊……"

"规矩都是人定的不是吗?而这个人就是您吴导。我知道您一向公平公正,对任何不符合规矩的事都嗤之以鼻。不过这次就当是我求您了……"

"你还会求人?哼,当初天塌下来了,也没见你求我,如今反而来找我了。"

"所以吴导您……"

"我答应了,就按你说的办。不过只此一次,下不为例。另外,最后成不成谁也不能保……"

"吴导,这个我知道。不管成不成功,都不会给您添麻烦的!谢谢吴导!"

"还有一个问题，就算我们邀请他了，他就一定会来吗？"吴若有些怀疑地问道。

"他一定会来。"鸭舌帽男子的语气十分肯定。

"那就好……"吴若点了点头，随后又像是想起了什么，"还有就是，你那个妹妹，真的……"

一说到这里，吴若的嘴顿时停了下来，因为后面的那两个字他实在说不出来。吴若这时发现，在他提到"妹妹"这两个字的时候，坐在他对面的那个人脸色已经变了。

"不管她死没死，我一定要找到她！"

鸭舌帽男子这句掷地有声的话给两个人的这次会面画上了句号。

第3节 3：22 PM 27/5

在主持人念完整个题目之后，和第一题情况不一样的是，孙简并没有立刻做出回答。他先是想了几秒钟，然后才给出了自己的答案。

"我选择C。"

"哦？你选择C——提高记忆力，确定？"

"确定。"

"好，那我们接下来就公布正确答案！我们的挑战者选择了C选项，提高记忆力。那么他的答案究竟正不正确呢？正确答案是——"主持人拖了好几秒钟，才最终公布了答案，"选项C，提高记忆力！恭喜我们的挑战者再次答对！"

和之前一样的是，在一阵欢快的音效中，主持人开始介绍起了本题的答案："据现代医学研究发现，醋除了有抗菌的作用外，还可以分解乳酸、消除疲劳、促进血液循环、活化新陈代谢，人类也自古就懂得运用这些功效。此外醋还具有降低胆固醇的效果。但目前的研究并没有表明醋有明显提高记忆力的功效，所以选项C是正确的！"

念完这些之后，主持人停了下来，他看向孙简，用正常的语调向孙简问道："这道题要是让我来答，我说不定就答不上来了。因为我本人就不喜欢吃醋……哦，这里的吃醋不是那个意思。"说着，主持人自己也笑了起来，之后他将目光再次转向孙简，"所以你平常应该十分喜欢醋吧？"

"我也不喜欢醋，不过……"孙简犹豫了一下，随后说道，"我家那位喜欢。"

"哦？你是说你的爱人？那可真是巧了，我家那位也是。她特别喜欢醋，每次吃饺子必备。她炒的那个醋熘土豆丝，感觉都将一瓶醋全倒进去了……啊，不说了不说了，再说晚上回去就要挨骂了哈哈！"

面对主持人的这些俏皮话，孙简只得无奈地笑了笑。

"对了，你的爱人现在应该就坐在电视机前吧？那我一定要多说一句，下次吃醋的时候，一定要多想着身边那个不吃醋的人，哈哈！"

和刚才不一样的是，在主持人说这句话的过程中，孙简的表情顿时凝固了起来。

第-3节　8：06 AM　6/5

警局办公室中，王元刚走到自己的办公桌前，就被同事李达叫住了。

"王元，你的信。"

王元停了下来，从同事李达手中接过那封信。信封上收件人那里写了他的名字和地址，还有一个似是而非的寄件人地址，不过没有寄件人的名字。王元对此很熟悉，因为这样的信他最近已经收到好几封了。

"还是那家伙寄的？"

面对同事李达的疑问，王元只得点了点头，然后坐回到自己的座位上，将那封信放在了面前的桌上。王元不知道寄这封信的人是谁，不过这个人每次在信中都自称被害者的亲人。王元当然知道这里的被害者指的是谁，她是一个叫赵小曼的女子，但就连王元自己也不知道这个所谓的被害者是否真的被害。

"那这家伙也真够执拗的……"同事李达叹了口气，随后也回到了座位上，"不过也是够奇怪的，你说一个大活人，怎么说不见就不见了呢？"

"死了。"话一说出口，王元就知道自己说了不该说的话，他立刻闭起了嘴。

不过同事李达好像根本没在意这个，他继续说道："是吧，我也觉得她应该是被害了。可是现在的问题是，这活不见人死不见尸的，而且也没有证据表明当事人遇到危险，根本立不了案啊！"

对同事李达的这个观点，王元是再同意不过了。其实他们所有人都有一个共同的怀疑对象，那就是这个失踪者的丈夫。但现在的问题在于，失踪者的丈夫一直坚称妻子是离家出走的。而警方也找不出能证明失踪者已经遇害的证据，自然不能立案，他们警方也只能提供一些帮助。

"关键就在被害者的尸体。"这句话王元已经在心里重复了无数遍。只是他去失踪者家中走访了很多次，却都没有实质性的发现。

"算了算了，你也别烦着这个事了。刚刚有人报警说昨晚家里被盗，还得我俩过去一趟。哎，现在的贼也真是胆大，家里有人都敢进去偷……"

王元看了一眼正在收拾东西的同事，又将目光转向了桌上的那个信封。他最终决定有时间还是得回一下这封信。至于那人自称被害者的亲人，又会是谁呢？据王元所了解的情况，除了失踪者的丈夫之外，失踪者并没有其他亲人。

第4节　3：29 PM　27/5

"下面是第三题，请听题——

3. 被害妄想症是妄想症中最常见的一种，它是精神疾病的一个重要症状。患者往往处于恐惧状态而胡乱推理和判断，思维发生障碍，坚信自己受到迫害或伤害。那么下列哪一个不属于此类病症的诱因？

　　A. 过于焦虑　B. 长时间的失落　C. 不擅于交际　D. 精神上的打击

请作答！"

这次孙简答题的时间更长了。过了十几秒钟，身为闯关者的孙简还是没有作出回答。他看着屏幕上显示的问题，陷入了深深的思考中。

"看来这次的问题有点难倒我们的挑战者了。他还没有作出回答，我们再等待一下，相信他会做出正确的选择！"

又过了十秒钟左右，正当主持人准备再说些什么的时候，一直盯着屏幕的孙简终于开口了："我选择C选项。"

"你说的是选项C，没错吧？"

"是的。"

"你确定？"

"确定。"

"好，我们的挑战者已经做出了选择，他选择 C 选项——不擅于交际。究竟他的回答是否正确呢？我们接下来就来揭晓答案。在所有人中，被害妄想症患者是比较普遍的一种幻想症疾病。在所有妄想症患者中，有 40%~50% 都可以确诊为被害妄想症，被害妄想症也是最容易被体现的精神症状之一。而关于被害妄想症的诱因，医学界还没有一个确切的结论，不过有几个方面的影响已经被大量的数据所证实。"

主持人停了下来，他看了一眼坐在对面的孙简，又将视线移到镜头前，最后才终于念出了答案。

"这些可能的诱因分别是——过于焦虑，长时间的失落以及精神上的打击，没有不擅于交际！所以恭喜我们的挑战者，他回答正确！"

正当孙简松了一口气的时候，主持人却突然说道："刚刚题目出现在屏幕上的时候，我看你的表情似乎不太对劲呢？难道这里面有什么难言之隐吗？哦，没事，你不想回答也没关系。当然如果可以回答的话，我们之后也会酌情删减相关镜头，我们的节目绝对不会在没有征得当事人同意的情况下暴露对方的隐私。"

主持人的话显然让孙简愣了一下，他紧咬嘴唇，随后说道："我的爱人就是被害妄想症患者。"

几秒钟之后，主持人才略显尴尬地回应道："抱歉，看来我刚刚确实说多了。那祝愿你的爱人早日康复……"

之后主持人又说了一些安慰的话，在察觉现场的气氛并没有太大波动之后，他终于松了一口气。这时他面向孙简，继续鼓励道："你也继续努力，争取拿下本期的百万大奖！好了，我们回到答题上来，接下来是第四题……"

此时主持人的话完全没有传进孙简的耳朵，他脑海中想着的，全是关于她的事情。她确实患有十分严重的被害妄想症，甚至已经到了要把自己锁在家中的地步。最严重的时候，她觉得身边的所有人都会害她，包括他这个丈夫。

他曾经无数次地想道，如果当初自己没有酗酒，没有家庭暴力的话，该有多好。

第-4节　9：18 AM　2/5

年逾七旬的赵九姝正拎着菜篮子回到自己家公寓楼前，却突然看到一个身穿警服的年轻人从楼里出来。这个年轻人她之前就见过，似乎叫王元。虽然他个子有些矮，不过却是一个挺帅的小伙子。

"哎，小伙子你等等！"赵九姝一下子就将低着头径直往外走的年轻警察叫住了。

"阿婆，您有什么事吗？"这个叫王元的警察刚停下身，就被赵九姝拉到一旁。

"没事，没事。我就是想问一下，那家的那位找到了吗？"说这句话的时候，赵九姝用手向上指了指单元楼的某一层。

王元似乎也明白了赵九姝的意思，随后便摇了摇头。

"哎，肯定就是他干的，你们还等什么？把他抓起来，审一审就知道啦！"

见赵九姝一番义正词严的样子，王元却略显尴尬地笑了出来。

"你这个娃娃笑什么？我说的是真的！我活了七十岁了，吃过的盐比你吃的米都多，什么人我看不出来？那家伙一看就是个杀人犯，整天阴沉着一张脸，像是谁都欠了他钱一样。还有就是，那家伙还喜欢家暴，这个你上次来的时候我就说了。我这住在楼下的，经常晚上能听到楼上传来的打砸声，有时候那女的哭的啊，让我这一把年纪的老太婆都感到心碎。你们一直说那个女的有什么……被害妄想症，对，就是这么个词。按我说啊，就是被那个家伙刺激的，天天被打，你说能不变成精神病吗？"

"好了好了，阿婆，您就放心吧，这些我们都已经了解了！接下来的事就交给我们吧！"王元好不容易打断了一直说个不停的赵九姝，然后下意识地看了一眼手表上的时间。

"放心，我当然放心！只是你们得行动快一点啊，我可不想楼上一直住着这么一个杀人犯，每天一想到这个就感到瘆得慌。"

"阿婆，还没确定人家就是个杀人犯呢！"

"肯定是他啊！不然怎么会……"

说到这里，赵九姝突然闭起了嘴。只见此时单元楼的门口走出来一个人,此人面色阴沉,他只是打量了一下面前的一老一少,便迅速离开了。那人离开后,赵九姝才长长地舒了口气。

"那阿婆,我还有事,就先走了。"说完,面前这位叫王元的警察就离开了这里。

赵九姝站在原地一动不动,她盯着警察离开的背影,又想起了刚刚看到的那个男人。他好像叫孙简,如果她这个记忆力越来越差的脑袋没有记错的话。

第5节 3:35 PM 27/5

4.双色球是由我国福利彩票发行管理中心组织的,全国范围销售发行的乐透型彩票,深受我国彩民的喜爱。双色球中,每注投注号码由6个红色球号码和1个蓝色球号码组成,共分为一等奖到六等奖。那么请问其中三等奖的中奖球色是什么?

A. 五红一蓝　B. 五红零蓝　C. 四红一蓝　D. 四红零蓝

孙简看了一眼电脑屏幕上的这个问题,瞬间便愣住了。面对孙简的这个反应,主持人说道:"在你回答这个问题之前,请允许我多问一句——你玩过双色球吗?"

听到主持人的这个疑问后,孙简忍不住苦笑起来。他不光是玩过,而且有段时间还沉迷于此。

见孙简点头,主持人继续说道:"看来我们今天的挑战者运气是真好啊,这道题如果没有玩过双色球的人遇到了,恐怕会十分头疼的吧,比如现在的我哈哈!"

几秒钟之后,孙简终于做出回答:"我选择B选项。"

"好,我们的挑战者已经做出了回答,他选择了选项B——五红零蓝。那么他的答案究竟对不对呢,让我们拭目以待!不过在此之前,让我先进一段广告,广告之后再回来!"

主持人说完这些之后,马上有工作人员走来,给主持人递了一瓶矿泉水。从开场到现在主持人一直在说话,看来已经渴得不行。工作人员给孙简也递了一瓶水过来,但被孙简回绝了,他现在一点也不渴,或者说,他根本不在意这个。他唯一在意的，就是接下来的题目。

加上刚才这一题的话，他现在应该已经答对了四题。虽说再答对两道题他至少就能拿走十万元奖金，但对孙简来说，他的目标就是最后的一百万元大奖。除此之外，他别无选择。还有五道题……孙简在心中给自己打起气来。

一年前，他因为赌博输光了所有的储蓄，还借了很多高利贷。之后每个月光是还这些高利贷的利息都能让他气喘吁吁，除去这些利息之后，他的工资也所剩无多了。当时他唯一的希望就是在彩票上，包括双色球在内，他尝试了很多种，可最后什么结果也没有。也是从那时开始，他开始酗酒，开始了家庭暴力，小曼也是受了他的牵连，才患上了精神疾病。所以他必须还掉这些高利贷，而这一百万元奖金，就是他唯一的机会。

一想到这里，他的内心瞬间充满了斗志，接下来他只许成功，不许失败。他抬起头，看向主持人的双眼里燃起了火焰。

第-5节　12：04 PM　30/4

在看到门前站了好几个混混模样的年轻人时，有好几个瞬间许峰都以为自己来错了地方。那些混混也看到了他，便在甩下几个凌厉的眼神之后，向他这里走了过来。擦肩而过的那个瞬间，许峰感觉自己的心跳都快停了。不过那些人的目标显然不是他，在经过他的身边之后，那些人往电梯口走了过去。

等那些人离开这里，许峰长长地舒了口气。他再次打量了一下自己手中提着的那袋打包好的烧鸭，然后敲响了面前的房门。敲了好几下之后，门后还是没有响应，许峰便喊了几句。没过一会儿，一个头发乱糟糟的人给他开了门。

"孙简，你这是搞什么呢？"

进门之后，许峰很快察觉到整个客厅都是十分昏暗的，原来阳台那里的窗帘被拉了起来。同时整个客厅也是乱糟糟的。他将打包好的烧鸭放在茶几上，便径直往阳台走去，想将窗帘拉开。

"别！别闹出动静，那些人可能还没走。"

直到被孙简出言制止，许峰才停下了手中的动作。他重新回到门前，将客厅的灯打开，却发现面前的桌子上，有一个人早已狼吞虎咽吃了起来。

"你也来吃啊！"孙简一边大口吃着，一边举起一个鸭腿向许峰示意着。

"刚刚的那些人，也是来讨债的？"

许峰没有去吃东西，他在沙发上坐了下来。面对许峰的疑问，孙简根本抽不出空来回答，他只是"嗯"了一声，便继续疯狂啃食了起来。

许峰没有继续说话，他看了一眼面前狼吞虎咽的孙简，心中顿时感慨万千。一年多前，他和孙简认识的时候，孙简和小曼才刚准备结婚，那时的他们看起来是那样恩爱。可没想到婚后没过多久孙简就染上了赌博的恶习，再之后就被放高利贷的缠上了。据说小曼也是因此患上了严重的精神疾病。

"对了，小曼还是没回来吗？"许峰突然说道。

听到许峰的这句话后，正在吃着烧鸭的孙简顿时停下了手中的动作，他看向许峰，面色凝重地点了点头，随后又开始吃了起来。只不过在一番狼吞虎咽之后，现在孙简吞咽的速度已经明显慢了下来。

许峰从沙发上站起，走到了位于客厅一角的水族箱前。这个水族箱还是一年前他送给孙简的结婚礼物。水族箱本身很大，几乎有一人臂展的长度。因为他听说孙简喜欢养鱼，所以当时才买来当作结婚礼物送来的。一开始小曼还说着客厅地方太小放不下，可之后就连她自己也变得对这个水族箱爱不释手了。

许峰每次来这里做客的时候，都能很明显地看出两人对这个水族箱的喜爱。可是一年时间过去了，现在小曼不见了，就连这个水族箱也失去了往日的活力。水族箱里的鱼几乎全部消失，只有几条斑马鱼在错落有致的珊瑚间无精打采地游动着。

"孙简，你没对小曼做什么吧？"一个不经意间，这句话就已经从许峰嘴里脱口而出了。

正在吃东西的孙简听到这句话后顿时愣住了，他放下了手中的食物，目光呆滞地看向正站在水族箱前的许峰。

"抱歉，就当我没说。"许峰赶紧解释道。

这时孙简抽出一张纸巾擦了擦嘴，随即说道："我知道你们都在怀疑我，我也承认，你们怀疑我是正确的。毕竟我是一个赌徒，一个酒鬼，一个暴力狂。但是我真的没有害小曼，你们得相信我。"

面对一脸真诚的孙简，许峰略显尴尬地点了点头。又过了一会儿，见气氛有些凝重，许峰便说道："我还有事，就先走了。看到你现在没事，我也放心了。"

对于这个，孙简没有说什么，更没有做出挽留。于是就在孙简的面前，许峰打开房门，直接走了出去。在门合上的那一瞬间，许峰回头看了一眼。只见昏暗的房间中，孙简呆呆地坐在凳子上。然后刹那间，许峰产生了一种错觉，他似乎看到了孙简的嘴角露出了一丝微笑。

第6节 3：50 PM 27/5

"广告之后，欢迎回来！"一句熟悉的台词之后，主持人继续说道，"刚才的第四题，我们的挑战者给出的答案是C选项，那么他的答案究竟对不对呢，我们现在就来揭晓。"

说到这里，主持人的目光移到了他面前的屏幕上。

"双色球每注投注号码由6个红色球号码和1个蓝色球号码组成。红色球号码从1到33中选择；蓝色球号码从1到16中选择。每注需要选择6个红色球号码，1个蓝色球号码。每注统一投注金额为2元，采用全国统一奖池计奖。其中，如果六个红色球号码和一个蓝色球号码都选对的话，那就是一等奖，将平分当期高奖级奖金的75%；如果选对六个红色球号码，就是二等奖，平分当期高奖级奖金的25%；之后就是三等奖，每注奖金三千元，对应的是五个红色球号码和一个蓝色球号码。所以——恭喜我们的挑战者，他又答对了！"

对孙简来说，这都是预料之中的事情，所以他也没有过多兴奋，只是在静静地等待下一题的到来。没过多久，主持人就开始读起下一题的题目。

"接下来是第五题，请听题——

5. 目前监控摄像头的应用越来越广，很多商店和公开场所都有摄像头的存在。而摄像头镜头的大小则决定着最佳的监控距离，请问最佳监控距离为 5 到 10 米的镜头大小应为多少？

　　　A. 4mm　　B. 6mm　　C. 8mm　　D. 10mm

请作答！"

孙简再次看了一眼屏幕上的第五题，与前面几道题相比，这一题的难度明显上升了一个台阶。如果不是专业人士，或对相机非常了解的话，是不可能知晓这个答案的。所以要是换成别人，现在恐怕就得动用那三个求助选项了。但巧合的是，这道题对于他孙简来说，却刚好也不成问题。

"我选择 B——6 毫米。"孙简很快答道。

"这次我们的挑战者依然很快就给出了答案，看来他这次又是很了解啊！不过为了以防万一，我还得再确认一遍，你真的选择 B，不改了？"

"是的，不改了。"孙简毫不犹豫道。

"OK，那我们现在来公布正确答案。正确答案是什么呢？"主持人停了一下，用一种饶有趣味的目光看向孙简。

第-6 节　3：53 PM　29/4

"你怎么就不听呢？小曼肯定是被他藏起来了！"

偌大的奶茶店里，突然响起了一声尖锐的质问。也许是注意到有人看向自己，唐玲顿时闭起了嘴巴，但生气的她还是将饮料管在玻璃杯中搅个不停。

"好了好了，我又没说什么，你这么激动干吗？"见惹女友生气了，许峰的语气也一下子缓和了下来。

"谁让你还帮那个渣男说话，真是的！"

"我什么时候帮他说话了，我只是实事求是。现在小曼只是失踪了而已，还没有证据表明和孙简有关啊！"

"只是失踪了？你话说得轻巧，小曼说不定已经被害了……"说着说着，唐玲的眼眶都红了起来。

面对唐玲的情感攻势，许峰终于软了下来。他伸出手，在唐玲的头上摸了一下。面对许峰的这番举动，唐玲也没有说什么，她只是将吸管插进嘴里，慢慢地喝着杯中的奶茶。

就这样沉默了一分钟，唐玲突然抬起头，这让许峰吓了一跳。

"你说那个监控，真的没开过吗？"

思前想后，有一件事唐玲一直没有想明白，那就是这个监控摄像头。一个月前，身患被害妄想症的小曼，执意在家门口装了一个监控摄像头。半个月前，作为丈夫的孙简报警说小曼失踪了。可当警方调取门口那个摄像头的监控记录时，却没有发现任何记录，摄像头也没有打开。孙简表示对此一无所知，因为那个摄像头是赵小曼自己请人安装的，他平时工作繁忙，根本没有在意这个。最后警方只能得出一个结论，这个摄像头可能一直都没有开过。至于赵小曼为什么装了监控，却又没有使用，这就成了一个谜团。

面对话题的突然转移，许峰愣了一下才反应过来，他随后说道："也许吧，小曼这段时间一直精神恍惚，谁也猜不到她在想什么。"

"但我想不通，小曼当初装这个摄像头的时候，还给我打过电话。电话里的她特别高兴，说从此之后她就能知道有谁想进门害她了。试想一下这个摄像头对小曼来说这么重要，她怎么可能从来没打开过？"

面对唐玲的疑问，许峰也点了点头。见自己的看法得到认可，唐玲也有了兴致，便继续说道："所以我一直都在想，会不会是孙简这个家伙将摄像头关了，还将之前储存的监控记录全都删除了，然后营造出这个摄像头从来没有使用过的假象。"

"那他这么做的目的是什么呢？"

"很简单。我们反过来想一下，如果这个摄像头一直是开着的，情况又会是怎样？"见许峰没有反应，唐玲紧接着说道，"如果是这样的话，那小曼要是真的离家出走了，摄像头肯定就能记录到小曼离家出走的那一刻。而且更重要的是，从这之后小曼就肯定没有再回来过。"

"你的意思是，孙简之所以说谎，正是因为他要隐瞒这个？"许峰这时也反应了过来。

"是的，所以我一直怀疑，小曼是不是根本就没有离家出走。"

"但孙简报警之后，警方肯定也都调查了整个房间啊，根本找不到小曼的踪影。"

"这我就不知道了，小曼肯定被他藏起来了。藏在某个地方，只是我们都不知道而已。"

唐玲将玻璃杯中的最后一点饮料也喝完，随即看向了窗外。透明的玻璃窗外此时走过一个穿粉红外套的女人。唐玲看了两眼，越来越觉得她真的很像小曼。

第7节　3：54 PM　27/5

"正确答案就是选项B，让我们再次恭喜这位挑战者！"

主持人公布正确答案后，孙简也是松了一口气。虽然他对这道题的内容有过一些了解，但谁也不能保证他的记忆就没有出现偏差。

就在这时，主持人突然大声说道："下面就是最为关键的时刻了！第六题，如果答对了这一题，挑战者就能带走十万元奖金！我想问一下我们的挑战者，你对接下来的这道题有没有信心！"

当主持人的目光转移到自己身上时，孙简顿时感觉有无数双眼睛看向了他，心跳猛地加快起来。

"我有信心！"孙简尽量将自己的气息调到平稳，大声地说出了这几个字。

"好，那我们马上就开始第六题的挑战，请听题——

6. 现代社会，越来越多的人倾向于购买一份保险来规避一些风险。其中，死亡保险是一种十分常见的险种。死亡保险，即指被保险受益人在被保险人死亡之后，可以获得保险补偿金的一种保险。但并不是所有情况下被保险人死亡保险公司都会给予补偿金，那么以下哪种情况属于保险公司必须给付保险金的情况？

A. 被保险人自杀　B. 受益人杀害被保险人　C. 因战争导致被保险人身亡　D. 因大规模病毒传染导致被保险人身亡

请作答！"

看到这一题之后，孙简有一瞬间的恍惚。因为他不清楚，关于今天的这场答题，为什么总有一种自己被针对的感觉。

第-7节　2：31 PM　25/4

李欣有点紧张地看着坐在自己眼前的这个陌生男子，不过相比一个小时之前，她的心情已经平复了许多。只是一想到坐在自己眼前的这个男人是警察，她的情绪就又开始波动起来。

"不要紧张，我只是有些问题要确认一下。哦对了，忘了自我介绍了，我叫王元。"也许是为了缓和紧张的气氛，这个叫王元的警察点了两杯饮料。

"那个……我和小曼不熟，所以她的事我也不是……"

"没关系，我只问一些你知道的。"

"哦哦。"

李欣有些畏缩地点点头，之后便没有再说什么了。就这样过了大约一分钟，等两人的饮品上桌的时候，这个叫王元的警察终于发问了。

"首先第一个问题，你是在一家保险公司工作？"

"嗯。"

"好的，赵小曼什么时候联系过你？"

"上个月吧……不对，应该是上上个月。"也许是对自己的说法有些不太确定，李欣顿时有些慌了起来。

"别着急，这个不是很重要。那她问了你一些什么内容？"说着，年轻警察拿出了一个记录用的小笔记本。

"这个……我想想。"李欣一只手握住饮料杯，另一只手拿着吸管在饮料杯中不停搅拌着。

对李欣来说，小曼原本只是一个高中时就不太熟的同学。她们互相之间留着联系方式，后来偶然间加了微信。但她们从来没有聊过，唯一的聊天记录还是过年期间互相发送的贺语。然而上上个月的某一天，小曼突然在微信里找上了她，问她一些关于保险的事情。因为她在保险公司工作，所以会经常在朋友圈里发一些保险的广告，小曼看到了自然也不意外。李欣原本以为只是多了一个朋友想要投保，所以当时的她还是挺开心的。但聊着聊着，她突然发现对方言语间充满了不协调的感觉。

后来小曼突然问道，死亡保险能不能赔偿到一百万元的金额，这让李欣吓了一跳。但作为职业的保险从业人员，她还是耐心解释了起来。由于对方的表现实在引人注意，所以在聊天的最后李欣还是多问了一句——你是不是很缺钱。然后就没有下文了，对方再也没有回答她的这个疑问，这也是她们至今为止的所有聊天记录。

"这个……小曼她是不是出了什么问题？"说完这一切之后，李欣突然问道。

"嗯，她患了比较严重的被害妄想症。"年轻警察放下手中的笔，喝了一口饮料，然后漫不经心地说道。

"那她现在呢？不会是出了什么事吧……"

"你觉得她会出什么事？"年轻警察突然反问了起来。

"这个……"李欣突然犹豫起来，不过最终她还是下定决心道，"算了，都说到这个份上了，我就直说了吧。小曼不会是自杀了吧？"

年轻警察没有立刻回答她的疑问，他只是在面前的小笔记本上记录着什么。正当李欣以为这个警察永远不会回答她的时候，年轻警察突然说话了。

"还不清楚。目前只是知道她失踪了，如果你有什么消息的话，也可以随时联系我们。"说完，年轻警察合上笔记本，然后露出了微笑。

李欣也意识到了他们的谈话即将结束，所以她只是点了点头，没有再说什么。年轻警察站了起来，将那个小笔记本收进口袋。正当李欣以为他马上就会转身离开的时候，年轻警察的声音突然又传了过来。

"对了，你说有没有可能，和你聊天的那个人，并不是赵小曼？"

李欣看着面前的这个警察，瞳孔瞬间收缩了一下。

第8节　3：58 PM　27/5

"我选择动用求助选项。"思考了许久，孙简最终还是采取了这个决定。

孙简的这个选择让主持人也有些意外，"哦？这还是我们今天的这位挑战者第一次使用求助选项。那么请问，你选择哪个求助选项？"

"去掉一个错误答案。"孙简不慌不忙地说道。

"好，我们的挑战者在第六题上选择去掉一个错误答案。看来面对十万元的大奖，他还是有些谨慎的，毕竟这道题一旦答错，本来很快到手的大奖就要飞了。那么，去掉的这个错误答案会是什么呢？"主持人停顿了一下，随即说道，"去除的这个错误答案是 C 选项。"

在得到主持人的答复之后，孙简的心情瞬间轻松起来，因为去除的这个答案，正是刚才他一直摇摆不定的那一个。

"那我选择选项 D。"孙简开口道。

"哦？这么快就做出了决定？看来刚才去除掉错误答案这个求助选项，可真是帮了你的大忙啊！"主持人笑了一下，随后说道，"好了，我们的挑战者最终选择了 D 选项，那么他的选择究竟是否正确呢？这关系到了十万元大奖的归属。放心，没有广告，答案我们马上揭晓。"

在停顿了一秒钟之后，屏幕上出现了正确的答案，而主持人也同时宣布道："恭喜我们的挑战者，他答对了！也让我们恭喜他，获得了十万元大奖！"

与之前不一样的是，在主持人宣布答案之后，这次出现的不再是鼓掌音效，而是一种十分熟悉的乐曲。孙简说不上这个乐曲的名字，他只是知道，这代表着他的阶段性胜利。

乐曲响了十几秒之后，主持人再次问道："你现在已经拥有十万元奖金了，现在你有两个选择：一、带着十万元奖金离开；二、放弃这十万元，向最终的百万大奖发起冲刺。请问你选择什么？"

"我选择向百万大奖冲刺。"孙简掷地有声地说道。

孙简的话也让主持人瞬间兴奋了起来。

"看来我们这次的挑战者也很有志向呢！他选择放弃十万元奖金，然后向我们最终的百万元大奖发起了冲刺！不管他最终会不会成功，首先让我们给他最为热烈的掌声！"

在一阵鼓掌音效之后，主持人再次说道："好，那我们开始最后阶段的答题环节。首先我想声明一下，最后这三道题的难度，比之前会有一定程度的增加。毕竟答对了就能拿到百万大奖，所以难度增加一点也不过分。另外，你刚刚使用过了一个求助选项，所以现在还剩下两个。不得不说，在还剩三道题的情况下，你的优势还是挺大的。"

"那么——"主持人停顿了一下，将目光转向镜头，紧接着说道，"下面我们开始第七道题的挑战，请听题——

7. 日常生活中，我们可能经常会遇到受伤流血的情况，有时衣服上床单上也会沾上血迹。请问下面四个选项中，哪一种能最有效地去除血迹？

A. 肥皂　B. 发酵粉　C. 清洁剂　D. 消毒水

请作答！"

第-8节　5：25 PM　24/4

刚过完自己三十五岁生日的杨凯正坐在自家小卖铺的收银台前，无精打采地抽着烟。这时，一个身穿蓝色警服的人站在了他的面前。

见此情况，杨凯十分机警地赶紧将烟屁股在桌上的烟灰缸里按灭，然后站起来招呼道："啊，这位警察小哥，您要买些什么？"

"哦，我不是来买东西的。"

警察小哥的回答顿时给杨凯泼了盆冷水，他本想继续问一句，可这时他察觉到面前的这位警察小哥开始向店内四处张望着，杨凯一下子警惕起来。他开始回想着自己的店里究竟有没有放什么违规的东西。上次的那些烟花爆竹应该已经处理掉了，他们这家小卖铺没有卖烟花爆竹的资格，所以被查到了也很麻烦。杨凯想了许久，也没有想出个所以然来。

这时，正站在面前的警察小哥突然掏出手机，一番操作之后，放到了他的面前。

"这个，是你们家卖出去的吗？"

听到这句话的时候，杨凯心里一想——坏了！会不会是他们家卖出去的那些烟花爆竹被查到了？正当他想百般抵赖的时候，他看清了眼前屏幕上的这张照片，然后他就愣住了——这不是烟花爆竹。

"说句话，究竟是不是？"警察小哥又开始催促起来。

"是……啊，不是。"

"究竟是不是？！"

"是……"

杨凯想了想，最终还是承认了。照片上显示的是一个白色的小塑料瓶，上面没有任何标识。但杨凯清楚，这种瓶子也只有他这家店卖。瓶子里装着的就是普通的消毒水，是他亲自从大桶里分装出去的。他们这一带附近没有药店，所以为了赚钱他就顺便也做了消毒水的买卖。大桶的消毒水便宜，所以他买来分装一下，多少也能多赚点。虽说不是很正规，但这种事承认了应该也没什么大问题，警察不可能为了这一点小事就来找他麻烦。

见杨凯点头之后，年轻警察又开始问道："那你知道这个是什么时候从你这里卖出去的吗？"

"啊，这个……"杨凯想了一下，随后说道，"这个就真的不知道了，我这里每周都能卖出去不少瓶。照片里的这瓶也没什么特别的，我怎么可能知道？"

"真的？"

"真的。"

在得到肯定的答复之后，警察小哥似乎马上就要转身离开。这时杨凯突然想起了什么，他赶紧说道："等等，这位警察小哥，你这么着急干吗？"

"哦？你还有什么事吗？"

"我刚才说不知道什么时候卖的这个，但我知道这是从什么时候之后卖的啊！"

"你刚才怎么不说？"警察小哥看起来有些生气了。

"你又没问我……"眼看着警察小哥瞪了自己一眼，杨凯赶紧补充道，"这种瓶子装的消毒水我是从上上周……对，上上周的周一开始卖的。那时之前装消毒水的瓶子刚好用完了，我就换了新的一种，所以这种瓶子的消毒水也是从那时候才开始卖的。不过从刚才你给我看的那张照片来看，里面应该没有多少消毒水了吧？"

"哦？你倒是观察得很仔细啊？"听到这句话后，警察小哥不怒反笑道。

"那是当然，干我们这一行的，当然要眼光好，不然就要被骗死了。"杨凯一本正经地说道。

"那你说说，为什么少了这么多消毒水？"警察小哥继续问道。

"这个……我就不清楚了。通常来说，这种家用消毒水的消耗速度都是很慢的，平常也只是偶尔受伤的时候才会使用，清洗伤口和血迹，但很少见到用得这么快的，除非……"

"除非什么？"

"除非伤口特别大，或者流了很多的血。"

"你倒是还真敢想哈！"警察小哥收起手机，然后向杨凯冷笑了一下。

"我也只是随便说说，随便说说，当不得真。对了，您还有啥需要的吗？本店物美价廉，包您满意！"

"不了，我还有事，下次再来光顾啊！"

说着，警察小哥就转身离开了这里。杨凯看了一眼他的背影，又将目光转向身后的架子上。那里放着的，正是一排同样款式的消毒水。

第9节　4：03 PM　27/5

在主持人念完这道题目后，孙简只是呆呆地看着屏幕，过了许久，也没有一点反应。又过了十几秒钟，孙简突然自顾自地呢喃起来。

"我不知道，我不知道……"

"不，你知道。"主持人不紧不慢地回应道。

在听到主持人的这句话后，孙简瞪大双眼看着对面的主持人，像是看着一个怪物一样。就这样僵持了几秒钟，孙简突然泄了气似的靠在椅子上，然后闭上了双眼。

"我真的不知道。"

"所以你是要放弃？"主持人突然笑了起来，"如果你放弃的话，之前所作的努力可就都白费了啊！拿不到百万大奖的话，你就要重新回到你的那个小房子，然后被追债的人堵在家门口。而你却只能蜷缩在床上瑟瑟发抖，继续做你的可怜虫！"

"你是谁！"面对主持人的挑衅，孙简一下子站了起来，面朝对方大声吼道。

这时现场的观众席上也有了一些骚动。

"我是谁并不重要，重要的是，你还想不想继续这个比赛？如果你还想的话，那就请你坐下来。距离答题结束还有十秒钟。"

主持人的话让孙简又重新冷静下来，他看了一眼坐在对面的这个奇怪男子，最终还是重新坐回了座位。他是可以不答题，但他不能放弃最后的那一百万奖金,那是他的救命钱。一想到这里,孙简浑身的血液都沸腾了起来。他不能放弃!

孙简再次看了一眼屏幕上的这道题,然后将目光转向主持人,缓缓说道:"我选择 D 选项——消毒水。这下你满意了?"

在孙简回答完之后,主持人竟鼓起了掌。

"不错,恭喜你答对了。"和之前不一样的是,这次的主持人竟然没有卖关子,而是直接给出了答案。

"赶快下一题吧!"孙简此时已经变得完全不耐烦了,他握紧双拳,准备做最后的冲刺。

主持人深深地看了孙简一眼,缓缓说道:"别急,在下一题之前,我有一个问题想问你。在用那些消毒水清理血迹的时候,你当时心里是什么感觉?"

主持人说出这句话的时候,现场的观众有不少都忍不住惊叫了出来。

"你!"孙简显然也是被这句话刺激到了,他再次站了起来,用手指着坐在对面的主持人,可最终一句话也没说出来。

"既然你不想说的话,也没事。现在我们进入第八题!"

出乎孙简意料之外的是,主持人并没有继续纠缠下去,于是孙简也重新坐了回来。主持人饶有深意地看了孙简一眼,便将第八题念了出来。

"请听题——

8. 平常我们切肉的时候,经常会用到剔骨刀,而剔骨刀也有很多的种类。这其中最适合用来剔骨的是以下哪一个?

  A. 尖刀 B. 直刀 C. 弯刀 D. 隼刀

请作答!"

第-9 节 11:04 AM 20/4

当门被打开的时候,王元看到门背后站着一个胡子邋遢的男人。男人用一种呆滞的眼神看着他,站在门后面一动不动。这一瞬间,王元甚至有点没认出来。几天之前,面前的这个男人还是另一个模样。

王元看了两眼，便进了门。一进门他就再次闻到一股消毒水的味道，这不是他第一次闻到这个，前几次来这里的时候他也闻到过。进门后王元才发现屋子里更乱，茶几上摆满了泡面盒和一些喝完的饮料瓶，地上也有很多没有收拾的零食碎片。看来这几天面前的这个男人就是以此为生的。

　　"你的爱人这几天有联系你么？"王元最终还是决定先开口道。

　　也许是好几天没有和人交流过的缘故，面前这个男人的思维也出现了延迟。过了两秒钟，他才缓缓摇了摇头。王元从他的眼神里依然能看到那种难以掩饰的悲伤。

　　一周之前，这位叫作孙简的男人报警说自己的爱人失踪了。于是王元作为调查组的成员来到了他家，在针对男人进行一番简单的询问之后他便了解了大致情况。孙简的老婆名叫赵小曼，患有严重的被害妄想症，已经将自己锁在家里有将近半年的时间。前一天晚上孙简回家后便发现自己的爱人不在家中，并且怎么都联系不上。孙简找了一晚上也没有找到，所以第二天才报了警。

　　警方之后调取了附近的监控记录，也没有发现任何和赵小曼相关的记录。当然很大一部分原因也是因为小区设施的老旧，摄像头的覆盖率太低了。赵小曼经过的路线上刚好没有摄像头的存在，也是有很大可能的。之后的一周里，王元也走访了附近的很多街坊邻居，但都没有什么发现。

　　只是让王元感到有些意外的是，在走访的过程中，他却听到了另一种声音。很多邻居都反映那个叫孙简的男人有家暴倾向，并且因为赌博借了很多高利贷，经常有混混上门骚扰。他老婆之所以会患精神疾病，和这个也有很大的关系。当这些邻居得知赵小曼失踪之后，有一些人觉得应该是她受不了逃走了，甚至还有人认为赵小曼已经遇害了，凶手就是丈夫孙简。总之结论就是众说纷纭，但都没有提供有关赵小曼失踪的直接信息。

　　时隔三天，王元今天再次出现在了他家里，面前的这个男人看起来明显有些颓废了，看来应该是受不了妻子离开带来的打击吧。面对眼前这个沉默的男人，王元一时不知道该说些什么了。

　　"听说你借了一百多万元的高利贷？"等王元反应过来的时候，这句话已经说出口了。

　　听到这句话后，男人的表情顿时变了。他瞪着王元，随后突然蹲了下来，用双手抓起了头发。

"是我害了小曼的，是我……要不是我的话，她也不会变成那样……小曼也不会离开我了……"

说着说着，王元竟听到了男人嘴里传来的呜咽声。没想到他竟然在自己面前哭起来了。王元一时不知道该怎么做，只得静静地站在那里，等男人的情绪再次平复。

在这个过程中，王元看到了茶几上摆放的一把刀，这把刀的旁边有一个吃剩的果核，所以应该是被男人用来切水果用了。但这把刀的刀口很尖，看起来十分锋利，不像是平常见到的水果刀。

就在王元陷入思考的时候，男人突然说话了。

"该死的是我才对啊……"

王元看着痛哭流涕的男人，深深地叹了口气。

第10节　4：10 PM　27/5

听完这道题后，孙简一瞬间就从椅子上跳了起来，然后直接向主持人扑了过去。见到这种情况，旁边也有几个工作人员想要冲过来，但都被主持人示意制止了。

"你这是疯了吗？现在我们是在进行闯关答题，我是主持人，你是挑战者，别忘了你现在的身份！"主持人用自己的双手堪堪制住了已经失去理智的孙简，但随着孙简的疯狂发力，场面愈发难以控制了起来。现场的观众席上也传来了惊呼声。

"如果你再这样，就取消你的资格，百万大奖就拿不到了！你还要这样吗？！"主持人用尽最后的力气大声喊道。

可主持人的这番话并没有起到丝毫的作用，孙简还是疯狂地用双手挣脱着。下一瞬间，他就已经挣脱开来。然后，主持人的脸上就结结实实地挨上了一拳。

这时，旁边的工作人员终于冲了过来，直接将已经发狂的孙简按住了。可就算是已经被控制起来，早已失去理智的孙简还是疯狂地吼叫着，整个演播室仍处于一片混乱之中。

"你究竟是谁？！是谁！"孙简不管不顾地冲主持人大声吼叫着。

主持人这时已经意识到自己的嘴角流血了，于是便用右手擦了擦，随即说道："难道你听不明白我的话么？我是谁并不重要，重要的是——你所犯下的那些罪恶！"

最后几个字，是主持人一个字一个字说出来的。说出这句话之后，主持人突然哈哈大笑了起来，几秒钟之后，这种笑声便戛然而止。主持人看着孙简，缓缓地说出了最后一句话。

"接下来请听最后一道题——

9. 你将小曼杀害之后，究竟把她藏在了哪里？

请作答！"

很是奇怪的是，主持人的这句话就像是一句咒语似的，包括孙简在内的所有人的动作一下子都停了下来。

时间顿时静止了。

第-10节　3：12 AM　13/4

那天孙简并不想喝这么多酒的，但晚上回家的时候，有一个流浪汉一直纠缠着他，非要将手里的一瓶酒卖给他。他看着流浪汉可怜，就在给了钱之后和流浪汉一起喝了起来。喝着喝着就醉了，到最后就连孙简自己也不知道了。等他醒来的时候，就发现自己已经躺在了家中客厅的沙发上。

然后，他就看到了小曼的尸体。小曼浑身是血地躺在地板上，肚子上还插着一把刀。看到这一幕的孙简吓得直接从沙发上摔了下去。他挣扎着爬过去，却发现小曼早已没有了呼吸。再之后，他看到了自己手掌上的血迹。

难道这是自己做的……

下一瞬间，孙简就有了这个想法。因为他原本就有对小曼家暴的习惯，每次一喝醉酒，他就会对着小曼拳打脚踢，还会胡言乱语说要杀了小曼。没想到这一次他真的做了……一想到这里，孙简的醉意立刻就消散无踪了。

怎么办？这是孙简接下来的第一个想法。他醉酒之下一不小心将自己的老婆杀了……如果被警察抓住的话，自己肯定会被判死刑的吧……不要,他不要死……就算他已经欠下了上百万的巨款,他还是不想死。

怎么办?他第二次向自己问道。如果不想被警察抓住的话,就不能让警察发现小曼的尸体。没有尸体,警察就立不了案。之后只要自己假称小曼突然失踪,离家出走了,相信警察也不会发现什么。但这么做的话,唯一的问题就在于尸体,他怎么做才能将小曼的尸体给藏起来呢?

如果一直放在这里的话,尸体一定会发臭的……

这时孙简注意到了一直插在小曼腹部的那把刀。那把刀孙简有些印象,因为那正是他之前亲自买的。而那把刀买来唯一的用途就是——剔骨。这是一把剔骨刀。

想到这里,孙简的脑海里瞬间闪过一道电光。

第11节　11:21 AM　12/6

王元看着眼前站着的这个身材高大的男人,突然有了一种不切实际的感觉。不是因为他不熟悉,反而是因为他太熟悉了。此时站在他面前的这个人,不是别人,正是那个家喻户晓的主持人——明嘉。而他同时也有着另一重身份,那就是之前一直给王元写信的那个人,这也是王元第一次见到他。

"再次向你表示感谢,要不是你,我们警方不会这么快破案。"王元发自肺腑地向明嘉感谢道。

让王元稍感意外的是,站在他面前的明嘉只是点了点头,并没有说话。此时这个男人的目光从王元身上移开,开始在整个房间打量起来。

这个房间王元之前来过多次,可孙简被捕之后,这还是他第一次来到这里。在那次的节目中,被明嘉逼得崩溃的孙简,亲自承认了自己杀人的事实。之后身为刑警的同事们就介入此案,而王元自然就退出了本案的侦查。刚才他们进来的时候,门口还贴着封条,王元也是请示上级,才最终获准进入了这里。毕竟距离孙简被捕已经过了半个月,该取的证物警方也取得差不多了。而明嘉又是本案的功臣,所以上级最终还是同意了。

"所以,赵小曼是你的妹妹?"王元忍不住开口问道。因为在之前的信中,寄件人一直声称自己是被害者的亲人。但王元调查过,赵小曼应该没有还在世的亲人才对。

听到王元的疑问后，明嘉转过身，第一次开口道："小曼确实是我的妹妹，但是我们从小父母双亡，之后就一直在孤儿院里长大。后来我们分别被两个家庭收养，有好一段时间我们断了联系。再之后，等我们都长大了，一次偶然的机会，我们才重新联系上。只不过我们都互相约定着，不会在对方的人生中出现。毕竟都过去那么多年了，我们也都有了自己的人生，我们也不想打扰对方。但尽管如此，我们还是会经常联系。小曼心情不好的时候，都会找我聊天。"

说到这里的时候，明嘉的脸色有些微变，之后他接着说道："后来的事你也知道了，小曼得了严重的精神疾病，她一直觉得身边有人害她。不管我在电话里怎么劝说都没用，后来小曼打电话过来的次数也少了起来。我那时忙于工作，并没有及时发现小曼的异常。再到后来的某一天，我再联系小曼的时候，竟然已经联系不上了。然后我才知道，小曼竟然失踪了。"

明嘉停了下来，看了王元一眼，继续说道："这之后我向节目组请了一段时间的假，用来寻找小曼。但在寻找她的过程中，我了解到越来越多的事实，原来小曼结婚的对象是个人渣，不光酗酒赌博，还经常殴打小曼，小曼的被害妄想症也是这么弄出来的。后来我又调查到了小曼失踪的几个月前，竟然有人给小曼买了一份人身意外保险，保险金额是一百万。而受益人，就是那个孙简。"

对于明嘉说的这些，王元自然也是了解的，所以他没有说话，而是静静地听对方慢慢道来。

"所以我就开始猜想，小曼会不会已经被害了，凶手就是那个人渣孙简。他为了得到那些保险金，所以杀害了小曼，然后打算将小曼的死伪装成意外。但是在这个过程中可能出现了意外，所以那个人渣改变策略，将小曼藏了起来。但是我查了很长时间，都没有发现小曼的一点踪迹。不知道那个人渣究竟采取了什么办法，将小曼伪装得从人间蒸发了一般。"

"所以你才想了那个办法？"

王元口中的这个办法，自然是邀请孙简参加百万赢家，以一百万奖金为诱饵，一步步地击溃孙简的心理防线。而最终的结果也是十分成功的，孙简直接坦白了自己的罪行。孙简不光坦白了自己杀害赵小曼的事实，还说了自己隐藏赵小曼尸体的手段。

在杀害赵小曼之后,他在浴缸中进行了分尸,并利用水族箱里的鱼处理了尸体,之后孙简就这样大摇大摆地将这些死去的鱼丢了出去,并没有引起任何怀疑。"

"可惜关于那些骨架的去向,那个孙简却怎么也不肯说。"

说完这个,王元忍不住叹了口气。这时,王元注意到明嘉的眼睛一直盯在房间一角的地板上。如果他记得不错的话,这里应该就是赵小曼被害的地方。

但是王元有点想不明白的是,这些信息只有他们警方知道,这个明嘉又是如何知道的呢?

第-11节 7：05 PM 12/4

当小曼将刀插进腹部的时候,明嘉便知道,这一切挽回不了了。他看着一点一点倒下去的小曼,仿佛有一万把刀同时在扎着他的心。

小曼真是太傻了,她不应该为孙简这个人渣付出这么多。半个小时前,当他接到小曼的电话后,便马上赶了过来。他也一直极力劝说着小曼,让她不要做这种傻事。但最后的结果却是——他失败了。

明嘉一直都想不明白的是,即便孙简那个家伙这么可恶,即便每次喝醉酒他都会对小曼拳打脚踢,即便他欠下了巨额债务后招来一大群讨债的混混,即便小曼为此患上了严重的被害妄想症,可小曼却一直都爱着他,爱着这个一直在伤害她的男人。

小曼曾在电话中求明嘉帮孙简还债,听着电话里不停流泪的小曼,明嘉何尝不痛心过。但是他根本没有那么多钱,他也是最近才当上《百万赢家》的主持人,之前的收入根本不值一提。为此,明嘉一直说让小曼等等。

但这样的结果却是,明嘉等来了小曼的一个电话。电话中,小曼说自己买了一份保险,被保险人是小曼自己,受益人却是那个孙简。只要她死了,孙简就能得到一百万的保险金。而小曼打电话给他的目的就是,让他帮忙伪装现场,造成有人破门而入的假象。接到这个电话的时候,明嘉就吓得不行,他一边劝着小曼不要做傻事,一边赶了过来。

见到小曼后,他一直苦苦相劝,但小曼就像是铁了心一般,不管他说了什么话，她都一概听不进去。再之后，明嘉一个不注意，小曼就将那把锋利的短刀刺进了自己的腹部，一瞬间有很多血涌了出来。

明嘉抱着小曼的身体，一边大声哭喊着，一边想要拨打120。但举起电话的那一刻，他突然想到，就算自己这次救了小曼，那下次呢？谁又能保证小曼下次不会做傻事，难道他能一辈子都看着小曼吗？

想到这里，明嘉渐渐放下了电话。他这时突然意识到，造成这一切的只有一个人，而这个人就是孙简。正是他的存在，才导致了小曼的自杀。如果不是他的家庭暴力，原本十分正常的小曼也不会变得这么偏执。如果不是他欠下了这么多钱，心地善良的小曼也不会想着通过这种方式来帮他还债。当明嘉想通这一点的时候，关于这一切的所有怒火，便都转嫁到了那个人身上。

不行，他不能让这个人渣活得这么如意。一旦想到那个人渣会得到这血淋淋的一百万元，明嘉的心里顿时被愤怒充满了。这可是小曼的死换来的啊……不行，不能给这个人渣……他必须得做点什么。

打定这个主意之后，明嘉也慢慢回归了理智。他首先想到的，就是将小曼的死嫁祸给孙简这个人渣。小曼为了让孙简摆脱嫌疑，特地选择了在孙简加班的时候自杀，所以这时候的孙简应该还在加班。想到这里，明嘉赶紧将现场重新布置了一下，并且很是仔细地擦去了自己可能留下的所有指纹。

再之后，为了尽量消除孙简的不在场证明，他用小曼的手机给孙简发了短信让他赶紧回来。做完这些的他伪装成一个流浪汉，蹲在孙简每天回家必走的一条路上。而他的手中就拿着一瓶酒，之后他只要想办法将这个酒鬼灌醉，带回家中就行。等孙简酒醒之后，看到小曼的尸体以及自己手掌上的血迹，再联想到自己家暴的习惯，有很大可能就会以为是自己醉酒的时候误杀了小曼。

完成这些之后，就没有他明嘉什么事了。等警察赶到的时候，那个家伙恐怕会吓得痛哭流涕吧。明嘉对这个家伙丝毫不感到同情，因为这些都是他罪有应得的。

是他杀害了小曼，明嘉在心中再次确认道。

第12节 11：31 AM 12/6

"好了,时间也差不多了。"王元看了一眼时间,直接说道,"抱歉,吴队只允许我带你来参观十分钟,现在时间差不多了,我们也该走了。"

"嗯。"

明嘉"嗯"了一声,将目光从那块地板上收回。在转身离开的那一刻,明嘉的目光落在了客厅一角的那个水族箱上。这个水族箱很大,里面却没有一条鱼,并且由于长时间没有打理的缘故,水族箱里的水也很是浑浊。

明嘉将视线收了回来,和王元一起走出了房间。这时他突然想了起来,那天晚上,他来到这个房间的时候,水族箱里似乎更为空荡一些。

对,没有那些珊瑚。明嘉愈发确认了这一点。

原载于《锐阅读·推理》(2022年10月)

牛顿与希波克拉底

孤杳[①]

鲜血毫无预兆地从刀口涌出，顺着刀柄滴落在地上。他像触电般抽回手，怔怔地看着手中泛着寒光的刀尖。几秒钟后，他好像突然意识到了什么，回头抓起了桌上的一个盒子，盒中装着几支安瓿。他定了定神，拿起了其中一支，掰断了瓶颈。

桌上的一尊长满胡子的雕像带着悲悯的眼神静静地望着眼前发生的一切，雕像的底座上刻着几行誓词，誓词的右下角有个小小的"奖"字。不知过了多久，他从雕像旁一个老旧的玩具下抽走了一沓纸，关上灯，带上门，空气里弥漫着淡淡的金属、木料与酒精的气味。黑暗中这个家又恢复到了从前温馨的氛围，仿佛刚刚的一切从未发生似的。

"爸爸、爸爸！"小男孩手中挥舞着汽车人的玩具，奶声奶气地叫喊着，"为什么刚刚那辆车上没有人啊？"

数秒前，一趟空跑的列车从站台前呼啸而过，男孩用他那优越的动态视力及时地捕捉到了车厢内的情况。

男人放下工具，用衣摆擦了擦手，从身后一把将男孩抱起："因为啊，列车工作了一整天该回家休息了，回家的路上当然不用再工作啦。"边说边用他的大手揉了揉男孩的脑袋，"我们呢，也该回家了。"

"列车也会累，也像人一样需要休息吗？"

"不止会累，而且会生病呢。这时候，它们就不能工作了，需要赶紧

[①] 孤杳，普通的推理爱好者，喜欢推理、科幻和国漫，和两位朋友合作完成的接龙推理小说《子彦》收录于《2020年中国悬疑小说精选》。

回家去休息才行。"男人轻轻一笑，放下男孩，重新蹲回地上，把散乱的工具一件一件收回工具箱中。

"爸爸干完今天的活就可以休一天假了，明天带你去吃你最爱吃的烤鸭，作为你陪我加班到这么晚的补偿。"

"好耶！"男孩把手中恢复成汽车形状的玩具在地上擦了两下，松开手，汽车歪斜着滑了出去。

1

"呀！"月饼从项启源的手中飞了出去，破碎的酥皮四散飞溅，贴着地面滑了很远。

徐蓉在一旁指着地上的狼藉笑得前仰后合，项启源一脸窘迫地愣在原地。保洁阿姨闻声赶了过来，拎着笤帚沿着一旁配电室的门边开始清扫。

"谢谢阿姨，麻烦您了。"项启源挠着头向阿姨欠了欠身，将手上仅剩的包装袋放在了一旁的簸箕中。

"小事。"阿姨咧嘴一笑，"对了，你们有这配电室的钥匙没，我正好进去把里面也打扫下。"

项启源扭头看了看徐蓉，对方摇了摇头："好像只有电工有这里的钥匙。"

阿姨点了点头，继续贴着门缝仔细地清扫着。

"喏，还有一个，这次小心点儿。"徐蓉忍住笑，从包里又掏出两个月饼，仔细看了看，将其中一个递给了项启源。

"阿姨，辛苦了，也给您一个。"

阿姨也不客气，道过谢后便离开了。

见阿姨离开，项启源这次学乖了，先用牙齿在包装纸的侧面咬开一个小小的口子，再用手小心翼翼地撕开。

"对了，这月饼什么馅儿的啊？"

"刚给阿姨那个是豆沙的。"

"那我这个呢？"项启源已经迫不及待地把月饼囫囵倒进了嘴里。

徐蓉笑吟吟地看着项启源，从他手中把包装袋接过，转身便跑走了，只留下一句："芥末章鱼。"

105

眼泪不受控制地流了下来，和着冰冷的水一起流入了水池中。项启源对着镜子洗了把脸，还好现在时间尚早，没有人看到他呕吐的窘样，只有洗手间角落里一把折叠起来的轮椅孤零零地看着一切。

项启源从洗手间出来后，徐蓉适时地递上了一张纸巾。

"蓉姐你还笑！"项启源佯怒道。

"哎呀哎呀，好啦，好歹也是我亲手做的，别人想吃还没有呢。还被你毛手毛脚摔碎一个，另一个本来是给我自己准备的。"徐蓉噘着嘴说。

"这东西你吃得下去？"项启源擦完脸上的水之后，把纸巾扔进了一旁的垃圾桶里。

"那当然，芥末章鱼可是我最爱吃的东西。"徐蓉思考了片刻，补了句，"之一。"

"蓉姐，那人也是咱们组的吗，怎么称呼啊？"项启源不想在这个话题上继续下去了，指了指刚刚擦肩而过的一个人问道。

徐蓉扭头看了看说："嗯……咱们这站人多，我也认不太全，看服装应该是个前辈了。"

"确实，他的衣服看起来蛮旧的，制式好像和我的也不太一样。"

"嗯，安保的制服隔几年会换一批，有的老员工喜欢新旧混着穿。至于你这位志愿者，"徐蓉扯了扯项启源胳膊上绿色的袖箍，"你的衣服，更是和所有人的都不一样。"

"哦。"项启源若有所思地应了一声。

徐蓉停下脚步，理了理帽子，正色道："马上早高峰了，咱们这条线的人流量可是最大的，打起精神来，别东张西望的，我们要保障的可是几十万人的安全。"

2

早高峰时期的地铁上，不像周末那样有着欢声笑语。位于高处的一张张疲惫脸庞上映出五彩斑斓的光线，眼前巴掌大小的屏幕将各种经大数据过滤后的信息精准地投向它们主人的眼中，以换取对方时不时一个似笑非笑的表情。而相对位于低处的面孔则大都阖着双眼，或低下或仰起，随着列车的加速与减速整齐地左右摇摆着，像是郊外湖边一丛无人问津的迎风芦苇。

倏地一下风停了。

——淌金桥站到了，开左侧门，请注意列车与站台间的缝隙……

各节车厢的门在蜂鸣声中整齐划一地打开。

位于市中心偏北部的淌金桥站是有着三条列车线经过的重要交通枢纽，分别为东西走向、南北走向的1、3号线和7号环线交会于此。其中1号线横过市中心，沿途还串起两个商圈和六个住宅区，是整座城市人流量最大的列车。周末更是要运行到次日凌晨一点半才算作罢。

早上七点四十五分，一列驶向城市东侧、开往终点站"浦江镇"方向的列车稳稳地停在了一号线站台。两分钟前刚刚驶离的对向列车上下来的乘客几乎才刚刚全部乘上扶梯，这一趟车上新下来的乘客便立刻接续了上去。刚出车厢的乘客迎面又撞上了想要换乘一号线的乘客，同时开启的二十多扇车门像细胞膜上的钠钾泵一样，有条不紊地在不到一分钟的时间内将一些乘客从车厢中吐出去，再将另一些乘客吸进来。

刘静云此时就走在这批乘客的最前方，刚刚在微博上刷到3号线因地铁线路故障临时停运的消息，因此她正满脸焦急地想去3号线站台了解一下情况，以免上班迟到。拿出手机看了一眼，已经快七点五十分了，她赶忙加快了脚步。就在她沿着自动扶梯向上走了几级后，她忽然发现，身前拉着粉色行李箱的姑娘不知道什么时候变成了一位男性。

这人看着五十多岁，穿着一件深蓝色的V领毛衣，外面罩着一件嵌有金属扣子的黑色皮衣，头上还戴着一顶棕色大檐帽，腿上则穿着一条有些褪色的工装裤，颇有一副西部牛仔的模样。此刻他正闭着眼，低着头，懒洋洋地斜倚在扶手上，上半身微微前倾。更奇怪的是，此刻他正和刘静云面对面站着，也就是说，他是转过身倒着搭乘扶梯的。刘静云头一次见有人这样乘电梯，因此没有紧挨着他，而是站在了更下一级的位置上。

这组电梯共有四列，中间两列为上行扶梯，两侧为下行。因为1号线位于整个地铁站的最底层，所以这组电梯的提升高度为十五米左右，倾角接近三十度，也就是说电梯的全长约莫有三十米。

刘静云扭头，发现自己的右边并排站上来一位黑人小哥，正戴着头戴式耳机听歌，身体随着旋律有节奏地律动着。望了望两侧密集的人流，刘静云也掏出手机，准备查看一下打车软件，要是地铁不通，就得考虑出站换乘其他交通工具了。点开打车软件，屏幕上显示"正在排队2753人"，刘静云无奈地摇了摇头：不愧是枢纽站啊，客流量还真是可怕，看来只能祈祷地铁早点恢复正常运行，不然肯定得迟到了。

点开微博，地铁3号线淌金桥站接触网故障的消息已然成了热搜，不少人在话题底下、在评论区里抱怨、争吵、谩骂，仿佛用这些负面情绪营造出来的同仇敌忾的气势便能解决通勤堵塞的现状一般。刘静云也加入了讨论的行列，她绝对没有想到，不久后将会有一条更大的新闻压过这条热搜，而她，将是这起事故最直接的目击证人。

突然，扶梯猛地一滞，刘静云条件反射般抓紧了左侧的橡胶扶手，身体剧烈前倾，右手上的手机也差点儿飞了出去。就在她重新握紧手机时，感受到指尖传来了一种异样的黏腻感。抬手一看，手机屏幕和右手臂上不知何时染上几滴红色的液体，那是比她指甲上涂的要暗一些的红色。惊愕中她朝前看去，那名和她面对面的男子正坐在台阶上，靠着前面一位乘客的粉色行李箱，左手边一柄尖锐的柳叶刀"当、当"地滑下两级台阶，落在了她的脚边。刀头上，沾着和她手机上一样颜色的液体。而它们的来源，便是那名男子脖子中间偏左的一道可怖的伤口，那里此刻正汩汩地朝外流着同样的液体，那件蓝色的毛衣已有大半被染成了诡异的紫色。

是血——

脑子还处在模糊的状态，喉咙却已经叫出了声。

"杀人啦——"刘静云和前面粉色行李箱主人的尖叫声完全盖住了因电梯急停而引起的吵嚷声。

数秒后，扶梯又动了。

3

项启源走上3号线通往负一层换乘大厅的自动扶梯时，已经过了八点四十分了。本来在1号线这边负责安保的项启源，因为地铁故障被临时抽调去3号线站台维持秩序。3号线通往"昌吉"方向的列车停运造成了大量的旅客滞留，据说是维修人员误判，将地铁车厢升弓模块的故障误认为是接触网故障，十分钟前才刚刚维修完毕恢复通车。徐蓉在对讲机里告诉项启源1号线这边发生了伤人事件，引起了不小骚动，让他忙完赶紧过去。

这不，刚刚引导完旅客正常搭上列车，项启源就迅速赶了过去。

项启源搭乘了员工专用的直梯到达了1号线站台。路过自动扶梯背后的配电室时，他发现早上还关着的门不知道什么时候打开了。拉开虚掩着的门，项启源向里面望了望，里面一片漆黑。一步跨进去，项启源感觉自己好像踩到了什么东西，赶忙又退了出来，关上门慌忙逃走了。

见到徐蓉时，她正站在黄黑色的警戒线前接受警方的盘问。一旁还站着两男两女，其中一名戴着耳机的男性有着黑色皮肤，一位捧着本子的女警站在他们面前，正用笔写着些什么。项启源顺着围起来的自动扶梯向上望去，台阶已经停止上下行了，第二列扶梯中间位置放着一个粉色的行李箱，旁边还有些不规则的白线。

项启源正细细观察时，徐蓉从背后拍了拍他的肩膀。

"你来啦。"徐蓉满脸愁容地说道。

"伤者呢？"项启源看到眼前的阵仗，已经大概猜到了许多。

徐蓉把他拉到一旁的轨道交通线路指示牌背后，用手掩着嘴小声道："是死者……"

项启源从徐蓉口中了解到，由于早高峰交通堵塞，再加上地铁站人流密集，即使附近的医院离这儿只有十多分钟的车程，但医护人员还是用了半个小时才勉强赶到。还未等抬上救护车，那人的心脏已经停止了跳动。医生对死者做了初步鉴定，死因是颈动脉破裂引起的大量失血，并且死者生前曾过量饮酒。虽然在书本电视里常常能看到死亡现场，但当这种事情真真切切地发生在自己身边时，还是难免让人有些抵触。

"一会儿警官可能会问你几个问题，你就实话实说，说自己刚刚被临时调去其他站台了，对这里的情况一概不知就行了。"徐蓉对项启源叮嘱道，"我知道你好奇心重，但人命关天，可别乱打听。"

"嗯，明白了，谢谢蓉姐。"项启源一边应着，一边朝警察所在的位置探着头。

"好了，我先回工作岗位了，你问完话也赶紧过来。"徐蓉取下肩膀上的对讲机，急匆匆地走了。

"小伙儿，脚让一下。"项启源转过头，发现保洁阿姨用笤帚指着他的脚边对他说。

项启源向右迈开一步，发现身后贴着墙边的地方有一个L形的小物件。

丁零——

那东西和铁质的簸箕碰撞后发出清脆的声音。

"阿姨等一下!"项启源鬼使神差般地拦住了转身欲走的保洁阿姨,蹲下身子从簸箕里取出刚才那个金属物件,抖了抖灰尘,放在手中把玩起来。

"原来是你掉的啊,不好意思哈。"阿姨朝项启源笑了笑,转身离开了。

"对了,月饼很好吃,替我谢谢那个小姑娘。"阿姨回头补充道,项启源礼貌地点了点头以示回应。

阿姨走后,项启源这才仔细观察起那东西来。原来在 L 的一头还有个小钩,整体是一个用两厘米左右宽的厚铁片弯折成"横折钩"的样子。在没有钩的那一截的中间位置有一个小缺口,整体做工粗糙,摸上去很是刺手。内侧还轧有一串编号"HY036-1412"。项启源看不出个所以然来,开始后悔刚才怎么一时冲动捡了这么个垃圾回来,放回原位也不合适,便随手揣进口袋里,打算一会儿找个垃圾桶扔掉。

项启源从指示牌背后走出,发现有两个警员跟他刚刚一样蹲在地上,面前摆着一块毯子,上面放着几件东西。他便悄悄走到他们身后,弯腰查看起来。

毯子上摆放着一部按键式手机,一件黑色皮衣,一顶棕色大檐帽和一个有些掉皮的黑色钱包。左边那位年轻一些的警员正拿起钱包,将旁边一些零碎的东西一件一件收回去——身份证、驾驶证、银行卡、一些零钱、几张广告卡片和一堆压变形了的购物小票。

"你说这个吴广汉啊,他为什么要一大早跑到这种地方来寻短见?"年轻的警员对年长的警员发着牢骚,"我好不容易才有天休假,就因为住这附近,被队长一个电话就叫来了。还有他这破帽子,居然打着补丁……"

"少说两句吧你,死者为大。"年长的警员低着头,冷冷地说道。

项启源这才注意到,右边这位警员的手上捧着一本绿色胶皮包着的小册子,正面印着四个金字"工作手册"。手册第一页写着"华阳电梯厂员工:吴广汉",之后的页面里画着各种几何图形,旁边写着大量公式和参数。其中还夹着几页 B5 大小的图纸,打开后可以看到直梯、扶梯的设计图和钢材清单。再往后空了几页，之后就全是些汉字写的东西了。项启源离得有些远看不太清，只能大概看到字体有些许变化，用的笔也稍有不同，好像是隔了很久以后才接着写上去的。

年长的警员给年轻警员展示了册子后说道："看到了吧，这或许就是他自杀的原因。他是制作电梯的，又在电梯上死了，这是以死明志啊。"

年轻警员附和似的叹了口气，摇了摇头。

"你们俩，能不能别提早下结论，告诉你们多少次了，办案要严谨。"一位身材有些富态，个子与项启源相仿的警官走了过来。项启源认出，这就是刚刚和徐蓉在一旁交谈的那位警官。

"胡队。"刚刚蹲在地上的两人一齐站起来向那位被称作胡队的人点头示意。

项启源见状赶忙躲闪在一旁。

"没有正式定性自杀和他杀之前不要信口开河。"胡队严厉地说道。

"是。"二人丝毫不敢反驳。

"让你们俩调查那四个人的随身物品……哦，还有死者的，调查得怎么样了？"

"都调查完了，"年轻警员赶忙说道，"只有那个男生的包里……"他指了指那两男两女中的中国男性。

胡队转头看了一眼后，示意他继续说下去。

"他包里有两枚刀片，和现场那柄刀的刀头很像。"

年长的警员适时地将装在证物袋里的柳叶刀和两枚未拆封的刀片递了过来。胡队拿在手上仔细对比之后，点头道："是很像，我们听听看他怎么解释。"

那名男生被年轻警员单独叫到了一旁，年长警员向胡队说明道，那位男生是主动向警方提供线索的，他当时站在紧邻死者所在扶梯的外侧下行扶梯上，因为死者是倒着站在扶梯上的，就多看了两眼，不想竟发生这种事情。

"这东西，是你的吧。"年长警员拎着未拆封的两枚刀片在男生眼前晃了晃。

"是……是我的。"男孩嗫嚅道。

"这刀片的尖锐程度已经够得上管制刀具的范畴了，说，你是用来干

111

什么的？怎么带上地铁的！"年长警员提高了音量。

"我……我，把我的包给我。"男孩伸出手委屈地说道。

年长警员依言把一旁的蓝色书包拿了过来，在男生面前打开。男生在里面翻了翻，掏出了五六块用自封袋装着的不同颜色的板状橡皮。

"这个刀头是我买来刻橡皮章的，之前的用钝了，刀柄也在学校。"男生提及自己的爱好时眼中溢满了神采，连说话也多了几分中气，"本来在入站时被安检拦住了，但因为刀片还没开封，我求了半天情，还出示了学生证，登记身份信息后，他们才放我过去。"

一旁的胡队微微颔首，没有再继续追问下去。

刚刚一旁拿本子做记录的那位女警员不知什么时候手上变成了一台平板电脑，一边滑动确认着信息，一边报告说："胡队，这四个人的身份信息已经核实，和死者没有任何交集。两名男性分别为体育学院的留学生和科技大学的本科生，拉行李箱的这位女士今早刚乘火车从外省回来，另外这名女性则是一家外贸公司的文员，淌金桥这一站是她平常上班的必经之路。"

"那个死者靠坐的粉色行李箱我们也检查过了，虽说沾上了血迹，但打开后里面基本都是衣服，还有一台笔记本电脑和一些日用品，没什么可疑的。"那位年轻警员补充说道。

"这位黑人朋友叫巴布鲁，那位文员叫刘静云，他们二位事发时就站在死者对面，是这次事件的直接目击证人。"女警顿了一下，"但由于……由于死者向后仰躺时喷溅的鲜血溅到刘静云身上，对其冲击太大，她暂时无法给我们提供什么有效信息，只能等她先冷静下来再说。

"至于巴布鲁，谁能想到他不但汉语说得不好，英语也很差，最擅长的居然是德语。不过他大概明白发生了什么事，也表示愿意配合我们调查，只能先带回局里找专业的翻译进行沟通了。"她说完后熄掉屏幕，将手背在身后，等待下一步指示。

"这样啊……不过就目前看来，基本可以断定为自杀了。"胡队摸了摸下巴，喃喃地说。

年轻警员听到队长认可了自己刚才的猜测，心中一阵窃喜，但又不敢表现出来。胡队搓了两下手向后退了一小步，准备交代接下来的善后工作。可就是退这一小步，让他身子一个趔趄，险些摔了一跤。

"哎哟！"两声惊呼不分先后。

项启源不知什么时候蹲在了摆放证物的毯子旁，先后查看了所有物品，顺便听着警察们的谈话，已经获取到了不少线索。他正在仔细阅读那本手册上的文字时，没有注意躲闪，便和胡队撞在了一起。

"你这小子，在这儿晃悠半天了，有什么企图？是想毁灭证据吗？"胡队还没开口，年轻警员就过去将项启源从地上一把拽了起来。

"他不是自杀。"项启源没有回答他的问题，而是淡淡地说了一句。

"什么？"年轻警员愣了下。

胡队也不生气，反而一脸玩味地看着面前这个相貌普通的少年："说说你的想法。"

项启源理了理刚刚被拽住的衣领，脱下刚刚从旁边桌子上拿来的手套，缓缓说道："看死者的随身物品就知道了，缺少一样死者出现在这里所必需的东西。"

在场的众人都被这略显狂妄的发言吸引住了，大家又用目光确认了一遍死者的随身物品：帽子、外套、手机、钱包、工作手册。

"交通卡。"项启源自信地说出他的推理，"任何乘客进到地铁站都必须刷地铁卡或是交通一卡通，当然，现在也有了电子二维码，可死者的手机是按键式的，并不具备这个功能。那么只能说明一件事，有人拿走了他的交通卡。"

"不能是碰巧弄丢了吗？"年轻警员反驳道。

"不会，一个连购物小票和广告卡片都会认真保存下来的人，在地铁站内弄丢交通卡的概率可以说是微乎其微。"

"那逃票呢？他就没可能是跟着别人一起通过闸机的？"胡队插话道。

"啊……这个，"项启源挠了挠头，"他要是来自杀，不至于连票都逃吧……"项启源有些慌，他显然没考虑到这点。

"对了，刀，他要是带着刀，一定没办法顺利通过安检，他说不定是用了别的方法进入了地铁站，同时也是他身上没有交通卡的原因。"项启源不依不饶地说道。

胡队笑着拍了拍项启源的肩膀："行了小侦探，推理游戏先暂停一下，既然你对案子这么感兴趣，那我们一起回警局聊聊。现在，以妨碍公务罪将你拘留半日，"胡队脸色一沉，回头对年轻警员道："带走。"

113

"是。"

警戒线的更外圈不知道什么时候围起了一圈护栏，不少人在探头探脑地张望着。徐蓉领着一群安保人员在维持秩序，围观的人群中还混入了几个带着摄像机的记者模样的人。项启源被带走前最后回望了一眼扶梯，幽长的电梯通道上行李箱已被取走，只留下了几条未清理干净的白线，黑色的阶梯衬得基本看不到血迹。项启源总觉得，这部电梯上似乎曾经还发生过些什么。项启源想起了那本册子里不断出现的一句话：

"我是被冤枉的。"

4

十一年前。

新落成不久的地铁3号线给人们的出行带来了极大的便利，淌金桥站从此成了联通南北向地铁的重要交通枢纽。已经可以想象得出将来7号线开通后，这里会是一副多么繁盛的景象了。为了方便换乘，地铁公司用了三个月时间修建了一条四通道的自动扶梯。然而，扶梯落成后不久，不幸发生了。

那天是周四下午，由于是工作时间，地铁人流量并不大。一位头发花白的老奶奶颤颤巍巍地搭上了扶梯，她一手紧握扶手，一手挂着拐杖，当上升到和地面平齐处的踏步时，她迈着沉重的步伐，慢悠悠地走了过去。拐杖一下又一下重重地敲击在钢板上，发出"铿、铿"的声音。

紧随这个声音之后的是一串清晨鸟鸣般的笑声，一个六七岁的小女孩雀跃地奔上自动扶梯，背上背着的蓝色书包上坠有一只白色小羊，随着女孩的蹦跳上下摇摆着。

"妈妈妈妈，你太慢啦！"女孩为自己跑赢妈妈高兴地欢呼着。

扶梯上，那位背着挎包、三十岁出头的母亲眼含笑意，望着自己可爱的女儿在电梯前踏板上蹦跳着。父母去世后，这孩子成了自己在这世界上最亲近的人，甚至甚于自己的丈夫。可就在她的视线与女儿的眼睛平齐时，随着电梯的上升，她看着女儿的眼睛慢慢下移、再下移，速度却远超过电梯上升的速度。

电梯踏板断了。

母亲将斜挎包转到背后，用尽全力向前倾去，她离女儿的距离越来越近，女儿的生命却离她越来越远。三秒后，女儿已经完全消失在自己的视线之内，甚至连那声"啊"都没有完全喊出。幼小的生命消湮在了扶梯背面的传送链条间，在那里陪她的，只有冰冷的钢铁和刺鼻的机油。

事后，地铁公司赔偿了死者家属一大笔钱，负责材料采购的吴广汉因工作疏忽被法院判处有期徒刑六年，并终身不得从事相关行业工作。

"崔鹏，这个在吴广汉手册中多次被提到过的名字，是当时这项工程的总负责人，同时也是当时公司董事之一的外甥。"负责调查死者信息的那位女警说道。

"吴广汉早些年是华阳电梯厂的技术工，后来地铁开始修建，和电梯厂达成了合作关系，一批人被派往常驻地铁施工，其中就有吴广汉。"

"吴广汉育有一子，他的妻子在生下儿子不久后就因病去世了。吴广汉被监禁时，他儿子正上高中。手册里提到，钢材质量不达标是负责最终质检的崔鹏搞的鬼，吴广汉是被冤枉的……"

听完报告的胡队回到了办公室，项启源正坐在办公桌外侧的椅子上。项启源注意到了桌上的名牌，上面写着"胡云景"，略显女性化的名字和他魁梧的身材实在是有些不相称。因为项启源在案发时有着绝对的不在场证明，而且胡云景内心觉得这个小伙子很有趣，提的问题也比较有建设性，这才将其带回警局，并且没有将他安置在审讯室，而是直接带他来到了自己的办公室。

"姓名？"胡云景想故意吓一吓项启源，因此一进来就拿出了审问嫌疑人的态势。

"项、项启源。"项启源好像还在思考着什么，反应慢了半拍。

"年龄、职业。"

"十八，我是德阳中学的学生，准高三。"

"那为什么会穿着地铁安保的衣服？"胡云景明知故问。

"我是志愿者，因为下个月要开通一条新的地铁线路，不少人手都被派过去了，还没来得及招人，公司就临时招募了一批志愿者，"项启源亮了亮胳膊上的绿色袖箍，"说是志愿者，但也是会给我们发一些工资的，只是比较少罢了。"

"都高三了，不好好学习，当什么志愿者。"胡云景看着跟自己孩子年纪相仿的项启源，难免说出了大多数父母都会说出的话。

项启源没接话，胡云景意识到了自己有些失态，便站起身，拿起桌上的一小瓶水递了过去。

"咳、嗯，"胡云景清了清嗓子，"本来向你透露案情是不应该的，但因为你提供的思路很不错，所以还是可以跟你谈谈。"胡云景用手摩挲着桌子说道："很不幸，我也猜错了。"

"死者吴广汉独居在秀延路附近城中村的出租屋内，我在回来的路上安排人调阅了秀延路和其相邻两站地铁站今早五点三十分到七点三十分钟所有闸机入口的监控视频，没有发现和死者装束类似的人。当然，也没有接到这几个站口的安检处截获管制刀具的消息。

"倒是真发现了两个贴在别人身后逃票的，不过一个是女性，一个年纪太小，和死者都对不上号。根据死者邻居的证词，证实死者昨晚确实在家。因为邻居在大门口遇上了他，当时他已经烂醉如泥，还打了邻居一拳，邻居将他拖回家后就回自己家了。"

项启源静静地听着胡云景叙述，手里还在把玩着什么东西。

"经邻居证实，那件外套还有帽子的确是吴广汉本人的，不过很久没见他穿过了。我们初步认定，死者可能是乔装进入地铁的，而且从其身上没有交通卡这一点判断，他进地铁时，有极大可能是和别人一起。"

"我说了这么多了，要不要谈谈你的看法。"胡云景将话语权交给了项启源。

项启源沉默了一会儿，缓缓开口道："能让我再看看证物吗？"

胡云景依言拉开了抽屉，将一个装满照片的信封取出来递给了项启源。

项启源拿出手机，和某张照片对比后暗叹一声："果然。"

项启源望向胡云景，说出了他的判断："医生，找找死者的社会关系中有没有关系比较亲密的医护工作者。"

胡云景心里一惊，随后像是想到了什么，摇了摇头说："你是看到凶器了吧，手术刀。哦，也叫柳叶刀。这当然是我们的调查方向之一，不过巧合的是……"

"不对，手术刀很容易买到。"项启源打断了胡云景说话，"你忘了刚才地铁里的那人了吗，他身上就有两枚手术刀的刀片。"

项启源拿起手机操作了几下,将购物界面展示给了胡云景看:"喏,各种型号的都有。"

"那你……"

"让我真正作出判断的是——这个。"项启源拿起了那顶大檐帽的照片。

"这个帽子内侧中间有一个圆形的补丁,相信你们也注意到了。帽子的重量也比一般帽子要重得多。"

"嗯,我们拆开了补丁,里面是个圆形的水泥块,正好两千克重。"

"不错,我也是刚刚才看到,水泥块中间有个圆形的孔洞,重量又这么标准,如果我没猜错的话,这应该是个砝码。"项启源停了一下,补充说道:"或是什么模型之类的配重块。"

"是升降式电梯模型,我们在死者家中也找到了同样的东西。"胡云景见项启源分析正确,心中对他的肯定又悄悄多了几分。

"可是,这水泥块和医生又有什么关系呢?"

项启源微微一笑道:"胡警官,您的关注点错了,重点不在水泥块上,而是在这块补丁上。缝补补丁用的,是一种很有标志性的针法。"项启源拿起手机,展示了上面一张针脚示意图。

"连续……全层……水平褥式……内翻缝合法?"胡云景断断续续地念出了这段莫名的文字。

"也叫康乃尔缝合法。是外科手术中常用的一种内脏缝合方式。和帽子上补丁的针法如出一辙。我想,缝这个东西的人,一定是为了防止水泥块太重将补丁拉脱线,而下意识地采取了他认为的最结实的缝合方法。而且单看颜色的话,虽然同为白色,但帽子内侧的白色布料已经被汗渍染得发黄洗不掉了,而这块补丁和缝合它的线却还很新,显然是缝上去没多久。我觉得这种在他人帽子中缝上水泥块的举措一定在这个案件中起着什么必要的作用。"项启源越说越激动,甚至从椅子上站了起来。

胡云景拍了拍手,赞许道:"原来如此,连这种细节都注意到了。我是该说你不务正业呢,还是说你见多识广呢。"胡云景哈哈一笑,接着道:"不过这个推理没什么太大帮助,告诉你吧,死者的儿子就是医生。他叫吴江,是城北'曙光医院'的外科医师,我们已经向他发了讣告,估计快到了吧。"

项启源有些失望，悻悻地坐回了椅子上。

"怎么，受到打击了？"

"没有。"

"那要不要听听吴广汉的故事？"

"好……"

5

"原来是这样，父子俩都是可怜人啊。"项启源说出了与他年龄不太相符的老成的话语。

话音刚落，外面就传来了隐隐的哭声。

吴江在得知父亲的死讯时刚下手术台，连鞋都来不及换就赶到了警局，在知道父亲可能是自寻短见之后，他哭得更凶了。

"是崔鹏……一定是崔鹏那个王八蛋，是他害死我爸爸的……"吴江穿着一身白大褂，被两名警员拦着，哽咽地重复着这句话。

"你先冷静，我们进来说。"胡云景越过警员，扶着吴江进了办公室，项启源搬了个小凳子坐在了角落。

趁着二人交谈的空当，项启源用手机开始检索起吴江的信息，可搜出来的全是苏州市的旅游信息。无奈他只能进入曙光医院的官网，查询到了吴江的毕业院校，还有他大学时期发的两篇论文，标题分别是《基于胸腔内解剖结构结合钟表法术中定位肺结节的临床应用》和《基于沙堡蠕虫分泌物研制的生物胶粘剂临床效果的分析及研究》。项启源光是看到这两串文字头就大了，硬着头皮点开摘要，里面的专业词汇以他现在的知识储备基本完全无法理解。项启源无奈地收起手机，开始倾听面前两人的对话。

"首先，对于吴广汉的死，我们表示很抱歉。"胡云景尽量温柔地说出了这句话，并从桌角抽了张纸巾递给吴江。

吴江小声地"嗯"了一声，擦了擦眼角的泪痕。

"关于你父亲的死还有一些疑点。"

吴江听到这句话明显愣了一下。

"麻烦你说说你父亲和崔鹏的关系吧。"

听到这句话，吴江紧绷的身子才缓缓放松下来，开始慢慢讲述。

据吴江所说，当年事发之后，施工队被问责。因为这个项目十分重要，所以地铁方面投资了重金，崔鹏却想尽办法想从里面分一杯羹。他瞒着所有人，暗中调换了吴广汉的钢材采购单，用了一批小工厂生产的廉价钢材顶替了原本的钢材，自己则从中抽成，大赚了一笔。果不其然，在巨大人流量的冲击下，钢材的损耗速度本就不是一般的快，更别说原本就是质量不达标的劣质材料了。

崔鹏当时找到了吴广汉，说可以动用他舅舅的关系让吴江考上梦寐以求的医学院。当时的吴江有些偏科，理科成绩极好，可语文英语成绩比较平庸，考上一般的大学没有什么问题，可要想学习临床医学，就是希望渺茫的事情了。崔鹏用尽花言巧语，说是处罚不会很重，钱的问题也都由他来解决。可事实上，崔鹏是担心贪污一事被发现，自己可就是两项罪名加身，可能还会累及自己的家人，这才找到吴广汉。吴广汉念及吴江的学业，一咬牙，在负责人名单上签上了自己的名字。直到被宣判终身不得从事相关行业后，他才知道自己被骗了。

"爸爸从十五岁起就进华阳电梯厂当了学徒，他是真心热爱这份工作的。你看他的屋子里摆满了各种各样的电梯模型。剥夺了他从事相关行业的权利，他还怎么活得下去！"吴江显得有些歇斯底里，"还好他从牢里出来时，我也刚刚实习，有了些许收入，能够养活他了。"

"出狱后，他多次想办法要告发崔鹏，可得到的答复都是因证据不足无法立案。"提到父亲出狱后的生活，吴江的情绪渐渐低落下来，"以前滴酒不沾的他开始酗酒，一开始一个月两三次，再后来每周一次，最后变成几乎天天都喝……喝醉了还会说一些胡话，说什么'都是为了我之类的'，实在是让人……"吴江竟又哽咽起来，"我昨晚见他时他明明还很正常，怎么今天一大早就……"

"你昨晚见过他？"

"嗯，昨天深夜十二点左右我想起有一份论文资料落在了家里。因为之前我一直都是跟他同住的，直到去年换了工作地点，上下班不方便，也怕打扰父亲，这才在医院附近租了一个单间住下。但我拿完资料就走了，只是简单地和他打了个招呼，可谁知道……"

正好这时有人敲门，那位女警将一份资料拿给了胡云景，还用好奇的眼光打量了窝在角落的项启源几眼。胡云景让她把吴江带下去休息，有需要会再通知。望着吴江离去的背影，项启源目光一滞，他恍惚觉得这个身影好像在哪里见到过。

吴江走后，胡云景长长地叹了口气，算是对这对父子的身世表明了看法。

"喔，是巴布鲁和刘静云的笔录，"胡云景露出喜色，"要听听看吗？"

项启源点了点头，坐回了刚才吴江坐过的椅子上，掏出手机在查找些什么。

"这位巴布鲁呢，说事发时他戴着耳机在听歌，沉浸在音乐中，并没有看到什么，直到电梯停住，再加上旁边一位女士的尖叫，他才意识到发生了什么。不过在案发前，他曾看到一位地铁的安保人员搀扶着死者乘上电梯，在那之后便离开了。"胡云景一边阅读笔录，一边把大致内容讲给了项启源听，"这个刘静云也说了，电梯停止的时候，死者向后仰躺下去，但旁边的三部电梯还在运行着。不过很快电梯又重新动了起来，但不久又停了。哦，她还说死者倒下后有听到金属碰撞摩擦的声音，应该是手术刀和电梯台阶碰撞的声音吧。"胡云景合上了笔录，"怎么，现在还坚持他不是自杀的吗？"

项启源放下手机，望着胡云景，执拗地点了点头。

"你看啊，虽然说持怀疑态度是对的，但钻牛角尖可就不对了。"胡云景像教导孩子一样对项启源说道，"虽然只有电梯的最上端设有摄像头，监控录像无法得知事件发生的全貌。但从这几个目击证人的口中可以得知，案发现场被人海包围，伤口在死者脖子左侧，即使是旁边电梯的人伸出手也只能割到他的右侧脖子，不可能有人在众目睽睽下杀死吴广汉然后再神不知鬼不觉地消失的！"

项启源又一次站了起来："是可能的，而且大致方法我已经猜到了，只差最后一件事需要确认了。凶手也已经自己露出了马脚。这次事件，就像是很多小说中描写的那样，是一起密室杀人！"

6

午饭时间，由于今天带来的证人有点多，胡云景索性就给大家一起订了盒饭，大家聚在会议室中一起用餐。让项启源惊讶的是，他进到会议室时，里面已经有个熟悉的身影在埋头啃着鸡腿了。

"蓉姐，你怎么来了？"项启源刚挂断一个电话，走进会议室就看到了徐蓉，顿时大喜，赶忙过去坐在了她的旁边。

"这不是，不放心你么，"徐蓉嘴里的食物还没完全咽下去，含含糊糊地说道，"我专门请了假来找你，毕竟你是我带的，我得对你的安全负责嘛。"

"这么说，徐小姐是不相信我们人民警察喽？"胡云景这时也走了进来，开玩笑似的说道。他把手上的几样东西放在项启源身后，随后坐在了两人对面。

"哪有哪有，我是害怕这小子给你们添麻烦。"徐蓉嘿嘿一笑说道。

"不麻烦不麻烦。不但不麻烦，而且恰恰相反，他说他已经看清了这起案件的真相，准备解释给我们听呢。"

"小源，可以啊你，没看出来啊！"徐蓉故作震惊，她以为胡警官在跟她开玩笑。项启源也不否认，傻傻一笑，算是糊弄了过去。

不一会儿，几名警员带着刘静云、巴布鲁和吴江也出现在了会议室。见刘静云出现，项启源站起身迎了上去，小声说了两句什么，点了点头，又回到了原位坐下。

"你小子，是不是看上人家姑娘了？"徐蓉调侃道。

"蓉姐，你脑子里想的都是些什么？"见徐蓉刚要发作，项启源赶忙补充道，"她怎么比得上我们蓉姐？"不过这句刻意压低了音量，没有让坐在角落的刘静云听到。

徐蓉嘿嘿一笑，继续埋头吃饭了。项启源突然又想到了些什么，低头看了看鞋底，不再说话。

大家陆续吃完了盒饭，项启源帮忙把一次性餐盒收到了袋子里，摞成一摞，暂时放了在原本放盒饭的小推车上，然后坐回原位，等待胡警官的指示。

"大家，"胡云景拍了拍手，"现在，大家听我说。这位项启源同学，说他已经大致明白了这起案件的前因后果。我们先听他说说，即使不对，也算是为我们提供一个新的思路，还望大家多多见谅。"从话语中可以听出，胡云景对项启源并不抱有太多的信任。

项启源在众人讶异的目光中缓缓站了起来。

"小源，你认真的？"徐蓉在一旁小声问道。项启源向她坚定地点了点头。

"接下来我要说的事情，或许十分匪夷所思，但请大家耐心听完，我会尽量解答你们的所有疑问。"项启源巡视了众人一圈，几乎所有人都好奇地盯着他看。只有坐在角落的巴布鲁一脸茫然地望着他，听了两句后索性戴上了耳机。项启源见没有人反对，便开始了自顾自的漫长发言。

"首先，是第一个问题，死者吴广汉是怎么进到地铁当中的。现场的证据显示，死者身上并没有可供进出闸机的交通卡，更没有可以刷电子码通行的智能手机。而且手持管制刀具的他是很难安然无恙地通过地铁安检的。胡警官派人调查了死者住处附近地铁站入口闸机的监控视频，并没有发现有疑似吴广汉的人员进入，胡警官的逃票猜想也被否认了。那么，死者究竟是如何越过闸机，进入到地铁站的呢？本来我猜想他会不会是在昨天晚上进入到站内躲藏起来，然后今天早上再出来，可这样仍然无法解释他身上没有交通卡这一现象。而且根据吴江和死者邻居的证词，至少昨天地铁停运之后，吴广汉还是在自己的家中的。因此，基本上可以确定，死者一定是通过某种特殊方法进入到地铁站内的，而且这种方法能够越过安检，将手术刀带入地铁内。并且，这种方法很有可能有人从旁协助。

"当我看到死者死亡现场的照片，注意到其姿势时，我突然想到了一件东西，或者是一种交通工具，那是我今天早上在1号线站台男洗手间内看到的东西——轮椅。使用轮椅的话，不会走入口闸机，而是会走一旁的快速通道。这样的话，不但能避过入口闸机处的监控，而且因为轮椅本身是金属制品，藏一把小刀也能避过金属探测器的检查。我用职务之便查到了秀延路地铁站的内部服务电话，询问了今早是否有人乘坐轮椅入站。就在饭前我收到了答复，那边的工作人员说，今早有两位乘坐轮椅的残障人士入站。其中一位戴着棕色大檐帽，衣着描述和死者所穿的一模一样。更重要的是，他是被人推着轮椅入站的，那人还帮着轮椅上的人一起刷了卡。可惜他戴着帽子和口罩，工作人员无法准确描述其长相，只知道，是一位男性。"项启源说到这儿，停顿了一会儿，别有深意地望了吴江一眼。

"既然要自杀，为什么还要人陪他一起呢？再者说，既然要避开监控，为什么不选择更简洁的乔装，而是要选择用不方便的轮椅呢？

"我们不妨调转一下思路，也许，这两人的目的不是避开监控，避开监控只是额外的无意之举。那么他们的真正目的则是'使用轮椅'。这就有第二个问题了,一个四肢健全的人为什么要搭乘轮椅呢?这就要考虑另外一个现象了:推轮椅的人帮乘坐轮椅的吴广汉刷了交通卡。吴广汉为什么不自己刷呢?我由地铁的工作人员那里得知,这位戴着大檐帽的乘客当时好像是睡着了。这就让我不得不联想到轮椅的另外一个功能——运输。"项启源类比似的指了指一旁放着餐盒的小推车接着说,"吴广汉当时可能处在一个已经失去意识的状态,因此无法进行刷卡操作。那么,失去意识的吴广汉究竟是如何又能出现在'淌金桥站'的自动扶梯上进行'自杀'的呢?"

项启源说到这里,转过身去,从身后的椅子上取了几样东西放在了会议室的桌子上,分别是:带补丁的帽子、水泥块、带有金属扣的黑色皮衣——最后,从口袋中掏出了一个奇怪的金属物件。

"倘若吴广汉失去意识,那么无论扶梯上发生了什么,他都不可能是自杀,而是被别人谋杀的!"项启源斩钉截铁地说道。

"从刘静云的笔录中可以得知,吴广汉在电梯上一直合着眼,和失去意识的猜测相符。至于他如何被割喉,一开始我想会不会和'古筝计划'还有'云霄飞车杀人事件'中一样,在两侧的下行扶梯上勒上丝线,用电梯的速度将其割喉。但据我查询与了解,自动扶梯就算为了增强载客能力,最快也只能加速到 0.75m/s,上下行的相对速度也一共只有 1.5m/s,远远达不到切割物体的速度。更让我在意的是,死者是背对着前进方向站立的,即使是用丝线可行,也只能割到脑后,而且还会误伤其他乘客。那么,凶手是如何杀害死者的呢?

"刘小姐,我再问一遍刚刚吃饭前问过你的问题可以吗?"

刘静云颔首。

"吴广汉倒地和电梯急停,这两个事件的发生顺序是?"

"应该是电梯先停住,他才倒地的。"刘静云搓着手指小声说道。

"好,谢谢你。"项启源继续说道,"由于整个扶梯上发生的唯一变故只有急停这一件事,所以我们大可假设:急停,是导致吴广汉死亡的直接原因。"

"我无意间在现场捡到了这个东西。"项启源向大家展示了他在交通线路指示牌附近捡到的那个小零件。

"一开始我以为是什么东西上掉下来的零件,直到我发现,这个东西的一头能正好卡在死者这件皮衣袖子上的金属纽扣上。而这个钩子另一头,刚好可以勾在扶梯的橡胶扶手外侧。手臂固定住之后,身子就可以斜倚在扶手上面而不至于倒下了。巧合的是,死者身后刚好有个乘客拉着行李箱,靠在行李箱上也能作为一个支点。当电梯急停后,由于惯性大家的身子会向前倾,而倒着站立的吴广汉,身子则会向后仰。身子后仰后,原本固定手臂的零件会因为失去横向的作用力而松脱,顺着两组电梯中间的斜坡一路下滑,'逃离'案发现场。而刘静云听到的那个金属摩擦声,也正是这个部件在金属平台上下滑的声音。

"至于可怜的吴广汉,脖子后仰时,原本低头隐藏起来的伤口被重度拉扯崩裂,鲜血喷溅而出。也就是说,割喉这一行为,在吴广汉乘上扶梯或是更早以前就已经完成了。"项启源说完之后,所有人都为这异想天开的想法倒吸了一口冷气。

"至于凶手,就是担心死者头部惯性不足,从而在其帽子里增加了配重的你——吴江。很可惜啊,你无意识间使用的康乃尔缝合法暴露了你。"项启源学着某个动漫角色,向着吴江伸出了右手食指。吴江不知所措地四处张望,眼里满是惊恐。

"你的推理很精彩,可惜啊,吴江拥有不在场证明。"不合时宜的声音响了起来,是胡云景。他抬了抬手,示意身旁的那位女性刑警。后者拿起面前的文件说道:"我们调查过,吴江今天早上九点准时到达了医院。事发时间是早上七点四十五分,而曙光医院所在的黄龙寺站距离淌金桥站有整整十站路。更不巧的是,可以搭乘的 3 号线在今早出现了故障,你在场应该也看到了,八点三十分才通行了第一班车。地铁故障还使得站外原本就拥挤的马路被堵得更加水泄不通。因此无论是七点四十五分乘坐地面交通工具挤拥堵的早高峰,还是在恢复通车后第一时间乘坐地铁,都不可能在九点钟到达十站外的曙光医院。"

徐蓉担忧地点了点头,补充说道:"是啊小源,地铁一站大约有三四分钟,按平均三分半钟来算,也得需要三十五分钟,这还只是到站内,不算走到医院的时间。"

项启源面不改色,拿起桌上的水喝了一口,微笑着说:"这算什么不在场证明,我在现场我最清楚,列车正式通车前的五分钟,原本将乘客卸下停在站台维修的这列列车为确保行车安全空跑了一趟，中途不经停，只要搭上这班车，就能节省一半以上的时间，在八点四十出头到达终点站昌吉，只需要再上对向列车坐上两站就能回到黄龙寺站，剩余的时间，足够在九点前步行到达医院了。"现场的所有人都沉默了，有惊愕、有怀疑、有敬佩、有恐惧。这一刻，这个十八岁少年的形象，深深地印在了在场每一个人的心中。

"列车不止会累，而且会生病呢。这时候，它们就不能工作了，需要赶紧回家去休息才行。"现场的某个人内心浮现了这样一句话。

"你说是吧，伪装成地铁工作人员被巴布鲁先生目击到的吴江医生。"

吴江双眼直勾勾地望着前方的空气，喃喃地说："不是我、不是我，他是自杀的，你没有证据。"两行清泪顺着他的眼角慢慢流了下来。

"我有。"项启源毫不留情地接着说。

"我一直很好奇，你究竟是用什么方法让扶梯停下的。地铁站中只有扶梯的首尾和一层大厅的总控室有着扶梯的紧急制动按钮。可是总控室有人把守，人流密集的电梯口又不方便脱身。但还有一种更加简单粗暴的方式让电梯停下，那就是断电。案发后我注意到配电室的门是打开着的，而进入过配电室的你，鞋底上一定会沾上今天早晨我不小心掉进去的月饼渣，也可能是这世界上只此一家的芥末味月饼渣。"项启源刻意扭头看了看徐蓉。

挨着吴江就座的那位年轻警员眼疾手快地脱下了吴江的鞋子，但是鞋底只是沾染了一些灰尘，并没有其他东西，就连沟槽中都干干净净。

"这是手术拖鞋，原本的那双鞋子，应该还在医院里。"项启源挠了挠头。

年轻警员正想起身，被吴江拦住了。

"不用去找了，是我干的。"说出这句话，似乎用尽了他全部的力气。他沉默地仰起头靠在了椅背上，望着自己的双手，眼泪改变了流向，顺着鬓角无力地淌着。

7

吴江那天回家拿的，是他和研究生导师一起做的课题《基于沙堡蠕虫分泌物研制的生物胶粘剂临床效果的分析及研究》。吴广汉出狱后，性格完全像变了一个人，整日浑浑噩噩，也不愿重新找一份工作。吴江每月给他的补贴换来的却是冷嘲热讽，为此吴江和他之间逐渐产生了嫌隙。那天吴江回家时，不出意料的，醉酒的父亲和他又一次产生了争吵，恼羞中吴广汉用他平时用来切割和雕刻模型的柳叶刀抵住了自己的脖子，当吴江伸手去拦时，醉酒的吴广汉失手划破了自己的颈部，伤到了颈动脉，流了不少的血。平日里酗酒的吴广汉本身血压就高，年龄大了，心脏也有些问题，受了这么严重的伤，想救回来已经很难了。就算救得回来，到时候对吴江来说恐怕又是一笔不小的开支。正想打120的吴江犹豫了一阵子，脑海中产生了可怕的想法：父亲不是一直想寻求个公道么，何不就趁着这次意外，让他自己为自己证明清白。吴江为父亲涂上了还在研制中的生物胶水，这种胶水能暂时止住伤口流血，而且过段时间会被人体分解，不会留下痕迹。之后给他服了安眠药，用以降低心率和减缓血液流速。将计就计，策划了这一场诡异的"谋杀"。

吴江拿起了一块钢板，临时用父亲房里的砂轮和角磨机对照着电梯参数制作了那个金属零件。他又翻出了父亲以前在地铁站工作时穿的衣服，在工具箱中找到了配电室的专用钥匙。他清理好血迹，将昏迷的父亲放在了母亲当年生病时用过的轮椅上，并将柳叶刀藏在了父亲左手袖子当中，缝好帽子后就搭上了首班地铁。到站后他趁着工作人员还没到岗，将吴广汉暂时安置在了黑漆漆且平常不会有人去的配电间，之后在洗手间内换上了吴广汉的制服。吴江为了方便脱身，同时最大限度地减少目击者，特意选择了两趟列车旅客交错的时刻将吴广汉送上电梯。为了确保计划成功，他在关掉电梯电源后，等待外面出现了尖叫与骚动才将电源复位，离开了配电间。当他走到3号线站台时，正好遇到维修队从车头处的员工通道出来，他想起了父亲曾经说过的话，正好可以以此制造自己的不在场证明，便赶忙搭上了这辆中途不会停靠的列车。列车到站后，他脱掉了制服，重新恢复了医生的身份。至此，计划圆满结束。

吴江没有想到的是，他随手拿来做零件的钢片，之后竟成了将崔鹏送入监狱的重要证据。"HY036-1412"正是当时供给华阳电梯厂的、吴广汉最早订购的那批高质量钢材小样的货品编号。死去的吴广汉也没能料到，他当年离开工厂前带走的边角料当中，竟藏有他苦求多年未果的重要证据。警方顺藤摸瓜，找出了当年取消这批订单的解约书，上面赫然签着崔鹏的名字。

吴江和崔鹏，先后锒铛入狱。他们在梦中忏悔的对象分别是一匹五十多岁的千里马，和一只只有七八岁的百灵鸟。

"行啊你，没看出来小源你还有这番本事。"徐蓉为了早上的事情赔罪，晚上请项启源吃了晚餐。

"没什么啦，蓉姐。还得感谢你，赐了我一张额外的'底牌'。"项启源稍稍扬起脚尖，笑了笑。

徐蓉主动举起手中的汽水，跟项启源碰了碰杯。

这时，服务生端着个盘子走了过来："二位好，我们今天店庆，特意送你们一份小菜，还望不要嫌弃。"

"什么菜？"项启源警惕地问道。

"芥末章鱼。祝二位用餐愉快。"

警方后来处理死者的遗物时，在客厅的石制雕像旁发现了一个由钢片和木料拼接而成的变形金刚，这是那个父亲在孩子的央求下仿照同学的玩具手工制成的。那个雕像雕刻的，是西方医学之父希波克拉底，而其对面的墙上贴着一张古旧的日历，上面印着头发鬈曲的艾萨克·牛顿。两个相隔两千年的人物在这个狭小的空间内遥遥对望——就像是这间房子曾经的两个主人那样。

选自西安交通大学推理社社刊《猫眼·第三卷》（2021年11月）

婉秋的故事

许言[1]

第一次见到婉秋的时候,是在去年早秋。

去年,夏日的气息迟迟不走。到了九月底,天气还是很热,若不是晚上有些许凉风,难免会让人产生季节错乱的感觉。

我还记得那是周六的晚上,是雾海书店营业的最后一天。我甚至还记得我和她走出书店经过那条街的时候,晚风像是手指一样温柔地抚摸我的感觉。

雾海书店是一家很特别的小众书店,店里专营推理小说,店主本身也是一位小有名气的推理作家,在书店刚开业时引起了不少外界的关注,每日的顾客络绎不绝。

开店一年多以后,书店的客人渐渐稀少,只剩下我这样的推理小说重度书迷会定期光顾。不久前,我通过书店的公众号得知,本周六是书店最后一天营业。我虽然早有了预判,但还是不免有些惋惜。

终于,在这繁华的上海苦苦支撑的书店,也像夏蝉一样将葬于残酷的秋风中。

听说店主要在当晚举办一个小小的书店告别会,我便立刻报名参

---

[1] 许言,新锐推理作者、译者,现任杭州市余杭区网络作家协会副主席。曾于《推理》《推理世界》杂志发表短篇推理小说《红白施以谋杀之色》《献给密室的初吻》《谋杀二重分身》等,其中《双面维纳斯》曾被改编为《明星大侦探》互动衍生短剧;还曾在《超级小神探》《名侦探联盟》《我是大侦探》等杂志发表少儿推理小说十余篇。译有长篇悬疑推理小说《谁在说谎》《幻影女子》等,另有短篇科幻小说译作多篇发表于《科幻世界》杂志。代表作:少儿推理小说《世界奇妙博物馆》及"魔术师侦探"系列。

加了。

因为出门晚了,我匆忙赶到书店的时候,店里已经有了不少人。因此我刚走进书店的时候,并没有注意到她。

告别会结束以后大约是晚上九点多,店里的客人有些已经走了,有些还在和店主热切地交流。我在书店里稍微走了几圈,意外地在书架上看到了老版本的《幻影女子》,那个橙色的封面正是我高中记忆中的版本。在这种时候见到这书,宛如碰见了一位久别重逢的好友。

我的目光久久地停留在橙色的书脊上,直到身旁的人用手将书取下。

我这才注意到身旁有人。

要说我对婉秋的第一印象,就像是一只误闯森林的小鹿。我记得《幻影女子》小说中有这么一句描写:她有着小鹿一般的眼睛,目光清澈温柔。

如果说世界上真有这样的眼睛,那此刻就在我的面前。

那小鹿一般的眼睛低下了,然后又抬起,看向了我的眼睛。

"这书好看吗?"

她轻轻地问。

在一个寻常的夜晚,独自行走在街上的男人,意外邂逅了一位神秘女子。两人共进晚餐,最后以杯酒相别。接着,男子便卷入了一系列离奇的事件中。大致上是这样的剧情,我一边回忆书里的情节,一边对着眼前的女子说道。

等到说完,我担心自己的概括完全没有展现出故事的精彩之处,便又加了一句。

"这本书的结尾有个大反转,呃……"我停顿了一下,"……值得一看。"

谁知她笑了起来,看了看手中的书然后说:"我接受你的安利。我这就去付款,你等我一下。"

等她跑去结账的时候,我环顾店里,就在我们聊天这一会儿,书店里几乎没人了,变得非常冷清——也许这才是这家书店的常态。一想到从明天开始,这个世界上又少了一个可以消磨时光的好去处,我不免有些失落。

"运气不错。"

她再次出现了,晃动着手中那一抹橙色,脸上的笑容好像恶作剧得逞的小孩子。

没等我开口,她就说:"老板人好好,说我是今天最后一个客人,这本书直接送我了。"

我看了看远处的老板,因为经常来书店的缘故,老板早就认得我的脸。他亲切地和我招手作别,我点头回应。也许他误会了我和她的关系,也许他早就决定给关店前的最后一个客人免单。这个问题的答案,显然对她来说并不重要。

"走吧。"她提议道,"我想去附近找个地方坐坐,喝一杯,你一起吗?"

我对于她的主动邀约感到意外,但是又不知怎么的,这样的提议似乎符合我原本的期待。

"没问题,这附近我常来,有家清吧很不错。"我半开玩笑地说,"怎么,你要做神秘女子吗?"

她摇摇头,转身去推开书店的玻璃门。

我们来到书店外,和清新的空气撞了个满怀。她冷不丁地问了一句——

"那你愿意卷入离奇的事件吗?"

我还没来得及回答,这句话就消散在了晚风中。

在去清吧的路上,我才得知她的名字叫邵婉秋,委婉的婉,秋天的秋,在一家互联网公司工作,了解到她也看推理小说,但是今天来这家雾海书店完全是偶然。

"原来还有只卖推理小说的书店啊……"她感叹,"没想到,我见到它的时候,是第一次见面也是最后一次。"

"你为什么会进书店呢?"

"因为好奇吧。"她说,"周六的晚上,我总喜欢一个人在街上散步。"

"一个人?"

"嗯,一个人到处乱走。"她抬头,看着前方,没看我,"这条街我以前经常会来,也经过这家书店好多次,可是从没有进去过。"

"为什么?"

"也许是因为书店的名字？感觉很特别。"

"真的吗？"

"是的。我很好奇，叫这个名字的书店里面是怎么样的……可是我又很怕会失望。如果满怀着期待走进去，结果发现不过是一家普通的书店，岂不是很失落？我想一直保持这种美好的期待，所以只是经过，却从未进去。"

她的这种解释，我似懂非懂。

"那么，今天怎么会突然想要进去呢？"

她朝着我眨了眨眼："我今天终于说服自己放低了美好的期待。"

我想了想，作为书店的名字，"雾海"这两个字的确很特别。光是看到，任谁也无法想象是一个书店。不过，我碰巧在书店的公众号上看到过官方解释。

在一次无意间，书店老板看到了德国浪漫主义画家卡斯帕·弗里德里希的油画——《雾海上的旅人》，瞬间被震撼了。

在这幅画中，一个年轻的旅人站在岩石峭壁上，背对着观众，脸上的表情无从得知，惹人联想。而在他的面前，是一片未知的茫茫雾海。

我自作主张地和她解释起了书店名字的由来："我想，我能理解店主的那种感动，他一定是希望自己能够像画中的那位旅人一样，即使面对茫茫的迷雾，也能保持一颗追求真相的心。"

"看来你是个文艺青年，很会解释。"

婉秋听到我说到这里，不好意思地笑了起来。

"也许你会觉得有点煞风景，我觉得书店名字很特别的原因，其实没有你解释的这么浪漫。只是因为和我老家同名了而已，只是觉得很巧。"

"唉？"我原本浪漫的浮想一下子落到了地上。

她说了国内一个沿海省会的地级市："我家在地级市下的一个海滨小镇，叫作雾海镇。"

"雾海镇，是因为靠海，而且常年有雾吗？"

她点点头。

"有迷雾的地方，总感觉充满着神秘。"我随口说，"像是推理小说中会出现的地点。"

"发生离奇事件的那种地点吗？"

我本来想改口说自己只是开玩笑,结果她脸上的笑容在一瞬间消失了。

"我们镇上确实发生过怪事。"

我刚开始以为自己听错了。也正在这时,我们来到了目的地清吧的门前。今天是周六,清吧里很热闹,光是站在门外也能隐约瞥见昏暗的灯光里绰绰的人影,听到轻柔的爵士乐。

她先推开清吧的门,朝着我歪了一下脑袋。

"你看,偶然邂逅的女子,给你带来了离奇的事件,越来越像小说的情节了。"

跟着她走进清吧里的时候,我有那么一丝的错觉,仿佛她才是这家清吧的常客。

运气不错,清吧的一个角落位置刚走了客人。服务员就带着我们坐到了那里。这家清吧的每一张酒桌都有一个小小的蜡烛灯。

我们面对坐着,向服务员点了单。我望着桌上的烛光,心也跟着烛光摇曳起来。

我承认,她的那句话让我对今晚的偶遇有了意外的期待。

事件……特别离奇的事件。

"你刚才说的是真的吗?"在轻柔的音乐中,我稍稍提高了音量,"你们老家发生的事。"

她点点头。

"你看了这么多推理小说,有想过自己写一篇推理小说吗?"

她的目光在桌上的蜡烛灯和我的脸之间游走,若有所思。

"写过,"我感觉自己的脸发烫,"写过很多,但是都被退稿了。"

"怎么了?"

答案显而易见,因为我写得很差。甚至可以说,我完全没有写作的天赋。可是这样的答案很难说出口。

"可能我的小说不够离奇吧。"

离奇……又是这个词。

就在这时,服务员把酒杯端上了桌。

"你是说,你虚构的事件不够离奇。"

"嗯。"

"不瞒你说，我也想过动手写一篇小说，所以才问你的。"她拿起酒杯，"正好，我这个事件足够离奇，我却一直没法写成小说。"

"为什么？"

她喝了一口酒。

"因为这个事件和我密切相关，我没法客观地写下来。"

和她有关？

"是吗？是杀人案？"

"我不知道算不算。"

不知道算不算？这反而越发勾起了我的好奇，我装作不经意地问："你是嫌疑人，还是凶手？总不是被害人吧？"

谁知，她没有被我逗笑。

"你相信许愿能够……帮你杀人吗？"

"什么意思？"

我开始怀疑她只是说笑，可是她的语气听起来并不是。

她没有回答我，而是指了指我的酒杯。

我也望向我的酒杯。我点的是一个经常喝的威士忌，在酒水之上有一块大冰块。

"……我想起了老家的一块石头。一块外形奇特的大礁石，屹立在离海岸不远的地方。那块礁石的形状很像一个站着的女人。我们当地人把它叫作雾女石。"

她一只手托住脸庞，目光延伸向了远方。我觉得，她一定看到了记忆中的礁石。

"传说中，雾女是一个受尽男人欺骗的村女，最后选择跳海自尽，上天垂怜她的不幸，将她变作了一块海石。然而，她的怨气化作了雾气，常年笼罩在海边。"她解释道，"不过现在，你从官方旅游介绍已经看不到这个传说了，只有当地人才知道。"

"旅游介绍？"

"雾海镇以前是个贫瘠的小渔村。十几年前，因为建了水坝，镇子盖了一个帆船码头和冲浪沙滩，才发展起了旅游业。"她说，"这种听起来就很诡异的传说，怎么样也不适合讲给外地游客听，会把别人吓跑的。"

"这倒是。"我表示理解。

"而且，传说不止于此。我们还有一个迷信的说法，你可以借助雾女石的力量，帮助自己实现任何愿望。"

她故意压低声音。不得不说，哪怕故事不是真的，至少她讲得绘声绘色。

"就像那种旅游景点常有的许愿池吧，吸引游客的一种手段。"

说到这个，最著名的应该是罗马的许愿喷泉吧。

谁知她又摇头。

"完全不是。我们基本不对外面的游客提起。我们认为这是一种禁忌，任何人如果轻易去动用雾女石的许愿力量，会遭到反噬。所以只有当你有很重要的愿望时再去求它。"

我越听越感觉玄乎。她接着说道："那块石头离海岸边有一段距离。按照传说里讲的，如果你要让雾女石实现你的愿望，你必须从岸边出发，绕过雾女石，游完一个来回，游回到岸上。而且在游泳的过程中，你必须心无杂念，默念你的愿望，直到你游回到岸边。如果愿望实现了，你就要再游一个来回，像是一种还愿的仪式。如果没有还愿，早晚会遭到反噬。"

"原来这么难……这样说来，水性不好的人岂不是没法许愿了。"我说。

"我的水性不错。而且在小时候，我和我的好朋友张楚涵经常一起比赛游泳，看谁先游到雾女石那里。所以，对我来说，从海岸到雾女石游一个来回，不是什么难事。"

这句话别有深意。我再联系她之前说的，鼓起勇气问道："你许的愿望该不会是……想要某人死。"

她看着我，虽然没有点头，但是她的眼神中充满了肯定。

看来我猜对了。

"那是我在读高中的时候。"她叹了口气，"你有过那种憎恨别人的感觉吗——如果这个人在世界上消失了，没有任何人会感到难过，反倒还有人会松一口气，甚至是高兴。可以说，那是我人生中第一次对一个人产生那样可怕的恨意。"

她拿起自己的酒杯，喝了一大口。

"那人就是我的爸爸。"

"你的爸爸？"

"是的，如果说他是一个不称职的父亲，我觉得算是轻描淡写。在我小的时候，他做生意经常跑外地，基本很少回家。每次回家，也总是要匆匆离开。那时候，我觉得他像个陌生人似的。"

她苦涩地笑了一下。

"谁知事情会这么讽刺，我记得是在我初中刚毕业的时候，有一天他毫无征兆地回家了，而且一待就待了很久，完全没有走的意思。真是奇怪。我是后来才知道，原来他在外地做生意赔了钱，欠了一屁股的债，回家是来躲债的。"

我不禁叹了口气。

"你别急着叹气。我之所以是后来才知道，是他和我妈争吵的时候我亲耳听到的。要我说，他真是我见过这世界上最软弱的男人。"她说，"这次生意失败对他来说就像是天大的打击，他再也不出去工作，每天待在家里，不是喝酒就是钓鱼，要不就是约人打牌。"

"那你妈呢？"

"妈妈只是镇上工厂的普通女工。我们家在海边，独门独户，离镇上有半个小时的公交车程。她每天早上出门，晚上要六七点才能回家。她赚些微薄的工资养家，又要忙家务活。如果光是这样，你觉得我爸就足够过分，那你真的错了。"

她停顿了一下。

"最过分的是，他喝了酒，脾气变得越来越差。他开始动手打妈妈，然后是打我。妈妈每次都会死命阻止他打我，但是得到的却是更多的伤害。当时我的手臂和腿上都是伤痕，导致大夏天也只能穿秋季校服的长衣长裤……"她咬牙说，"除了楚涵，其他人都不知道我家的事情。我和她关系最好，小学、初中到高中都是在一个学校……"

"这样的情况持续了多久？"我问道。

"大约一年多吧。有一天，爸爸又外出去喝酒了，我不小心看到妈妈拨开的刘海下多了一条很深的新疤。我实在忍不住了，眼泪直往下掉。妈妈抱着我一起哭了起来。我当时说了一句话——如果他死了就好了。

"等这句话说出口，不仅是妈妈，连我自己都惊呆了。原来我已经这么恨他。当然，妈妈并没有把这句气话放在心上，可接下来这句话一直在我的脑海中盘旋，就像一只赶不走的苍蝇。我几乎都快忘了，在爸爸回家躲债之前，我和妈妈的生活是多么好。"她看了看我，"你别奇怪，高中那时候，我们都很相信雾女石的传说。而且在海边长大的孩子都会游泳。"

"所以你就按照传说，从岸边到雾女石之间游了一个来回。"我猜测，"并且对着雾女石许了愿。"

"没错，我还记得那是暑假的一天，我和楚涵在海边玩耍。我把自己的想法告诉了她，她似乎也很好奇传言到底会不会灵验。于是，在她的见证下，我真的游了一个来回。我还记得，大概花了半个钟头。当然，我没有忘记默念我的愿望。"

"我猜……你爸真的死了，你的愿望成真了。"我说。

在我们彼此沉默的片刻中，我依旧没有感觉到清吧的音乐和周围嘈杂的人声。我仿佛被她的话语拉回到了十几年前，那个遥远的海边小镇，那个酷热的夏天。

"是的，我爸的意外发生在八月，我记得很清楚是第一周。那几天，我妈作为工厂的优秀代表，去外地培训新厂的员工，因此不在家。我和我爸虽然住在同一屋檐下，但是没有我妈，几乎没有任何交集。我很讨厌在家看到他天天游手好闲，于是就去楚涵家住了。

"她家在镇上，她父母工作很忙，根本顾不上我们，但这正合我们两个小女生的心意，可以整天自由出门。因为夏季正是雾海镇的旅游旺季，镇上为了迎接外地游客有很多特色的夏季活动。那天晚上正好有夜市，我们两个就和其他几个同学约好了傍晚碰头，然后一起去夜市逛逛。

"到了第二天，警方来到楚涵家，我们才得知我爸的死讯。而我妈因为在外地，还要再晚一些才得知，她是第三天才匆忙从外地赶回来的。"

"你爸爸是怎么死的？"我对具体的经过表示好奇。

"听警方说，那天晚上十点多的时候，一个外地游客正巧在那附近散步。听到离岸不远的地方传来很响的水声。游客吓了一跳，走近一看，发现是一艘小木船翻倒了，船底朝天露在水面上。他觉得有些奇怪，回到自己住的旅馆，把事情告诉了老板。

"那个老板姓张，是我爸的一个酒友加牌友。当时张老板正在民宿里和人喝酒，一听游客的话，吓得马上报警了——因为那几天，我爸找他借过船，船一直在我爸那儿。根据游客对于船的外观描述，很符合他的那艘木船。

"警察赶到了游客目击的现场，好不容易才捞到了我爸的尸体。那个地方其实是一块位置不佳的浅水区域，有很多礁石，平时人烟稀少。那个游客解释说自己是迷了路，走错了方向，才误打误撞碰上了这么一出情况。第二天，警方又在那块浅水区域附近的岸边发现了钓鱼用具和几个酒瓶子，应该是随着海浪冲上岸的。

"我爸那段时间迷上了夜钓，这事稍微了解他一点的人都知道。他以前也经常借张老板的船去钓鱼的，只是谁都没有想到，他竟然会一边夜钓一边喝酒，还出了事。"

"警方真的认为是一起意外吗？"我皱起眉头，"我听起来感觉有些疑点。"

"什么疑点？"

"如果你爸真的是不小心翻船落入水中的，即便是喝醉了，他肯定会喊叫或者拼命挣扎吧？可是听你说来，目击的游客除了水声并没有听到其他声音。"

"不愧是推理小说迷。"她认同道，"竟然一下子发现了关键。其实警方对这一点也很疑惑，他们做了尸检，发现我爸爸生前有服用安眠药。"

"那就更奇怪了，怎么会有人吃了安眠药，再喝酒去钓鱼呢？"

她再次强调："可是，那天晚上没有起雾，所以那个目击现场的外地游客一口咬定，他看得非常清楚，在船翻倒的时候，没有任何人接近过船。所以警方只能认定是一起意外。"

"出事的那艘木船是不是很旧了呢？"

"嗯，那艘船已经很久没有维护，表面的漆都脱落了。但是警方检查了一下，船体本身没有任何安全隐患。"她回答，"随后，警方也在水域附近做了小范围的打捞。不过由于第二天雾很大，打捞工作持续了很久。结果他们就发现了一只系了绳子的铁锚，绳子的另一端系了个铁钩。张老板一下子认出了，说这个船锚本来就是放在小木船上的，估计是翻船的时候和酒瓶子还有渔具一起掉进水里的。"

"好吧……"我认真地说着，拿起手中的酒杯，"这个张老板有点可疑。"

"现在我们是进入推理小说里猜凶手的经典环节了吗？"她睁大眼睛，

接着指出,"和你想的一样,警方确实调查过张老板的动机,但是我爸和张老板除了牌桌上一些小纠纷,平时关系一直不错。更重要的是,张老板在案发当时一直在自己的旅馆和几个外地客人喝酒,这件事我刚才也说了吧。"

"嗯,确实如此,似乎是很有力的不在场证明。"我承认,"如果说是意外的话,倒也并非不可能。但是听起来确实有些诡异。"

"后来我亲身经历的事才真的很诡异。"她一口喝尽了自己的酒,"你的冰块都要化了,快喝。喝完了,我再告诉你……"

我太想知道后续的情况,竟然毫不犹豫地一口气喝完了酒。喝完我才反应过来,她点的酒是果味调酒,而我的酒是更烈的威士忌。

我的头有些晕了。恍惚间,我似乎注意到她的脸看起来红红的,不知是因为酒精,还是因为接下来要讲的故事。

在她的建议下,我们又各自点了一杯。这期间我看了一下手表,时间在不知不觉中流失,现在已经快晚上十二点了。但是对于周六的清吧来说,这里的热闹才刚刚开始。

但是绝不会有人知道,在这个角落,一对刚认识的男女竟然在讨论许愿杀人之类的怪事。

"我爸死后大约半年,我妈因为工作表现优秀,要常驻在外地。于是我们就决定卖了老家的房子,去外地开始新的生活。"她说,"我经过转学重读高中,又读了四年大学、两年研究生。毕业之后,我工作很忙,所以只有在每年过年的时候才会跟着妈妈回雾海镇看望外公外婆。我原本以为,那个夏天雾海镇的一切都离我远去,成为遥远的儿时回忆……可是没想到,在去年夏天,我又回到了那里。"

"为什么?"

"我外婆病重。而我当时因为某些原因在上家公司多了一个月的假。我妈就让我回去看看外婆。时隔近十年,我又一次见到了雾海镇的夏天。"

我说:"很怀念吧?"

"怀念,也有不安。"她说,"我感觉一切都变了,又好像都没变。不知道你能不能理解:在上海这样日新月异的地方,你每天都能看到变化。而在小镇上,时间仿佛过得很慢。"

"那晚,我在镇上闲逛,看到了热闹的夜市,才想起来又到了八月。实话说,我有些惊讶,没想到这个夏季夜市竟然存在了这么多年。"

不知道是不是我的错觉,她的眼神似乎温柔又飘忽。

"那空气中弥漫的气味,是海的味道,还有烧烤和果味汽水的味道。太熟悉了。也许这是一种预兆,当我沉浸在当年的回忆中时,我在拥挤的人流中看到了一张熟悉的脸,是我曾经的好朋友楚涵。"

她脸上浮现出幸福的笑意。

"感觉很巧。"

"对吧,你也觉得很巧?"她对我说,"她立刻怪我为什么回来都不告诉她一声。我挺不好意思的,自从去了外地之后,我和她的联系变得很少。当你在新的环境结交了新的朋友,很容易忘记以前的老朋友。其实,后来我过年回家也找过她,但发现我们已经慢慢没了共同话题。她留在雾海镇,找了一份悠闲的文职工作,一直没找男朋友,更别提结婚了。不过,她似乎还是那个无忧无虑的小镇女孩,可我已经成了每天坐末班地铁回家的都市'社畜'。"

听完婉秋的这一番话,我颇有感触。其实,我也来自一个小城市,在上海读大学并工作多年后,慢慢和老家的朋友淡了感情。

"我和楚涵一起逛了很久,还去了酒吧。我们聊起了很多过去的事情,真的很美好。我们喝着喝着,她说笑似的提起了雾女石。"她咬了咬嘴唇,"还说到我们小时候经常一起去雾女石比赛游泳的事情。"

我还记得她之前说过,一旦愿望实现了,就要再绕过雾女石游一个来回才行。

"对啊,我当时一想,当年的愿望实现了,似乎还没有去还愿呢。"

我意识到,她说话的语速开始变慢。也许,她有些醉了。而我又何尝不是。

我有种预感,故事来到了高潮。

她的脸有些泛红:"在我半开玩笑的提议下,我们离开酒吧,开始往海边走。那家酒吧离雾女石所在的地方不远。

"我们脱了鞋,沿着海岸走着,就像我们小时候那样。脚下的那种触感实在太熟悉了,冰冷潮湿的沙地,海水舔舐我们的脚趾。

"我记得，月亮很圆很大，悬挂在海平线上，银色的光芒洒在海上。而那块雾女石在如此明亮的月光下，远远望去是一个漆黑又扭曲的怪影。"

她陷入了回忆中，继续讲述着，似乎我和她周围的环境都不再存在。她的世界只剩下了那块礁石。

"我脑门一热，沿着海水往那个影子走去。渐渐地，我越走越远，直到海水淹没到了腰间。楚涵在我身后，突然跳进了水中。没想到，她当真要和我比赛游泳。

"我也跟着一头扎进了冰冷的海水之中，我开始奋力地往雾女石游去，就像小时候那样。海水是凉的，可我却感觉自己的身体滚烫。我一定是着了魔。我很快就超过了她，但是不知道游了多久，我开始恐慌起来。"

"恐慌？"

她喝了口酒，似乎喝下了勇气，然后说下去。

"我一定是着了魔。我惊讶地发现，雾女石怎么变得离海岸那么远了，完全不是我记忆中的距离。我感觉怎么游都游不到。"

"会不会是你喝多了，产生了错觉？"

"不会，我当时只是一点点醉，比现在还清醒。我可以向你保证。我小时候从岸边游到雾女石，哪怕一个来回也只要半个钟头。可是这一次我绝对已经游了半个小时，雾女石却还在前面不远的地方，就像是——"

她的下一句话彻底吓到了我。

"——就像是，那块石头活了，一直在往前移动，引诱我不断游到更远的地方、水更深的地方。我根本无法停下来。我感到筋疲力尽，非常虚弱，海水中就像有无数的手一样，拽着我往下沉。"

"然后呢？"我简直屏住了呼吸。

"我根本游不动了，我任由身体往下沉，咸咸的、苦苦的海水灌进我的鼻子和嘴巴，我却无法抗拒……"她这样说道，"那一刻，我真的以为自己要淹死了。"

我没有说话，而是等她讲下去。

"等我再次醒来，已经是第二天中午。我躺在镇上的医院里，当时楚涵就在我旁边。她告诉我，昨天是她下水救了我，把我拉上了岸。不过情况确实很危险。"她犹豫了一下，"我相信，那就是人们一直说的，你许下的愿望，最后会反噬，是一命换一命。也许雾女石想要引诱我走向死亡。

这不是许愿的石头,是诅咒的石头。"

诅咒的石头。

这五个字在我脑海中回响。

她的故事到这里就结束了。

如今回想起来,那天晚上后来发生了什么,我的记忆其实不太清晰。我只记得我们沉默了很久,我一时之间不知道说什么,是该承认雾女石真的有魔力,还是她的故事有魔力。

我只记得自己非常恍惚。

不过有几个细节我依稀有些印象。

我买了单。我们是在清吧门口分别的,她打了一辆橙色(或者是绿色?)的出租车离开的。我站在原地,半醉地挥手,直到车开了很远,我还在挥手。

我没有加她的微信,也没有问她留下任何联系方式。她就这样走了,就像消失在了那个夜晚。我再也没有见过她。

对了,她好像还吻了我的脸,但也好像没有。

在分别时,她对我说了一句话。不过这句话,是我第二天中午在自己公寓床上醒来,睁开眼之后才突然想到的。宛如一个遥远的梦,你会在生活的某一刻毫无征兆地回想起某个细节。

她说,你把这个故事写下来吧。

所以,我把这个故事写了下来。

我自认为自己非常客观地记录下了当晚她说的每一句话,还原了每一个细节。

甚至可以说,那天晚上的遭遇就像一部电影一样,每个镜头在我脑海中重复播放了很多次。

以至于当我反复思考那些细节之后,开始有了新的想法,光是把故事写下来,无法满足我的全部好奇心。

是的,我也许是一个蹩脚的推理小说作者,但同样也明白一个最简单的道理。

在一篇推理小说的结尾,不应该只留下谜团,而要让读者得到谜团背

141

后的真相，不是吗？

所以，婉秋，这是我给你和读者的真相。

今年夏天的时候，我亲自去了一趟雾海镇。确实如你所说，那个地方现在是旅游小镇，海边的景色很美，为了外地游客而举办的夜市活动也还在。一切都似乎和你描述的一样。

但是比较遗憾的是那块石头。听说自从去年某起意外后，当地的办事处直接派人毁了那块石头，并警告游客不可在此游泳。

因此，我没有亲眼看到雾女石，甚至连雾都没有看到。可笑，我去的那几天里，天气都异常不错。

在此期间，我走访了几户当地人家，在我多事的询问下，我从他们口中听到一个惊人的事实。

导致雾女石被毁的意外是去年夏天发生的。当时，一个二十八岁的都市白领回到了这里，这里是她的老家。她一天晚上和一个女性朋友喝了酒去夜游，结果体力不支，不幸溺死。

她的朋友当时没有成功救下她。当警察赶到现场的时候，她的朋友一直对着漆黑的大海哭着，说是什么雾女石害死了她。

警方经过现场调查，判定这是朋友之间酒后闹玩笑，结果死者没有量力而行，从而导致了溺水意外。但是，我知道并非如此。

因为我惊讶地得知，溺水的死者名叫邵婉秋。

不得不说，我当时整个人都蒙了。我心里很害怕，发了疯一样，陷入了一种狂热状态。我立刻在当地到处寻找邵婉秋可能存在过的任何资料。直到我找到了她就读过的初中学校，我发现了一张她和她的朋友的合照。看到上面的脸和对应的名字，我一下子明白过来。

没错，你骗了我，你根本不叫邵婉秋。对吧？张楚涵。

我不清楚，你为何要以邵婉秋的口吻把整件事叙述给我听。我只能理解为，你害怕被我发现任何关于真相的端倪。

仔细想来，你的叙述方式的确狡猾。在你的故事里，你将自己藏在故事的背景中，让雾女石的传说成为我关注的重点，而你是一个忠诚的好朋友形象，如此简单普通，让我无法过多地注意到你的存在。

你在整个故事中扮演的角色，可能远远比我预想中的重要得多，无论是十多年前邵婉秋爸爸的"意外"，还是去年邵婉秋的"意外"。

我斗胆稍做推理，你不妨判断一下是真是假。

婉秋的爸爸出意外的那天，所有人的行动实在太过巧合。正好她妈妈去外地出差，因此有了不在场证明；而婉秋又恰好住在你家，晚上和你一起约了其他同学到夜市玩，因此她也有不在场证明。其实，一切都是精心安排过的。

你们早就订下了计划，要除掉她的爸爸，并且将一切伪造成夜钓发生的意外，同时还要保证婉秋和她妈妈都有不在场证明，以免被警方怀疑。

在那一周，婉秋妈妈出差了，你们就知道是时候行动了。

婉秋提前去了你家，和你住在一起，其实是为你们的计划做最后的准备。

我努力还原一下那天发生的情况吧：那天在天黑之前，也许是在下午，婉秋和你就偷偷步行回了家里，设法给她爸爸服下安眠药（这显然并不难，根据她爸爸每日酗酒的情况来看），然后你们合力把他搬到了木船上，你们也跟着上了船。

趁着天色灰暗，你们将船划到了你们事先选定的浅水区域，正如你之前说的，那里由于位置隐蔽，平时不太会有人。

你们事先将铁锚固定在浅海区的海底某处，然后将连接铁锚绳子另一端上的钩子固定在某个做了标记的地方，也许是礁石上。

等到你们划着木船到了附近，你们找到钩子，用钩子牢牢钩住船沿，等布置好这一切，你们跳下船，双双游上了岸。你们擦干身子，换好干净的衣物，赶去镇上参加夜市。

我思考了很久，直到我想起你说事发的时间，才隐约有了答案。事发那天在八月的第一周，也即是农历的下半月，那个外来游客目击到船翻倒的时候，正好是晚上十点多。

那正是海水涨潮的时候。

你们是利用了潮汐的变化，让木船能够在晚上十点钟的时候自己翻倒。这就是你们用来制造不在场证明的"定时装置"。

你们布置好小船的时候，海水还在退潮，铁锚的绳是松弛的。为了寻找这个成功的平衡点，你们事先一定试验过几次，以确保身体在船里位置的重心和船身达到一种微妙的平衡。接着，海水开始涨潮，慢慢将绳子拉紧，带着船逐渐倾斜，最后船就翻了。与此同时，在安眠药的作用下，她的爸爸不会醒来，也不会挣扎，自然会溺水而死。而钩子也会从船沿脱落沉入海里。

因为木船本身就很破旧，所以警察不会注意到铁钩在船沿留下的痕迹。酒瓶和渔具也是你们故意扔进海里的，就是为了制造她爸爸喝醉后翻船的假象。

可是你们在匆忙中漏掉了一个关键的东西，我也是因此看出了破绽。

你还记得吗？你和我提过警察在现场打捞到的所有东西。可是在这些东西里，竟然没有照明设备，难道不奇怪吗？怎么会有人在没有任何照明的情况下出海夜钓呢？

答案只有一个，你们在天色全黑前就布置了这一切，根本没有想到照明这回事。

显然，外来游客迷路并目击木船翻倒的事情并不在你们的计划之中。退一步说，就算没有人目击，她爸爸死亡的时间段也足够让你们和她妈妈有充分的不在场证明。但是，外来游客的目击证词更进一步证实了出事的确切时间点，以及最重要的一点事实——当时没有人靠近过木船。这也间接导致警方更快地以意外来结案，没有去追究更多的疑点。

不得不说，在这一点上，你们确实像在冥冥之中得到了某种保佑。

毫无疑问，起初提出想法的人显然是婉秋，我也毫不怀疑从你口中说出的话，想必你也只是和我转述了当年她对你说过的话而已——她对爸爸肯定充满厌恶和憎恨。

但是我认为，是你制订出详细的计划步骤，想到利用潮汐来设计一个诡计，将一起谋杀包装成了意外。

因为，你用了同样的思路，成功杀害了婉秋。

没错，她的死不是意外，也是精心设计的。我不得不佩服你。也许她在夜市上偶遇你的那一刻，你就已经快速思考要如何下手。或者说，我只是高估了你，其实你为了杀掉她已经想了好几年，而去年夏天她再次回到镇上的时候，你知道机会终于来了。

应该说，这次的诡计比前一次更加巧妙。因为这次谋杀没有留下任何的证据，堪称完美的犯罪。

一个人在海里游泳，本身就有点喝醉，再加上体力不支而溺水，无论怎么看都像是意外。我原本也是这样想的，但我想起你自己亲口告诉我的话——也许你太过得意了，才故意透露一些暗示，试探我能不能看破你的诡计。

你说，当时婉秋（你是代入你自己的视角）在游向雾女石的时候，感觉雾女石离海岸的距离变得远了，和记忆中不一样，怎么也游不到。

这句话是最关键的暗示。

我不知道你是用什么样的方法诱导婉秋入海游泳的，我只能做一些猜测。也许正如你所说的，你故意和她说要去那块雾女石看看，邀请她一起游过去，正如你们小时候经常做的那样。

她心中并无防备，她一直以为雾女石到海岸的距离还和十年前一样近，不过是来回游一圈半个钟头的事情。

可事实却并非如此。

你自己在介绍故事背景时说过，再结合我在当地的调查，雾海镇的确在十几年前建了大坝。我特地上网查询了相关资料，甚至找到了一篇关于河流建坝是如何加剧海岸侵蚀的论文。我终于明白了你的诡计。

由于雾海镇的入海河建了大坝，因此进入海中的泥沙不断减少。海岸受到侵蚀，导致海岸线在此期间持续后退。到了如今，雾女石离海岸的直线距离已经比十几年前远了好几公里。可是，婉秋很久没有回来看雾女石了，而且晚上光线又很差，她根本无法察觉。

就这样，你准确地操控了婉秋的心理，让她以为自己可以和小时候一样轻松地游到雾女石，自然而然落入了你的陷阱。而游泳运动原本就费体力，不像其他出汗运动，游泳者在游泳过程中很少会认识到身体的疲惫。等到有些微醺的她游得体力不支，发现情况不对时，一切都晚了。

我相信，她当时的心情，应该和你描述给我听的相差无几，也可能更加绝望和恐慌。

只是结局有所不同。在你的故事里，张楚涵及时救下了溺水的邵婉秋。可是在现实中，你却只是冷眼看着她死在了海中。

你为什么要这么做？你们曾经不是最好的朋友吗？

在思考你此举的动机时，我又想起了你不经意出口的一句话。你说，许愿成功的人如果没有认真地还愿，会被自己的愿望反噬。

在我看来，你把自己当作了邵婉秋的雾女石——有求必应的雾女石。你为了解救最好的朋友，策划了如此精密的计划，与她共同承担了秘密与罪恶。可她半年后就离开了这个小镇，去往大城市生活，随后更是渐渐地将你淡忘。

在这段友情中，你感觉自己被背叛了。

让她和她爸爸同样葬身于大海中，是你对她的惩罚，这又何尝不算是另一种形式的反噬呢？

我说对了吗？

好了，这就是我对这两起"案件"真相的全部推断——如果说它们还称得上案件的话。

没错，我没有任何证据可以证明你的罪行。所以我只能把这些想法全部付诸文字，交给你以及各位读者一同来评判。

更重要的是，我打从心底里不希望你是一个罪犯。小鹿一般清澈的眼睛，绝不会属于一个罪犯。

我打从心底希望自己所有的推理是错的，希望你就是邰婉秋而不是张楚涵。

有的读者会认为这只是一个虚构的推理故事。有的读者会觉得是我自己的胡思乱想，看推理小说看得走火入魔，才会从两起单纯的意外里解读出什么杀人诡计。

读者怎么看待这个故事都没有关系，我只是好奇，如果你读到这篇小说，会作何感想。你的内心感到颤抖吗？会不安吗？还是说，你的嘴角会扬起一丝嘲讽。

我在雾海镇也问起你的下落。只知道你从去年夏天之后就离开了小镇，只身来到了上海。

虽然我们现在身处同一个城市，可我没有你的联系方式，要在茫茫人海中再与你偶遇，也并非易事。

所以，实话说我并没有十足的把握，你真的会读到这篇小说。不过，当杂志编辑告诉我这篇小说顺利过稿的时候，我感受到自己在冥冥之中似乎得到了某种保佑。

我选择用《婉秋的故事》作为题目，因为这是只有我们两个看了才会懂的暗号。希望你哪天无意间瞥见这本杂志，注意到了作者名字和小说名，会愿意花一点时间拿起来翻看。

不过，我依旧很感谢我们相遇的那一晚，那晚是如此美好而特别，虽然现在看来有一丝危险的意味。

  写到这里，我再次想起我们是在雾海书店营业的最后一天相遇的。当时我提到了书店名的由来，是那幅油画的标题。

  我此刻深深地感觉到，这幅画其实是对我自己的一种无情的解读。在我遇到你的那一刻起，我便是雾海上的旅人，从你留给我的故事出发，在茫茫的迷雾中开始了寻求真相的漫长旅行。

  我很高兴，旅行终于结束了。

原载于《锐阅读·推理》（2022 年 9 月）

你好，纸片人

钱一羽[1]

序章

公元 2025 年。"纸片人症"席卷全球。

有人认为这象征着人类医学文明的崩坏，也有人认为，这是人类蝶变的契机。

"没想到这种症状居然真的存在！"

看着蜷缩在床铺上的瘦弱黑影和计算机屏幕上的各项数据，我心中的喜悦难以言表。

两个多月了，全世界的医学专家都在为了这个病症而疯狂，我作为其中的一份子自然也不例外。可以说，对这个病症的研究已经成为重构人类基础医学研究格局的关键，谁能够抢占先机，就有机会登上人类医学的神坛。而我面前的这位，不仅是我所做研究的突破口，更是我实现这一野望的关键。

"您有一封新的邮件。"

---

[1] 钱一羽，曾用笔名亭瞳与，一名入坑时间短暂的新人推理小说作者。目前主要的创作方向是科幻与设定系推理的结合，但也希望在未来能够有机会尝试社会派推理，并将一些中国传统神话结合进设定系推理的创作，形成比起日系的妖怪推理更加独树一帜的创作风格。主要作品《共生的亚特兰蒂斯》曾入围"第四届脑洞故事版虚构小说创作大赛"；《偷光》与《挣脱的羔羊》分别入围"谜想故事奖"短篇征文比赛第二季"超短篇组"与"短篇组"（奖项待定）。

正当我沉湎于占据医学之巅的美梦时，邮箱的语音提示将我拉回了现实。

"亲爱的林教授，今年我们的聚会就定在下个月的十五号，老地方见。议题的话，想必不用我多说了吧？十五号恰巧是它出现的那一天。好好准备，我可是有惊人的成果哦。"

落款是，你的老朋友：海恩茨。

这是我所在的一个小学术圈子每年一度的聚会，一共六人，每位都称得上是学界中独树一帜的奇才。每年我们都会在海恩茨的豪华古堡中会面一次，对某个问题进行探讨和交流。今年的话，虽然海恩茨没说，但我想议题肯定是"纸片人症"了吧。

"还有十六天。"

我眯起眼睛，看了看日历。喃喃自语道："足够我完成初步的研究了。我的老朋友们恐怕会为此大吃一惊吧。"

我不禁大笑了起来。

起之章

"咳咳……"

尽管来了这么多次，我还是不太能受得了这里的沙尘。从睡梦中咳醒的我擦了点清凉油，揉了揉太阳穴，周身的疲惫稍稍得到了缓解。就在刚刚，我又梦到了这三个月来像是科幻小说般的展开。

在三个月前的今天，一种人类难以理解的病症瞬间席卷了全球，短短三天之内，世界各地就记录了超过三百万的病例。为此，各国都为这类患者颁布了相关法案，以保障患者的人身权利。但这种病不仅来源未知、无法治疗，更可怕的是，这种病症的存在颠覆了人类数千年以来所建立的医学乃至物理学体系。

这种未知病症被言简意赅地称作"纸片人症"。顾名思义，此种病症的患者身体某处会突然"收缩"，最后该处会以形似 2mm 的纸片般的状态存在。而正常部位与病变部位的连接处则呈现由小到大逐渐变化的状态。而更加令医学界难以理解的是，这种病症发生的同时，并不会影响病变部位的原本功能。

当然这种定义化的表述可能还是会有些费解。为了帮助理解，下面是两个具体病例：

假设一个人的头部发生了病变，那么理论上这个人的大脑应该也没能够存在的空间了。但实际上，这个人同样能够不受影响地存活、思考——甚至于讲话。但是现有的任何医学仪器都无法检测到其大脑存在的证据，就连脑电波等指标也都消失得无影无踪。此外，由于头部病变患者无法直接进食，所以需要从未病变的部位注射营养液以保证其生命状态。

再比如一个人的小臂发生病变的话，他的手掌和大臂仍旧可以正常活动，甚至病变肢体的柔韧度还会更好，这证明这部分肢体中的血液循环并没有被破坏，但是无论是 CT 还是 MRI，都无法检测到原本小臂中应该有的血液、脂肪等组织或是骨骼等器官。

不过幸运的是这种病症并不会传染，而且"纸片化"的器官虽然重量会变轻、表面也是和打印纸一样光滑，但其并不会真的就像纸片一样脆弱。

如果器官原本的密度越大，病变后硬度也会更高、韧性也会更强，像是头部病变的话，就会比手臂更加不易破坏，不过当然还是不如原本的血肉，但至少好过于病人的身体真的像纸张一样脆弱。

忘了自我介绍，我叫林望舒，显而易见是一名医学家，此次是为了参加海恩茨教授领头的学术聚会才来到这里。但不得不说，这个地方真是一如既往的炎热。

"到了，教授。"

好在车子行驶得很快，随着 SUV 的一阵急刹，一座巨大的欧式古堡出现在了我的眼前。这正是我本次旅途的目的地。

"还是和之前一样，三天后来接您吗？"

司机将手提箱递给了我，小心翼翼地询问道。

"五天后来吧。"

我摇了摇头，"这次我可能要待久一点。"

"林教授来了。这下子人到齐了。"

领着我把行李放到所居住的房间之后，海恩茨又带着我走到了众人聚齐的大厅。

海恩茨是个有些发福的老头，穿着一件符合他年纪的短袖 Polo 衫。但同时，他也是除了我之外的众人中唯一能够熟练使用中文交流的人，因此在每年的这次学术聚会上，众人主要还是使用英语交流。不过我自然还是会把这些对话译作中文来理解。

"林，你可终于来了，每次都是你最慢。"

杰罗姆一直是这个圈子中最急躁的那个，但我没有想到如此暴躁的一个人，如今居然成了看上去相当"呆萌"的一个人。

"你中招了啊，杰罗姆。"听到我语气中的调侃，他显然有些尴尬。

"好啦，林。看上去也只有你和海恩茨仍然是个正常人。其他人可都中招了。杰罗姆已经算好了，不信你看看石田君。"

我顺着马修抬起的右手看了过去，其实更先吸引我注意力的是他也已经纸片化了的右小臂。但与这相比，石田"吊诡"的头颅显然更加引人注目。

"厉害啊。"

这是我发自内心的赞叹。

尽管杰罗姆和石田都是头部发生了纸片化的病变，但是情况却完全不同。

用更加形象的方式来说明。两个人的头现在虽然都成了一张"纸"。但杰罗姆的头就像是被前后方向施加的力"压扁"了一样，而相比之下，石田那同样可怜的脑袋则是受到了左右方向的两个力的摧残。

"谁说的，我起码还能够从侧面认出自己一些原来的特征，杰罗姆可不行。"

石田不服气地侧过身子，正如我之前所说，纸片化之后的状态其实就是原本器官的某个截面。所以从两边可以明显地看出石田的侧脸轮廓。而杰罗姆的脸部则更像是某个陌生人形立绘的正面，因为他的五官从三维变成平面之后，光凭借外形我是认不出他的。只能靠着他极有特点的沙哑嗓音的声音和右手背上极其特殊的五边形胎记才能勉强辨认出来。

但看到原本一直对自己的塌鼻梁和厚嘴唇耿耿于怀的石田不得不用这种方法来证明自己，我心中的笑意却越发浓烈。看着两个穿着考究西装，但头部却像个稀奇剪影的生物，我恍惚间有种观看动画喜剧的感觉。

"好了，我们可不是小朋友，在这里斗嘴可没有什么意思。大家还是讲讲对于'纸片人症'有什么心得吧。不如谁先聊聊自己的研究方向？"

范尼不是个话多的人，所以每当他讲了这么长的一串话时，那必然是相当有分量的。众人也都迅速进入了状态。

当然这也是往年的惯例，到达的当天我们会先大概介绍一下自己关于议题的研究概况，第二天和第三天再轮流详细展示具体的研究方法、研究过程与研究成果，而且我们会在初步介绍中选定最有潜力的一项或几项，放到第三天作为展示的收尾节目。

"那我先说吧！"石田迫不及待地想要挽回一些颜面，抢先开了口。

"我目前研究的是纸片化后器官的不同形态与疾病原因的关联。就好比我和杰罗姆同样是头部发生病变，但是形态却大不一样。从这种症状的不一致，或许能够倒推出病因。目前已经完成了一部分的基因解析。"

看着众人频频点头，石田潦草的五官扬起，看起来颇为得意。

"接下来就由我来吧。"马修向众人鞠了一躬，仅从言行举止来说，他可以称得上是一位老派的绅士。

"我研究的则是纸片化肢体的利用。这也是范尼的研究方向，我们之前也稍微讨论过。"

范尼闻言点了点头。顺着马修的话介绍了起来。

"我觉得纸片化未必是一件坏事，就像我的左手一样，纸片化让我能够打开一些简易的锁。"

范尼一边说着，一边向众人展示了他的左手。

"正是如此，我们都相信纸片化躯体在某种情况下，会有更为广泛的应用场景。"

"怪不得这次只带了一个硬盘，原来是因为样本就在自己身上。那马修你的手臂又有什么用呢？"海恩茨对范尼的发言深以为然地点了点头，但却向马修提出了一个疑问。

"那用处可大了。"马修的金丝眼镜中流露出了一丝坏笑的神情。

"大家也知道，虽然纸片化的手臂不能超越原有的器官能力做到向外侧弯曲，但是向内弯曲的幅度比之前大了很多，我现在就可以很轻易地将手臂自前向后绕颈一周，然后摸到自己的嘴唇。"

我的嘴角像是被他摸了一样不自然地抽动着。虽然知道马修是玩世不恭的性格，但没想到这时候还在说一些不着调的话。

"好了，还有人想说吗？"范尼显然想要迅速、直接地跳过马修，估计他也觉得和马修同一个研究方向有些丢人吧。

"可恶啊，要是我全身都纸片化了，就可以直接把自己卷成一捆了。那时候我四舍五入就是半个路飞了啊！"看到众人都对自己的破梗无动于衷，马修只能悻悻地坐了下来。

"我研究的则是纸片化断肢的重连和移植。"

而海恩茨延续了他在"纸片人症"出现前的研究方向，这也符合他稳重的性格。不过即使是这般稳重的海恩茨，在刚刚说出这句话之后，也不由得露出了一丝自得的神情。

"而且我已经成功进行了临床实验。"

"什么？"众人包括我都大吃一惊，没想到这老家伙偷偷取得了这么大的成果。

"实验数据呢？有样本可以参考吗？"石田着急地问道。

海恩茨不慌不忙地摆了摆手。

"先由我卖个关子，不过我想我的研究足以作为这次聚会的收尾吧。"

"这也未必。"

杰罗姆微笑着站了起来，怪不得没有耐心的他对于海恩茨临床实验的成功表现得并不急切，看来他也有不逊于海恩茨的秘密武器。

"这可真是英雄所见略同，我研究的方向和海恩茨一样，而且，我也取得了临床实验的成功。"

海恩茨对此也有些惊愕，不过很快就平复了心态。

"那看来最后一天要由我和杰罗姆联手承包了。"海恩茨微笑着说。

"不过前提得是我们连续三年力压众人的天才林教授没有什么成果。林教授看起来消瘦了不少，我想是有什么不可思议的成果吧？"

看到众人将目光聚集到我身上，我缓缓地张开了口。

"只是两周前生了一场大病，这也导致我现在只有一些样本数据罢了。"我微笑着说道，能感觉到海恩茨和杰罗姆稍稍松了一口气。

"这样的话，后天就由我和杰罗姆收尾，其他四位则安排到明天吧。"

众人点了点头，没有什么异议。

"那我们就去用餐吧，不过我想石田和杰罗姆恐怕没有这个口福了。"

海恩茨对头很扁的两位打趣着。

"哼，我看看也不行吗？"杰罗姆不甘示弱地跟了上去。

"大家都好久没见了，聊聊天也好。"石田罕见地圆了圆场。

"不如这次结束之后也一起去游游泳？我还记得范尼那八块腹肌。话说回来，你不会能够变身成绿巨人吧？"

听着石田所说的那明显学自马修的无厘头烂笑话，范尼无奈地笑了笑。不过马修本人倒是对这个烂梗给予了高度的赞扬。

但玩笑归玩笑，不得不说范尼的确是一个相当强壮的男人，身材完全不像一个长期进行实验的医学家，反而更像是健美明星。或许这和他年轻时踢过足球有关，他健身的习惯一直保持到了今天。

"杰罗姆，这次你助手怎么没有来？"

在前往餐厅的路上，大家三三两两地搭起话来，我也和离我最近的杰罗姆聊了起来。

"毕竟我的研究可是有改变世界的机会，这种事情有其他人在还是不放心吧。"看到我凑过来，杰罗姆紧了紧高领衬衫的领口，悄声说道。"海恩茨也遣散了所有用人，听说就连他的儿子都被送至别处了。而且，你不也没带你弟弟来吗？"

我点了点头，旋即又想起了什么一样，坏笑着向他问道："听说你的助手是你的私生子，真的假的？"

"怎么可能？"

杰罗姆似乎有些慌乱，迅速滑过了这个话题。

晚饭之后，众人都回到了各自的房间休息。顺带一提，这座古堡共有三层。一层和二层包括会客大厅、娱乐室以及餐厅等公共场所，三层则为卧房。此外，在塔顶还有一间卧房，年年都被分配给极其喜爱这片地域风光的石田。而其他人，包括主人海恩茨都是住在第三层。

到达自己的房间后，我确认了放在床头柜上的这把钥匙确实是匹配这扇房门门锁的。但想了想，我还是从内侧拉上了插销。搞笑的是，在这种极其炎热且全年少雨的地方，房间里居然还配了一把看起来就价格不菲的雨伞。

"明天会让你们大吃一惊吧。"

我看着床边的手提箱，沉沉进入了梦乡。

承之章

"你醒来了吗？林？"

海恩茨急促有力的敲门声将我惊醒。

八点十六分。

我睁着惺忪的双眼看了看手机上的时间。明明按照惯例，一般下午才会开始研究的展示。

我站起身来，并将手提箱放到了床下。

打开门后，杰罗姆和范尼站在海恩茨的两侧斜后方一米多的地方，三个人都换上了相当得体的高级西装。

不过从场上凝滞的气氛来推断，恐怕是发生了什么意料之外的事情，但这也正合我意。

"发生什么事情了吗？"

海恩茨没有立即回答，而是先进入我的房间，左右观察之后站到了我的身侧。

"马修和石田的房门锁着，叫他们也没有反应。"

"会不会只是睡太死了……"话还没说完，我就知道自己问了一个很蠢的问题。

"不可能的。"

海恩茨的脸上不露痕迹地露出了一丝自嘲。

"你也知道的，我们这些人怎么敢睡得这么沉。总之，我觉得有必要所有人一起，看看究竟发生了什么事情。"

说罢，海恩茨一马当先，带着众人首先朝和我们住在同一层的马修所在的房间走去。

"范尼，不是说你的手指可以开锁吗？这里的房门都只是普通的弹子锁罢了。你来试试能不能打开。"

范尼点了点头。似乎是由于身材太过高大，要蹲低到门锁的位置对他来说似乎有些勉强，于是他干脆直接盘膝坐在了走廊上。

"好了。不过似乎插销还插着。"

不到一分钟的时间，范尼就打开了门锁，看来他的确对于自己的纸片肢体有着相当高的开发程度。

"还是得需要用点暴力的手段。"

海恩茨一边说着一边从走廊的墙上拿下作为装饰的斧头，向房门走去。

看到他的动作，所有人齐齐向后退了两步，给他让出了足够的空间。

"果然插着插销。"

海恩茨将手伸进了劈凿出的小洞，拉开了马修卧室的房门。

果不其然，马修倒在房间的玄关处。一把精致的银色细长利刃笔直地插入了他的胸膛中央。金丝眼镜则是放在书桌上。但相比之下更让我惊异的是，他那纸片化的右臂竟然不见了，而此时他的右手掌呈握拳状，端正地摆在他尸体的旁边。

"海恩茨，这应该不是你干的吧？"

杰罗姆向这座古堡的主人质问。

"你觉得我要干这件事的话需要这么麻烦吗？"海恩茨毫不留情地回击。

"窗户好像也是锁着的。"我赶紧圆了圆场，在这里和海恩茨起冲突可不是什么好主意。

"开着也没用，三层距地面也超过十五米了，是不可能攀爬下去的。"

我的圆场起了作用，海恩茨立马把注意力转移到了我的问题上。

"行李好像被翻过。"

范尼指着打开后平放在地上的行李箱说道。

行李箱里面看上去只有一些叠得整整齐齐的换洗衣物，但却没看到U盘等可以用于储存研究资料的东西。

"我看看。"

杰罗姆将行李箱里的东西一件件拿了出来，甚至细细检查了有无夹层的存在。

"见鬼，他怎么还带了固体胶这种玩意儿？"

杰罗姆一边找一边抱怨着，看起来这确确实实只是一个普通的行李箱罢了。

"好了，我们去看看石田吧。"

海恩茨也在杰罗姆翻找的时候迅速检查了一下马修的尸体。没想到房间的钥匙居然就攥在马修被切下的右手里。但除此之外，看起来海恩茨也是毫无收获。

我们重复了一次之前的一系列动作，范尼打开了锁，好在这次插销并没有插上。

石田的状态显得比马修还要凄惨点。房间更加凌乱，行李被丢得到处都是，不知是凶手所为，还是由于热风从大开着的窗口侵入，吹乱了屋内的摆件。

石田的胸口斜插着一把短匕。房间钥匙被随意地丢弃在地上。他纸片化的头颅同样失去了踪影。并且我们也没有找到他本应该携带的数据储存工具。

"看上去两个人大概都是凌晨三点左右死的。"

海恩茨给出了初步尸检的结论。他不可能在这一点上欺骗我们，因为在场的每一个人都有证实这个结论的能力。

"不如一起到大厅聊聊吧。"

范尼提出了这样一个建议，众人都看向了海恩茨。

"我当然没有意见。"他点了点头。

"可惜这次不是学术展示，而是疑案追凶了。"

我们四人坐在昨晚曾经坐过的位置上。少了中二的马修和总被打趣的石田，气氛可要比之前冰冷了许多。

"林，你不是一直很喜欢推理作品吗？不如说说你的看法。"

听到海恩茨的话，我不禁有些左右为难。其实推理主要是我那位兄弟的爱好，我也只是有所涉猎罢了。但不管怎么说，如果担下"侦探"的角色，还是能够帮助我在这场博弈中占据更加主动的位置。

于是我点了点头，稍稍思索了一下要向众人询问的事情。

"那我想先问问各位，昨晚回房之后都在干些什么？有没有离开房间？有没有听到什么动静？"

"我看了会儿书就睡觉了。不过我半夜好像被一阵'呼呼'的声音吵醒了，估计就是石田房间窗户大开而吹进来的风的声音。"

杰罗姆抢答了起来，一边说着一边还不停提着衬衫领子，看起来有些燥热。这家伙可真是讲究，难为他这种天气还穿着高领衬衫，估计是为了遮掩病变后那难看的连接处吧。

"没醒。"范尼的话还是一如既往地简单易懂。

"我看资料看到十二点多就睡觉了，睡前还喝了一杯白兰地。这酒就在我的卧房里。"

果不其然，这种提问一般是很难有所收获的。只有杰罗姆的回答稍微有点诚意。

我清了清嗓子，梳理起了我刚刚所想到的一些思路。

"我想要找寻两人死亡的真相，其实只需要解决三个问题。

"第一，切下死者纸片化肢体的动机。第二，制造密室的动机。第三，则是制造密室的能力。毕竟凶手只可能在我们四个人之间，假设有一个人的存在可以解决以上三个问题，那这个人毫无疑问就是凶手了。当然也不排除两个人联手的可能，不过大家也都知道，这基本是不可能的。

"而制造密室的能力这一问题可以更深入地讨论。两个密室的钥匙都被放在房间内部。这里就有两种情况。第一，凶手先把钥匙带出门，用钥匙锁上门之后，再用某种手法把钥匙送回房间。不过在第一间密室还要涉及如何从房间外插上插销的问题。第二，就是凶手有不使用钥匙，就能够从外面锁上门的能力。

"所以虽然现在还没有十分的把握，但只要从这三点深入的话，我想迟早是可以找出真凶的。问题就在于海恩茨你觉得有没有必要继续了。"

海恩茨沉吟了一会儿，向众人提出了一个建议："不如就只依靠我们这几个人，找出杀害两人的真凶。找出来之后，真凶以及两位死者的'遗产'就由其他三人接手，如何？"

不得不承认海恩茨的这一手极其高明。一方面，如果凶手不愿意加入这场赌局，就会立刻被众人怀疑；而另一方面，三个人的"遗产"又足以诱惑其他人入局，毕竟平分确实是很公平的方式。最重要的是，在海恩茨几乎不可能是凶手的情况下，他这一波操作几乎百分百能够攫取到相当的利益。这是阳谋，但确实除了加入之外再无破局手段。

"我加入。"

想清楚了其中逻辑关系之后，我第一个投出了赞成票。而杰罗姆和范尼稍加思索之后显然也意识到了以上几点，几乎同时表示了赞同。

"林，那就由你继续主持吧。"

我点了点头，继续说道："那么为了保证公平公正，不如我们一人对一人，从以上三个方向分析其他人是否有犯案的可能性吧。"

"那就按我们坐的位置：海恩茨分析范尼，范尼分析杰罗姆，杰罗姆分析我，我分析海恩茨吧。"

"真是两个狡诈的老鬼。"

我听到杰罗姆低声骂了一句他唯一知道的中文，真是相当的亲切。但这也说明他非常无可奈何，在其他人都没有反对的情况下，他也只能接受。

"那我就先抛砖引玉吧。"

海恩茨微笑着啜了一口茶，然后稍微摆正了茶杯的把手。

"范尼的话，我想主要还是要从'制造密室的能力'入手吧。刚才我们也看到了，范尼轻而易举地就可以打开从内部上锁的房门。我想或许他也能够做到在不使用钥匙的情况下从外面锁上门锁吧？"

"至于切下纸片化肢体的动机。范尼研究的是纸片化肢体的应用场景。如果是这样的话，恐怕对于各种不同部位纸片化肢体的需求量相当大吧？我想各位也知道，目前绝大多数的实验样本都是在各国的官方机构中，也才逼得我们不得不另辟蹊径进行实验。那么这样的话，头部纸片化和手臂纸片化的两人就是很好的样本素材了。"

"制造密室的目的显然是为自己摆脱罪责。毕竟在我这里正大光明杀人的话可是没法走脱的。"

"除了最后一点，其他都是说不通的。"

沉默的范尼也终于展开了反击。这也正是我如此安排推理顺序的目的，下一个推理者可以针对上一波对自己的指控进行反驳。既然都到了这个地步，可不能让剩下的人太团结才好。

"首先，我能够开锁的确不假，但这并不等于我能够锁上门。举个例子，很多窃贼都可以用铁丝打开简单的门锁，但是是没有办法用铁丝把门锁上的。而我的手指和铁丝也是一样的原理，只能开锁罢了。

"其次，我的研究方向可是纸片化肢体在活体上的应用场景，而不是把它们切下来后当材料使用。如果这样，为什么不干脆直接找一沓 A4 纸来？所以单从研究方向的角度来说，我才是那个最不可能分尸的人。"

看着众人没有什么过多的表示，范尼显然也松了口气，但是并没有放松警惕。因为其实我们大家都知道，这第一轮只不过是在互相试探其他人的反应罢了。

范尼一口喝下了杯中的所有茶水，看起来一次性讲这么多话对他来说是个不小的负担。

"杰罗姆的话，我想或许他有从门外锁上插销的能力。我注意到，马修房间的房门其实四面都是有一些空隙的，当然第三层的每间房间都是如此。那么或许杰罗姆可以把他的头部穿过门缝，再用他的耳朵拉上房间的插销。毕竟插销锁不一定需要拉到头，其实只需要稍微的移动就能够让门从外面无法打开。之后再用某种方法把钥匙从门下方送回房间内，就像小说里那些钓鱼线的手法一样。

"而除此之外，既然他的研究方向是纸片化断肢再植，那他就更需要切下来的尸体。这可以作为他分尸的动机。"

还没听完范尼的分析，杰罗姆已经抑制不住自己了，略带恼怒地反驳了起来："你的推理简直是天方夜谭，谁会蠢到用自己的头穿过门缝？"

我知道，他急了。

"第一，如果我用了像你所说的方法拴上插销的话，那我的头至少需要能够微微地前后摆动吧？但实际上，我的头部虽然纸片化了，但还是保留了一定的硬度，至少也和易拉罐的铁皮差不太多。我的脖子又没有纸片化，头颅自然是没办法前后摆动的。

"第二，你所说的把钥匙送回房间的手法也是不可能做到的，我们都看到了，马修房门的钥匙就被握在他的手里。这只有可能是在他生前或者刚死时被他抓在手里的。因此，凶手一定是有某种不用钥匙就能从外面锁上房门的手段。

"第三，尽管我的研究方向是断肢移植，但我想大家应该都知道，断肢移植最好是要在六个小时之内才有较高的成功率。我们每年都要在这里待上三天，我第一天晚上就算拿到断肢也是无用的。到了离开的时候断肢早就不能用了。而且杀人的话凶手百分百会被留在这里，我又怎么可能做出如此愚蠢的事情。"

看来杰罗姆虽然着急，但是智商仍然在线，还是给出了颇有力度的回击。因为这一轮的推理尽管大多是捕风捉影，但如果谁在这个回合落了气势，很有可能就会在接下来的局势中处于下风。

"那么我们来说说林吧。"

杰罗姆的话锋一转，终于轮到了我。

"林真不愧是个天才。这一次聚会中，关于他的信息实在太少了。你们没有发现吗？我们不仅不知道他的具体研究方向，甚至于从刚刚开始他就一直主导着场上的局面。就包括刚刚，他向我们询问昨晚在干些什么，但是他自己又由谁去问呢？在这种情况下，往年相当喜欢炫耀的林今年却躲躲藏藏，我想这已经足以让我们怀疑他了。"

海恩茨点了点头，询问的目光转向了我："的确如此，林你能不能讲讲你的手提箱里是什么呢？"

该死，这是只有海恩茨知道的事情，他当着众人说出来是直接将了我一军。

说实话，杰罗姆同样下了一步好棋，他不再执着于在我的框架里进行逻辑推理，这样只会被我牵着鼻子走。他选择直接另起炉灶，质疑起了我的整套推理的体系和框架。其实其他两人应该也看出杰罗姆所说的事情。但海恩茨嫌疑极小，不可能当出头鸟；范尼的性格寡言，并不适合。所以只有急躁的杰罗姆最适合当这个掀桌人，而且他的顺序正好在我之前，看来他自己也深知这一点并将其进行实践了。

我只好装作不在意的样子，慢条斯理地开口，以此稳住我之前积攒的优势。虽然现在已经完全脱离了我之前的预期，但我并不害怕他们的质疑。

"其实本来是想让你们吓一大跳的，我的箱子里是前所未有的样本。"

所有人都露出了疑惑的神情，看来并不相信我能仅靠一个样本拿出什么惊人的成果。

我很满意于他们惊讶的态度，继续说道："在这之前，学界公认纸片化只会发生于体表。举个例子，即使头部纸片化也导致了大脑的同步纸片化，但在这种情况下也是无法得到单纯的大脑纸片化样本的。当然不仅仅大脑，目前应该还没有发现任何单独的人体内部器官纸片化样本。

"但是我找到了，纸片化的肝脏样本。"

"什么！你之前为什么不说？"

杰罗姆的声音有些颤抖，这确实是一项足以震惊世界的发现。

我傲娇地说道："因为这只能证明我运气好，而不是我才华的结晶。"

"果然还得是你啊！那等此件事了了，这样本可一定要让我欣赏一下。"海恩茨的赞叹声适时地传了过来。

"那是自然的。"我微笑着说，点头向他回应。"这样的话，我的嫌疑就没有那么大了吧？"

众人忙不迭点头。

"那我就来说说海恩茨吧。其实也没有什么好说的，大家都知道，海恩茨是最没有必要用这么麻烦的方式杀人的一位了。"

转之章

众人默然。

说到底，我们虽然披着医学家的外皮，但其实只是一群见不得光的老鼠罢了。

这并不是说业务水平是自吹自擂，而是我们都曾经在追寻医学奥秘的过程中跨越了人性的底线。人体试验、邪恶研究，都是外界对于我们这一帮人的概括与描述。不过他们说得对，这里个个都是十恶不赦的混账，在被多国通缉之后，跑到了这个战乱频生的地方，各自拉起了一支势力。在暴力与战火的夹缝中继续自己所谓的"研究"。海恩茨的住所虽然是所谓的欧式古堡，其实坐落在一片沙漠中的绿洲上，所以气候才如此炎热。

也是因为这样，我们从头到尾都没有考虑过外部人作案的可能性。古堡四周都设置了高压电网。而这一片沙漠更是有海恩茨的人在各个路口层层设卡。所以我们都没有怀疑过海恩茨作案的可能性。如果他想的话，大可以在此地埋伏一班人马，那我们还不是任人宰割。

当然，其他人也都不是傻子。之所以选择在海恩茨这里聚会，除了同病相怜、相互组成联盟之外，最主要还是因为他来这里最晚，势力最弱。假如其他人在这里失联太久，其他五方势力就会联手灭掉海恩茨。所以如果他对我们下手，那也不过是同归于尽罢了。但俗话说，强龙不压地头蛇，在他的地盘上，还是尽可能地以他为主。

"看来没有什么收获呢。"

海恩茨的目光与我稍稍接触，脸色保持着一贯的从容。

而和他相比，杰罗姆和范尼就不那么乐观了。范尼的面色冷若冰霜，杰罗姆则不停用手掌朝自己扇风。其实我们都明白，在这个时候，事件的真相已经不是那么重要了，关键的是谁能够在说服另外两人的情况下，把最后一个人合情合理地打成凶手，这样才能够名正言顺地去接收三人的"遗产"。

场上的局势目前很明朗，我直接道出了海恩茨不可能是凶手的原因，其实是向他释放了结盟的善意。那么此时，杰罗姆和范尼只有两条路可选，要么也结成联盟，作成2V2的场面；要么一样拿出点诚意加入我和海恩茨，直接把第三人打成凶手。

"不，我其实有一个想法，或许能够解决第一间密室。"

杰罗姆抛出了一张鬼牌。

果然，表面暴躁但实际上阴狠如同毒蛇般的他在被打中七寸前是绝不会放弃的。

"我在想，林会不会把事情想得太过复杂了？他所说的造密室的能力、分尸的动机等方面，虽然精辟，但其实却忽略了这几个方面是有可能相通的。"

有意思！

我不禁为杰罗姆所赞叹，看来他不仅跳出了我的框架，甚至还能够对其进行解构和利用。

把手伸进衣领擦了擦深处的汗水，杰罗姆在三人注视之下继续说道："密室和分尸两个行为看似独立，其实倒不如认为分尸是打造密室的必要前提。换句话说，马修被砍下来的纸片化肢体，实际上才是用以打造密室的工具。

"这样的话，说到底这就是一张比较坚韧的纸罢了，或许我们可以将它看成一张长方形的海报。如果将这张海报撕成细长的条状，再用马修行李里的固体胶粘上，这不就是一条形似于长线的东西吗？

"接下来，只需要让这根细长纸条穿过掉落在地上的马修的手掌中指与食指以及与无名指的指缝，再把纸条的两端都从房门的下方拉出，锁好门之后，将之前已经粘有少量固体胶的钥匙轻轻粘在纸条的一头，露出一半的钥匙，这样就形成了一个以中指为轴的定滑轮。最后缓慢拉动这根细长纸条的另外一端，钥匙就会慢慢地被送入房间里了。而当钥匙被拉到手掌的时候，因为钥匙比纸条稍微多出了一些，就会被手指卡住，这时稍微用力一拉，钥匙就掉在马修的手掌中了。最后只需要回收纸条，就不会留下任何证据了。

"至于插销的话就更简单了，只要把纸条当钓鱼线那样勾住，然后从门外拉上就可以了。至此，我们所见的密室就形成了。"

"刚才可是你自己说这种方法不可能的，马修的手掌是握着的。"范尼提出了质疑，事实上，虽然没有提出具体的手法，但杰罗姆的推理其实正是刚刚范尼对于他自己的指控。

杰罗姆毫不犹豫地回答道："那还不是因为被质疑的是我。"

看来他深谙人至贱则无敌之道。

"那个屋子关着窗户和门，在这种炎热的天气下，房间的温度会比常温更高。尸体发生尸僵的速度也会加快，所以我们看到的手掌握住钥匙的情景，其实是由尸僵导致的。钥匙只是掉在马修的掌心，而手掌在尸僵的作用之下逐渐握紧。"

"如果这是真的话，那又是谁会做出这样的事情呢？"

海恩茨提出了这样的一个问题。

"那只有可能是范尼了。"

不知道是对刚才指控自己的报复，还是真的这么认为，杰罗姆直勾勾地盯着范尼，但后者仍然是一副处变不惊的模样。

"毕竟他的研究是纸片化肢体的利用，只有他最有可能想到这个方法。而且他之前就和马修有过交流，搞不好发生过什么我们不知道的事情，让他产生了杀机。但是要跑到对方老巢杀人显然不可能，于是只能等到我们聚会的这天了。"

"这不太对。"

我果断地提出了质疑。

"虽然从逻辑上可以讲得通，但是这个方法从可行性上来说实在是太低了。

"第一，先不说光是一条小臂能不能做到连接成那么长的纸条。就算做得到，固体胶又是否黏性足够？万一断在路中间的话岂不是前功尽弃？

"第二，就算纸条没断，他要怎么保证钥匙正好可以落在手掌中央。而且如果他用了这个手法，按道理他需要提前备好固体胶吧？那既然是他自己准备的,为什么不干脆把固体胶一起带走,还留在马修的行李里,让我们发现这个诡计的存在。如果不是他提前准备好的话,难道又要靠运气来解决固体胶的问题吗?

"第三,动机也说不通。就算范尼真的因为之前两人沟通的过程中产生的矛盾而杀了马修,但是又为什么要杀石田呢?石田和他可没有起什么冲突吧?"

杰罗姆微眯着眼,虽然他已经没有"脸色"这种东西了,但我仍然能感觉到他心中起了些许杀意。

"有没有冲突只有范尼自己知道了。而这个手法的可行性问题,除非我们现在立马试验,不然谁能说得准呢。"

我摇了摇头,对这个说法表示否定:"不需要尝试,还有最关键的一点。

"那就是,你所说的这个手法,还有一个前提就是由于房间温度过高而加速了尸僵。但是当时海恩茨对两具尸体做了尸检,只需要问问他有没有这种状况就行了。"

我和杰罗姆都看向了海恩茨,等着他的回答。

"很遗憾,确实没有这种情况,他们的尸僵状况都非常正常,很符合推断的死亡时间。沙漠的晚上也确实不热。"海恩茨摊了摊手,表示无奈。

"看来凶手冤枉好人的戏码落空了。"

范尼罕见地阴阳怪气了起来。杰罗姆如今的五官虽然简陋,但还是看得出他内心充斥着气愤与难堪。

"不过,从杰罗姆的这个切入点,也就是分尸是为了密室来说的话,我也有了一个想法,不过是针对第二个密室。"

看来在赌局逐渐进入白热化的阶段,稳坐钓鱼台的海恩茨也开始落子了,他也表示要提出一个对于密室诡计的推理。

"第二个密室的房门完全没有缝隙,不可能从门的一边送回钥匙;而从窗户把钥匙扔进近二十米高的窗户也是不可能的,即使做得到,钥匙也应该掉在窗户附近才对。因此,唯一的可能就是凶手有除正常钥匙以外的锁门方式了。那么最简单的方式其实就是拥有另一把钥匙,当然这不是说有备用钥匙,实际上我家并没有那种东西。我的意思是,凶手现场制作了一把钥匙。"

海恩茨稍微整理了一下稀疏的几根头发,这也的确是他作为医学家的有力证明。

"杰罗姆，我记得你说过，头部纸片化后，硬度至少相当于易拉罐对吧？"

杰罗姆疑惑地点了点头，全然不解这个问题的真意。

"那就简单了，其实有一种快速配钥匙手段。只需一块硬度相当于易拉罐的薄铁片，然后用火烧至钥匙表面焦黑，以此把钥匙拓印到薄铁片上面。再沿着拓印下来的轮廓用剪刀剪下，这样的简易钥匙就可以打开或是锁上普通的弹子锁。而在石田死掉的现场，只需要用他的脑袋代替那个薄铁片就可以了。虽然只能用上几次，但是要制造密室还是绰绰有余的。而开着窗户也证明了这个手法，是为了散去烟火的气味，来掩盖使用过明火的痕迹。"

"真的不会断在里面吗？"

杰罗姆的语气里充满了怀疑。

"如果怕断，多制作几把，叠在一起之后再使用就可以了。石田的脸还是蛮大的。"

看杰罗姆不再说话，一直倾听的范尼也不禁问道："那这样的话，谁又是凶手呢？"

"这我就不发表意见了，我只是提出一个可行的手法。"

海恩茨标志性地抿了一口茶水，然后再将茶杯摆正。

我能感觉到其他两个人的心中都在暗骂这个各种意义上的端水老头。

"林，你觉得呢？"

终于又落到了我的头上，海恩茨其实想要的是拉我下水，来为他的推理背书吧？以这种方式加强两人的联盟。可惜啊，我还不能让你如愿以偿。

"不对，这也不对。"

海恩茨的眼皮肉眼可见地跳了一下，看起来我的行动出乎了他的意料。

"其实这两个手法都有一个逻辑上的极大漏洞。我想请问大家，你们觉得在这里杀人，是临时起意还是谋划已久呢？"

"应该是谋划已久吧？"杰罗姆有些迟疑地说道。

"我想也是这样。毕竟像我们这样的人，杀人可不需要考虑可行性或者是否有杀人的决心，我们会考虑的应该是杀人之后会得到或者失去的利益。这显然需要经过长时间的深思熟虑。"

"那么这样的话，请问在来到海恩茨家之前，有谁已经知道杰罗姆、马修和石田患上'纸片人症'了呢？只有马修和范尼互相知道吧？但是范尼应该也不知道石田患上了'纸片人症'。"

"似乎确实如此。见面的时候，每个人看到石田的脑袋时的吃惊反应都很自然。并不似作伪。"

海恩茨思考了一会，赞同了我的观点。

"那么这既然是一个蓄谋已久的杀人手法，但是执行这个手法最关键的纸片化肢体居然是来到这里之后才知道的。这不正是海恩茨和杰罗姆的推理中最大的矛盾吗？"

"当然也有原来是打算自带一些纸片化肢体的样本来使用，但因为刚好要杀的人患了这个病，所以干脆用目标的肢体来代替的可能。但是这种可能性极小，因为如果真要使用你们所说的手法的话，那还不如直接使用钓鱼线或者铁片，这样岂不是更加简单吗？"

"所以综上所述，这位凶手准备的计划应当并不需要分尸两位死者才可以实现。分尸应该还有着其他的目的。"

全场哑然。

"看来你其实早就看穿了真相，对吧？林。"

海恩茨咽了咽口水，向我说道。

"不敢说一定是对的，但是基于这个前提，我也想出了一种关于凶手的假设。你们一直在讨论手法，但我却认为只要知道了凶手，倒更容易反推出诡计。"

"我想，马修和石田之死的幕后黑手就是你吧。"

海恩茨默默为自己再次斟满了茶水。

杰罗姆顺着我的手指看向了那位最为高大也是最沉默寡言的男人。

"主使是你，范尼。"

很遗憾，我并未从这个男人的脸上看到一丝波动。如果说杰罗姆阴险似毒蛇，海恩茨稳妥如老狗的话，范尼则会是一块亘古不变的顽石。

"你知道的，林。这种指控没有意义。我们现在玩的可不是侦探游戏。"

看着他古井无波的瞳孔，我点了点头，说道："那我就从头梳理吧。

其实切入点还是在杀人动机上，如果凶手是你的话，马修的死很容易理解，毕竟你们之前发生了什么谁也不知道。但关键就在于石田之死，你为什么要杀他呢？其实是因为他昨天在去饭厅的时候，提到了你的腹肌。"

这句话在这个严肃的场合下显得有些啼笑皆非，但在我的推理下这确实是石田丧命的原因。

"我想你的'纸片人症'不仅仅只有左手，还有你的胸腹部吧？"

"的确如此，但那又怎么样呢？你不会觉得我因为这样被戳到痛处就杀了石田吧？"

范尼闻言直接站了起来，解开了衬衫的扣子。不夸张地说，如今连接他健壮臂膀和下半身的部分像极了一张大号的纸，不过仍然能看出他原本腰部和肌肉的线条。

"不要着急。当然不是这样。我也说过了，大家都不是会冲动杀人的蠢货。"

我示意他不要激动，好在他也没有直接动手的打算，而是重新系上扣子后坐回了椅子上。于是我转身问了海恩茨另外一个问题："海恩茨，所有人都是一个人来的吗？带了些什么行李？"

"都是一个人来的。除了范尼什么都没带之外，其他人都带了一个箱子。"海恩茨回答道。

我满意地点了点头，虽然之前海恩茨也提过这一点，但还是再确认一下更加保险一点。

"不错，正是如此。范尼虽然没有带行李，但是却带入了能够轻易离开密室的杀手啊。"

"怎么可能呢？"

"毒蛇"的眼眸中充斥着讶异与不解。

"难道？"

海恩茨则仿佛想到了什么，眼神中有向我确认的意味。

"这也要感谢马修，要不是他开了那个路飞玩笑的话，我都差点忘了'纸片人症'还有这样一种病例——全身都纸片化的病例。"

众人的神情都相当阴沉，其中自然以范尼为最。

"就像马修说的那样，全身上下都纸片化了的话，可以轻易地将自己卷成一捆。而范尼就培养了这种杀手，并且利用了自己纸片化的腰腹部和衣服的空间，把杀手像腰带一样缠在了腰间，然后堂而皇之地带了进来。"

看着他脸色越发阴森，我乘胜追击地说道："你本来只想杀马修吧？结果石田好死不死调侃了你的腹肌，你以为自己的伎俩被他识破了。于是只能把石田一起杀掉。

"接下来我来说明一下打造两个密室的诡计。要知道，你带来的杀手可是真正的'纸片人'，杀死马修之后，可以直接从门的缝隙里钻出来。这是你提前思考好的计策。恐怕你原本想最后一天再杀他，用密室延长他被发现的时间，自己赶紧溜走之后让海恩茨背锅吧？但现在却因为害怕被石田戳穿，只能提前实施了杀人计划。

"证明这一点的就是马修房间的窗户关着，而石田的房间却开着窗。因为石田房间的房门并无缝隙，即使是纸片人也没有办法钻过去。所以你的杀手只能开了窗，从窗户跳了下去。"

"等等，即使全身纸片化的话，整个人至少也有二三十斤，从将近二十米的高度跳下去也会死的啊。难道这个杀手宁愿用自己的死来完成任务吗？"

海恩茨提出了疑问。

"这也得感谢你啊。"我有些唏嘘，但海恩茨明显有些摸不着头脑。

"你说你家在沙漠，为什么你要在屋子里配雨伞啊？"

"啊？"

海恩茨终于明白了过来，有些懊恼地说道："我只是比较喜欢这种精巧的东西，搞来装饰罢了。"

"但这就给了范尼可乘之机。其实从高处落下的话，雨伞也有减速的作用，但正常人这么做的话无非是送死，因为质量太大，伞骨承受不了人体带来的重力。但纸片人只有二三十斤，一把结实的雨伞已经足够让他从二十米的高度安然落地了。不过人虽然没事，但你的雨伞有可能就会出点小问题了。所以接下来只需要检查一下范尼房间的雨伞伞骨有没有变形或者有明显的使用痕迹就可以了，毕竟我想你的雨伞应该在这里也从没用过吧。"

"可恶啊，那可是我专门从英国定的皇家同款手工雨伞。"

海恩茨虽然嘴上这么说着，但是言语间洋溢的喜悦却出卖了他的心情。毕竟这场赌局以范尼的失败告终了，接下来他能够获取的利益可不是什么手工雨伞的价值可以媲美的。

合之章

啪、啪、啪。

这是范尼的掌声。

"虽然有些不对,但是既然我隐藏的手段已经被你揭穿了,再抵赖就没有什么意思了。"

冷酷的臭脸男子在这种情况下居然反倒露出了笑容。

"你是认命了吗?就算加上你的杀手手下,此时也是三对二,而且纸片人出其不意暗杀就算了,正面对抗的话可远远不是正常人的对手。"

杰罗姆似乎也放松了下来,从椅子上站了起来,一边活动着久坐僵硬的身体,一边笑着向范尼问道。

"这倒不是。只是你们有没有想过,如果我能用林所说的办法带杀手进来的话,我为什么不多带一个呢?反正都不占位置嘛。"

一个瘦弱的黑影已经悄然出现在了我的身后,闪烁着寒光的匕首以迅雷不及掩耳之势向我袭来。

但好在我对两个纸片人杀手的存在早有预料,毕竟马修和石田的卧室区别实在太大了,马修被杀死后东西仍然被摆放得整整齐齐,就连被翻找过的行李箱也没有被随意丢弃,但是石田的房间却是乱糟糟的,我有理由怀疑这是两个性格相左的人犯下的罪行。

我把椅背向后用力一推,稍微阻挡了杀手的来袭之势。毕竟纸片人的力量还是太弱了。我利用了这个他略微迟滞的瞬间,反手夺过他手上的武器,顺势扎进了他那薄如蝉翼的脖子中。但我也深知,由于肺部的纸片化,纸片人也已经不需要呼吸这种生命体征了,甚至于心跳都已经没有了。之所以我选择向他的脖子攻击,只是因为脖子的宽度最短,能够让我用最快的速度将其斩首。

不得不说纸片人杀手对于较量双方都有着不小的好处。没有心跳和呼吸,身体十分柔软,这些特质让他们能够很容易地隐藏在意料之外的地方;但如果目标有幸反杀的话,没有血液的纸片人也让现场变得非常容易处理。

而在另外一边，杰罗姆不知道何时已经退到了大厅的角落里，范尼正朝着他扑去。凭借体格的优势，杰罗姆恐怕不是他的一合之敌。而海恩茨虽然没有被另外一个杀手一刀致命，但是堪堪躲过那记凌厉的刺杀显然对他肥胖的身体增添了很大的负荷。眼看着他就要被刺中，但此时我也没有拯救他的办法。因为这一切变故的发生都只在电光火石之间。

砰！砰！

真是一波未平一波又起，果然在座的各位都不是什么省油的灯呢。

不知杰罗姆从何处掏出了一把微型手枪。差点忘记了，这家伙还是一个相当厉害的枪手。出色的手眼协同能力和常年稳稳握住手术刀的手，让这条毒蛇近距离战斗时可以随意将他的毒液泼洒在任何一个目标的身上。甚至于在他的教导下，他的助手都已经称得上一位枪术高手。

杰罗姆的第一颗子弹穿透了范尼的额头，鲜血汩汩地从他的眉心溢出，圆睁的双眼和张大的嘴巴都在雀跃地表现着自己，他的五官仿佛憋了几十年一样，在他生命的最后关头使出了浑身解数。我本还想问问他切下两人肢体的原因，毕竟我的推理还没办法解决这个问题，但现在看来，再也没有知道的机会了。

杰罗姆的第二颗子弹救下了海恩茨的性命。血肉之躯都难以抵挡的子弹自然也简简单单地穿过了纸片人杀手的头颅。尽管没有呼吸没有心跳，但是大脑遭到破坏的话，他们仍然不能够维持生命的存在。

"没想到范尼的想法居然和我不谋而合呢。"

杰罗姆手中的枪管还在微微冒着烟。他的左手衣袖已经被撕开，露出了纸片化的大臂。原来他也利用了纸片化带来的"额外空间"，偷偷带入了一把袖珍手枪。

"干得好，杰罗姆！"

逃过一劫的秃顶绅士难掩喜色，终于抛弃了文化人的包袱，躺倒在地上，大口喘起了粗气。

"可还没有结束呢。"

毒蛇狞笑着，将他浸满毒液的信子朝向了我。

"你刚才不是很会跳吗？林。侦探游戏很好玩吗？"

我死死盯着杰罗姆的双眼，想要读出他突然转变策略的原因。

"你干什么，杰罗姆？林刚刚也只是为了找出凶手。范尼已经死了，我们还要继续内讧吗？"

海恩茨赶忙从地面上爬起，虽然嘴上看似劝说着杰罗姆，可身体却在悄悄地向后退。

砰！

还没等海恩茨走出两步，杰罗姆的第三颗子弹直接打在了他的小腿上。海恩茨再次栽倒在了沙发边上，近乎失去了行动能力。

"我想，你其实不是杰罗姆，而是卡尔斯吧？"

卡尔斯正是之前我所询问的杰罗姆的助手的名字。

听到我的质问，海恩茨难掩惊恐之色，一边捂着腿上的伤口一边发出疑问："怎么可能？他的声音、还有手上的胎记，分明就是杰罗姆，卡尔斯的声音可不是这样的！也没有胎记！"

"哈哈哈哈哈。"

杰罗姆，不，应该说卡尔斯的癫狂溢满了整个房间。

"没想到居然会被你看出来。你们忘了我之前说过，我已经成功进行了纸片化肢体的移植吗？那可不是在骗你们啊。"

卡尔斯一边持枪对着我，一边慢慢解开了他之前一直捂得严严实实的高领衬衫领口。我本以为他是为了遮掩自己难看的脖颈才穿这种衣服的。但实际上，高领之下隐藏的是比那更加狰狞的景象，紫红的疤痕犬牙参差地绕着脖子爬了一圈。他薄薄的头部以一种诡异的方式，"安装"在了脖子上。按道理这种情况不应该活着的，但归根结底，目前纸片化肢体与正常肢体的连接，不同样也属于不可思议的范畴吗？

"杰罗姆那个混球得了脑癌，但他最后的尝试居然是把我的头换到他的身子上。不过他没想到，最终留下来的，却是我的意识。"

卡尔斯嘶吼着，揭穿了杰罗姆犯下的肮脏罪行。

怪不得，在五官由于纸片化而变得难以辨认的情况下，卡尔斯利用了杰罗姆的声带和手上的胎记，实现了一场完美的变装秀。

"果然，纸片化肢体移植需要有血缘关系才能够保持自由意志吗？"

我听到海恩茨喃喃自语道。没想到他还真是敬业，生死关头还有空研究学术。

"好了，你们也算是做了个明白鬼了。"

卡尔斯毫不留情地宣判了我们的死刑。

"我的手枪里还有两颗子弹，刚好送两位一起上路。"

"等等，卡尔斯。你没有必要杀我们啊？你大可以取代杰罗姆的位置，我们还可以继续瓜分其他三人的势力。如果我们都死的话，你也走不出这片沙漠的！"

海恩茨言语之中近乎恳求，试图用利益劝阻卡尔斯的杀戮。

"住口。我早就受够你们这群罔顾人命的畜生了！"

不知道是不是头部移植的副作用，从刚刚开始，卡尔斯的精神状况就不是非常稳定，他原本是一个相当稳重的人，但是从他今天的表现来看，恐怕杰罗姆的身体还是对他的性格产生了一些影响。如果是正常的他或杰罗姆，恐怕根本不会说这么多废话，而是早就把我们俩一枪崩了。

"你自己这种事情也没有少干。"

我尝试着反驳了一句，当下最好是能够进一步刺激卡尔斯的情绪，但又要防止他直接进入疯狂的状态。

"我有得选吗？谁让那个混蛋是我的老子！"

果然传言是真的。怪不得我昨天询问和杰罗姆的关系时，他的反应看上去那么奇怪。

"好了，游戏也该结束了。"

在一声怒吼之后，卡尔斯看起来冷静了一些，终于要执行判决了吗？

砰！

卡尔斯的第四颗子弹穿过了我的左胸。很幸运，由于距离很近，这颗子弹并没有留在我的体内，让我的身体没有那么支离破碎。

尽管我倒在了地上，可在闭眼前的十几秒，我看见海恩茨不知何时已经支撑着沙发站了起来，脸上写满了凶厉。他的手上拿着一个小型遥控器，狠狠地按下了按钮。

"我想你也忘记了吧？我的实验可也是成功了啊！"

呼——呼——

随着一阵齿轮转动和某种奇异的、像是风声的声音传来，大厅的一面墙缓缓张开。

"这就是没有血缘关系的纸片化肢体移植的实验结果。只要有心跳、有呼吸，出现在他面前的活物都会遭到无差别的攻击。一起死吧！！！"

173

海恩茨脸上的神情很复杂。五官散乱成一块块的，就像是窗帘布搅拌百利甜酒后兑入浓度为20%的盐酸的组合那般破碎与割裂。这是研究终于面世的宽慰吗？还是莫名死在这里的不甘？抑或是自己的研究仅有这么几个观众的遗憾？

卡尔斯显然也清楚自己仅剩的一颗子弹不可能杀死这种怪物。

这个移植了三个脑袋、六条手臂和四只腿的恍若巨大折纸作品的怪物，手中抓着各式各样残暴的凶器。

卡尔斯的第五颗子弹，终于在物理意义上也打碎了海恩茨的脑壳，这也是卡尔斯人生的最后一个选择。

看到这个怪物，我终于想明白，为什么范尼说我的推理"有些不对"了。

在我的推理中，我认为他带来的纸片人杀手杀死马修后是从门的下方爬出来的，但这一点实际上是根本不可能的，因为马修房间里被带走的还有他的U盘，可是以U盘的厚度，是没办法穿过门的下方的。也就是说，实际上杀死马修的另有其人。而且，这个人应该和范尼早有串通，因为范尼并没有砍下两人肢体的动机，所以砍下肢体只能是那位同谋的目的了。

那么他是谁呢？马修死亡时整洁的现场、精致的凶器、唯一能够使用这些被切下的肢体的人，所有的线索都指向了强迫症严重、喜欢精致物件以及随时能够进行实验的海恩茨了。他也更有杀死两人的动机。马修的研究或许可以让他制造的怪物在纸片人的阶段更加强大；而石田的研究，或许能够让这位三头六臂的怪物恢复成血肉之躯，那可真就是生物学上的奇迹了。仔细想想，以海恩茨那种稀烂的身手和发福的身材，如果不是对纸片人凶手的存在早有预料的话，又怎么能够躲得过那凌厉一击呢。

这番推理终究不过是马后炮罢了。

毕竟，石田的脑袋和马修的手臂，现在正在这个怪物的身上挂着呢。

但是海恩茨又是用什么方法打造了那个密室呢？其实要把一扇有缝隙的房门锁上，最简单的方法就是拥有一支完全"纸片化"的手臂了，这样就能够轻而易举地用手从门缝里伸进去，然后从容地锁上房门、拉上插销。但是要做到这一点的话，范尼的手指显然不够长。

因此答案同样也落在了这个怪物身上。因为除了石田的脑袋外，最右边的那个侧脸赫然也是我的一个熟人——海恩茨的儿子德尔。

所以在我们众人昨天到来的时候，德尔还是活着的状态。而在凌晨，海恩茨杀死马修、让德尔用纸片化的手臂锁上房门之后，他做出了和杰罗姆一样凶残的事情。在把马修和石田"装到"怪物身上的同时，也没有放过同样可以作为样本的德尔。或许在海恩茨的心中，这个怪物，是亲生儿子德尔更加令他自豪的造物吧？

看来他缺样本也到了相当急切的程度，不过他一开始肯定并不是想杀掉所有人。他之前所提的"瓜分遗产"方案才是他们事前敲定好的一石二鸟的策略——既拿到样本，又扩张实力。所以他没有采取当着其他人的面强行伏杀所有人的策略。

那么，海恩茨和范尼的同盟又为什么破裂了？是因为我带来的样本激发了他们独占的贪欲吗？愈演愈烈的欲望让范尼先向藏有撒手锏的海恩茨动了手，却没想到伪装成杰罗姆的卡尔斯还藏了一把枪，最后才导致了他们这种同归于尽的结局。

不过这些都不重要了，差不多该结束了吧。我也很快就要和这一切纷扰告别了。

卡尔斯的头颅掉在了我的眼前。

我的视线也终于完全陷入了黑暗。

尾声

那个怪物……走远了吧？

我把眼睛微微睁开了一丝，果然它已经离开了大厅，不知道晃悠到哪里去了。

我慢慢地从地上爬起，用衣服简单地包扎之后，偷偷向我的房间摸去。

重新介绍一下，我叫林望舒，是一名医学家。我还有一个喜欢侦探小说的双胞胎哥哥叫作林阳景，也是个医学家，不过同时还是一个武装势力的头目。

他还有五个和他境况差不多的朋友，分别叫作海恩茨、杰罗姆、范尼、马修和石田。这些人和我的哥哥一样，都是穷凶极恶的暴徒。林阳景打着医学研究的名头，做了不知道多少伤天害理的事情。当然我作为他的副手，显然也不是什么好人。

但我没想到的是，在大概两周之前，为了研究"纸片人症"，他居然打算把我作为解剖实验的样本。

这是因为我是世界上独一无二的病例，这也是我能够在子弹穿胸而过之后还活下来的原因。

虽然从外表看不出来，但我的所有内脏、动脉和主要静脉都产生了"纸片化"的病变，而且很幸运的是，我的纸片内脏们都是和石田的头一样，是被从左右两个方向"压扁"了，这也导致我的各个内脏间的间距变大，子弹才因此能够险之又险地从脏器间的缝隙穿过。

所以，那颗子弹虽然对我造成了贯通伤，却没有损坏主要器官，大概只是破坏了几条静脉和肌腱以及一些毛细血管吧。反正我也没有多少血液可流，也不会因为失血过多而死，更没有心跳和呼吸，所以只要闭着眼睛装死就可以骗过那个脑子不好的怪物。

总之，我成功地反杀了我的哥哥。而恰巧他的朋友们邀请他去参加每年一度的学术聚会。

不如趁着这个机会把这些疯子一网打尽吧？

同为恶人的我居然很可笑地产生了这种想法，但这却是支撑着我如今活下去的唯一信念。

终于回到了房间，我从床下取出了我带来的手提箱。

其实我骗了海恩茨他们，我自己才是那个唯一内部器官病变的人，那这个箱子里又怎么还会有别的样本呢？

这里面是我为他们准备的高浓度液体炸弹，本来想在展示的时候引爆，但没想到在一系列的变故之下，到了最后还没有用上。不过这样更好，还可以把卡尔斯和海恩茨造出的怪物一并解决掉。

我提着箱子在城堡里逛来逛去，寻找着怪物的踪迹，最后终于在庭院里找到了它。

我端坐在地上，看着它飞扑过来后，引爆了炸弹。

造物和疯子们建立的邪恶秩序一起灰飞烟灭了。

我的意识也即将消散。

我们这些所谓的"医学家"，贪婪、虚荣，希望把别人当成纸片人一样玩弄。所以范尼没有第一时间让杀手动手，卡尔斯没有直接将我和海恩茨击杀，我也没有直接带着炸弹让所有人一起上天。

其实我们不过是在欲望与自卑的轮流倾轧下被无意塑造出的另一种纸片人而已，并不比现实意义的纸片人更难被撕碎。因为我们从未真正拥有过人生的厚度。自己也是一张废纸，居然还妄想操纵其他同类。

"啊，一直是我在说，忘了和你问好呀。"

我最后对着天空笑了笑。

"你好，纸片人。"

选自上海交通大学推理协会会刊《未来之书》（2022年9月）

惊艳一枪

何慕[①]

    他手握长枪，站在舞台之上，静静地面对着观众席。凌晨一点多钟，只有几盏应急灯惨淡地亮着，吝啬地把光线丢在空无一人的剧场内。他沉默了一会儿，迈出左腿，摆出了挺枪突刺的架势。轻微颤抖的感觉从腿部传来，犹如活物一般迅速游走到腰间，腹部肌肉瞬间紧绷扭曲，带动右腿踏出一步，枪杆夹在腋下，右手攀上枪头底部，刺出！

    枪尖在昏黄的光亮下绽放，划出一道转眼即逝的直线之后，戛然而止。吸了口气，干脆利落地收枪。这个突刺的动作，他已经练了很久。速度很快，而且很稳，关键是可以确保枪尖上的力道。他现在很有信心，只要明天用出这招，一定可以洞穿那个人的咽喉。

    不介意成为杀人凶手吗？心底有个声音问自己。

    他没有回答，而是走到舞台旁边，拾起了原先放在那里的一瓶水。扭开瓶盖，把水倒进喉咙，冰冷的感觉立刻侵占了五脏六腑。

    你觉得自己是个英雄？那个声音继续问道，带着一丝嘲讽。

    我只是不愿看她受苦。他忍不住回应。

    你？你是她什么人？你也配？

    [①] 何慕，男，著名悬疑推理作家。作品散见于《悬疑世界》《推理世界》《最推理》《超好看》《惊叹号》等杂志，且多次入选《中国悬疑小说精选》；偶尔也写都市情感小说，已辑成一册《这一杯，我敬的是年少无知》。多年醉心于三国历史研究和《三国演义》考证分析，说起三国，滔滔不绝的状态往往让人目瞪口呆。长篇古装谍战小说"三国谍影"系列，便是其沉淀多年的井喷之作。另外，已出版长篇悬疑小说《异域深眠》《逆十字的杀意》（两部均属"名侦探徐川"系列），短篇推理小说系列《少女侦探事件簿》（原名《萌探物语》）。

我不配,可是现在却没人可以帮她。

如果她知道是你杀了他,该怎么看你?你有什么话要对她说?心底的声音戏谑道。

他沉默着,走下舞台,关掉应急灯。穿过阴暗狭窄的走廊,进了道具间。道具间很宽敞,却给人一种压抑的感觉。越过摆放杂乱的各种道具,他打开一个木箱,取出了一团白色的尼龙绳。尼龙绳有拇指粗细,应该能承受得住一个人的体重。他将尼龙绳的一端缠绕在一根铁棍上,对着高处唯一的窗子比了一下,还算合适。将尼龙绳重新放进箱子,上锁。做完了这一切,他起身,在黑暗中沉默地站着。

如果想哭可试试对嘉宾满座,讲个笑话怀念我。

舞台上的人正在卖力地演着话剧。嗯,实际上来说,有点用力过猛的样子。林萌把腿搭在前面的座椅靠背上,斜着眼漫不经心地看着。旁边是已经睡着的陈然和面带微笑的赖泽锋。其实林萌很讨厌赖泽锋这个样子。不管面对什么人、什么事,赖泽锋总是微微笑着,看起来很温和。但你总弄不清他的微笑背后到底是认同还是讥讽,或许这就是所谓上流阶层的涵养吧。

她打了个哈欠,又把注意力集中到了舞台上。是个古代戏,情节上漏洞百出就不说了,演员们也过于夸张,一个个都热血沸腾的,大声念着台词,全无角色代入感。剧场里人也很少,连十分之一的上座率都不到。也是,谁会看名不见经传的剧团的午夜场?只有脑袋被驴踢了的富二代和他请客的小伙伴们。不过看样子这剧团的前途也不怎么样,这部剧根本收不回来成本,公演结束后一定会解散吧。

舞台上的剧情已经进入了高潮,一群枪兵上台,挺枪冲向主角。主角一把偃月刀左劈右砍,枪兵们纷纷倒地。而就在此时,从舞台的内侧,突然出现了一个戴着棒球帽、口罩的男人。他没有穿戏服,却持一杆长枪,直冲主角而去。主角诧异地看着他,完全搞不清状况。这个男人冲到离主角三步左右,身形一转,右脚踏出,枪杆紧紧夹在腋下,右手攀上枪尖底部,长枪如行云流水般刺出!

鲜血从主角颈中喷出,在炽热的灯光下飙成一捧血雾。男人动作毫无停顿,收枪,转身立刻奔向后台。舞台上的人这才反应过来,那些枪兵角色乱哄哄地起身，有的去看主角，有的犹犹豫豫地看向后台。

林萌右手撑起座椅，干脆利索地跳出观众席，向舞台冲去。没跑几步，赖泽锋就跟了上来，两人交换了下眼神，一同冲进后台。身后几个演员见状也跟上了他们。穿过后台，是一条走廊，狭窄阴暗，只有几扇门半开着，有人探出身子，满脸疑惑地看着林萌他们。

"文生哥被杀了！抓凶手啊！"后面的演员喊道。

有个胖子误以为林萌是凶手，张开了手臂想要拦住她。林萌敏捷地一猫腰，从胖子的手臂下钻了过去。"不是她！凶手在前面！"后面的声音急道。

又冲出来几个人，跟着他们一起追去。走廊很快到了尽头，众人眼前是一扇双开向的木门。林萌撞了一下，没有开，凶手锁上了吗？

先前拦林萌的胖子赶了上来，道："我来！"

他用尽全身力气，向木门撞去，却又被反弹回来，怒骂道："干！怎么会这么结实！"

众人在门外慌成一团，有人打电话报警，有人一起撞门，还有人跑去找钥匙。林萌环顾四周，发现赖泽锋却好整以暇地靠在墙壁上，看着腕表。她心头浮起一丝怪异的感觉，却又说不出来是什么。又慌乱了一会儿，终于有人找来了铁钎，几个人合力在门外撬了几下，打开了房门。

众人大叫着冲进房内，前面的几个人却接连跌倒在地。有人爬起来，按下门旁的电灯开关，却未见光亮。林萌摸出手机，打开手电功能，照亮了门口。是一团杂物，大家应该是被这些东西绊倒的。更多的人掏出了手机，更多的光柱在房间内摇晃，将黑暗驱逐出去。然而，却并未看到凶手。

林萌犹豫了一下，手机的光亮向稍高处照去。一根白色的尼龙绳出现在光亮里，顺绳而上，快到房顶的地方，有一扇窗子。凶手是翻过窗子逃了吗？只是……林萌看着窗子，心里那种怪异的感觉愈加明显了。

"所以说，凶手逃走之后，就由警方来搞吧，没我们什么事了。"陈然打着哈欠道。

林萌有些心不在焉，还在想着案子。昨晚报警二十多分钟之后，张翔大叔才带着警察们匆匆赶到，封锁现场、勘察鉴证、笔录问询，着实忙了好一阵。陈然当时睡得迷迷糊糊，自然什么也不知道，而赖泽锋和林萌却目睹了整个案子的过程。凶手在众目睽睽之下跃上舞台杀人，不得不说很有胆量，而杀人之后又能全身而退，心思也确实缜密。但是，整个案子却没什么技术含量，更没什么值得推敲的诡计。

只是个普通的案子吗？林萌歪着头，有些无聊地看向远处。就算是在教学楼的天台上，视线也并不怎么广阔，周围的高楼实在是太多了。心底生出一股不舒服的感觉，跟当时看到舞台上凶手杀人的时候那种感觉差不多，就是没由来的觉得有些怪异。她也打了个哈欠，打开饭盒。不管怎么样，午饭还是要吃的。下午还有节体育课，昨晚几乎没睡，要是再不吃饱的话……

"荞麦面啊，"一旁的陈然凑了过来，"还有可乐？萌萌你这样吃不行啊，营养搭配不均衡。"

林萌白了他一眼，道："填饱肚子好啦，你以为在家啊。"

陈然从大背包里掏出一个圆筒形的食盒："要不要尝尝我自己做的糖醋排骨、烧青菜、醋熘金针菇？对了，还有虾仁紫菜汤……"

"你上辈子是厨子吗？"林萌歪着头，看了眼打开了盖子的食盒，还冒着热气。

"我知道有家海鲜餐厅不错的，要不要去试试？"身后传来了赖泽锋的声音。

陈然有些恼怒地瞪了他一眼，道："下午还有课，我们不去。"

"要是我告诉你一些跟案子有关的线索呢？"赖泽锋微笑。

"我对警察怎么抓在逃的凶手不感兴趣。"林萌道。

"那如果我告诉你，凶手并没有从道具间逃出去呢？那个道具间，其实在某种意义上，是个密室呢？"赖泽锋微笑道，"司机在楼下等我们。"

　　海鲜餐厅。

"扎普鲁德录像？"林萌嘴里叼了只盐焗虾，瞪大了眼睛看着赖泽锋，"警方发现的？那是什么东西？"

"一九六三年十一月二十二日，美国第三十五任总统约翰·菲茨杰拉德·肯尼迪在乘坐敞篷轿车驶过迪利广场时，遭到枪击身亡。肯尼迪遇刺的过程恰好被现场一名叫扎普鲁德的裁缝摄入了录像机，从而成为肯尼迪遇刺案的重要调查资料之一。"赖泽锋道,"现在,大家普遍把一些市民偶然录入重要事件的影像资料,叫作扎普鲁德录像。"

"你是说,昨晚那场命案,有人拍到了行凶过程?那又有什么用?你们两个不是亲眼看见了吗?"陈然道。

赖泽锋没有理会他的吐槽,继续道:"我们看到凶手行凶,然后一路追着他跑到了道具间,这个过程中他没有别的出路。而在撬开道具间之后,我们发现了那个唯一的窗子,还有系在上面的尼龙绳,所以就推断凶手翻窗逃走了。对吧?"

林萌点了点头。

"问题就出在这里。昨晚有流星雨,道具间对面的居民楼上,有个天文爱好者在自家阳台上架了一台夜拍高清录像机,想要把那场流星雨录下来。可是他架设录像机的时候,三脚架上有个螺丝没拧紧,录像机的镜头垂了下来,刚好对准道具间的那扇窗子录了一整晚。"赖泽锋抿了口红酒,"警方展开调查的时候,他带着储存卡报案。根据视频显示,当晚没有人从那扇窗子离开。"

"什么?"陈然惊呼一声,"怎么可能!"

林萌的眉头皱了起来:"可是……道具间除了那扇窗子,没有别的出口了啊。"

"是的。从广义上来说,那是间密室,凶手消失在了那间密室里。"

"密室……消失……不一定。"林萌眼神锐利,"富二代,你注意到了没有,昨晚走廊中的灯也没有开,而且我们撞开道具间的时候,里面的灯似乎坏了。门口有一堆杂物,好几个人在那里摔了一跤。"

"你想要说什么?"

林萌吐掉虾壳,道:"追凶手的,有观众,有演员,人数不少。而且当时光线很暗,几乎看不清谁是谁。大家拥进门口时,又乱了一阵,稳住神后才用手机的亮光搜寻凶手。如果我是凶手,没有从道具间逃走的话,只有一种方法确保自己不被发现。"

赖泽锋道:"你的意思是,先待在门口附近,等大家拥进来在黑暗中摔倒时,趁乱混入人群之中?"

"对,只有这一种可能。凶手事先在窗子上系好绳子,营造了翻窗逃走的假象,然后却堂而皇之地混在了追赶凶手的人群之中。"林萌有些得意地道,"跟张翔大叔说一声,看看昨晚道具间里都有谁,然后再一一审查……"

"你忽略了一个重要的问题。"赖泽锋摇了摇手指。

"什么?"

"还记得舞台上的主角是怎么死的吗?"

林萌低头想了一下,猛然抬头道:"那杆长枪?"

"有目击者证实,看到凶手携带着长枪跑进了道具间。但警方找遍了道具间,却并没有找到凶手行凶用的长枪。既然扎普鲁德录像显示凶手并未从道具间离开,那长枪也必然在道具间里,为什么会找不到?"赖泽锋淡淡道,"如果凶手是用混在了人群之中的诡计,造成了自己翻窗逃走的假象,那他又是用了什么方法,让一杆长达两米的长枪消失在了道具间呢?"

胖子将林萌他们领进道具间,有些不解地道:"张警官,这房间有什么问题吗?我看你们昨晚就专门安排了警察把守,不是说凶手从窗子逃了吗?"

张翔道:"凶手是从这里逃走的,当然要保护现场。对了,你那晚也进了这间屋子吧,你是……"

胖子愣了下:"哦,我叫李凯文,是剧务。"

张翔道:"回头我们要约谈昨晚所有进过这个房间的人,你跟大家打声招呼。"

胖子挠了挠头:"啊?这么麻烦?这案子大概要多久啊,我们还要继续排练话剧呢。嗯……要不这样吧,我们晚上有个午夜场,你们来看吧。结束后大家都在,也好问话。"

"奇怪……怎么剧团死了主角,对你们没有什么影响吗?"陈然停下手里的动作。

胖子自豪道:"这你就不知道了。我们剧团是新锐剧团,跟普通的剧团可不一样。"

"就算再新锐,死了主角,不用重新安排人选吗?"陈然吐槽道。

"小哥儿,其实昨晚死的,严格意义上来说是我们的导演,并不是主角。咱们这剧团,能演主角的人多了去了。导演嘛……咱们剧团长也行

183

的。"胖子道。

"但你们昨晚的上座率不高啊，能收支平衡吗？没有剧团会一直赔本演下去吧？"陈然道。

"刚才不是告诉你了吗？咱们可是新锐剧团，是为了实现表演这个梦想才走到一起的。剧团的日常开支由剧团成员分担，收入也是由剧团成员分配。我们是为了梦想，可不是为了赚钱。"胖子一副热血满满的样子。

陈然愣住了："那你们的钱哪里来的？"

"有人是以前的积蓄，有人问父母借钱。反正只要我们有一口气，哪怕睡地板吃馒头喝凉水，也不能放弃表演！"

陈然无话可说，只好走向了林萌。

林萌忍住笑，低声道："怎么，你不是优等生吗，也受不了这种积极向上的人？"

陈然嘟囔道："没办法沟通，你呢，平时那么毒舌，能忍住不刺这傻子两句？"

林萌转身，冲胖子握拳装可爱道："欧巴，我很看好你哦，Fighting！"

胖子心满意足地点点头，离开了。

陈然无可奈何地叹了口气。

赖泽锋站在窗口下，抬头看着悬在窗子上的尼龙绳，若有所思。张翔拍了拍他的肩膀，道："赖少，鉴证科的兄弟们弄清楚了，墙面上没有明显的摩擦痕迹，应该没有人从这里爬出去。"

"长枪……会不会是被凶手从窗口扔出去了？"陈然插话。

"没，那段视频我们看了好几次。因为是夜拍高清录像机，所以画面很清楚。既没有人从窗子里爬出去，也没有什么东西从窗子里被扔出去。"张翔摇头，"凶手就在昨晚进入房间的人之中，这个说法有点道理，我准备在今晚就开始……"

"大叔，昨晚在房间里的，有嫌疑的一共有几个人？"林萌也站在了窗子下。

"昨晚进房间的人可不少，足足有二十多个。不过除去你跟赖少，再除去命案发生时有不在场证明的，剩下的只有五个人了。剧团长杨子洲，演员丛飞、陈海旭，杂务刘伯，还有刚才那个剧务李凯文。"

舞台上的话剧依旧在很用力地演着，各种角色的咆哮声此起彼伏，好像吵架一般。林萌苦着脸坐在下面，注意到剧场里的人似乎比昨晚更少了。她不知道这是因为剧的口碑太烂的缘故，还是发生了命案的缘故，或者两者都有。张翔坐在那儿，看着舞台不时地发笑，显然已经忘记了自己的职责。

"大叔，你再笑得那么夸张，小心舞台上的枪兵跳下来扎死你哦。"林萌白了他一眼。

张翔干咳一声，道："啊？有吗？我有笑得很大声吗？"

"你知道吗？人在很认真很热情地做某件事的时候，如果被旁人嘲笑，产生的怨气可是很大的。"

"可是这剧也太烂了啊，你听他们把台词念的，跟朗诵课文一个德行……诶，丫头你的意思是，这可能是凶手的动机吗？"张翔从口袋里掏出一个小本子，很认真地记了下来。

林萌叹了口气，摸出手机看了眼时间，这剧已经超时快半个小时了，真可算是奇葩了。从话剧开演，剧场里一直有观众陆陆续续地离开，到现在除了他们之外，只剩下一名观众了。张翔合上本子，看了眼舞台，又发出了一阵大笑。

赖泽锋摘下了耳机，看了眼腕表，道："好像超时了？"

林萌点了点头："跟我们上次看的剧情似乎不太一样，不过还是一如既往的烂。"

"还好是午夜场，不然哪部话剧排在他们后面都要给气得半死。"

林萌顿了一下，问道："话说……富二代你当初为什么要请我来看这场话剧？"

赖泽锋没有回答，而是示意林萌看一个正走向他们的中年人。林萌捅了还在大笑的张翔一下，道："这谁？"

"哦……是他们的剧团长，杨子洲。我让警员通知过他了，等会儿第一个问话的就是他。"

正说话间，中年人已经走到他们面前，满脸怒气道："请你向我们的团员道歉！"

张翔愣了一下："啊？什么？"

中年人拍了拍手掌，示意舞台上的演员停止演出，大声道："从开演不久，我就注意到，台下这位观众一直在对我们的表演肆无忌惮地嘲笑。这是对我们梦想和努力的不敬，是对我们热血的亵渎，也是对昨晚死去的文生老师的侮辱。我提议，大家一致要求这位先生向我们全体团员道歉！"

林萌手掌扶住了额头，低声道："大叔，他不知道你是警察吗？"

张翔嘟囔道："我也是第一次见他嘛……"

从后台拥出了二十多名团员，在剧团长杨子洲的指挥下，很整齐地排成了四列，向着台下的林萌他们义正词严地喊道："道歉！道歉！道歉……"

赖泽锋叹了口气，又戴上了耳机。林萌四处环顾，看到仅有的那一名观众也起身离开了。张翔跳上座椅，高举证件喝道："住嘴！我是警察！"

出乎他意料的是，团员们并没有停下来，而是在舞台上手挽手组成了人墙，伴随着震耳欲聋的"道歉"声，一步步地向他们逼来。

旁边传来"咚咚"的几声，众人一起转头看去，却见是那个剧务李凯文用力地敲着一面人鼓。看到大家的视线转向了他，他尴尬地笑了笑，道："我介绍一下，这位警察是来调查文生导演死的事情的。"

剧团长杨子洲挥了挥手，那些团员的动作总算停了下来。只不过他们的表情仍旧不怎么友善，林萌甚至听到有人小声发着"警察有什么了不起"之类的牢骚。张翔干咳了一声，道："既然这个样子了，那我们开始问话好了。"

杨子洲摇头："你先道歉。"

张翔愣了，骂了句粗话："你到底要搞什么？"

杨子洲走到舞台旁边，大声道："我们这些年轻人，是为了一个光荣而伟大的梦想，才走到一起的。我们不计报酬，不辞辛苦，不算得失，把汗水和泪水都洒在了这个舞台上，为的就是梦想的实现。我们不在乎你们理解不理解我们，因为庸俗的人脑子里都是金钱，都是享受，你们被物质的欲望所蒙蔽，看不清我们要走的高尚之路。但是，不管如何，你们没有鄙视我们的权利，更没有嘲笑我们的权利，不管你是什么身份，不管你有什么目的，你的嘲笑玷污了我们的梦想。所以，在和我们沟通之前，必须向我们道歉！"

张翔张大了嘴，警官证高高举着，似乎不知道怎么办才好。

赖泽锋小声道："不如把这群疯子全部拘捕算了。"

林萌坏笑道："我赞成。"

然而出乎他们意料的是，张翔缓缓地把警官证放了下来，语气平和地道："好，说的有道理，我向你们道歉。"

人生往往有很多时候都要让步，让步的原因并不是你错了，而是形势所需。就像某部电影里说的那样，小孩子才分对错，大人只看利弊。张翔的反应虽然让林萌吃了一惊，但也在意料之中，毕竟对一个快要四十岁的大人来讲，经过了太多的社会打磨，他的智商虽然不见得怎么高，但情商毕竟会好一点。

搞定了道歉风波之后，张翔开始问话。第一个，自然是剧团长杨子洲。而杨子洲的表现，又让林萌吃了一惊。在单独面对警方的时候，杨子洲的态度很谦恭，跟在外面判若两人。

"看起来，这个家伙在外面发动道歉，是为了巩固他在团员心中的权威。"赖泽锋低声道。

林萌点了点头，却想到了另外的一些问题。杨子洲不惜得罪办案警察，也要搞上这么一出，很可能是他平时在剧团中的影响力并不怎么高的缘故。剧团里大多都是年轻人，而他又是剧团长，负责剧团的一切事务。按道理来说，这个剧团应该唯他马首是瞻才对。既然剧团平时的话事人不是他，那么会是谁呢？很明显应该是死掉的导演。一个越了位的导演，侵犯了剧团长的权威，那么他们两个的关系会好吗？

"对不起，对不起。刚才在外面，是我太激动了。对不起……"杨子洲一边道歉，一遍给张翔三人泡茶。

"没事儿。"林萌接话，"杨团长刚才在外面那么激动，想必平时跟文生导演的关系很好吧，猛地接受不了他死去的这个事实，所以才……"

"对，对，就是这样。"杨子洲连连点头，"我跟文生兄相识于微时，通过这两年来的不断努力，才把共有一个梦想的大家凝聚在了一起，不容易啊。眼看剧团走上了正轨，文生兄却不幸遇难，真叫人悲楚万分。"

林萌和赖泽锋相视一笑，静静地看他表演。

杨子洲双手紧紧握在一起，道："张警官，算我求求你，一定要抓住杀害文生兄的凶手，以慰藉他的在天之灵……"

张翔干咳一声，打断了他的话，道："文生在剧团里，跟大家的关系怎么样？"

杨子洲愣了一下："张警官你问这个……是什么意思？"

"警方怀疑凶手可能是剧团里的人。"林萌在一旁插话道。

"怎么可能！剧团里大家相亲相爱，为了一个共同的梦想而努力，怎么可能有人会杀害我们在精神上的导师！"杨子洲大叫，生怕房间外面的人听不到似的。

张翔厌烦地摆了摆手，示意他坐下："我们已经进行了细致的调查，凶手是内部人的可能性非常大，你如果有什么线索……"

"会不会是陈海旭？"杨子洲截住了张翔的话。

陈海旭……在五个人之内。张翔不动声色地道："说说。"

"嗯……我也是听到的传闻，不一定是真的，没什么证据就告诉你们不大好吧。"杨子洲顿了一下，"不过嘛，陈海旭以前跟楚情可是男女朋友的关系……"

"楚情是谁？"

"哦，是我们这部戏的女主角，人非常漂亮。她以前跟陈海旭好像好过，大概都同居了吧，当然我这是听别人说的。但是后来，据说文生很看好楚情，经常跟她讲戏、指导她之类的。再后来，好像听说楚情跟文生在一起了，就跟陈海旭分了。"杨子洲眨了眨眼，"当然，我说这个并不是觉得陈海旭有杀了文生的嫌疑。但是年轻人嘛，对情情爱爱的一时想不开，也很正常的，对吧。"

第二个要问的自然是陈海旭，却意外地被告知他今天不在，请了病假。然后那个胖子剧务李凯文自告奋勇地进来了，说是有情况要反映。

"不要介意。有梦想的人总是有激情的，这句话你们听过的，对吧？"他笑着为刚才的状况解释。

张翔哼了一声，没有说话。白天明明让这家伙跟剧团打招呼今晚警方要来问话，是他忘记了，才闹出了这件乌龙。

"你要说什么？怎么白天的时候不说？"林萌道。

"白天一时间没想起来。你们走后，我越想越觉得文生的死，很可能跟那个人有关。"李凯文压低了声音道，"你们知道吗？文生导演跟丛飞吵过架，丛飞还威胁要杀了他。"

又是一个在名单上的人。张翔问道："有谁目击到了吗？"

"我。但是不是亲眼看到的,而是亲耳听到的。"李凯文道,"那天我在后台整理票据,听到丛飞跟文生大吵。由于隔了一道门,我听得不是很真切,好像是涉及男女感情之类的。不过我听到丛飞大声说要杀掉文生导演,这可是真的。"

"又是男女感情?怎么文生也抢了丛飞的女朋友吗?"林萌笑道。

"楚情,你知道吗?"李凯文神秘兮兮地道。

楚情?奇怪,刚才杨子洲不是说楚情跟陈海旭是一对儿吗?怎么又扯到了丛飞?林萌打了个响指,看来这剧团可真够乱的。这就是为了一个共同的梦想,聚集到一起的人吗?

"继续说。"张翔的表情很平淡,似乎见多了这种事。

"楚情跟丛飞,中间好像好过那么一段时间,但后来为了当这部戏的女主角,楚情跟文生好了,一脚踹了丛飞。我觉得,如果是这样的话,依丛飞那脾气,很有可能会杀掉文生导演的。"

"我会杀了文生导演?"丛飞喊道,"怎么可能!他可是非常器重我的,准备要我当男主角的!"

"你跟楚情以前是男女朋友关系吗?"张翔问道。

"我们连接吻都没有!算什么男女朋友?情情爱爱这类东西都是在浪费生命,只有把所有的精力都奉献给了艺术……"

"打住。你的意思是,你跟楚情不是男女朋友?"

"楚情只是跟我比较合得来,好像对我有点意思。但我们在一起,研究演技比谈情说爱多一点。我觉得她是有一定天赋的,但就是表演技巧上还有些欠缺,放不开,不知道如何把热情表现出来……"

"那她跟文生的关系是……"

"那我不知道,我对这些不怎么关心。"

"你说你不关心?但有人听到你和文生吵架,还是关于男女感情问题的。"林萌懒洋洋地插了一句。

丛飞愣住了,似乎料不到会有这个问题。

"怎么。不知道如何回答?"张翔冷笑。

"不是……我没印象啊……"丛飞低下头,停了一会儿,"你说的争吵……是不是还听到我要杀掉文生导演?"

189

"想起来了？"

丛飞哈哈大笑起来："那是我和文生导演在对新剧本的台词。你们不信？不信我可以把那部剧本找给你们。"

"他没撒谎，眼球朝向左下表示他在回忆，而撒谎时通常没有这个动作。"送走了丛飞，林萌对张翔道。

连续问询了三个人，非但没有把事情搞清楚，反而越来越乱了。整个剧团现在就犹如一锅浑水，看不清里面到底都有些什么东西。

"这个剧团，就像个传销窝点。"张翔忍不住道。

"我们没义务去跟他们说什么。"赖泽锋笑道，"就算你说了，他们也会觉得你侮辱了他们的梦想，要你道歉。"

林萌道："管那么多闲事儿干吗，我们是为了抓凶手来的，可不是要教他们如何做人的。话说凶手应该就在大叔你说的那五个人当中。今晚我们问了三个，陈海旭病假，刘伯卜班，只剩下这两个了。"

张翔沉吟了一下："就目前掌握的情况来看，谁的嫌疑大些？陈海旭？"

"不对。"林萌嘻嘻笑道，"大叔你刚才听到了吧，那三个人都提到了一个人。"

"一个人……楚情？那个女主演？"张翔摸了摸下巴，"可是昨晚她在后台，有不在场证明的啊。"

"喊，我又不是说她是凶手，我是觉得，她很可能是文生被杀的关键因素。除此之外……"林萌的语速放慢了下来，"还有几个疑点，让我很困扰。"

"第一，为什么凶手布置了逃生的绳索，却没有用。第二，行凶用的长枪，是如何消失在道具间的。"赖泽锋道。

"富二代，你的脑子不笨哟。"林萌笑道，眼睛眯了起来。她心头又浮起了一丝怪异感，凶手挺起长枪刺向文生的那一幕，再次浮现在了眼前。

陈然站在墙边，抬头看着高处的窗子。这是道具间的外墙，里面就是凶手消失的房间。此时此刻，林萌和张翔正在里面问询嫌疑人，哦，对，还有那个讨厌的赖泽锋。想到这里，陈然不以为然地撇了下嘴。要是今晚能把萌萌交代的事情办好，萌萌心中的天平会往自己这边倾斜一点吧。他往手心里哈了口气,将绑着铁棒的尼龙绳向窗口丢去。

没丢进去。铁棒掉下来,差点砸到了他。

窗口离地面有将近四米的距离,而铁棒加上尼龙绳,也有点分量。往上扔的时候,不太容易把握力道和方向。有几次明明把铁棒丢进了窗口,可一拉尼龙绳就又掉了下来。想让铁棒刚好卡在窗子上,看起来很困难。

陈然舔了舔嘴唇,又拾起了铁棒,用力向窗口丢去。好!进了!他压抑住心中的兴奋,小心翼翼地拉着尼龙绳,看到铁棒的一端露在了窗口,又赶忙松开尼龙绳,让铁棒缩回窗子那边。经历了多次的失败,他已经掌握到了诀窍。要想让铁棒刚好卡住窗口,在拉尼龙绳时,一定得让铁棒在窗口那边保持横着的状态,要是竖着的话,一定会被拉出来的。确定铁棒回落到窗口那边之后,陈然小心地调整着尼龙绳,又再次轻轻拉动起来。这次看起来有戏,手上传来生涩的触感,然后猛地一滞,卡在窗口了,陈然满意地舒了口气。

历时三十四分钟,丢了二十一次,终于成功了。这真是个技术活儿。

已经放学了。林萌握着笤帚,面对着楼梯间的落地镜,歪着头发呆。陈然将拖把竖在门后,挎上书包,在一旁小声地嘟囔着。今天是林萌和他值日,但林萌从打扫卫生开始,就握着笤帚,看着镜子,并不时地摆上几个姿势。结果扫地、拖地什么的,全让陈然包了。

"走啦,萌萌。"陈然揉了揉鼻子。

林萌看了他一眼,走上前去把他往后推了推。然后,林萌双手横握笤帚,左腿往前迈了一步,对着陈然比画了一下。就在陈然觉得莫名其妙的时候,林萌突然跨出右脚,右手越过左手,握上笤帚,拧身刺去。陈然吓了一跳,往后退了几步,差点摔倒。

"你干吗啊?"

"呆子,你觉不觉得我刚才的动作很奇怪?"林萌道。

"奇怪?"陈然挠了挠头。

"嗯,我再来一次。"林萌后退了几步,又把刚才的动作重复了一遍。

"经你这么一提醒,是有点怪怪的。"陈然道,"一般我们看电视电影之类的,用枪前刺,都是双手握着枪杆,直接刺向前面的。而你刚才跨右脚,右手超过左手往前握住枪杆,整个身体往前动,然后刺枪,是有点

191

新奇。"

　　林萌道："对哦。这样的动作不常见吧，但是凶手杀文生的时候，就是这样刺枪的。我当时就觉得怪怪的，但又说不上来哪里不对劲。本来以为这个动作是那群傻子特意设计的，但昨晚又重看了一遍他们的话剧，发现他们刺枪的动作并不像凶手那样。"

　　"也就是说，只有凶手刺枪时候，才会那样做？"陈然拍了下手掌，"这就好办了。我们把剧团的团员召集起来，让他们一个个地刺枪，应该就能找出凶手。"

　　"哪有那么简单。凶手刺枪的动作，我觉得并不是习惯使然。这种刺枪姿势，右手握得太靠前了，不但力道稍小，而且完全没有美感。排练话剧的时候，也会让人看着很别扭，一定有人纠正他的。我是觉得，凶手用这种刺枪姿势，应该仅仅限于杀死文生时候才用。可是这种姿势有些复杂，而且用起来有些困难，凶手为什么要舍弃简单便捷的传统刺枪姿势，而选择这种呢？"林萌咬着嘴唇，"莫非……跟让长枪在道具间消失有关吗？对了，你昨天试了二十一次，才让铁棒刚好卡在窗口吗？"

　　"嗯，前后用了半个小时呢！"

　　"这就更奇怪了。就算是你第一次丢，没有掌握到诀窍，耗费的时间多了一点。但凶手在那种门随时都可能被打开的状况下，心态和动作都能保持稳定吗？他就算用不了半个小时的时间，十五分钟应该是少不了的。如果说凶手是杀了文生之后，才跑到道具间丢铁棒的话，未免有些太托大了。门被撞开之前，他还在丢铁棒的话，岂不是被抓了个现行？但如果是在杀文生之前，就把铁棒丢到了窗子外面，他不怕被别人发现吗？再者，既然已经把铁棒卡好，为什么凶手不顺着尼龙绳爬出去，而是留在了道具间？他当时又不知道外面刚好有架高清摄像机对着窗子。他完全可以从窗子爬出去，然后再回到剧场的嘛……"

　　"呆子，我得再去剧场一趟。"

　　后台看起来比较杂乱，各种道具胡乱地堆放着，没有一点章法。林萌摆弄着几支长枪，并逐一地拾起来端详一番。这些长枪都是木质的，很轻，似乎是那种速生的杨木。枪尖也是木质的，不同的是涂上了银色的油漆。林萌握起长枪，抖动了一下，做了几个挺枪攒刺的动作。

"小丫头，道具间什么时候能给剧团用啊？现在道具都丢在后台，快堆不下咯。"杂务刘伯直起身，捶了捶自己的腰道。

"那里是整件案子里最诡异的地方，谜团不解开，估计都会被警察一直看守吧。"林萌吐了下舌头，"我看这长枪挺有气势的，是刘伯你做的吗？"

"我？我可没那个能耐。"刘伯温和地笑了笑，"不过啊，这些道具可不怎么样。要是在正规剧团，非得挨骂不行。"

"哈，还是刘伯见多识广。我听张翔大叔说，你以前在很有名气的剧团工作过，现在为什么要来这么小的剧团呢？是被这些年轻人的热情感动了吗？"林萌笑嘻嘻地问道。

"只有热情又有什么用呢。"刘伯摇头。

林萌眨了眨眼睛："我听那个剧务李凯文说，这个剧团是新锐剧团，大家是因为梦想才走到一起的，好像是靠成员垫付经费来运作的，刘伯你也垫付了吗？"

"梦想这东西，离我这个老头子可太远咯。我做这份工，只是为了混口饭吃。"刘伯道。

"呃……刘伯，我觉得你好像并不怎么看好他们哦。"

"这样说吧。我呢，虽然干了一辈子杂务，没上过舞台，但谁有没有演戏的天赋，我可是一眼就能看得出来。"

"可是，他们好像都很努力的样子呢。"

"努力，光努力有什么用呢？这些年轻人一个个看起来都满怀激情，向着梦想努力。却不明白自己根本不适合演戏。如果说人生之路的方向错了，那越是努力，反而越是悲惨呢。"

"喔？刘伯你好像是个有故事的人呢。"林萌笑嘻嘻地问。

"小丫头。"刘伯摇了摇头，"人一旦上了年纪，谁都会有几个故事的。"

"对了，我听说剧团的女主演楚情，似乎跟不少人都暧暧昧昧的，伯伯你有没有听说什么八卦？"

"楚情？"刘伯脸上流露出奇怪的神色，叹了口气道，"那姑娘……唉，可惜了，可惜了。"

林萌小心翼翼地问："看您的意思，似乎知道楚情什么事儿？"

"没，我什么都不知道，我就是一个做杂务的，做一天工领一天钱，哪里管得了那么多闲事！"刘伯摆手，"不说他们的是非。"

"那，刘伯，平时道具间的钥匙是你拿着的吗？"

"他们整天彻夜排练什么的，我精力可跟不上。我平时把卫生什么的打扫干净，就下班走人了。"刘伯道，"文生被杀的那晚，要不是我多喝了两口黄酒，歪在化妆间睡着了，哪会被警察问来问去的。"

"啊……那平时钥匙是谁拿着的呢？"

"就挂在走廊里，会议室啊、化妆间啊、道具间啊那些钥匙通通都挂在那里。"

"挂在走廊？那样的话，岂不是人人都能出入这些地方？"

"你也觉得管理很混乱吧。"刘伯道，"从这些小处就可以看出来，这剧团没什么前途。这些孩子们在这里，都把自己给毁了。"

刘伯接下来说的什么，林萌没有注意。她拎着长枪，慢慢地走过走廊，来到道具间。门口的警察看是她，点了点头，放了她进去。林萌站在道具间里，借着手机的亮光，怔怔地看着高处的窗子。有些东西在脑袋里慢慢成形了。案发当晚，凶手提前将绑着铁棒的尼龙绳丢到了窗子外面，弄坏了走廊和道具间的灯，并且在道具间的门口堆放了一些杂物。然后，凶手上台，以奇异的长枪突刺姿势杀掉了文生，跑回道具间，反锁上了门。林萌、赖泽锋一共二十多个人追到了道具间，开始撬门。据赖泽锋讲，他留心了下时间，期间一共八分钟的样子。八分钟，足够让一个人攀着绳子逃出窗子了。但凶手却并没有逃，而是留在了道具间，静静地等着他们。门被撬开，几个人在门口跌了一跤，让局面显得更加混乱，凶手趁机混入了人群之中。由于走廊和道具间都没有灯，没人注意到当晚都有谁在，这让凶手的诡计得逞。只不过，凶手为什么不从窗子逃出去呢？是不是凶手有不能离开道具间的理由呢？还有，当晚所有的道具长枪都被搬上了舞台，而又有人目击到凶手是带着长枪进入道具间的，为何凶器长枪消失不见了呢？

林萌握着手中的长枪，陷入了沉思。

"会不会整只长枪都是用冰做的，凶手杀人之后，丢在道具间，慢慢化掉了呢？"陈然问道。

"不会。当晚的气温并不低，空气中的水分子遇到冰，会产生冷凝现象，出现水珠，很容易穿帮。而且案发后，警方搜索了整个道具间，并没有发现水渍。"林萌道。

"干冰呢？干冰融化后不会有水渍吧！"陈然继续发表意见。

"你这也算优等生？"林萌鄙夷道，"干冰的温度很低，用手握着干冰会被立刻冻伤。而且干冰极易挥发，不等凶手拿着跑到台上，恐怕都变成烟雾了。"

陈然撇了撇嘴，眼睛却又马上亮了起来："那支铁棒！铁棒就是长枪！凶手用铁棒杀死……"

"凶手用的长枪目测在两米左右，而卡在窗子的铁棒不足一米。而且那根铁棒两端都很平整，还没有血迹。"林萌摇头，"也不对哦。"

陈然气馁地叹了口气："搞什么嘛……对了，凶器搞不清楚的话，从动机入手怎么样，我看那个生病的陈海旭很值得怀疑。"

"你以为我们蹲在这里是等谁呢？"林萌道，看到转弯走过来一个年轻人。

她拿出张翔给的照片对比了一下。是陈海旭没错，只是跟林萌想象中的有点差距。这几天见多了自信满满的剧团团员，林萌潜意识里觉得陈海旭也应该是打了鸡血的样子。但眼前的陈海旭眉宇间却有些落寞，有着一种说不出的疲倦。

她蹦蹦跳跳地走上前去，夸张地拦住陈海旭："啊！你是那个，那个话剧团的演员对不对！我有看过你们的话剧哦，很棒的样子呢！麻烦给我签个名好吗？"

陈海旭愣了一下，看着林萌："你……是文生导演被杀的那晚，那个带着大家冲向道具间的小姑娘？我听说你不是配合警方正在查案吗？问我要签名干吗？"

林萌觉得好尴尬，本来以为她和张翔一起问询团员时陈海旭并不在，应该不会知道她，谁晓得上来就被戳破了。

她嘿嘿笑了下："这个嘛……"

"你真觉得我们的话剧好看？是为了跟我套近乎才这么说的吧。"陈海旭摇了摇头，"现在连小女孩儿都挺会骗人吗？"

陈然往前站了站，挡在林萌身前道："萌萌想问你几个问题。"

陈海旭看了看他，又看了看林萌，目光却温和了起来："青梅竹马吗？我们去那边说。"

"你跟其他团员好像不太一样啊。"坐在路旁的石凳上，林萌好奇地问道，"他们都是热血沸腾的，你怎么好像有些阴沉？"

陈海旭苦笑："我根本不喜欢话剧，也不觉得自己有演戏的天赋。"

林萌和陈然对望了一眼，这位貌似有些故事。

陈海旭道："其实，我加入话剧团，是为了楚情。我跟楚情是青梅竹马，她非常想要成为一名话剧演员，但是又面临着很多困难，为了鼓励她，帮助她，我陪着她一起努力。起初的时候，我陪她报考过不下三十多个剧团，但无一例外都被淘汰了。楚情虽然很漂亮，但就连我也觉得，她没有多少演戏的天赋，悟性也不高。后来我看她一点一点地消沉了下去，就在以为她要放弃的时候，遇上了这个正在招人的新锐剧团。"陈海旭眼神迷茫，"我一直不知道这算是件好事还是坏事。他们团长杨子洲说，天赋什么的，都是骗人的，只要肯努力，不管什么样的困难都可以被克服。总之就是说了一大堆这种励志的话，并且邀请我们和团员们共同排练。楚情在排练中，出演了一个小角色，在我看来很平常甚至可以说是错漏百出的演出，却被团员们交口称赞。但楚情那晚非常开心，当场就决定要加入剧团。

"但是，我们好像进错剧团了。在剧团待了一段时间，我发现这个剧团只有团长杨子洲和导演文生年龄稍大些，其余都是像我们一样的年轻人。剧团的集体排练非常紧凑，虽然那些排练在我看来只是大声朗诵台词，但是不允许任何人缺席。除了集体排练之外，就餐也在一起，甚至还会组织集体的义务劳动。团员们每天都要朗诵名言警句，并且要一个一个地谈梦想，还要唱励志歌什么的。而且这个剧团声称自己是所谓的新锐剧团，所有的开销要剧团成员分摊，还以要举行公演的名义，要求团员承担高额的场地租赁等费用。接下来剧团虽然举行了几次公演，但观众很少，根本谈不上什么收入。换句话说，是团员们垫付的资金在维持着剧团的运转。而且，剧团的账目一直没有公开过，我怀疑团长和导演在私下里，很可能侵吞了团员们的钱。"

陈然嚷道："看吧，我就觉得有问题。那你跟楚情说了吗？"

"说了，可是没什么用。"陈海旭摇了摇头，"她那时候已经完全沉浸在所谓的表演艺术中了。我劝了楚情好几次，她却说我以小人之心度君子之腹，并且警告我不要再拖她的后腿。说什么她正在全力向梦想的王冠冲刺，无暇理会诋毁和谩骂。后来……有个团员觉得导演教的演戏技巧有问题，拿出了国内一个著名导演的论述跟文生辩驳。"

"结果怎么样？"陈然关切地问道，"很明显文生是错的吧。"

陈海旭叹了口气："文生勃然大怒，说那位团员迷信权威和名利，根本没有遵循真理，是对梦想的背叛。然后全体团员一致声讨那位团员，说他是叛徒，打了他一顿之后将他赶出了剧团。"

"这么夸张？"陈然目瞪口呆。

林萌摇了摇头，想起那天全体团员组成人墙，要求张翔道歉的场景。

"我觉得这个剧团无可救药了，于是又一次劝楚情离开。想不到楚情却骂我眼里只有金钱和虚名，根本不懂梦想的高贵，还说什么她已经看清了我的丑恶嘴脸，看在以前的情分上，才没有向大家戳破我。"陈海旭停了下来，从口袋里摸出一支烟，点燃，"然后，她告诉我已经找到了志同道合的伙伴，要和我分手。"

"分手……"陈然道，"啊，对了，我看了笔录，是那个丛飞对吧。"

陈海旭点了点头。

"但是，笔录上面，好像还说楚情跟导演文生有些暧昧？是真的吗？"陈然问道。

"后面的事，我就不太清楚了。"陈海旭道，"她跟丛飞在一起之后，没有跟我说过一句话，整天就是拿着剧本读来读去，大声背台词，并跟那些团员互相鼓励，互相称赞。"

"那你们既然分手了，为什么你还不离开剧团？"林萌问道，盯着陈海旭的眼睛。

"小丫头，你有认认真真地爱过一个人吗？"陈海旭有些无奈。

"哈？那么高深的问题，我还没考虑过。"林萌摸了下鼻端。

"虽然楚情跟我分手了，但我却不能放下她不管。在这个剧团里，我虽然不能为她做什么，但只要远远地看着她就好。如果哪天她突然明白了，觉得整个世界都欺骗了她，那至少还有我。"

陈然连连点头，偷瞄了林萌一眼："对，对，就算不认同女朋友的梦想，但作为青梅竹马，一定要陪在她的身边。我理解你！"

"现在文生死了,接下来,你要怎么办?趁这个机会劝楚情吗?"林萌问道。

"看看情况吧。如果文生跟她真的是恋人,那我现在去劝,只会火上浇油。"陈海旭又叹了口气。

看陈海旭孤单地离去,陈然抽动了下鼻子,道:"萌萌,我觉得他好可怜。"

林萌翻了他个白眼,道:"怎么,你也有个'中二病'女朋友吗?"

陈然赔笑道:"那倒没有。不过,我觉得他不可能是凶手吧。"

"怎么不可能,现在所有人里面,数他最有作案动机来着。你看,女朋友脑子坏掉了,傻乎乎的被人骗,怎么劝也不听,还心甘情愿地跟骗她的人上床。如果陈海旭有点血性,大概会想办法把文生干掉吧。"林萌犹豫道,"不过嘛……杀了文生之后,为什么要在道具间搞那么多事呢?直接顺着绳子爬出去不就好了?这说不通啊。"

陈然点头:"而且,如果真是他做的,他为什么要把这些讲给我们听?只会对他不利。"

"要见见楚情吗?"林萌喃喃道。

"是有这个必要嘞。"

"可是……那种根本看不清自己的状况,就整天握着拳头喊加油努力之类的口号,明明平凡平庸,却自以为天赋异禀、与众不同,常常摆出一副全世界都不了解我的幼稚模样,标新立异,追求小众,将正常人的正常生活讥讽为堕落沉沦,似乎只有他们不切实际的空想才是出类拔萃,被别人无视却以为大家都在排挤他,并且义愤填膺的家伙你说见了能有什么意思嘛!"

陈然呆了半晌,忍不住道:"萌萌……你可真阴暗。"

砰!爆栗声在脑袋上炸响。

从张翔大叔那里出来,林萌觉得非常疲惫。虽然只是粗略地翻了翻调查资料,也耗费了她三个多小时的时间。剧团的面貌已经浮现了出来,警方将其定性为传销式诈骗。用梦想这个噱头来哄骗年轻人,早已经不新鲜了,不过打着剧团的幌子,却还是第一家。团长杨子洲和导演文生,早先有在剧团跑龙套的经历。借着这点优势,他们聚集了一群幼稚的'中二病'患者，以新锐剧团为口号，实际上却在贪污团员们分担的运营经费。表面上，两人跟团员一样都过着清苦的生活，为梦想而努力，但实际上他们这两年以假账的形式贪污了五十多万元。掌握了这些确凿的证据之后，警方连夜提审了团长杨子洲。

杨子洲交代，两个人因为如何分配这五十多万元发生了分歧。文生觉得应该平分，但杨子洲觉得文生利用导演的身份，跟不少女团员都发生了不该发生的关系，所以文生应该少分一些。两人吵了好几次，甚至还大打出手。警方怀疑杨子洲因为赃款纠纷而杀死了文生，目前正朝着这个方向查案。

作为本案的关联人物，楚情的情况警方也粗略地调查了一下。她早年父母离婚，跟母亲一起生活。父母离婚之后，父亲跟他们断了联系，后来成为知名的话剧演员。她和母亲的日子过得并不好，母亲后来又经历了三次婚姻，但都以失败告终。据说楚情的生父曾经托人转交给她们一笔钱，想要作为补偿，但被她母亲强硬地拒绝了。后来母亲病故，楚情进了剧团，利用空闲时间打零工维持生活，过得很清苦。虽然她跟此案的嫌疑人丛飞、陈海旭以及死者文生都有暧昧关系，但并未涉及赃款纠纷，所以不是怀疑对象。

拿到这个结果，林萌并没有表态。虽然这些材料说明了一些问题，但还没有解开她心中的疑问。

"别往心里去，萌萌。警方人多，又有很多专业人才，当然比我们查得快。"陈然打了个哈欠，"明天就是周六了，可以放下案子，睡个懒觉了。"

"我想见见楚情。"林萌道。

"哈？你不是说不想见她吗？"

"为了案子，不得已嘛。"林萌道，"就让赖泽锋约她吧，就说有个介绍她演话剧的机会。"

"什么时候呢？"陈然有些不高兴。

"当然是现在！"

"现在？现在已经快十点了！"

"呃，那刚好去吃夜宵哈。"

赖泽锋定了一家私厨，环境很僻静。当林萌和陈然打车赶到的时候，竟发现楚情已经到了，正低眉顺眼地陪着小她好几岁的赖泽锋说话。已经是晚上十点多了，楚情却像模像样地穿了身晚礼服，化了淡妆。林萌觉得有些奇怪，拉住了陈然，站在门口，认认真真地看着楚情。几分钟后，林萌摇了摇头，冲赖泽锋打了下招呼，向座位走去。

"这两位是……"楚情看着林萌，轻声问道。

"我的朋友。"赖泽锋道，"正在协助警方查你们剧团的案子，今晚是她想问你几个问题。"

楚情愣了一下。

赖泽锋道："当然，出演话剧的机会，我还是会帮你介绍的。"

林萌捏起一小段炭烤秋葵，咬了一口："不好意思，这么晚了，我没有能约你出来的把握。"

楚情整理了下晚礼服，道："好吧，你要问什么？"

林萌道："你跟陈海旭，现在是什么关系？"

"没有什么关系。"楚情道。

"那丛飞呢？"

"普通朋友。"

"被杀的文生？"

楚情犹豫了一会儿："男女朋友。"

陈然忍不住道："男女朋友？你知道他跟剧团里几乎每个女生都是男女朋友吗？"

楚情定定地看着陈然："真正的艺术家，私生活方面检点的不多，这点你们小孩子是不会明白的。"

陈然有些烦躁："文生在组建你们这个剧团之前，只不过是个跑龙套的。"

"很多艺术家在不被社会认可之前，身份也很低微。梵高也是死了好久之后，才……"

陈然瞪着楚情："文生跟杨子洲其实是在利用你们贪钱！你怎么这么糊涂！"

"那是对他们的污蔑，我不信。"楚情咬紧了嘴唇。

林萌又捏起了一段秋葵："还要撑到什么时候？你明明知道他们是什

么样的人。"

楚情强笑道:"我不知道你在说什么。"她转头看了眼赖泽锋:"赖公子,您说要介绍我出演话剧……"

"你身上的晚礼服,是借来的吧。"林萌道。

"什……什么?"

"尺寸不合身。况且,虽然衣服比较高档,但你浑身上下却没有与之相配的首饰,这很奇怪吧。我看警方的资料,你的生活并不富裕,应该买不起身上这件晚礼服,是在演出公司借的吗?"

"你……"楚情的脸色有些发白。

"抱歉,先前跟你们那些蠢货团员接触多了,我还以为你也是那种脑子短路的'中二病'患者,但很显然你不是。"林萌的声音很轻,"如果你满怀热血、自以为是,就不会穿着借来的晚礼服,化着淡妆来见赖泽锋。你很可能会穿着T恤、牛仔裤来,然后激情澎湃地跟赖泽锋大谈梦想。"

"虚荣。"陈然在一旁补刀。

"不是虚荣。"林萌摇头,"你是以为赖泽锋介绍你演出话剧,是想要潜规则你。不要否认,在没看到我和陈然之前,你离赖泽锋很近,而且还有亲昵的小动作。"

"我想是你误会了。"楚情眼神有些倔强。

"一九七八年,海达克教授提出了一个有说服力的观点,认为每个人都有一个心理空间,当别人侵入这个心理空间,就会产生不适感和危险感。在公共场合中,两个不熟悉的人的心理空间是五十厘米左右。我过来之前,在门口观察了你一会儿,发现你都快贴上赖泽锋了,而且你还不止一次地跟他发生了肢体接触,从心理学上来讲,这种可有可无的肢体接触,可以解读为调情。"林萌道,"不过,你好像很矛盾。看到我们走过来时,你好像有些释怀,而且那些亲昵的举动,全部都停止了。你是觉得,如果今晚赖泽锋想要潜规则你,我和陈然就不该出现的。当听到赖泽锋说,今晚是我要问你几个问题时,你虽然有些失望,但整个人似乎都放松了一些。"

林萌道:"这很奇怪,依照我刚才对你的心理画像,你跟那些'中二病'团员们格格不入。那些家伙,或许会因为盲目崇拜而向文生奉献自己,但用自己的身体向陌生人换取演戏的机会,对她们来说无疑是侮辱和亵渎。既然你不是像自己表现得那么无知和幼稚的话，文生和杨子洲的把戏，你会看不穿吗？剧团到底是个什么状况，你会看不穿吗？你为什么还要留在剧团里？你参与了那些赃款的分配了吗？"

陈然张大了嘴："怎么回事……萌萌，你的意思是这女人，一直是假装的吗？她是为了钱才留在剧团的吗？"

林萌不等楚情回答，道："我看不像。依照她的容貌和身材，能赚钱的方法很多。两年清苦生活，赃款只有五十多万元，还要三个人分，不值得。如果我猜得没错，你是为了成名，对吗？"

楚情看了看林萌，又看了看赖泽锋，薄薄的双唇一直抿着。

赖泽锋淡淡道："没关系，我答应介绍你出演话剧，就一定会做到。我对你是什么样的人，并没有太大的兴趣。"

楚情似乎整个人都放松了下来，她捏起一块煎牛肉放进嘴里，仔细地咀嚼了一阵，还吮了吮手指。

"好香，好久没吃过牛肉了。"她自嘲地笑了笑，道，"没错，小姑娘，我是想成名。"

"成名？在那种骗子剧团里，能成名？"陈然鄙夷道。

"可是我没演戏的天赋，你们大概不知道，我在进入这个剧团之前，报考过三十多个剧团，全部落选。"楚情道，"这个剧团虽然很烂，但好歹还有排练和公演。对我来说，坏的总比没有强。虽然文生确实没什么水平，但总算有人能陪我一起演戏，而且如果有公演，我就能躲在后台看看别的剧团的演出，观摩学习一下。这样练上几年，演技应该会提高一点吧。如果有机会，再报考正规剧团试试。"

"所以，听赖泽锋说要介绍你进其他剧团演出时，就算觉得要被潜规则，你还是来了。"林萌道。

"这是个机会。"楚情道。

"跟陈海旭分手，是因为他一直劝你离开剧团，你觉得再那样下去，早晚会被文生和杨子洲识破，把你赶出剧团，对不对？你找了丛飞当幌子，以此摆脱陈海旭的纠缠，那跟文生呢？又是怎么回事？"

"他说可以让我做女主角。"楚情转头看了赖泽锋一眼，"是不是觉得我很不要脸？"

赖泽锋却只是淡淡地笑了笑。

陈然道："我不明白，你为什么这么执着演戏？不觉得为了演戏，付出太多了吗？"

楚情又捏起了一块煎牛肉："说了你也不懂。"

"为了引起你父亲的注意吗？"林萌道。

楚情突然提高了声音："不要提那个人渣！"

"在你很小的时候，你父亲就抛弃了你们母女，去演了话剧。而你母亲却一再地经历婚姻失败，并且拒绝了你父亲的资助。想必她把自己的不幸全部归咎于你父亲，对于女人来说，抛弃自己的男人已经非常可恨了，而这个男人竟然还功成名就，绝对的不可原谅。在你的成长过程中，她一定会整天都对你说你父亲的不是吧，只有那样，才能让她舒缓下心理压力……"

楚情猛地站起身，怒道："你懂什么！凭什么说我妈妈坏话！"

"当然，你是跟母亲一起相依为命的，对她感情很深。但是她作为一个母亲，没有意识到会对你产生什么影响吗？儿童在成长期……"

"砰"的一声脆响，是楚情把筷子狠狠地摔在了餐桌上。林萌抬头，却发现她已经泪流满面。

"你只不过一个外人！你懂什么！你知道我们受了多少苦吗？你知道那些继父怎么打骂我的吗？你知道为了让我吃一次牛排，我妈妈自己要饿上几顿吗？你知道因为交不起学费，她给老师给校长下跪，求他们让我继续上学吗？你知道什么！你什么都不知道！"楚情哽咽着跑出了私厨。

"没关系，我让司机跟着她，不会有事。"赖泽锋冲门口扬了下手，转向林萌道，"心理创伤？"

林萌点了点头："童年心理创伤。严重的童年创伤是一个扭曲人性的过程，不论楚情有没有察觉，对她来说那些阴影一直伴随着她。在楚情成长的十多年里，她母亲把所有的不幸都归咎于她的父亲，她自然而然地也产生了这种认同。而父亲的功成名就，使得她的报复欲望十分强烈。这或许是她母亲的想法，也或许是她自己的。当年她父亲是因为要演话剧才抛弃了她们母女，那么如果她能在话剧舞台上成为光芒四射的新星，甚至超过她父亲的地位，那无疑是对她父亲最好的报复吧。当然，这是她的幻想，但也是她的希望。日复一日的清苦生活和被嘲笑的不幸遭遇，都成了养分，滋养着她这个念头，从羼弱的幼苗长成了参天大树。让她放弃话剧，无异于让她失去了活下去的目的。她也挺可怜的。"

陈然拾起楚情摔在地上的筷子，由衷佩服道："萌萌，你只是一个高中生，连心理学都懂吗？"

"喔，在我表哥那儿看过这方面的书……"她的目光落在陈然手中的筷子上，喃喃道，"断……了？"

"是啊，刚才楚情摔得可真狠。"陈然叹道，"看来你把她气得不轻。"

似乎有什么东西在头顶炸响，凶手挺枪突刺的画面、尼龙绳在窗口晃荡的画面在眼前反复地浮现，一股冷风骤然吹了进来，驱散了脑中的谜团。莫非……是这样？

林萌摸出手机："张翔大叔，道具间一直没有旁人进去吧。嗯。我等下要去找样东西，如果我没弄错，那件东西就是解开整件案子的关键。对。啊，还有，麻烦你帮我查一个人。"

"这个世界上有太多人说了一口道貌岸然的漂亮话，私底下却是一个超级王八蛋，可这些王八蛋又常常用精雕细琢的语言来教我们如何为人处世，偏偏有些蠢货还觉得深得我心，自以为找到了实现梦想的导师，这不是很讽刺吗？"林萌合上手里的书，对着眼前的男人道，"你觉得呢？"

"好像有些道理呢。"

"如果你碰到了这样的一群人，迷信着那个超级王八蛋，看不清真相，你会怎么做？"林萌道。

"没办法呢。"

"如果这群人中，有你非常在乎的人呢？"林萌看着他的眼睛。

他沉默不语。

道具间里静悄悄的，明亮的月光从高处的窗子照射下来，给杂乱的室内带来了一丝柔和。门口的警察背对着房间，似乎林萌他们并不存在一样。

"杀掉所谓的导师。既然当众跟导师辩驳的人被赶出了剧团，甚至连前男友都无法说服女友，那就杀掉他们的导师，这是最简单的方法。"林萌走到窗子下面，拽了拽白色的尼龙绳："这件案子里有两个疑点，一是为什么凶手布置好了逃走的绳子，却留在了房间。二是凶手携带的长枪是如何消失的。昨天我想明白了，也在这里发现了一些能支持我推理的东西。然后，警方调查了你的过去，终于锁定了你就是凶手。"

凶手并不说话，而是找了个木箱坐了下来，温和地看着林萌。

"凶手之所以不顺着绳子逃出去，是因为他做不到，他没有足够的体力。所以他布置了这样一个假象，想要让警方认为凶手已经逃走，然后躲在房间里，混入人群中。当晚道具间中，有作案时间的五个人里，只有你，因为身体原因，没有体力爬出窗子，"林萌坐在了男人对面，"我说的对吧，刘伯？"

刘伯平静地道："我的身体状况……你们也查到了吗？"

林萌没有回答，而是继续说下去："既然弄清楚了凶手为什么不顺着绳子逃走，那就剩下了第二个疑点，长枪是如何消失在道具间的。你留在道具间，布置了逃出去的假象，肯定要处理掉手中的长枪。不然的话，凶手既然都逃出去了，为什么会把凶器留在现场？很容易让人怀疑的，而且，长枪上如果留下了指纹、汗液、皮肤碎屑这些东西的话，也很容易被追查到身份。但是，道具间虽然很大，如何隐藏一杆长达两米的木枪呢？

"我们第一次见面的时候，你就说过那些道具长枪做得很粗糙。看来你对做道具，有点心得。警方在初步调查时，发现你是两个月前才到剧团当杂务的，而之前据说在别的知名剧团里，做的也是杂务。但是，由于我对你起了疑心，要求张翔大叔对你进行了彻查，这一下，发现了不得了的东西。

"刘伯，你以前可不是知名剧团的杂务那么简单，你在北京人民艺术剧院，可算是很有分量的话剧演员了。在一年前，你检查出了肾衰竭，办了退休手续，回到了上海。什么剧团杂务，是跟剧团的人打了招呼吧，借口是什么？退休了不想被打扰之类的？据说你在北京人艺，是从道具师做起，一步步地有了自己的位置。做一把可以消失的长枪，你有这个实力。"

刘伯的脸上竟然浮现出了笑容："那我是怎么做到的？"

林萌道："我一直觉得很奇怪，凶手在刺死文生的时候，为什么要在双手握枪的姿势下，右腿前迈，右手越过左手，握住枪杆，向前突刺？前天吃饭的时候，我看到了一根摔断的筷子，猛然想起了一种可能。你当时握着的是把可以消失在道具间的长枪，不用那种姿势突刺的话，是无法杀死文生的。"

林萌走到墙边，抓起一杆长枪。她面对着一堆泡沫板，右脚前迈，枪

205

杆回缩夹在腋下，右手越过左手，攀上枪杆，用力刺出。只听"噗"的一声，长枪刺穿了泡沫板。她转过头，看着刘伯道："是这种姿势，对吧。"

刘伯点了点头。

林萌将长枪从泡沫板中拔出，左脚在前，双手握紧枪杆，用力向前突刺。而这次，却发生了奇异的变化。刚刚刺穿了泡沫板的长枪，在枪尖刺进泡沫板之时，枪杆竟然突然从枪头处折断了！林萌横握着折断的枪杆，从上面撕下了几条透明胶带，然后不可思议地将枪杆展开了！

"一张海报，一片竹帘。你将竹帘卷在里面，外面用海报背面裹好，然后涂上道具枪杆的颜色，用透明胶带粘好。在舞台灯光的照射下，与普通的道具枪根本没什么两样。但是这样的长枪却有个致命的缺陷，铁质的枪头虽然可以套在做好的枪杆上，但是如果双手握着枪杆向前突刺的话，竹帘和海报所组成的枪杆是无法承受那种力度的，整支长枪就会像刚才我演示的那样，从枪头处折断。你只能以那种姿势向前突刺，只有夹紧了枪杆，右手握住枪头，才能确保枪头受到的阻力不会传递到枪杆，而是传递到你右手。也即是说，虽然看起来你是用长枪刺死了文生，但其实你是用右手握着枪头刺死了文生。然后，你握着长枪，一路跑回道具间，撕下透明胶带，展开海报和竹帘，把它们分开塞到那些乱七八糟的道具中，然后将枪头揣在了自己怀里。等我们撬开门，你趁乱混入了我们。由于窗子上悬着尼龙绳，大家还以为凶手翻窗逃走了，根本没想到你就在我们之中。而就算最后恰巧有架摄像机对着窗口，让道具间成了密室，但谁也没有觉察到凶器的主要部分，还留在道具间里。"林萌停了一下，"由于道具间一直有警察看守，所以你没办法取走海报和竹帘。白天的时候，张翔大叔带着手下仔细地搜寻了一遍，找到了染有血迹的海报和竹帘，已经拿回去做DNA鉴定了。运气好的话，说不定在上面还能发现你的皮肤碎屑。"

"不用了，我确实是凶手。"刘伯笑了，"丫头，你刚才的样子，和她真有点像。聪明，倔强，又好强，她如果……"

"既然现在你可以为了她杀人，"林萌不客气地道，"当年为什么要离开她？"

刘伯苦笑："你还是小孩子，你不懂的。为了实现梦想，人总是要舍弃一些东西的。她母亲跟我的想法不一样，觉得我不务正业，只会空想。我们经常吵架，就算有了楚情之后，也是如此。婚姻如果一旦成为梦想的坟墓，还有维持的必要吗？所以我选择了离婚，去北京发展。我走的时候，楚情才三岁，我是不指望她能理解我的。我想等自己出人头地之后，再回来找她，但是……"

"但是你从道具师做起，一直到名演员，却用了十多年的时间。而这十多年中，楚情母女却经历了很多痛苦，再次相见之时，她们对你只有恨？"林萌摇了摇头，"不对，如果你们见过面，楚情不会认不出你。她母亲阻止你们见面？"

刘伯叹了口气："我知道她们过得并不好，不管是不是因为我的缘故，总想对她们做出些补偿。我给她们在上海买了房子，还给她母亲准备了张支票。可她母亲却把支票撕碎了甩在我脸上，告诉我宁可饿死，也不会花我一分钱。无奈之下，我只好返回北京，暗地里托人照顾她们母女。但是，她母亲似乎恨我入骨。后来我听说，她在识破了几次我所托的人之后，竟然连任何人的好意都不再接受了。而且，楚情还给我写了封信，骂我是个人渣，说一辈子都不想见到我，平时连关于我的消息都不看不听。就这样，又磕磕碰碰地过了几年。人越是年纪大了，越是喜欢回忆。我开始想，为了追逐自己的梦想，而毁掉了自己的女儿，是不是太自私了？后来，她母亲死了。我托人捎信过去，想出席葬礼。你知道她说什么吗？她说她妈妈活着的时候不想见我，死了更不想见我。她说我害得她妈妈受了大半辈子的苦，一想到我就觉得恶心……"

林萌干咳了几声："跟她母亲一样的倔强，这在很大程度上是因为你。童年的心理创伤很容易扭曲一个人的性格，偏激只不过是其中的一种。不过，以你在话剧界的人脉，介绍她出演话剧，很容易吧。"

"我不敢。如果万一被她知道了，她会怎么样？"刘伯的眼神有些悲戚，"这孩子现在是凭着对我的恨意活着，演话剧，成名，只不过是报复我的手段。如果让她知道了她能出演话剧，是我暗中安排的，对她来说岂不是最大的讽刺？她会不会一时想不开，寻了短见？"

"于是，你就主动来她所在的剧团当了杂务。但在相处的两个月里，你察觉到了这个剧团的真正面目，也觉得楚情跟那些团员一样，被骗了。你觉得这样下去，女儿会毁在这里，但你看到她的男友也劝不了她，于是你杀死了他们的导演文生。剧团发生了命案，警方肯定要进行调查，里面的猫腻一定会被抖出来。就算团员们再狂热，知道真相之后，也总会醒悟的。"林萌道。

刘伯站起了身,平静道:"反正我也是癌症晚期了,能把自己女儿从火坑里救出来,我死也甘心情愿。走吧,我跟你回警局。"

"其实……"林萌停住了,觉得有必要安慰下眼前的老人,"我朋友给楚情介绍了个出演话剧的机会。"

"真的吗?"刘伯的眼中出现了亮光,"谢谢你们,谢谢你们,太谢谢你们了。那,我能不能有一个要求?"

"呃?这个要问下张翔大叔。"

灯光亮起,话剧结束。

演员们从后台鱼贯而出,在舞台上列成两队,迎接台下如潮般的掌声。楚情站在第二排的队末,脸上满是笑容。虽然她是在话剧公演三天前才进组的,虽然她扮演的是个只有十几句台词的配角,但她也是整场话剧不可缺少的一员。况且剧团团长和导演都觉得她勉强能撑起这个角色,决定在以后的几十场公演中,还继续用她。

她知道这是赖泽锋牵的线,决定把这次收入的一半,用来买礼物回报他。虽然不知道以后的日子会怎么样,但这的确算是个很好的开端。等这场戏演完,要是还能接到角色,那一定要好好地去公墓拜祭下母亲,把好消息告诉她。还有那个人渣,如果他哪天在媒体上注意到了她,会不会吃惊得合不拢嘴,后悔当初离她们母女而去?

楚情笑着,对着观众席挥手,觉得自己很幸福。

她不知道,角落的观众席里,有个老人在默默地看着她,泪流满面。

原载于《锐阅读·推理》(2021年12月)

西瓜狂想曲

冷水砼[1]

好想……

眼前的大妈快速变换着自己的口型,有时是圆形,有时是方形,还有那种无法形容的闭合曲线,变换之迅速,让她活像是一个在用口型结印作法的忍者。湿润的两片厚嘴唇中,她那一口黄牙时隐时现,间或喷溅出几颗口水小液滴。

好奇怪,通常来说,人类说话会是这个样子的吗,如果全人类都是如此恐怖,我也算是明白地球生物为何如此孤独地存在于宇宙了。

"你这是什么书店啊,开在学校边上就应该尽到教书育人的义务吧,我刚才转了一圈,店里摆的都是些什么东西!"

啊,原来她刚才气势汹汹地冲进店里来,二话不说,径直走到最深处,两分钟后又板着一张脸,哦不,我是说她一脸不悦地走了出来,就是准备来把我批判一番的啊。

那么大概是……

"我儿子……"

对了,果然。

"从今年五月份开始……"

嗯,那是我这间破书店开张的日子。

"出现了神神秘秘、鬼鬼祟祟的行为……"

---

[1] 冷水砼,推理小说创作者,创作的类型和领域不设界限。自二〇一九年起开始从事业余创作,作品入围过华斯比推理小说奖、中国原创推理星火奖等多个推理小说奖项。

这样说自己的孩子真的好吗？

"经常会比预定时间晚回家五到十分钟……"

嘿，这也算得太精细了，这孩子是谁，好想打电话给青少年防虐待热线拯救他，不过好像并不存在这种东西。

"我暗中蹲守，发现他总是会来你店里逛一圈再回去，甚至有时候借了书还没到家就忍不住在路上拿出来看两眼。正好有次被我撞了个现行……"

嗝，用"现行"这种词会不会太残酷了，我的妈呀，我庆幸我的妈不是这样的人，感谢我的妈，感谢我的正常幸福的童年。

"那次还好，是个叫东野圭吾的人写的，我查了一下，是好作家，豆瓣评分不错，看的人也挺多的，好像是批判社会什么的，还拿过奖，想想小孩子偶尔看看课外书也可以理解，就由着他去了……"

等等，东野圭吾？好作家？豆瓣评分？批判社会？拿过奖？我该从哪里开始吐槽才好？

"后来放了暑假他还是隔三岔五顶着大太阳往这家店跑，我还觉得这孩子挺爱看书，是好事，谁知道，我今天收拾他房间，看到了一本什么书！"

她从包里掏出一本书，"啪"地砸在了台面上。大概是平面接触平面的关系，像是在这间小店放了个炮仗。不幸中的万幸是，书角或者书脊没有直接和桌面发生碰撞，不然我会当场去世的。看了一眼，这不是……

"《杀戮之病》？《杀戮之病》啊！我翻开看是什么东西，老天爷啊，我翻开一看，满眼都是尸体！"

嗯？《杀戮之病》？这可是绝版书，我赶紧把书拿起来检查有没有哪里受伤，看看放在她包里有没有折了书角，再确认有没有被弄脏，哦，都还好，真是个奇迹！我反而还想谢谢她。

"你看什么看，这种书应该马上销毁，更不应该给高中生看，你给我听好，再有下次，我要上学校举报你，去教育局举报你，让你吃不了兜着走！"

啊，好想杀人啊。

我开家小破书店，怎么还要和教育局、学校两大势力对抗，社会就是如此欺压百姓吗，好黑暗，看不到未来，一不做二不休，把她做掉吧。

"你在想什么啊！小子！"她朝我吼起来，我的黑暗妄想被瞬间驱散。

"没有，我还……一句话都没讲呢。您还有事吗？"

"最新的高考真题卷在哪边？最新的！"

我颤抖的手指向那堆恶魔的羊皮书，她终于闭上那张过度操劳的嘴，走了过去。回来的时候，手里已经多了一沓白花花的试卷。我能想象，当那个少年看到一本精彩的小说换回了数百张试卷的那一刻，会是多么绝望。顺带一提，根据这本书，我已经想到借书的少年是谁了，毕竟能从我手里借走绝版书的人凤毛麟角，而且能在几个月时间内从东野圭吾进阶到我孙子武丸的人，我也印象深刻。这个走在推理大道上顺风顺水的少年突然被扼杀了，我只能在心里为他默哀。

"愣着干吗，结账！"她把试卷砸在我面前。

"好的！"多么卑微啊，我这蝼蚁一般的人生。

结完账，我乖巧地看着她。她岿然伫立，我度秒如年，怎么还不走？

"教辅材料要多一点，闲书少一点，这样的书店才像样。年轻人，你身上有无形的责任，我们国家的青少年，需要接受更纯粹的教育，所谓少年强则国强，你给他们看到什么，他们就会成为什么，所以无形中你就代表了国家，你懂不懂？"她突然变得语重心长，还给我安排了一个国家代表的职位。

"嗯嗯。"除了点头以外我还能干吗。

"那就少看点这种书。"她指向桌上的《杀戮之病》和我正在看的那本《尸人庄杀人事件》，满脸嫌恶，"看这种东西能富国强民吗？能实现你的人生价值吗？能让你找到理想吗？"

实不相瞒，写出这样的东西正是我的理想。我心里说，可是嘴上却不能说。

大妈抱着试卷，享受着训诫他人后的美妙余韵，心满意足地离开了。

我长舒了一口气。

要不是为了理想，我才懒得整天镇守这个破书店，有时候灵感被进来找习题册的大叔大妈打断时，真想一把火烧了这里和他们同归于尽。

但这里也是我唯一的安身之处了。毕业四年以来，断断续续工作过，也曾试图当个自由职业者，可到最后都半途而废了。如果说我有什么理想的话，如前所述，就是推理小说。除此之外，没有任何能够激发我上进心的东西，也没有任何能够让我忍耐苦闷、知难而上的东西。

犹豫了很久以后，我最后任性了一回，开了这家书店，里面当然少不了父母朋友的资助。我答应他们，再失败的话，就找个单位乖乖工作。作为条件，必须要能够用书店养活自己，至于写作上他们没有任何要求，毕竟我到现在还什么都没写出来啊，也许压根就没对我抱什么希望吧。

开书店呢，就是闲的时候很闲，忙的时候很忙，而且时间段非常明确，适合需要大把空闲时间的人。不过开书店也很容易赔，毕竟现在实体经济本来就不景气，更别说是书这种东西了。所以我选择开在了学校边，不可免俗地做起了教辅资料的生意，再让手眼通天的老爸拜托在学校当老师的朋友广告植入一下，还算能够吃得饱饭、买得起书。

店里虽然在我的坚持下设置成了书籍为主、教辅为辅的格局，不过店名，就……

"你要听我一句劝，就别想什么奇奇怪怪的店名，搞得人家都看不出你开的是什么店。"

当时，老爸是这么说的。的确，对我来说，书店是最后的退路了，过往那些由着性子的失败经历，让我不得不听一听老人言。

于是，如今我没有坐在"京极堂"这样有着帅气店名的书店内，而是在一间名叫"博文书店"的小破书店里开着空调，消磨夏日的酷暑时光。

店门外有个冰柜，是用来做附近小孩子的雪糕生意的，我偶尔开门，出去做两笔。除此之外，在暑假的时候，几乎没有什么客人上门。说来也是，我做的本来就是学生们的生意，真正爱书的人路过，就算看到这有家店，也会因为是学校边的书店而没了兴趣，外加这无趣的店名，摆明了在告诉他们：小店专门出售教辅资料。

刚才那个大妈竟然是三天以来唯一的客人，想到这，我又在内心感谢起她来，并不忘在心中再一次为她儿子默哀。

唉，开店容易守店难，虽然没人，我还是得待在这里。好在我是个耐得住寂寞的人，继续看书吧。在这炎炎夏日的空调房里看书，未尝不是一种莫大的幸福啊。

正当我拿起书，翻回中断处——

一股热浪袭来，甚至还有汹涌的气流推动我的身体。

并非炸弹爆炸，却是一个比炸弹还危险的东西。

一个女人，不，准确地说是一个女高中生，猛然推开了我那为了省钱而买的劣质玻璃门，虽然上面很明确贴了"拉"的图示。眼看着门快要结结实实撞上书堆，我的心脏提到了嗓子眼。只见她又以扛鼎之力瞬间拉住门把，往身后甩去，与此同时，她已然闪身进入店内。

这无视物理法则的急停，真是精彩！啊呸，才怪。随着门轴的一声哀鸣，我的劣质玻璃门缓缓关上。

"死刑！死刑！"她狰狞着那张漂亮的脸蛋，对我咆哮。

有道是，天下大势，合久必分，分久必合。

就好像一间小店，连续三天没有上门客以后，可能会一连进来三个客人。

但很可惜，这位不是客人。

"气死我了，气死我了。"这位堪称美少女的人物，继续嘟囔着恶语。

请不要误会，她并不是只会把每句话重复两遍的可怜的低能少女，虽然今天的打扮是有点奔放。放假前那头柔顺黑亮的及肩短发，现在正迸发出锃亮的油光，大约每五十到一百根一绺绺地任意垂挂。可能已经三天没洗脸，也可能是今早她把整张脸埋进餐盘里舔光了早餐。然后是，让人难以置信的，美少女的眼屎。没错，美少女也是会有眼屎的。混账！为什么总是有人要破坏一些原本美好的幻想呢！

"出什么事了，大小姐？"我从柜子里取出一次性纸杯，你绝对不会想把家里的杯子给这种人用的。然后，去冰柜里取来饮料，默默给她倒上一杯。从她身边经过时，我注意到她那套连身睡衣背后沾着的食物碎屑，赶忙移开视线。可惜，她在家中那糜烂的生活场景已经光速在我脑海中形成了画面。

"我们那——"

"你昨晚——"

我们几乎同时开口，注意到时，又同时闭嘴。

"你先讲吧。"她拎起杯子喝了一口。

"呃，不，你先好了。"

"啊？"

又来了。五月的时候，我们的第一次对话就似乎是以这样的"啊？"

213

为开场。

"啊?"在她的字典里可以表示疑问、质疑、反对、不满、愤怒、谴责……等等含义,必须通过解读她的表情和肢体语言来判断,可谓是一门足够著书立说的学问。

那时,我的小店刚刚开张,客人们因为好奇心经常成群拥来,让店里人满为患。客人指的就是学生们,在晚自习结束以后,那是他们一天中最放肆的时光。

男生女生们成群结伴,或是拿着小吃到处闲逛,说些学校里无聊小事哈哈大笑;或是说着私密话题,对眼前的一切漠不关心;还有青涩的情侣沉浸在二人世界,狠狠遗弃所有闲杂人等……

那天我目送最后一个学生走出店门,终于得以放松绷紧的神经。五月仍未入夏,可我还是出了一身汗,除了被蚂蚁大军一样的学生们席卷之外,还因为精神上的高度集中。自古以来,学生们之中,就有手脚不太干净的人,防人之心不可无,我得一个人死命保持机警,谁让我为了省钱没装监控呢。最重要的是,我得注意不要让某些冒失鬼弄脏了店里的书。

就在我准备收拾收拾打烊回家的时候……

她进来了。面无表情,目中无人。

我想和她打个招呼,和学生拉近距离是经营学校边小店的必备技能。但是随即看到她耳朵里垂下的耳机线,只能作罢。偶尔是会有这种装聋作哑的学生,不知道是假清高还是自闭症,反正我也不搭理,落得清静。

她背着两手,像领导视察一样在书柜间穿梭。我看着她的背影,总感觉她哪里不对劲。虽然觉得很可疑,我也不好一直盯着人家,就拿着扫帚开始打扫,一边留意里边的动静。

几分钟后,她拿着一本书走了出来。是塑封的,只用来出售,一般会有两三本开封的,用来出租。书架上有标签,写了出租和出售的价格。不过最近的年轻人中,很多人的眼睛只是用来出气的,对文字一概视而不见,总是要再问我一遍。

我对她说:"那边有拆封的,可以出租,也可以便宜卖,出租押金收书价的60%,租金一律五元,期限一个月。"

她看着我,还是没什么表情,我才想起她还插着耳机。不过转念一想,既然听不清不会把耳机拿掉再听人讲话吗,我心里不禁冒火,对现在青少年的素质教育产生了深深的怀疑。

不过当然不能就地发作,我耐着性子,示意她把耳机摘下。

"我听得到。"就在我准备开口时,她说。"就是挂着,没响。"

"啊,是吗……那……"

"我就要买全新的,不行吗?啊?"

呵,原来是个富婆,好啊,求之不得。

我接过书,给她扫码结账。她买的是乙一的《花与爱丽丝杀人事件》,这书的封面插画看起来非常小清新,但又兼具"杀人事件"这种冲击性字眼,再加上岩井俊二导演的动画加持,确实符合女生兴趣。不过我很想告诉她,其实这书里根本就没死人。

"你刚才,一直盯着我看吧?啊?"她冷不防地问我。

"没有吧……"我被她突如其来的质问吓了一跳,可我还能怎么说?我确实审视了你的臀部和胸部,不过那里什么都没有,平坦得像是潘帕斯草原。

"啊?少狡辩,我感受到那种视线了。"

不知是不是急中生智,我终于想到她哪里不对劲了。"哦,那个啊,我只是奇怪为什么你不用背书包,还有,怎么大家都走了,你才一个人进我店里来了。就这样。"

她直勾勾地瞪着我,仿佛要把我看穿。我倒是内心毫无波澜,觉得高中生没什么可怕的,还能吃了我不成?我就这么和她对视僵持着,甚至还有余暇盯着她雪白的双颊,在心中盘算:这种看起来很软,但是又不显胖的脸颊,从解剖学上讲,是怎么一回事呢?

"啊?"良久之后,她只是说了这么个字。"这不关你事吧?"

"哦,是这样。对,不关我事,谢谢惠顾。"

她拿着书,还是没走。我有点不耐烦,我说:"同学,你到底想干啥?"

她站在那,虽然还是没什么表情,不过不知为何看起来委屈巴巴的。"你就不想知道为什么吗,大叔?"

被人说"大叔",我是真的有点受伤,不过我也不想和她计较。

"怎么?是你说不关我事的吧?所以你到底是想还是不想告诉我?"

这些高中生还真是敏感又烦人。我催动疲惫的身体开始运转:

"其实你不讲,我大概也知道。听好,有两种可能,一种是你书包带出来了，一种是你书包没带出来。没带出来的可能性里，有可能你作业全写完了或者就是忘记有作业这回事了，我看你心智正常，不太可能是忘记了，那就有可能是作业全写完了，虽然完全不想写也有可能。书包带了出来的可能性里，你的包也许给家人或朋友先带回去了，但是家人不太会放心女孩子夜里一个人回家，既然会来校门口接，就没什么必要把你留下，自己先回去吧。至于朋友，抱歉，不觉得你有什么朋友，有朋友的人不会放过一天最后的时光，一定会黏在一起，不管是同性还是异性朋友。联系到你在所有人走之后才进我店里的举动，你大概是想远离人群，进一步说明你的孤僻。还有一点没说，就凭你跟人说话的口气，就不太像有朋友的样子。和之前的结论整合一下，你是个孤僻不合群，要么成绩差得不写作业，要么聪明得能在晚自习结束前写完所有作业的人，根据你家人不来接你这一点，要么他们对你毫不关心，要么你家住得很近，也许前者更能解释你这样的古怪性格吧。"

说完，我才觉得自己的话说得有些重了，大概是有点急躁，想到是买了新书的有钱顾客，害怕得罪了，我就补充说："其实还有其他可能性，我顺口胡诌的。"

"那么，你看不出我是成绩好还是成绩差的那种人吗？"

怎么，要考我？我不由地打量起她，看起来也没有浓妆艳抹，穿着普通的衣装，没什么不良姿势。不过现如今这个全面小康的时代，家境不能通过衣服判断，成绩好坏也跟看闲书无关，还真是难以判断。

"成绩好坏与一个人的样貌无关，与他的性格和品德更是没有任何关系，抱歉，这点我判断不出啦，线索不够。"

"成绩是这样无谓的东西吗？"

"也不是，它能决定你考什么大学，某种程度上决定了你的职业生涯甚至人生。"我有点搞不懂对话的走向，"不过，即使人生被它左右，不代表你的成败也会被它左右。"

"不就是除了成功就是失败吗，还能怎么样？"

"谁说的，没读过海明威吗小丫头，他不说了吗，人可以被打败而不能被摧毁。其实人并不是只有成功和失败两种的，在那之间，一定有着其他的生存空间，一定有着那种只有某人才能做到的某件事。"

回答"中二病"少女的问题就得用"中二病"的方式，我把海明威和

《热血高校》里的台词拿出来打发她。

"你们大人就这样，总有一套说辞。糊弄我，啊？"

哟呵，怎么还跟我杠上了。如果给我的太阳穴来个特写，那里一定流下了一滴汗。为什么我非得在这时候给女高中生上哲理课啊。

"呐，你看大叔我，开了间小破店，一把年纪一事无成，不是很 loser 吗，成家立业一样也没有，但我照样很开心啊，每天看看小说，饿了吃口饭，用小店的利润做点自己喜欢的事。你难道觉得我过得很痛苦吗？"当然我没说到写小说的事，说出来太难为情了。

她慢慢摇了摇头。

"那不就得了。来，请你吃根冰棍，快回去休息吧，高中生活很辛苦的。"想必今天碰到一个心情不太好的女高中生，也算我倒霉，为了打发她，就牺牲我一个冰棍吧。

我领着她走出店门，从冰柜里拿出一袋冰棍塞给她。

"同学，再见。"不知道为啥，我给她敬了个礼，转身准备回店里继续打烊——

"大叔，你刚才那个是推理吗？你不会一把年纪还沉迷那种东西吧？"

我不知道该说什么，也不想再继续和她纠缠了，就当默认好了。

她看着我，继续说："不过，还挺有意思。我就住边上小区，成绩年级前五。谢谢了。"她举了举手里的冰棍，头也不回地走了。

什么嘛，真让人火大，年级前五的人有什么资格迷茫人生啊，呸！

也许受到传染，我也开始反思一下我的人生，不过生不出丝毫悔意，于是作罢。想必明天还是会浑浑噩噩地度过吧。

在那之后，她成了店里的常客，如前所述，她没什么朋友，唯一的儿时玩伴也不在这个学校里，所以她常来店里打发时间。我可不是因为可怜她才跟她接近，啊，当然更不是为了美色，跟这种性格别扭的人之间能有什么好事发生啊，再说我还没有变态到这种程度啦。后来从其他学生口中得知，这个女孩儿，在学校里是出了名的不好惹，他们都对她退避三舍，并为我捏把汗。

我无所谓，一个经常来买新书的阔气大小姐，和她搞好关系何乐而不为呢。而我则能够为她提供足够的需求，至于是什么需求……

就像今天这样……

按照她的要求，我先把话说了："你昨晚睡得好吗，我看你眼睛还有点肿。"

她最近总说夜里被野猫的怪叫给吵得睡不好觉，等到早上好不容易睡着一会儿，又被工程队施工的噪声吵醒。

"哦，还肿吗？这两天夜里还好啊，没怎么听见，好像猫没叫过，可能走掉了吧。"她慵懒回应，下意识揉了揉眼睛。

总算是找了个借口让她整理了仪容，总不能直接对她说"把眼屎擦掉"吧，说不定会伤了人家自尊。现在的年轻人心灵纤细，动不动就会受伤呢。

"这些都不重要！"她忽然又激愤起来，她的情绪骤变总是让我怀疑上帝在天上按了快进键。不过一个天生丽质的人说自己外貌不重要，这是多么让人愤恨啊。"我今天碰到了件非常让人气愤的事。不，严格来说，已经持续一个星期。不能再让那个人逍遥法外了，我们今天，就要联手把他揪出来，然后——"

我知道她又要咆哮了。

"死刑！死刑！"

对于这样残暴的女高中生，那些开化、和善、文明、理智、慈悲的人们一定会对她严厉谴责吧。

"所以说，是什么事呢？"在她面前保持耐心，我很有一套。

"告诉你啊，我们那里每个楼道口，都有一个垃圾桶。然后，从一周前开始，就有人每晚在我家楼道口那个垃圾桶边上放半个西瓜皮，半个，就是那种把西瓜一剖两半，然后用勺子吃掉瓜肉以后，剩下的那半块瓜皮，可以戴在头上那种。你懂？"

都形容到这种地步了鬼才不懂啊！

"那怎么了，碍着你了吗？"

"啊？"

"哎，不是不是，我这是疑问，不是质疑。"

"当然，现在是夏天嘛，总是招来很多苍蝇和蚂蚁。而且，我不理解，既然都到垃圾桶旁边了，为什么不把西瓜皮扔进去，放在边上是几个意思？"

"你说的'边上'是指地上吗?"

"是的。"

"那是不是因为那个人去扔的时候垃圾桶已经满了呢。"我问。

"你说的可能性,我当然想过,那里的垃圾桶确实偶尔会有这种情况,但并不是每天都会装到很满。而且,这里面,你没发觉有什么问题吗?"

"什么啊?"

"大叔,你认真点好吗,拿出你的智慧来。"

我给我们两人各自斟满了饮料,然后装模作样地正襟危坐。

"好吧,你是不是觉得西瓜皮单独摆在那里很不合理。"

"对,就是这个,不愧是大叔。"

呃,我只是乱猜。

她继续开始说起来。"一般人家吃了西瓜以后,只要把西瓜皮扔在垃圾袋里,然后再等到下次扔垃圾的时候一起扔出去就可以了是吧,何必要在这种大夏天把西瓜皮单独拿出去扔掉呢?而且,我问过周边的邻居,没有人在白天看见过西瓜皮,也从没人看见过是谁把西瓜皮扔在那里的,这说明,那个扔西瓜皮的人是趁夜里避开其他人扔在那的。"

我接过她的话说下去:"所以你认为,这不是单纯的素质不好的行为,素质不好的人一般是想偷懒,而单独扔掉西瓜皮的行为和偷懒的意图不合。然后他避别人把西瓜皮扔出来,说明那个人知道自己的行为不好,但素质不好的人不会在乎别人眼光。所以,这个事件,无关素质,而是另有目的。"

"大叔!"她激动起来,我却越发觉得莫名其妙。

"小米。"这位大小姐姓米,名叫米涟。

"大叔!"

我不禁伸手制止这无聊的对白。

"慢着,不要拿错剧本。我是说,你别太激动,把饮料打翻了。"我注视着桌上洒出的饮料。

"哦。"她抽出两张纸巾,一边擦拭一边说:"所以,我们要找出这个犯人,就要识破他的动机。"

这就是她来找我的目的,也是一直以来她到店里来打发时间的原因。简单来说,她在利用我的想象力找乐子。而有时候,她的想象力也会被激

219

发出来，两个人的想象力互相碰撞，有时竟能催生出一些实际意义来。比如，我们曾经联手解决过一些她在学校里遇到的麻烦，以至于现在每每遇到疑难，她都会找上门来。虽然有时相当难缠，但我也很难违心地说自己从未乐在其中。往好处想想，也许这还能为我提供写作素材也说不定。当然，我从未向她提过写作的想法，总觉得会遭受她的无情嘲笑。同样没提过的还有我的名字，不过"大叔"对她来说显然够用了。

回到这件事情来吧。我有预感会是个挺无聊的谜底，西瓜皮能怎样啊……

这时候，居然又有客人上门来了。我刚才说啥来着，要么三天不来人，要么一连来三个。

进来的是一位妈妈和两个儿子，虽然女人为了防晒做了全副武装，看不清脸，不过那两个男孩看着眼熟，应该是附近的。说不定……

"阿姨您好。"小米朝那个女人打招呼。果然是认识的，看来也是住附近那个老小区的。

女人摘下帽子和口罩，又扯下手臂上的防晒冰袖，只留了脖子上的丝巾没有取下，不过已经露出了真容，原来是她，姓甚名谁不知道，不过经常来店里给小孩买文具或者习题册。

她向小米微笑寒暄，又让两个男孩管小米叫姐姐。

"去吧，自己去挑，不要瞎胡闹哦，在别人店里要礼貌，保持安静。不然我等会儿告诉爸爸。听到了吗？"可能是要给小孩买文具或者手工用品吧。

"好——"

异口同声地回答以后，两个孩子一前一后进到店里的货柜之间，他们的母亲则留下和小米继续聊着。

"阿姨，有两天没见你们了啊，这么热的天都只能待在家里吧？"

"你们很熟？"我问小米。

"对，我们两家住在一栋楼里，我家一楼，阿姨家五楼。"

"是的，我们楼上楼下的。前两天确实没在家，我和两个孩子出去玩了，就前天和昨天两天，昨晚上回来的。"

"哦，这样啊，去哪玩了，也没怎么晒黑嘛。"小米随意问道。我心说问这么详细是不是太冒失了，不过我也管不住她那张嘴，而且说不定人家确实熟稔到这种程度了吧。

"就朋友那里玩玩嘛。"女人打了个太极,轻易化解了。

"那很好啊。对了阿姨,你知道楼下那个西瓜皮的事情吗?"

"那个啊,就今天早上那个浴缸里的吧,我没太在意,听说有好几天了?"

"对,不过今天是第一天放在浴缸里。"

我有点听不懂了。"哎,浴缸是怎么回事啊?"

"我们刚才不是说到一半吗,除了排除掉了素质因素以外,让我认为此事另有目的的第二个原因就是:今天,出现了不一样的套路。"她看了看女人,说:"我们那个老小区不是在翻新吗,电路、污水管道、燃气管道什么的都在翻修。很多人家趁这个机会也在给家里的装修翻新,因为这时候处理建筑垃圾很方便,而且不太需要考虑噪声问题,反正都会很吵。如果想要修改电路或者水管之类的,还能和市政工程队协调。因此垃圾桶边经常会有建筑垃圾,今天这个比较特别,是个浴缸,估计是哪户人家扔掉的,就像个巨型垃圾一样扔在路边,不过这也不稀奇,之前还有马桶、洗脸盆什么的。但是,那个扔西瓜皮的,今天看到有个浴缸在那里,居然直接把西瓜皮扔在了浴缸里,还摔得粉碎,因为散落面积很大,所以招来了超级多的苍蝇和蚂蚁,真是恶心死了!"

"原来……你们之前在讲这个啊。"

"是啊阿姨,气死我了,不知道谁干的,我们想把犯人找出来。"

听到"犯人"这个词,女人可能觉得有点好笑,嘴角忍不住上扬。

和高中女生的侦探游戏被别人发现,我感到有点尴尬,低头喝我的饮料,一时无话。

这时,里间的小孩出声呼唤女人:"妈妈,这里的书可以看看吗?"

我朝女人点点头。"可以,只要……注意一点就行……"

其实心里很担心熊孩子会怎么对待我的书,女人又站在这里,我总不好进去盯着小孩子吧,哎呀,开店有时候就是会碰到这么矛盾的事。

幸好,女人也许看出了我的难处,对我说:"我进去看着他们些。"

哇,真是个高素质家长啊。

然而,这个一心想抓住犯人的女高中生仍然坐在我对面不动如山。看来,侦探游戏还得继续,里面的母子一时半会儿大概还走不了。

唉……

"那个啊，小米。"我试着打退堂鼓。

"啊？"果不其然地，她又用一个字回绝了我。

"这条件是不是有点少啊。"

"啊？"

"况且，如果你这么想知道，不能去查监控录像吗？"

"不行，最近那里电路都是断的，晚上路灯都不亮，只有两个临时照明的灯泡。而且，如果我说要找扔西瓜皮的人，大家肯定当我神经病。"

原来她还有些仅存的自知之明。

"那……就没有其他可疑情况了吗，什么不自然的事情，小区里的新闻啊之类的？"

"倒是有，最近有个流浪汉出现在小区里。这年头流浪汉可不常见，这应该算是个新闻了。他差不多是十天前来到小区的，那会儿小区的老围墙刚刚拆除，新的还没建好，所以他能自由进出小区。小区保安都是摆设，而且也没法整晚盯着他。一开始，他晚上会睡在地下车库里，那里凉快，后来有人反映说太吓人，让保安赶人，其实保安也拿他没办法，他还是能进小区，但是这回他去了远离人群的地方，有时候在草坪上的树底下，有时候在居民的健身器材区，有时候下雨在地面车库的屋檐底下，天亮之前就会离开。后来可能有些好心人可怜他，给了他一顶废旧帐篷，他就住在了草坪上。也没人愿意做那个恶人去赶走他，大家都知道，围墙一造好，早晚可以把他拦在小区外面。而且说到底，这个流浪汉还挺好沟通的，也知道不去打扰别人。"

"那不就结了，这个流浪汉大概就是犯人吧。"我愉快地下了结论。

"啊？你认真点，听我说下去。"她皱着眉瞪着我，真是易怒，我很想提醒她注意表情管理，不然以后的皱纹有她受的。

"但是，这个流浪汉，这两天已经不在小区了，没人看到过他，很可能已经离开了这里。所以我不认为他是扔西瓜皮的犯人。"她说。

"这样啊……"也许根本就是个没用的多余条件，可能性太多了，这就是当你在现实生活中尝试去推理一件事情的时候会遇到的情况，才不会像推理小说里那样呢。

就拿这件事情来说，没有围墙，就相当于是开放式小区了，谁都有可能是犯人，那里本来的住户、流浪汉，以及，这个世界上其他人。当然，我知道我不是，估计眼前这位也没这么无聊。剩下的那些人里，犯人到底是谁，那就很难说了。

突然，我想到一个点子，大概可以用来糊弄一下这个黄毛丫头。

我清了下嗓子，开始瞎掰："我明白了，这是诡计。"

"诡计？哪里存在诡计？"看她无知的表情，果然年级前五的成绩还是敌不过我这个大人的人生经验啊，太年轻太幼稚。

"这个流浪汉只是假装消失了，但实际上他还在继续干着这种事。就这么简单。"

"啊？那今天干吗扔浴缸里呢？"

"浴缸今天碰巧出现，他就把西瓜放里面了，可能放进去的时候手撑在边沿上打滑了，所以不小心把西瓜皮摔碎在了浴缸里。"

"反对。流浪汉有这么多钱买西瓜吗？"

"你太小看流浪汉了，现在乞讨很赚钱。"

"他不乞讨，他白天也睡大觉。"

"呃……那就是去捡的，反正现在夏天吃西瓜的人家很多，多去翻找一下垃圾桶总能找到，说不定还能去水果店旁边找边角料。"

"好，算你能扯，可是，动机呢？别和我说他精神不正常，他都可以和人沟通，而且这种明显带有逻辑的行为，我才不相信是脑子不对的人干出来的。"

"那这个理由怎么样？你对这件事的第一反应是什么？厌恶，对吧？所以动机就是为了让某些人不爽。"啊，我真佩服自己瞎扯的本事。

"解释。"她自然也穷追猛打。

"比如说他是想针对环卫工人，比如这样能让环卫工人早点来收掉垃圾。"

"不可能，环卫工人上班时间是固定的。而且话说回来，一个西瓜皮能造成多大的困扰，还不如扔点别的东西，比如去别处弄些大袋的垃圾塞进垃圾桶。"

"那就是要给环卫工人本身的工作带来麻烦……可是不对，像你刚才说的，一个西瓜皮制造不了太大的麻烦，最多只要去捡起来就可以了。"

"是啊，肯定不对。"

"啊，我懂了！这是一种障眼法，其实这个看似小小的麻烦可能会给某人造成很大的困扰。"我喝了一口饮料，继续说。"比如说，某个环卫工人有腰伤，弯腰会让他很不舒服，至于动机就是这个环卫工人在某处曾经得罪过流浪汉，环卫工人的腰伤则是他偶然得知。"

"听起来很有道理，但是大叔，"她也喝了口饮料，"首先，环卫工人有三人，一个负责开车和操作垃圾车上的装置，另外两人会下车把垃圾桶推到车边，架在固定杆上，然后车内人员操作杆子翻转，把垃圾倒进车斗。你看出问题了吗？"

"有两人？"

"对，下车移动垃圾桶的有两位环卫工人，流浪汉怎么知道谁会去负责那块西瓜皮呢，腰不好的那位完全可以叫另一位去处理西瓜皮。就算这块西瓜皮真的会轮到有腰伤的那位环卫工人去处理，可是你想想，已经连续一个星期了哦，难道环卫工人不换班吗？"

"换吗？"

"我不知道，大叔你也不知道，你觉得流浪汉会比我们知道更多吗？况且他花费金钱买西瓜，或者花费精力去捡西瓜皮，你觉得他会用这么没有确定性的方法去报复自己的仇人吗？而且，还是有那个问题，为什么是西瓜皮，而不是别的什么垃圾？"

真难对付啊，年级前五。

不过瞬间我又想到一个解答。

"换个角度考虑，正因为是西瓜皮，所以会和别的垃圾有所不同。"我说出了一个新的扯淡推理。

"什么意思？"

"为什么我们一开始会想要推理这个事件？除了犯人的行为很讨厌之外，还因为西瓜皮本身很奇怪，而奇怪的问题会吸引更多思考的人和时间。就不卖关子了，我认为，犯人之所以要选用西瓜皮，是因为西瓜皮引人注意，能让人疑惑，进而，会让垃圾车多停一会儿。"

"……有点意思。"

"我问你，你们小区正在改造翻新，应该会有很多沟壑吧，垃圾车停在那里会不会造成某些住户的困扰？"

"这么说起来……对面楼道里的人家好像确实会被挡住,因为他们那一侧的楼道一出来就有一条沟,好像是埋设污水管道的。那上面临时架了一块板,骑自行车、开摩托车或电动车的人一定要从那块板上把车推过那条沟,如果垃圾车停在那,板会被垃圾车挡住,那些车短时间内会出不来。"

"对了,就是这个。不过这个解答就一下子把嫌疑人的圈子扩大了,既然是要妨碍住户,那么同一小区的其他人也可能是犯人,也许是有过节什么的……"

"慢着。"她突然打断我正准备下的结论:"统统不对,我刚才突然意识到,我们是在建造空中楼阁,因为我们的基础就是错的。"

"……"不知道她又要搞什么花样。

"别忘了,今天和往常不同。今天,那个犯人把西瓜皮砸碎在了住户丢弃的浴缸里。"

"这怎么了,我刚才说了,可能是放进去的时候手滑摔碎了。"

"你也说了'放进去时',没错,想要西瓜皮这种脆弱的东西不摔碎,必须弯腰放下,而这一个动作,揭露了犯人的某种心理。那就是,他不想制造除了一个完整的西瓜皮之外的更多麻烦。"

所以说啊,我讨厌聪明人。

"我们刚才一直在讨论犯人想要给某人制造麻烦的可能性,但是仔细想想,犯人如果要制造麻烦,可以从一开始就把西瓜皮砸碎在地上,这样显然更难清理,也更容易招来虫子,但是他没有那么做。今天,西瓜皮被砸碎在浴缸里,也许像你说的是手滑了,但是还有可能是因为今天那里正好有个浴缸,犯人不用怕西瓜皮会碎得满地都是,直接扔在了浴缸里。所以我认为,这个犯人的目的,根本不是想给任何人制造麻烦,而是有某种更深层次的原因。"

论证完毕,她盛气凌人地望着我。怎么回事,不就只是在说西瓜皮这种破事吗,干吗搞得像证明了相对论似的。

只是她这么一分析,确实抹杀了很多的可能性。真是可怕的女生。

我实在懒得纠结这种破事,想要快点结束话题,最好能够证明犯人是没法找出来的。可是怎么证明呢?我想了一会,终于有了灵感。

"我知道了,按照你的说法,我们换个角度思考。审视一下犯人这一周来的行动,只有今天是特殊的,是不是可以这么认为,之前六天的行为全都是为了掩饰今天这次摔碎西瓜皮的举动。"

"理由呢?"她怀疑地看着我,根本就是觉得我在扯淡。当然,我确实是,因为,我真的想不出这么做的理由,只能愣着和她干瞪眼。我心想,只要把推理引向死路,就总有办法让她服输,放弃推理。

"那个,我有个想法。"

我们两个都循声看去,原来是刚才带着两个孩子的那个阿姨。这真是让人意外的展开,三十好几的阿姨也对推理游戏感兴趣吗?

"阿姨,快说说你的想法。"小米倒是非常兴奋,她才不在乎推理的人是帅小伙还是阿姨,反正完全对走到绝路的我失去了兴趣。

女人走到我们桌边,开始说起她的推理来。

"刚才老板说的,我觉得有道理,但我是反过来考虑的。因为像老板这么想好像看不出动机是什么,我就反过来想:犯人今天的特殊行为反而是为了掩饰之前几天的行为。也就是说,犯人通过最后一天的——对了,我认为犯人今后不会再继续做这件事了,理由我过会儿再说。总之,我认为犯人希望通过最后一天超出常规的行为来引开别人的注意力,希望别人不要去思考前几天放西瓜皮的动机,而去想最后一天摔碎西瓜皮的动机。犯人这么做,其实是为了掩饰前几天的真正动机。"

"这样一来,看来阿姨你是知道犯人的动机喽?"

"是的,当然我并没有证据,只是一种猜测。你知道小区里的野猫泛滥这件事吗,前几天一到晚上就会很吵。"

"哦,对对对,难道你想说……"小米像是想起了什么,睁大眼睛看着女人。

"是的,我觉得,小区里的某个人可能是爱猫人士,他害怕明目张胆地喂野猫会让大家反感,所以只有在晚上才能投喂它们。但是如果用碗的话,他没法保证能在第二天大家出行之前收回,还是会被人发现有人在偷偷喂猫。所以他使用了西瓜皮,这样,在晚上等猫把食物吃掉以后第二天就会变成一块普通的西瓜皮,被环卫工人收走。最近两天,野猫已经不再出现在小区,所以那个人准备收手。但是就像你这样,多少已经有人注意到了这个西瓜皮的怪事,所以为了掩饰自己之前的动机,他在最后一天利用现场的废旧浴缸,摔碎了西瓜皮。这样既能够做出和之前完全不一样的效果,让人难以联想到西瓜皮真正的用途,又能够不让西瓜皮的碎屑造成环卫工人的麻烦。如果我的猜想没错,今后他应该不会再放西瓜皮了。"

原来如此,真是高手在民间啊,我完全没往那方面想。

小米看起来也对她深感佩服,这家伙就是什么情绪都会写在脸上。

"阿姨,你也太牛了。"她说:"好吧,既然是做善事,我也就不追究了,虽然间接让野猫扰民也是不对的,但是我也算是可以理解吧,反正今后不会再有西瓜皮了。"

"没有没有,这只是我的猜想,我也不知道明天还会不会有西瓜皮出现。"女人赶忙解释道。

说到这里,两个孩子从里边走出来,手里头都拿了一些手工用品,看来准备回家了。

孩子俩的妈妈接过两人手里的东西递给我,我给他们结账。

小米趁着这段时间和两个男孩聊天,看他们的样子,完全就是一派小男孩和邻居大姐姐在一起的温馨和睦场景。我对小米能有这样正常的人类交流画面感到很稀奇,毕竟我每次面对她时,她都是个情绪大起大落的非正常人类,而且不知为何,她总是独来独往,我当然也会好奇,她在学校里怎么没有朋友。

不过事件能够圆满解决,或者说,让这位大小姐满意,我就感到很欣慰了。不出意外的话,下午余下的时间,我就能读完剩下的半本书——

但是,不出意外的话,一般这时候就要出意外了——

"出去玩了两天,感觉怎么样?"小米问两个男孩。

两个男孩想了一会儿,说出了下面这两句奇妙的回答:

"常州的可乐比无锡的好喝。"

"但是杭州的那些空调最凉快。"

这莫名其妙的回答让现场的空气一度陷入停滞。

什么?我不禁和小米对视了一眼,又同时看向两个孩子的妈妈。

女人显得有些不知所措。"这俩孩子,净说胡话,你们别放心上。"

然后她说了声"再见",拉着两个小孩,飘然离开了店里。

不妙!我在心中大喊不妙!怎么一波未平一波又起。

又回到了开始,店里只剩我和一个女高中生,还有,一个谜。

"大叔。"小米摆着扑克脸对我说:"刚才那话是怎么回事啊?"

"……"无言以对。

"为什么那个阿姨好像不想让我们深究,匆匆离开了?"

"……"不想知道。

"啊?"又开始了。

"就,两个小孩子的胡话而已啦。不要在意别人的事情,过好自己的生活才是最重要的。来,介绍一本新书给你看看……"

"不要跟我打马虎眼,现在我只想破解刚才的问题。"

怎么回事,今天是世界推理日吗?我怎么不知道。难道今天注定难逃一劫?要是我知道今天会变成这样的一天,我一定会闭店一天,待在家里装死,纵使山崩地裂也绝不出来。

"快点,大叔,让我见识一下你的推理。刚才太丢人了,居然被一个普普通通的阿姨给打败了,真是白瞎了你这么些年的推理生涯。"她试图用激将法。

好气啊,为什么我要被一个女高中生说教啊,而且什么是"推理生涯"啊,最多是"推理阅读生涯"吧。

"就这么两句话,你让我推理,你以为我西泽保彦啊?"

"快点,猜对有奖,我会多买你几本书。"

"不稀罕。我要看书了,对这事没兴趣,而且你这问题毫无道理。"

我拿起小说,随便翻开,假装看了起来,不理她。还能把我咋的?

"……我懂了。那好吧。"她站起来,看都不看我,貌似无力地拖动身体走向门口。搞什么啊,这么沮丧,装得挺像,我都有点信了。

她走到门边停了下来。"我以后不再来了,再见。"

声音沙哑,不如说还带着哭腔。我都纳闷了,至于吗?但还是坐着不动。

"本来以为在这里能找到唯一的乐趣,现在看来,人生果然无趣,再见了。"说完,就推开门作势要走。"啊,对了,有些话想对大叔说,我会写在信里,到时候请不要拒收。再见。"

开什么玩笑!这是什么走向?

我看着玻璃门慢慢合上,她的背影蜷缩在门缝中,没了往日的生气。门继续合上,很快就要完全紧闭,门外倾泻进来的蝉鸣声逐渐变得微弱……

"等一下。"唉，什么玩意儿，我居然忍不住喊住了她。我当然并不是因为她说不再来了而想留住她，只是这个看起来精神状态很不正常的女生说出这种话实在是让人没法不想歪。现在的年轻人啊，不知道是勇敢还是愚蠢，或者二者皆有，他们是说死就真的会去死的。说实话这个女生虽然有一副好皮囊，但是人一死不过就是一堆腐肉而已，我并不觉得可惜，这样情绪不稳定的人要是死掉说不定也是一种优胜劣汰。不过，一个女高中生要是在死之前留下给某人的绝笔信，比如我，那我这辈子可就死透了。当然啦，她的奸诈之处在于她完全没提过一个"死"字。

说不定一切只是她的演技，但我也说不准一个没有朋友的少女脑子里会有着什么样的思维回路，毕竟，谁敢在一个喜怒无常的人身上下赌注呢。

也罢。

"别生气。"我无比沉痛地说："我推，我推。"

之后的瞬间，我分明看见，一抹邪恶而又病态的笑容浮现在她的嘴角。

从柜台里取出一张白纸，我郑重其事地写上这次的谜题：

常州的可乐比无锡的好喝。但是杭州的那些空调最凉快。

就这么两句话，十几秒就写完了，在纸上的墨水干掉之前，我就能把它完整读上两遍。

仅仅看着短短两句话，就感觉绝望的潮水已经涨到了我的腰际，恐怕随着推理的进行，只会渐渐将我完全淹没。

这不只是一个推理的过程，更是要让眼前这个女魔头满意的过程。

现在，她一脸天真，坐在我的对面等待我的推理，明明刚刚还是一副要死要活的样子。这个女生，真是恐怖。

"想好了吗？大叔。"不知何故，这声"大叔"叫得格外亲昵，但是越是如此，我就越是寒毛倒竖。

好吧，第一个点子闪现在脑海。

我把纸推到我们两个中间，用笔圈出了三个地名。

"首先，我们看到最明显的三个线索：常州、无锡、杭州。"这三个地方在我们这个小镇的周边，距离都在两小时车程左右。说不上近，但也不算远。

"明显什么？"

"联系到你的问题，你问他们出去玩的感想，然后才有了他们之后的回答，这就是他们对你提问的回答。虽然这个回答很奇怪，但我还是可以认为，这三个地方，就是他们前两天去玩的城市。虽然也有可能还去了别处，但是至少包含了这三个地方。到此为止，你认同吗？"

"嗯，姑且就这么认为好了，反正这两个小孩看起来不像有智力缺陷的样子，应该是在回答我的问题。"

"好，那么你从这里面看出什么问题了吗？"

"看不出。"

"太多了。去的地方太多了，你不觉得吗？这三个地方虽然都在我们周边，但是却也并不是几十分钟就能来回的。只算单程，去无锡要一个半小时，去常州要两小时，而去杭州要两小时还多一点，更不用说方位了，无锡在北面，常州在西北，杭州在东南，这些城市之间的路程还要更长。你认为，匆匆的两天，如何安排给这三个地方比较好呢？"

"也许某个地方他们只是路过了一下。比如说，途经常州去往无锡。"

"不太合理，你想想，这三地是被小孩子作为并列关系提出，假设在无锡他们只是短暂停留，为什么能够对地名留下这样平等的印象，仅仅提到长时间待过的杭州和常州就够了。而且，假如目的地根本不是无锡，他们也应该只是把无锡当成是一个路过的地方，而不是'玩过的地方'。另外，五六岁的小孩子不像大人一样知道各地的地名，他们一定会问过大人以后记在脑子里。比如到了一个地方，问那里是哪里。你觉得如果只是停下买了瓶可乐的地方值得他们关心吗？就算他们停下买饮料的时候确实问了地名，我觉得，在小孩的思维里，这种仅仅路过的地方也没法和待过一段时间的地方相并列。而且，还有一个佐证。"

"是什么？"

"他们是两个孩子。一般情况下，路过的地方只会被顺口提到一下地名，如何保证两个孩子都能牢牢记在脑中，假如某一个孩子记得不牢，对话的时候，他一定会问，你刚才说的无锡是哪里？但很明显，两个孩子对无锡的存在都是默认的，说明他们确实知道并去过无锡。我认为，只有下车并在一个地方确实待过一段时间,才能有较多的机会接触当地的地名,比如广告牌或者店铺招牌上就经常会出现地名,公共交通工具里也经常会播报地名。正好这三地的地名都是比较简单的汉字,只有这样,这两个孩子才能够对三地的地名有深刻的记忆,并且能够对它们脱口而出。你觉得有道理吗?"

"还行吧,分析了这么一大堆,结论是什么呢?"

"先别急,我们只有这两句话的线索,可能不会找到足以下结论的关键证据,那就只能从可能性最高的途径下手,这就需要每一步都打好基础。而我们这一步得到的基础就是,这三地的并列性。"

我稍作停顿,感到口干舌燥。没想到自己竟然能讲出这么多来,而且还挺像回事。我拿起只剩一个底的饮料瓶,直接喝了个干净。

"小米,麻烦你再去拿一瓶来。"

她迟疑了一下。我从来没指使她干过什么,也许本能上不愿意吧。不过,推理到一半的情况下,她也没多计较,乖乖出门去冰柜里取饮料。

其实我是在给自己争取时间,利用这段时间赶快想好下一段结论。

等她拿了饮料进来,我接过饮料,慢吞吞地给我们两人杯中都倒满,然后才缓缓开口。

"如果这三地他们都去过,那就回到了最开始的问题:两天赶着去三个地方,他们到底要去干什么?一个猜想,会不会是去走亲访友?"

"不太对吧,走亲访友的话,首先前两天并不是什么特殊的节日,何必要赶在两天之内去三个地方走亲访友呢?而且前两天甚至连双休日都不是,真的可以用来走亲访友吗?就算真的是走亲访友,明明还有别的方法可以更高效率地完成啊。唔……比如四个地方的人商议好某个地方,然后大家只要同时去那个地方就可以相聚,何必要让某一家人在两天之内先后奔赴三个地方。"

"是啊……那样的话……那么有没有可能,这三地的都是长辈所以不能劳烦他们动身去别处呢?"

"乍一看有点道理,但是既然是长辈,不是应该认真对待吗?干吗弄得这么匆忙,我看那个阿姨好像是全职主妇的样子,这段时间小孩子又放假,至于这么仓促吗?"

小米反驳起来倒是挺有一套。

231

"是这样呢……啊,我又想到了一种可能,也许他们奔赴各地去参加某种活动,比如追星之类的,所以时间受到限制。"

说到一半,我突然意识到,有一个逻辑,会把这一类可能全部堵死。

"不对,小米,这些可能性其实都没有讨论的价值。因为你看,小孩子们压根连提都没提到过这些所谓走亲访友或者参加活动的事情。问他们出去玩的感想,他们说的居然是可乐和空调,我觉得这是不是说明他们根本没有走亲访友或者参加其他活动。"

"对哦……"

"所以,尝试转换方向。可乐味道的不同,大概只是因为喝了不同的品牌,但是为什么可乐能够成为旅程中占据他们主要印象的东西呢。所以不妨大胆假设,假设可乐确实就是他们旅程中的主要元素。听起来很扯,不过我们先按这个思路来想想,哪里的饮料多呢?无外乎就是小卖部、便利店和超市。从常理来看,只为了买小孩喝的饮料,没必要特意跑去超市,那么小卖部或便利店的可能性就会比较大,而后面的'那些空调'说明他们去的地方是有空调的,小卖部一般不大,有的还是敞开式的,所以我认为是便利店的可能性比较大,而'那些'这个词说明他们还去了很多的便利店。是什么原因让他们跑大老远去便利店里买可乐呢,这又不是什么地方特产,每个地方的可乐都一样啊,而且为什么要跑很多家店?感觉不太可能,于是我假设他们其实是去买其他东西的,只是每到一处女人就顺带给小孩买可乐。"

"然后呢?"推理在这里戛然而止,小米忍不住发出追问。

"然后……我实在想不通有什么东西非要跑到外地的便利店去买,而且还跑了很多家便利店,那会是买什么东西呢?便利店无非是吃的喝的还有些日用品,这些都是随处可以买到的呀。就算是某种便利店专卖的东西,一个地区的便利店也足够了吧……对这一点,我怎么都找不到解释的理由……好像陷入死路了,没有办法继续……"

"啊?"她似乎完全无法接受,一把夺过那张纸,死死盯着那两句话。

"放弃吧,线索太少了,推理不是那么想当然的,推理作家写的那种一句话推理只是事先布置好线索和可能性的障眼法罢了,现实生活中是不可能做到的。"

当我说的话是耳旁风,小米还是继续久久地盯着纸面,好像要用凶恶的眼神从这薄薄的纸张里抠出什么真相来，有时候我还真佩服她的较真。不过我也懒得继续泼她冷水，就坐在那等她自己认输。

我知道，让她认输只是时间问题罢了。

我偷偷盯着自己的手表，店里很静，滴答声敲击我的鼓膜，传递到我的大脑，如催眠一般，我渐渐哈欠连天。

"你错了，大叔。"忽然，她从纸上抬起头。"你理解错小孩子的话了。"

我简直不敢相信自己的耳朵，一度以为这已是半梦半醒之间的白日梦。

"……哪里？可乐口味不同？"

"不是，是'那些空调'。听我说，小孩子都是靠直观视觉来记忆的生物，所以'那些空调'绝不是指的便利店的多，而是他们真的看到了很多的空调，你懂我意思吗？我是说，他们在某个地方、同一时间，看到了很多空调，所以才会说'那些空调'。"

荒唐！我还是迷迷糊糊，但这说法听起来实在蠢得可以。

"笑话，怎么可能同时看到很多空调？"

小米倒是精神得很，不如说还变得意气风发的样子，不知道要说出什么高论。

"我先说一个反证，然后再说我的结论。反证：如何保证杭州的每一家便利店都能够做到'空调最凉快'？空调的温度可不像奶茶配方那样能够由总公司统一控制，它和便利店本身的环境、人流量、空调新旧都有关系，怎么可能让小孩子觉得杭州每一家便利店里的空调都比其他地方凉快呢，从概率上来说，你觉得这合理吗？"

"……"一句话也说不出，但我完全醒了。

怎么会有这种人啊，我的天哪，谁来救救我。当然，并没有人来救我，我只能坐着任由她眉飞色舞地用逻辑鞭笞我。

"哼，看来是默认了。我再来说说我的结论。我认为，小孩子们说的'那些空调'是确实存在的，而那个同时出现很多空调的地方，你难道想不出吗？"

我精神上醒来了，脑袋却早已疲惫不堪，但我仍然顺着她的思路想了下去。

"家电商城……"

"真遗憾啊，大叔。"她怜悯地看着我，好像看着一个弱智孤儿。见

233

鬼,明明是她要死要活让我推理,现在却又要反过来羞辱我,岂有此理。

"的确,很多空调会让人一下子联想到家电商城,但是别忘了另一个要素——可乐,难道说,每个家电商城边上都恰好有地方卖可乐?也许吧,但概率未免太低。而且,小朋友的思维很简单,为什么前一句说可乐,后一句却说家电了呢?是不是可以这么想,有一个地方,同时存在很多空调和可乐。告诉你,有,那就是一开始被我们忽略的超市,而且是那种什么都卖的大型百货超市。"

这个女人,竟然……能做到这种程度。

"因为只有这种超市,才会同时存在卖空调的家电区和卖可乐的食品区。"

本以为她会继续她的惊天推理,只是……

"然后呢?"

"我也只能……推理到这里……"她承认道,低头看着那张纸。目光所及,是桌上那张画满了圈圈点点的白纸。

就像白纸的承载面积有限那样,短短两句话的承载量也最多就是这样了吧。没能得出最终结论,我虽然觉得很遗憾,但也已经满足了。

只是两句话而已,只是两句话而已……我这么安慰着自己……

一个妈妈,带着两个孩子,出门两天,去了至少三个地方,而且是去了各地的大型百货超市,几乎可以认定是赶着时间去的……本以为会推理出谜底,没想到最后留下的却是更大的谜团……

我回顾小孩们那两句奇妙的话,自认为所有线索都已经探索到了极限。

店里变得寂静异常,从紧张的推论回到之前的氛围,好像从异世界回到了故乡,有种强烈的不现实感。我啜饮杯中的饮料,有些空虚,又有点满足,看着店门口阳光下亮闪闪的柏油马路出了神。

等一下,说到阳光的话……

没错,这两句话本身或许已经分析透彻,但问题是,这两句话是由谁说出来的,而谁又是被我所忽视的?

啊。我突然领悟到了,线索并没有全部用到。

"我懂了!还可以往下推!"我下意识喊了出来,小米则如梦初醒般望着我,期待之情徐徐浮现在她的脸上。

事情变得有趣起来了嘛。

"小米，思考一下除了这两句话以外的信息。我们不能局限在话语本身，其实，说话的人自己也是线索。"

"小孩子和他们的妈妈？他们怎么了……"

"大夏天的，他们出去玩了两天……"我引导着她。

"却没有变黑……"

"对。"

"可是，也许是防晒做得好呢？"

"当然，有可能。但是，你是否还记得一个细节。那个女人脖子上的丝巾一直不曾取下，为什么她到了室内，拿下了帽子、口罩和冰袖，却唯独不拿下丝巾？"

"难道，你的意思是说……"

"我认为，她的脖子被晒黑了。"

小米难以置信地看着我，然后看向空中，努力搜寻记忆。

"确实如此，那个阿姨她自始至终没有拿下过丝巾。可是，如果脖子被晒黑了，能说明什么？"她问我。

对我要说的解答，我颇为得意，因为连我自己也实在认为这是一个天启。

"首先，如果脖子被晒黑了，就能否定你刚才说的'做了防晒'的说法。然而这样一来就奇怪了，为什么她只有脖子被晒黑了？有什么样的活动、什么样的动作才能只把脖子晒黑？我开始思考，假设确实存在这样一种户外活动，是什么我们先别深究。先考虑其中的逻辑，你刚才也看到，那个女人出门实际上是非常注意防晒的，各种防晒器具都十分齐备，而她自己也确实有丝巾，假如有室外活动，她会不注意自己的防晒工作吗？"

"会不会是她忘记了丝巾？"

"一个注意防晒的人突然少了条丝巾，我想她不会注意不到吧。"

看她要反驳我，我抬起手说。

"我知道，还有另一种'忘记'的可能性，比如她在出门的时候就把丝巾忘在了家里，所以导致出门以后不能系着，只能硬着头皮被晒黑。你是这种意思吗？"

"是……"

"但是这么想不对。首先她为什么不在外地买一条,好,也许她勤俭持家,不愿意再买一条,也许其他的丝巾她根本戴不习惯。总之,我们姑且认为她不能再买一条好了,可是逻辑上还是不对,因为她有一顶帽檐很大的帽子。你想,如果她的户外运动一直是站着的,她完全可以被那顶遮阳帽挡住整个头部,脖子也不例外。而如果她是躺着的,她也不可能只被晒到脖子而不被晒到脸。况且,只要她有帽子,就可以根据太阳光的角度调整帽子,即使躺着,也可以整个遮住脸和脖子,这根本不成问题。"

"那么到底是什么原因啊,别卖关子了。"

啊,吊这个嚣张的女高中生胃口真是莫名的爽。

"听好了,我刚才的结论是,只要她做好了被晒的准备,就完全可以避免只有脖子被晒黑这种结果。所以,我的推理就是:因为她根本不知道自己会被晒。"

"啊?开什么玩笑,一个人怎么可能不知道自己在被太阳晒?"

"完全有可能。我们得知太阳光照在自己身上,是因为太阳光的热量,还有我们看到太阳光照在身上的视觉信息,那么假如这两样信息都被屏蔽了,就有可能让一个人在被太阳晒,而自己却毫不知情。放到这次的事件里来看,我认为,她躲在某种东西里,那里面还开了空调,凉爽舒适,大部分时间也晒不到太阳。再联系她的两个儿子,也一点没有被晒黑,你明白了吗?"

"在车里?"

"没错,这就是我的推理。那个女人和她的两个儿子根本没怎么在户外玩,或者根本就是没玩,他们除了待在车里就是去百货超市,所以没什么机会晒太阳。而女人则因为忽略了在车内的防晒,所以被晒黑了脖子。当然,也许她会注意手臂和手的防晒,但因为车内有遮阳板的关系,所以太阳光不会直射在人脸上。遮阳板宽度有限,这样才能不妨碍司机开车的视线。而正因为遮阳板的存在,让她看不见太阳,不知不觉中忽视了自己的脖子。实际上,透过挡风玻璃照进来的太阳光已经热力大减,再加上车内开着空调,所以人难以通过太阳光的热度来感知它的存在。另外,人不可能看见自己的脖子,所以也看不到太阳光照在脖子上的画面。就这样,视觉和触觉都被剥夺,所以那个女人完全不知道太阳光照在了自己的脖子上，等到回来以后才发现被晒黑了，只好用丝巾遮挡。"

我停下来看着小米，等待她对我的发问。因为我知道，接下来这一段推理，才是天启中的天启，我要好好震惊一下这个小屁孩。

"你也太想当然了，先不说他们母子这种奇怪的行为有没有可能。你自己想想，什么情况下，太阳光才能照到车内人的头部和颈部。"她看我还是笑着，不禁有些犹豫，但还是皱着眉头说下去："这种盛夏的季节，太阳大部分时间都在天空的中轴线上运行，也就是说，除非清晨或者傍晚，否则，太阳光是不可能像你说的那样照进车内人的头颈部位的。而如果她的脖子黑到需要用丝巾遮挡的地步，肯定已经黑得非常明显了。可是他们总共出去两天，太阳斜射的时间段，就当一天有三小时好了，两天加起来也才不过六个小时，我们军训都要晒到第二天才会变黑呢。就退一万步说，她两天的太阳斜射时间段都晒满了，可那说明什么。说明这两天里的清晨和傍晚时间段她都在开车，她才不过去三个地方而已，虽然赶了点，但也不至于这么起早贪黑吧。另外，小孩子在假期都喜欢睡懒觉，她何必拖着两个孩子进行这种行程计划？"

果然，她提出了这些颇为刁钻精妙的问题，换作是一般人肯定早就乖乖接受我的答案了。这家伙确实非同一般，只可惜，纵使她智商过人，可她算不到，我等的就是这一刻。

"那种可能性我早已料及。"我说了一句井上真伪小说中主角的台词，亲口说出来，让我有种极致"中二病"的快感。

而她却像是吃了苍蝇似的，挑着一边的眉毛怒视我。

"啊？你在搞笑吗？我认认真真分析，而你却在搞笑？"

我还是笑而不语地看着她，酝酿着。

"什么啊，笑得这么恶心，快点说！"

"你刚才说的，与其说是反证，不如说是佐证。以下，我就将展示给你看，我的推理。"这该死的当侦探一般的快感啊。

"你刚才提到太阳的斜射，这是个很好的切入点，但是你忘了注意太阳的另一个特点：方向。你看，无锡在我们东北面，杭州在东南面，常州在西北面，而实际上，它们偏东或偏西的距离都不长，大部分时间车头不是朝南就是朝北。你刚才也说了，只有清晨和傍晚的时候，太阳光才能够照射到车内人的头颈部位。但是同时，也只有向正东或正西开的时候才会被太阳从正对面照射。"

"好吧，我是忽略了方向，你能看出这点也很厉害，"小米干脆地承认，却没有轻易认输："但是这不正说明了这个推理的不合理吗，难道说，那个阿姨她每天的清晨和傍晚，都在向着正东或者正西方向开车吗，像你刚才说的，在行进方向上根本对不上。"

"没错，但除此之外还能有什么办法解释那个女人只有脖子被晒黑？"

"肯定有，只是还没想到……"

"那你说一个我听听？"

"……反正我就知道你这个是错的。"好现象，她开始狡辩了。

但我还不打算停下。

"年级前五啊，思考难题可不能用你这种态度啊，现在很明显我们的方向是对的，那就应该直面困难，顺着这条路击破它，不是吗？"

承受着我的说教，她再也没法趾高气扬了。看来我是时候祭出杀招了。

"想象一个灯塔，为了保证各个方向的航行者们都能看见，所以它必须要让灯光旋转，这样无论人在哪个方向，总能有一刻，灯光会照向航行者。同理，这件事也一样，太阳作为一个遥远的光源当然不会在头顶上转圈，但是地面上的人可以。所以即使在那个女人的行程中没有这么长的正东向或者正西向的路，但她自己可以在地上打转，这样就能够保证她在那个时间段总是有时间面向正东或正西，也就总是能被太阳光照射到。我说的肯定不是原地打转，我是说，她不断地在城市里兜圈子。"

"不断地兜圈子……这……"她果然被这个说法震惊，"但是，我还是要问，为什么？"

还是不死心啊。

"你想，既然她清晨傍晚都在城市里兜圈子，那么我们不如认为她一整天都在兜圈子，没必要局限于清晨傍晚，因为联系到他们母子没有什么其他活动这条线索，再联系你之前推理出的百货超市这条线索，我认为，兜圈子的理由就是——他们在城市里到处找超市！不是一个两个超市，而是很多超市！"

以下的推理，也许会有些限制级，也有些跳跃。不过这一切，都是为了眼前这个女高中生。

"到处找超市的理由是什么呢?"我像是面对台下有数千人的巨大会场,站着向眼前的人大声发问。

她早已噤声不语,完全被我震慑住了。

"我们首先需要思考,超市里有什么东西需要去各个地方才能买到呢,甚至要辗转多个地区?这种行为,更像是一种收集行为,而不是寻找行为,因为现如今这个网络时代,还有什么需要人特意辗转多地去寻找的商品吗?因此,我并不认为那个女人是出于这个原因才去进行这次怪异的旅程,我认为她的目的是——收集。

"既然说目的是收集,那么考虑的问题首先还是,网购难道不能满足需要吗?超市里的东西理应是十分寻常之物,而不是什么连网购都买不到的东西。那么,我尝试从另一个角度考虑,是不是因为那个女人不想留下网购的痕迹呢?

"事情到了这里,一下子变得诡异起来,因为,涉及不想留下网购痕迹的事情,一般都不是什么好事。但是从那个女人在小孩说完话后匆忙离开的态度来看,我们有理由做出大胆推测,那个女人在做一些不想被别人知道的事情,而且很有可能还是非法的事情。

"这就奇怪了,超市又不是什么黑市,哪来的什么和非法事件相关联的东西呢?"

这时我已经走到了小米背后,猛地一拍手,把她给吓了一跳。

"可是仔细想想,却还是有的,超市里纵然没有毒品或者枪支,但是危险的工具,却明目张胆地摆在那,那片区域,就是超市里的厨具区,要菜刀的话应有尽有。"

"菜刀……那是……为什么……"许久的沉默之后,小米终于又开了口,只是口气变得谨慎,声音微微颤抖。

"在问为什么之前,先问问另一个问题,为什么要买很多菜刀,为什么要赶到外地去买菜刀?赶到外地去买,联系她不选择网购的理由,估计是因为她不想在本地留下买菜刀的记录。而且,她需要很多菜刀,就更不能在本地买,就算是去外地,也不能每个超市买好几把菜刀,只能一个超市买一把这样子。这一切,全都佐证了之前对她的推测,她在做、或者准备做、或者已经做了非法的事,而且,需要很多菜刀才能解决。

"很多,意味着消耗,一般来说,菜刀会是消耗品吗?除非她需要用菜刀进行相当损耗刀刃的某种行为,那是什么?那件非法的事,她是做了还是没做?"

我刻意停下,让悬念的氛围升腾发酵,让小米自己在脑中胡思乱想。

这时,我故作轻松地提及一件快要被遗忘的事:"小米,还记得那个阿姨对西瓜皮的推理吗?"

"嗯……"看不见她表情。

我走到我的座位,又一次坐下,面对着她。

"你觉得那段推理怎么样?"

"怎么说这个了,我现在可没心情说这个……"看她那担忧的样子,应该对我刚才的推理深信不疑。

"那段推理,她用到了野猫这条信息,是吗?"

"是吧,怎么了啊?"

"记不记得她说'最近两天,野猫已经不再出现在小区'?"

"啊!"她倒吸了一口凉气,惊讶万分。

"她不是出去了两天吗,即使她知道昨天晚上野猫不在,那么也只会说'昨天开始,野猫没有出现',她是怎么知道她不在时的情况的?"

"……"

"所以我认为,野猫这条线索也是受她操控的。不止如此,流浪汉、西瓜皮,甚至包括那个浴缸,都是她诡计的一部分。"

好了,终于进行到了最后阶段,表演开始。

"你以为,西瓜的谜题就是你所看到的那样吗,为什么我们一开始纠结于西瓜皮,因为它足够奇怪,摔碎在浴缸的场景也足够吸引眼球。但是,当我们分析西瓜皮的时候,其实已经中了那个女人的圈套。

"为什么女人一开始对我们的推理游戏毫不在意,却突然跑出来说了最终解答?想想那时候我们在说什么,那时我提到前六次的西瓜皮是为了掩饰第七次摔碎西瓜皮的行为,就在那时,女人出现,说出了推理,为什么呢?现在我知道了,因为,我们那时很接近某种真相,而她要及时阻止我们。想想看,第七天,也就是今天有什么不同,不要注意西瓜皮本身,是别的东西。"

"你是说……浴缸吗?"

"对了！西瓜皮的存在，只是为了掩饰最后一天的浴缸而已，最后一天摔碎西瓜皮的举动，也只是让人着眼于西瓜皮而进一步掩饰浴缸。当然，这里面还有其他诡计。首先，女人聘用了流浪汉，让他入驻你们小区。然后，让他在前几天，每晚学猫叫，叫得大家都知道，并且在最近两天停止猫叫，为她伪造的推理埋下伏笔。同时，流浪汉还充当了她不在家时的西瓜皮放置者。这样，她就达到了所有目的：掩饰浴缸的西瓜皮会精准地到位，即使是她不在家的日子里。然后，即使日后西瓜皮引起了别人注意，那她还准备了一个犯罪嫌疑人，也就是流浪汉。即使流浪汉不足以引开全部嫌疑，她还有最后一招，也就是刚才她提供给你我的那个'喂野猫解答'。每一步，她都经过精心计算，每一个准备，都能通过她家庭主妇的身份方便地在小区内散播。所有的一切，为的只是让那个浴缸能够被顺利处理掉。"

"为什么？按理说，在这段特殊时期里，浴缸也不算特别了，所以我才没往那方面想。"

"为了保险，浴缸毕竟不同于洗脸台盆或者马桶，浴缸实在太大了，她还是怕引起某些注意，可能会有人好奇是谁家丢了浴缸。所以她必须制造一件更加引人瞩目的事情，引开别人的注意。"

"可是她为什么要处理浴缸……"

"小米，你不可能不知道这意味着什么。菜刀和浴缸，损耗极大的菜刀和急需处理的浴缸，这样的组合……"

"……你是说……她已经做了那件事？"

"恐怕是的。如果一个家庭主妇去买锯子或者电锯之类的，无论怎么低调都很难不被注意到，而且那种工具的体积都很大，她要带着工具从一楼走到她家五楼，风险很大。斩骨刀同理，现在的超市或菜市场肉铺都为顾客做得很精细，所以一般家庭很少会有斩骨刀，特意去买一把的话，也会容易给商家留下印象。但如果是菜刀，这东西体积不大，而且那是很符合家庭主妇印象的东西，唯一的问题就是菜刀其实并不适合切断骨骼，所以必定会有很大的损耗，因此她需要准备很多。为了避免在当地购买，以及避免在同一地区大量购买给人留下印象，甚至防备日后警方的搜查工作，所以她才要进行这次奇怪的旅程。还有一点，不能在周边的乡下购买，乡下的流动人群少，很容易被注意到，所以她需要去城市，并尽量在城里搜寻客流量很大的超市，应该还会完全使用现金支付。

"浴缸方面，大概也是防备警方的搜查，与其拼命擦洗血迹，不如整个换掉，很可能连下水道都被换新了。推测她是在昨晚回来以后处理完了所有工作，今天一大早就约好装修师傅拆除了浴缸，运到楼下。而且我估计，心思缜密的她，整个过程都是在浴缸里进行的……"

"不要说了！求你……"她已经完全相信了这个解答，满脸都是惊恐。"那你知道……是谁吗？谁被……"

"即使做这样的事，她都只能带着两个孩子去买所需用品，除了家中没人以外，我想不到别的可能性。她在我店里特意提到孩子的爸爸，也许是想制造他还活着的假象，拖延时间。所以如果我没猜错的话，是她丈夫被她……而且，为什么要分……呃，做那种处理，肯定是因为处理那个的问题，那就说明，她的家中是第一案发现场。估计是趁着最近监控摄像头断电而实行的计划，另外近期大量住户装修产生的噪音也能给她很好的掩护。"

她把脸埋进手掌，呼吸急促，好像难以接受，虽然实际上正是因为完全接受了这个解答才会如此的吧。这会儿她在想什么，自家楼里出了一桩杀人分尸案？一个和蔼可亲的阿姨为什么成了杀人凶手？这个事件对两个小男孩是不是过于残忍？

这些都与我无关。无论如何，我的目的已经达到。以上解答均为即兴胡扯，我的目的，仅仅是想治一治这个好奇心过重的女高中生罢了，我要让她知道，随意揣测别人的私生活，说不定会挖掘出某些可怕的事情来。当然，到了明天，她一定会醒悟，不过在那之前，至少今晚，她会经历一个辗转反侧的不眠之夜。

看着她萎靡不振甚至有些崩溃了的样子，我感觉到她毕竟还是一个十六岁的女高中生，平时虽然嚣张跋扈，但内在还是很稚嫩脆弱的。要是我家边上出了个杀人犯，我准是该干吗干吗，不为所动，甚至还想去当一下侦探。

正当我觉得自己是不是做得太过火了的时候——

"你咕哝些什么呢？"我听到她趴在桌上传出闷闷的声音。

"不能这样！"她一下子坐起来，"我说不能这样！走！大叔！我们一起去劝她自首吧！"

哈?

"你认真的吗?"

"当然,从来没有比现在认真过,比上学期期末考试的时候还要认真!"

"可我是瞎掰的呀,哎不是,我是说,我就逗你玩的呀……"

"少啰唆!"她已经站了起来,以迅雷不及掩耳之势绕过桌子,来到我跟前。还未待我开口,已经不由分说地一把抓住我的衣领,将我往门外拖。我从来不知道一个女生的力气会这么大,虽然也有害怕我两百块钱的衣服被扯坏而不敢过于用力对抗她的原因,不过她的力气确实大到离谱。直到我被拖到隔壁炸鸡店门口的时候,我才第一次站稳脚跟,她朝里边大喊"帮忙看下门"就继续拖着我走了起来。

我最后看到的画面是,炸鸡店的老板娘急忙跑出来看着我们这里的怪异场景。但是她却并没有来救我,我终于理解了倒在路边没人愿意扶的老奶奶内心是什么感受了。

我也总算知道,自己胡扯的解答,跪着也要去证伪。

夏日,傍晚,小书店,昏暗无灯——

"准备好了吗。"

"拜托轻点,那里……很疼……啊——"

"搞什么,大叔,男子汉不要这么怕痛,多想想关公刮骨疗毒的故事。还有,手拿开,不要扭扭捏捏的,妨碍我擦药,抱歉,我对你老迈松弛的身体没有任何兴趣。"

我也很抱歉,抱歉此处并没有各位想象中的香艳镜头,不止没有肌肤相亲,而且还被相当嫌弃。

五分钟前,我们两人匆匆跑回店里,我的后背挂了彩。

为了报答我挡下一记重击的恩情,小米提出为我处理伤口,我就叫她从隔壁炸鸡店的阿姨那要了些红药水和红花油,还有些创可贴。当然,在那之前——

"手套给我。"她朝我伸出手来。

"干吗啊?"

"还想让老娘直接用手碰你吗,少做梦了猥琐男,快把手套给我,不给的话你就自生自灭吧。"

243

我不是不愿意给，只不过看她放着狠话却并未离开的样子，实在觉得有趣至极。看来她还是有点良心的嘛。

半小时前，我们离开书店，准确地说我是被她拖着离开书店，找到了那个女人家门口。她把我推到门前，按下门铃，我便成了冤大头。

当那个女人一头雾水地把门打开时，我也一脸无奈地和她对视。然后，最扯的是，我不知为什么来了句"你老公在家吗？"

没错，当然，否定我自己说出的那个伪解答，这么问是最直接的问法，但是假如她老公真的在家，那我就是作大死了。

于是乎，她老公真的出来问候我了，好像心情很不好，骂骂咧咧、咬牙切齿地冲了出来。直到这时，小米才终于意识到出问题了，急忙走到我身前挥着手想要解释什么。那当儿，我也正想着要怎么解释呢，没想到那男人居然抄起地上的小板凳就砸过来。

我来不及多想，把小米拉到身前，本能地把背转了过去。

一阵剧痛，只感觉凳子的角好像戳进了我的背阔肌，然后那板凳重重地砸落在地，发出巨响。那个瞬间，我脑子里居然只在想两件事：一、看着挺邋遢的女孩儿原来闻起来倒还挺香。二、我好像知道真正的解答了。

再后来，我们就狼狈地逃了回来。

我从柜台抽屉里慢悠悠地抽出手套递给小米，这是我整理新书时用来防污的橡胶手套。她不耐烦地一把夺走，戴上了。

擦药的时候，那个女人来了，刚才她可能顾着阻止她老公，没有立刻跟过来。只见她满脸歉意地推开玻璃门，一进来就对我们鞠躬道歉，还从手里递过来什么东西，一看原来是钞票。

"实在非常对不起！"她低着头，但声音听起来仍然十分坚强。

"不用这样，是我们自己找上门的，这钱就不必了。"

"我知道，我也是为了这件事而来。你们为什么……"

"请恕我问得直接，你的丈夫是否对你有家暴行为？"

听到我的话，女人抬起头不可思议地看着我。

小米也停下了手里的动作。

"大叔？"

我转头看了她一眼，她的眼神显示出她对此情此景的巨大震惊。然后我回头继续对女人说："这就是你一直系着丝巾的原因。"

"原来你都知道了……"女人垂着目光，回避我的视线。

"有些家暴的男人，殴打时会注意不打在身体外露的部位，但是如果是胸口的地方，有时候会无意中从领口露出些来，这就是你要遮挡的。"

"居然是这样……"小米在我身后轻声说道。

"你还知道什么？"

"我还知道，你带两个小朋友去了各地的超市，但是去干什么我不知道。"

"去找朋友，这是真的。"女人看着我说："我结婚前是超市的销售经理，我的很多朋友分散在各地的连锁超市里工作。只是，我结婚以后和她们失去了联系，婚后也没有其他的朋友了，只能找她们。"

"是去找她们帮你排忧解难吗？"

"不至于，也不可能，他人是没法拯救我的，这是我自己的选择不是吗。"她的眼中流露着深深的失落，还有自暴自弃。"我只是趁我老公出差的两天偷偷跑出去，找人聊聊天罢了。"

"被他发现了吗？"

"嗯，还是被发现了。孩子说漏嘴了，他还怀疑我去干了什么别的事情，这时候你正好上门了……"

"你为什么……不做点什么？我是说，你们俩的……"

"我能做什么？离婚吗？有太多事了，你不会懂的。你还没成家吧？"

这么一问，我确信我不想和她说这些事了，也没什么好说的，毕竟其实都与我无关。

"你怎么知道野猫这两天没出现，你不是都在外地吗？"

她不解地看着我。"我听别人说的啊，怎么了吗？"

"没什么……"

"不管怎样，我很感谢你们的好意，但这是我自己的家事，以后请不要擅自来打扰我好吗，也请你们不要和外人多说什么。"

我不知道该怎么说，明明这不关我的事，但是最后会是这样的结局还是让我如鲠在喉。我看着她冷漠的眼神，无话可说，只能强迫自己点了点头。

女人看到我点头，马上转身离开了。

很长一段时间里，我和小米都没说话。她早就停止了动作，不久后，

245

我感觉到她从我身后走开了。她走到平时她坐的那个位子，摘下手套扔在柜台上，然后沉默着坐下。

"回去吧，有些事我们管不了，我们这些平民百姓也拯救不了什么苍生。把这事忘了吧。"我对她说。

她没回答，就只是撇过头凝望外头渐渐浓重的夜色，像是一个渴望水的人凝望大海。我知道这种感觉，就是在你某天发现世界的阴暗角落的那一刻，在你发现原来人类会为了无聊的原因而互相屠戮的那一刻……总会有那么些时刻，你发现你根本拯救不了一些人的自甘堕落，于是你想你也不如一起堕落吧。

我尽量不打扰到她，她需要的也许只是时间，所谓长大，不就是这么回事吗。我悄悄捡起T恤，想要穿上。

"等一下，还没好呢。"小米发出有气无力的声音，让人有些担心："红花油还没擦呢，还有创可贴也没贴。"

"哦……那……"我看她没啥表情，也不敢问，女人没表情是最恐怖的。

"你过来。坐我这。"

"好吧，我开个灯先……"

"别开！你坐过来，快。"

这又整哪出啊？

我坐过去，她让我面朝店里，说可以借外面的光看清楚点。我心想那你倒是让我开灯啊。

她在我身后，又开始擦起药来。我也不知道说什么，好像说什么都不合适，就默默坐着。突然我瞥到桌上的手套，才想起难怪触感不太对，不知道她是忘了还是怎么的。我想说出来，又觉得时机不太对。不说吧，又好像自己在占便宜。思前想后还是决定开口。

"手套……"

可是这时她也说起话来，把我的声音盖过了："我有个朋友。她高一的时候，班级里有个很奇怪的女同学，长得非常矮小，长相也不太好看。最主要的是，那个同学从来不和人交流，别人碰到她甚至只是想接近她，她马上就会厌恶地咂嘴，好像还嘀咕些什么不好听的话。每个课间，她都只是全身紧绷着坐在自己的座位上做题。就算去厕所，她也从来都是贴着墙壁，左躲右闪地避开他人，矮小的身形让她像个弹来弹去的皮球一样滑稽。后来，班级里的人开始戏弄她，在她背后贴纸片、在她衣服的领子或帽子上夹上夹子，反正也没人会去提醒她。有时候他们故意挡在她的行进路线上，让她慌不择路地在走廊上被'弹来弹去'，他们把这个叫'人体撞球'。越来越过分以后，她想上厕所时会尽量憋着，长时间坐在座位上。这又让他们想到了新玩法，他们比赛谁能让她离开座位。他们传试卷会故意让她够不着，趁她去吃饭时往她座位上滴墨水、往她水壶里放粉笔灰、放泡面调料，看到她坐不上座位的慌张样子，他们面不改色继续做题，等她去洗手池边洗抹布时才哄堂大笑，看到她喝了变味的水冲出教室时就更是掀起雷鸣一般的爆笑声、拍桌声。有一天，我的朋友忍不住了，她再也看不下去了，觉得再对欺凌视而不见就相当于默许了、支持了这种行为，她想要帮助那个同学。她想接近那个同学，结果肯定是失败的，所以她只能暗中阻止那帮人的恶作剧。她成绩好，又出头做这样'正义'的事，让别人觉得她很装、很死板、很无聊。回过神的时候，她也被孤立了。当然，没人敢整她，只要谁敢，她一定死磕到底。就这么过完了高一，她分到了新的班级，但她突然觉得自己忘记怎么和人交朋友了，她孤独太久了。她也觉得，自己很难再相信别人了。因为在高一的同学们成为欺凌者之前，他们讲话有趣随和，还会主动帮助他人。这些人里，有男同学也有女同学，她曾经还对他们其中好几个人印象很不错。但仅仅因为某个不合群的个体出现，他们就捉弄她，觉得无伤大雅、活跃气氛，觉得'没什么'，直到最后已经完全从玩笑变成了恶意。那么假如自己有一天成了少数派呢？会不会也被这样针对？所以我朋友觉得与其和随时都有可能变成恶魔的人类交流，还不如自己独自坚守。虽然这么一来她就完全成了丧失社会性的失败者，但是总好过猜疑。她就这么一个人得过且过，虽然还是顽固地坚守，但不免还是有点沮丧，有时甚至后悔自己插手了那件事，后悔自己太过'正义'。"

她停下来，拿起桌上的创可贴，撕开包装，轻轻地贴上。然后再撕开第二个。

夏夜的校区边，门口的马路上没有多少人路过，静悄悄的。一定是太安静了才让我听见了自己的心跳。我知道她说的是谁，这些事我也是初次听说，我想到了很多，但找不出什么话去回应她。她希望我说话吗，还是不希望,她让我这么坐,是不是不想让我看见她的表情。

"小米啊……"我尝试着说些什么。

"我想说,"但她在阻止我说话。"人是可以被拯救的。有一天,我的朋友遇见一个人,他告诉我朋友,人不是只有成功和失败两种,他还说 loser 也可以活得很开心。"

我这才明白她要说什么,也才发现,手里抓着的 T 恤早就已经被我揉得不成样子。我肩膀僵硬,感觉此刻的自己像个石雕似的。但是石雕也忍不住想回头看看她的表情。

她一巴掌拍在我的伤口上,我整个人疼得缩了起来。"对不起,真的对不起,但是不要回头好吗。"

"好……"

"曾经我朋友也以为没有谁能拯救她,她也不会相信只要一个烂人的一句话就能把她拉出泥潭,但其实没有什么比一个烂人说自己快乐更有说服力了,成绩差、没朋友可以快乐,一事无成可以快乐,和他人格格不入也可以快乐。因为,这个世上一定有一些,只有自己才能去做的事,这是和他人、和成败无关的。"

"那个是台词啦小姐,不是原创的,还有不要随便说别人是烂人啊……啊——"

"别插嘴啊。"她一边打在我伤口上,一边说着对不起,打了很多下,每打一下就说句对不起。直到最后,打得我整个后背都麻木了,我弓起身子,想着是不是今天还要受点内伤。

"好了,好了,我都痛死了。我会帮她,不,我们会帮她。就算她拒绝,我们也可以死皮赖脸地去做,报警、在网上曝光,或者私下里捉弄那个打女人的男人,总而言之,弄得他不得安宁,就算再受伤也在所不辞。一定有什么只有我们才能想到的办法能搞定这个问题,因为我们是看推理的聪明人对吗,我们只凭两句话就推理出了这么多,所以这种小问题对我们来说一定是小菜一碟,易如反掌。我们……反正我答应你,我们一起帮她,行吗?"

"答应我干什么?我又没逼你。"

"那行吧,那你自己去吧。"

果不其然,她又打了我一下,不过没事,我都被打得没知觉了。

"要是打我能让你……的朋友感觉好些，请自便。但如果只有我能帮她，那我一定会和她一起去。"

有好一阵，她没说话，远处飘来广场舞大妈们的"御用"歌声，听着竟然挺让人安心的。

正当我在黑暗中鉴赏着广场舞的舞曲时，蓦然传来"吱呀"一声，那是廉价玻璃门门轴的声音。

店里的气氛终于结束了一天的躁动，变得安静沉稳，却似乎有点无聊。我穿上衣服，心想贴什么创可贴，马上到家洗澡不还是要撕掉。她到底是无意间贴上去的？还是故意给我找麻烦呢？

这是一个谜。你看，生活中处处都是谜题。

但是用不着我去解答，我会下次自己问她。

选自西安交通大学推理社社刊《猫眼·第三卷》（2021年11月）

黑桃 K 的复仇

轩弦①

1

二〇一五年，十二月，寒冬。

费懿辉在自己的书房里。此时此刻，他被一个男子用粗绳紧紧地勒住了脖子。

那男子的身高接近两米，他留着白色的短发，目光锐利，神情冷漠，左脸上还有一条极长的疤痕，从眼角一直延伸到下巴。

这个白发男子名叫断然，是一名杀手。

原来，费懿辉跟一名女子发生了婚外情，这个情人不甘心当小三，要费懿辉跟妻子离婚，和她结婚。然而费懿辉跟情人只是逢场作戏，怎么可能为了她离婚？再说，费懿辉之所以有今天的地位，全靠岳父支持，如果跟妻子离婚了，他便一无所有了。所以，他索性跟情人摊牌，表示自己跟她只是玩玩而已。没想到情人对费懿辉动了真情，因爱成恨，后来在朋友的介绍下，找到了杀手断然，并且雇佣他杀死费懿辉。

费懿辉一开始是在使劲地挣扎着的，试图摆脱断然，然而断然身材高大，虎背熊腰，而且力气极大，费懿辉又怎么摆脱得了？不一会儿，因为

---

① 轩弦，本名黄浩欣，知名推理作家，致力于推理小说创作十余年，于《推理世界》《最推理》等四十多家杂志发表推理作品五百多万字，总创作字数超过一千万字。目前已出版《莫比乌斯的圈套》《福小茂侦探事件簿》等推理小说三十余本，其中代表作有"神探慕容思炫"系列、"诸葛小神探"系列等。另有多部作品被改编成漫画、广播剧、剧本杀等。《黑桃 K 的复仇》系"神探慕容思炫·鬼筑结局篇"第四篇。

动脉被阻塞，费懿辉的大脑的氧气供应被切断了，他的身体已经大小便失禁了，他的意识也在绝望中迅速地消失。

就这样，断然又杀死了一个人。这是他杀手生涯所杀死的第几个人，他早已忘记。

2

这是一个只有七八平方米的房间，房间里没有窗户，而且灯光也十分昏暗。

在房间的角落有马桶、洗手台和淋浴设备。

房间里还有一张木床，断然走进来的时候，看到床上有一个六七岁的孩子。

孩子的双脚戴着脚镣，脚镣的另一端铐在木床的护栏上，所以孩子无法离开这个房间，甚至无法远离木床。

看到断然走过来，孩子的眼神中充满恐惧，此外还夹杂着一些迷茫。

断然此前在调查、监视费懿辉的时候，曾见他进过这个房间，知道这个房间的存在，只是在进来之前，断然并没有想到费懿辉竟然会把一个孩子藏在这个房间里。

此时断然看到房间里的淋浴设备，看到孩子所穿的单薄衣服，看到孩子所流露出的惊恐眼神，什么都明白了，不禁低声骂道："人渣！"

如果早知道费懿辉是这种衣冠禽兽，哪怕没有接受委托，他也会来杀死费懿辉，替天行道。

他回到书房，在费懿辉的尸体上找到了脚镣的钥匙，打开了孩子脚上的脚镣，把孩子救走了。

当时断然并没有想到，这个孩子将会进入他的生活，甚至改变他的人生。

插曲：断小寒的故事（一）

小男孩醒来的时候，发现自己躺在床上。他四周看了看，只见自己身处一个小房间里，房间内的摆设虽然简单，但整个房间却整齐干净，给人一种舒服的感觉。

小男孩忘了自己为什么会在这里，还忘了之前发生过的事情，甚至忘了自己是谁。

他只是依稀记得之前发生过一些极其可怕的事。他想，自己或许是因为惊吓过度而失去了当时的记忆吧。

虽然身处室内，但小男孩还是觉得有些冷，毕竟现在是寒冬。

这时候，有一个男人开门走了进来。

小男孩认得这个男人。他最后的记忆就是自己被这个男人抱起，然后因为心力交瘁，在这个男人的怀中迷迷糊糊地睡着了。

他知道，是这个男人带着自己离开那个如地狱般的可怕地方的。

此时男人的手上端着一碗热粥，他看到小男孩醒了，淡淡地问："饿了吗？吃点粥吧。"

"嗯。"小男孩吃了几口热粥，身体逐渐暖和起来，他这才认真地看了看男人的脸，问道，"叔叔，你知道我是谁吗？"

男人微微一怔："什么？"

"我……我忘了自己叫什么名字了。"小男孩神色茫然。

男人皱了皱眉："那你知道自己为什么会在这里吗？"

"我只是记得自己本来是待在一个很可怕的地方的，后来是叔叔你把我救走的。叔叔，这里是你的家，对吗？"

男人没有回答小男孩的问题，而是又问道："你记得自己的爸爸妈妈是谁吗？"

"我……我真的想不起来了。"小男孩以为男人要把他带回那个可怕的地方，连忙请求道，"叔叔，求求你，不要赶我走。"

"嗯，你先在我这儿住下来吧，等你想起你的爸爸妈妈是谁，我再把你送回去吧。"

就这样，小男孩在这个男人的家里住了下来。一眨眼几个月过去了，但小男孩始终没有想起以前的事。

这时候已经是春天了。有一天晚上，刚下完一场小雨，空气十分清新，小男孩躺在屋外的草地上看星星。过了一会儿，男人回来了。

"你还没睡吗？"男人问。

"准备睡啦。对了，叔叔，我可以问你一个问题吗？"小男孩笑着问。

男人有些好奇："什么?"

"你为什么经常晚上出去呀？你去干什么呀？"

"工作。"

"你是做什么的呀？"

男人微一犹豫，如实回答："杀手。"

"杀手？杀手是干什么的？"小男孩不懂。

男人冷冷地说："杀人。"

小男孩听男人这样说，咽了口唾液，表情有些害怕。

男人有些后悔：干吗要吓着他呢？他连忙补充道："我杀的都是坏人。"

小男孩这才松了口气："嗯，我就知道叔叔不是坏人。"

事实上，男人骗了小男孩。他只是一个收人钱财替人消灾的杀手，只要委托人给得起钱，他就会去把目标对象杀死，才不会管对方是好人还是坏人。

"你还没想到以前的事吗？"此前男人已经几次问过小男孩这个问题。

"还没有……杀手叔叔，你不要赶我走，好不好？"小男孩不想离开。

被小男孩称作"杀手叔叔"，男人有些啼笑皆非："放心吧，在你想起自己的家人之前，我是不会赶你走的。对了，我给你取个暂时的名字吧。"

"好啊。"小男孩早就觉得没有名字的感觉真是太糟糕了。

杀手叔叔略一思索："我和你认识的那天，天气十分寒冷，要不我叫你小寒吧？"

"好啊，我喜欢这个名字。对了，杀手叔叔，你姓什么？"小男孩问。

"我姓断，折断的断。"

"那我跟你姓好不好？"小男孩满怀期待地问。

"随便你吧。"

"那以后我就叫断小寒啦。"小男孩为自己拥有了一个新名字而十分高兴。

253

3

二○一七年，九月，初秋。

人民医院肿瘤科的马医生此刻在自己的诊室里，紧紧地盯着桌子上的手机，一副惴惴不安的表情。这时候，手机响了，马医生一看来电显示，连忙接通了电话。

他还没说话，只听手机中一个女人劈头就问："研究得怎样了？"

原来，这个神秘女人抓走了马医生的女儿，并且寄给他一沓资料——那是一名因为癌症而去世的病人的病历。女人让马医生好好研究这份病历，如果可以找出疑点，就放走她的女儿。

马医生战战兢兢地说："我深入研究过了，病历中的那名患者之所以致癌，确实有可能是因为持续摄入了黄曲霉素B1。"

"持续摄入是什么意思？"女人追问。

"就是每天低剂量摄入黄曲霉素B1，这样会造成慢性中毒，对肝脏的损害尤其大，最终很有可能诱发癌症。当然，只是存在这种可能性而已，病人的癌症也不一定是摄入了黄曲霉素B1而诱发的。"

女人"哦"了一声，淡淡地说："我知道了，你把我给你的资料全部烧掉吧，我今天会让你女儿回家。"

这个女人名叫韦诗赟。她是一名杀手。

韦诗赟本来是住在孤儿院的。在她五岁那年，孤儿院里有几个坏孩子欺负她，把她拉到后院，用绳子把她绑在一棵老树的树干上，接着还模仿卡通片里的情节，点燃了老树周围的干草，想要吓唬她。没想到火势越来越大，竟然烧到了韦诗赟身上，韦诗赟拼命呼叫，几个坏孩子知道闯祸了，吓得四散奔逃。

韦诗赟以为自己会被烧死，幸好在危急关头，有一个男人把她救走了。

那是一个四十来岁的男人，双目如电，英气逼人。他救下韦诗赟后对她说："留在这里只会被欺负，跟我走吧。"

韦诗赟毫不犹豫地跟着男人离开了孤儿院，从此再也没有回去。

男人把韦诗赟带回自己家中。从那天起，韦诗赟便和这个男人一起生活。

在韦诗赟获救的翌日，男人问她："对了，你叫什么名字？"

"韦诗赟。"

"赟？哪个赟？"

"我写给你看。"韦诗赟虽然只有五岁，但也可以歪歪曲曲地写下自己的名字。

男人看到韦诗赟的名字，双手一拍："巧了，真是巧了！你知道吗？我叫贝斌，而这两个字加起来，就是你的'赟'字。看来我俩很有缘分呀。"

等韦诗赟长大一些，男人告诉她，他来自一个名叫鬼筑的组织，他在组织中的代号是黑桃K。

在黑桃K的影响下，韦诗赟也加入了鬼筑。

黑桃K是鬼筑中的金牌杀手，他身手极好，每次杀人都能一击毙命，干净利索。他曾刺杀过不少大人物，在鬼筑中声名显赫。

后来，黑桃K把各种格斗技巧和杀人技巧对韦诗赟倾囊相授。终于，在他的精心培养之下，韦诗赟也成为了一名出色的杀手，为组织执行各种暗杀任务。

韦诗赟第一次去执行任务，是黑桃K带她去的。当韦诗赟把目标人物割喉后，黑桃K用针筒从尸体中抽取了一大筒鲜血，注射到水杯中，让韦诗赟喝掉。韦诗赟只喝了一小口就吐了。

接下来的几次行动，黑桃K还是要韦诗赟喝血。

第二次韦诗赟勉强喝掉了半杯；第三次韦诗赟终于喝完了一整杯；第四次，韦诗赟却似乎开始爱上了血的味道。

她从此嗜血。

当时鬼筑的首领"大鬼"裘夜留十分赏识韦诗赟，于是让她代替黑桃K的位置。从此，韦诗赟便成为了鬼筑黑桃会中的黑桃K。

在师父病逝之前，韦诗赟和师父是住在一间出租屋里的。最近，有人委托韦诗赟杀一个男人，要杀的对象竟然就是当年那间出租屋的房东。

韦诗赟不愿杀这个房东，因为这个房东是她的救命恩人。

原来，在师父死前，有一次师父到外地办事，韦诗赟一个人留在出租屋中。有一天晚上，她在阳台抽烟时不小心引起了火灾，虽然火势不大，但她因为小时候的阴影，一见到火就吓得双脚发软，瘫坐在地上，无法逃跑。

楼下有不少居民都看到坐在阳台的她，但见她暂时没什么危险，便也不多管闲事，等消防员来处理。房东见韦诗赟虽然暂时没有生命危险，但十分害怕，心中不忍，于是冒着危险跑进出租屋，把她救了出来。

韦诗赟是个知恩图报的人，所以，虽然接受了委托，但她不仅没有去杀房东，还杀死了那个想要杀死房东的委托人。她担心委托人的亲人还会来找房东报复，于是又去找到房东，告诉房东有人想杀他，让他赶紧离开L市。

房东一脸感激："谢谢你告诉我这个消息啊，我明天就让中介去把我的三套房子都卖掉，以后我也不回L市了。"

"三套房子？"韦诗赟觉得有些奇怪。

当年她和师父租了304室，房东则住在隔壁的303室，她一直以为房东只有303室和304室两套房子而已。

房东点了点头："嗯，305室也是我的。"

韦诗赟在304室住了这么久，从来没有见过有人在305室出入，好奇地问："那你当时为什么不把305室也租出去？"

"我租了呀，在你和你爸爸租了304室没多久，就有个男人租了305室。"当年以免节外生枝，师父和韦诗赟以父女相称，直到现在房东也以为老一代黑桃K是韦诗赟的爸爸。

"咦？我从来没有见过305室的租客。"韦诗赟觉得事有蹊跷。

"对啊，那个男人挺奇怪的，基本上足不出户。"

"你还记得那个租客的样子吗？"韦诗赟追问。

房东搔了搔头："都这么多年了，样子我是完全没有印象啦，不过我记得那个男人很高，应该有两米吧……对了，他的头发是白色的。"

白色头发？韦诗赟心中一凛：是断然！

师父病逝前，曾给韦诗赟看过一张照片，照片里有一个白发男子。当时师父说："诗赟，你要记住这个人。他叫断然，是我的死敌。他和我们一样，也是个杀手。以你现在的实力，他应该打不过你，但明枪易躲暗箭难防，以后如果遇到他，一定要小心一些。"

老黑桃K大概没有想到，在自己病逝的一年后，他的死敌断然竟然被鬼筑的成员抓走了，并且囚禁起来。

当时鬼筑为了招募成员，四处掳走在逃的罪犯，让他们每两人为一组，参加各种死亡游戏。一般来说，在每场游戏中，失败者会死亡，而胜利者则晋级，继续参加下一场死亡游戏。

鬼筑成员掳走断然的目的，就是让他参加死亡游戏。

韦诗赟作为鬼筑黑桃会的成员，自然知道此事。但她认为师父已经死了，师父和断然的恩怨一笔勾销，自己和断然没有瓜葛，也没必要为难他。而且这个断然可以被师父视为死敌，想必也具备一定的实力（虽然师父说断然打不过她），如果他最终能通过考验，成为鬼筑的一份子，对鬼筑来说也是一件好事。

五年后，通过了五十场死亡游戏的断然终于通过考验，获得了加入鬼筑的资格。但断然并没有加入鬼筑，恢复自由身以后他便离开了。当时韦诗赟觉得有些可惜，但也没有太在意这件事。

然而现在，竟然让韦诗赟在无意中得知，在师父病逝前几个月，断然一直住在师父和自己的出租屋隔壁？

难道师父不是病死的，而是被断然害死的？

于是韦诗赟抓走了人民医院肿瘤科的一名医生的女儿，并且把师父的相关病历寄给那个医生，让他对病历加以分析。现在她终于知道了，师父之所以患癌，是因为断然每天潜入他俩的家，在师父的杯子里投放黄曲霉素 B1，让师父慢性中毒！

断然既然知道师父的下落，为什么不直接杀死他，而要采取这种长期投毒的方法呢？韦诗赟推测断然知道师父是鬼筑中举足轻重的黑桃 K，如果师父被杀，鬼筑一定会竭尽全力揪出凶手，为师父报仇，到时候断然就永无宁日了，所以他通过这样的方法，让鬼筑认为师父是病死的，不再追究此事。

韦诗赟心中后悔不已。早知如此，在断然被鬼筑囚禁的那几年，自己就应该杀了他为师父报仇。

现在天大地大，人海茫茫，却到哪里去找他？

插曲：断小寒的故事（二）

转眼间，断小寒跟着杀手叔叔生活了三年。

但他一直想不起以前的事。他也不想想起。

在断小寒十岁生日那天，杀手叔叔对他说："小寒，从今天开始，我教你功夫吧。"

这三年来，在杀手叔叔潜移默化的影响下，断小寒决心长大后也当一名杀手，跟杀手叔叔一样，杀尽坏人，替天行道。所以当他听到杀手叔叔说要教自己功夫时，手舞足蹈，十分兴奋。

就这样，杀手叔叔收了断小寒为徒弟。从此，断小寒也不再称呼他为杀手叔叔了，而是叫他师父。

此后每一天，师父都向断小寒传授各种杀人技巧。断小寒天资聪颖，很快就学会了不少本领，为自己日后的杀手之路奠定了坚实的基础。

4

二〇一八年，七月，炎夏。

宇文雅姬在翻看自己停职期间发生的一些案件的卷宗时，发现三年前的一起自杀案存在疑点。

死者名叫费懿辉，当时四十三岁，是一家运输公司的老板。某天，他的妻子在书房外发现房门内侧的插销被插上了，知道费懿辉在书房里，但拍门叫唤，房内却没有回应。费妻担心丈夫在书房里发生了什么意外，想要破门，刚好此时一名外卖员上门送餐，于是费妻让外卖员帮忙把书房的门锁砸掉（后来那个外卖员向警方证明在他砸门之前书房的房门确实是从内反锁的）。

外卖员砸掉门锁后，费妻和外卖员看到费懿辉悬吊在书房的天花板上，早已死亡。房内虽然有窗户，但窗户上安装了防盗网，人是无法通过窗户进出书房的。如果费懿辉是被谋杀的，凶手在杀死他以后，在把房门内侧的插销插上以后，怎样离开书房？因为这是不可能的事，所以最终警方断定费懿辉是自缢身亡的。

警方通过调查，发现费懿辉最近跟妻子存在矛盾，费妻甚至提出了离婚。费懿辉本来只是一个来自农村的小伙子，后来之所以能成为大老板，是因为岳父的支持。如果和妻子离婚了，费懿辉将失去一切，这应该就是他自杀的理由。不过当时两人还没离婚，费懿辉应该还没走到自杀这一步，所以警方认为费懿辉的自杀动机多少有点牵强。但费懿辉死于密室之中是毋庸置疑的事实，所以最后还是以自杀案结案。

但雅姬觉得这起案件疑点重重，决定翻查此案。

她叫上了慕容思炫，两人来到费懿辉的家——一座别墅。费妻在家。在费懿辉死后，她一直自己住在这里。

雅姬跟费妻说明来意，费妻十分配合，带着雅姬和思炫到三年前费懿辉死亡的书房查看。

书房在一楼，雅姬和思炫来到书房后，简单地查看了一下书房内部以及附近的房间，两人心中都产生了一些想法。

"费太太，当时你和外卖员发现了你先生的尸体后，你们是怎么做的？"雅姬向费妻问道。虽然卷宗上有当时的访问笔录，但雅姬还是想再向费妻确认一下当时的情况。

"我马上打电话报警啊。"费妻的回答和当年的笔录是一样的。

"就在书房门外用手机报警吗？"

"是的。"

"然后呢？"

"然后那外卖员说他要走了，我就请他先留下来，等警察来了再说。他可能也觉得事关重大，听我这样说，就先不走了。最后我和他便在大厅等警察前来。"

"大厅吗？这么说，在警察到场前，你和外卖员离开了书房？"雅姬找到了突破口。这些情况笔录中并没有记录。

"是的。"

雅姬在心中微一琢磨，问道："你认为会不会存在这样一种情况：当时凶手还在书房里，你们发现尸体、回到大厅后，凶手才逃离书房呢？"

思炫冷不防插话："书房旁边的厨房有一扇窗户，通过那扇窗户可以通往别墅外的院子。凶手从书房走进厨房，是不需要经过大厅的，也就是说，他可以在你和外卖员看不到的情况下离开别墅。"

费妻却摇了摇头："不会啊，你们也看到了，这个书房里根本没有可以藏人的地方，当时我和外卖员也确实只看到我老公在书房里。"

思炫向书房看了一眼，对雅姬说："再看看吧。"

两人再次查看书房，这次进行了地毯式搜索，不一会儿，思炫果然发现书房内其中一块地砖是可以撬起来的！

三年前警方并没有发现这件事。

思炫掀开地砖，发现地砖下方是一条向下的楼梯。费妻也十分惊讶，因为她也不知道书房里竟然有这样一条密道。

思炫和雅姬走下楼梯，发现下面是一个只有七八平方米的地下室，地下室内有马桶、洗手台和淋浴设备，此外还有一张木床。

"这个密室之谜，还真是毫无悬念呀。"思炫说罢大大地打了个哈欠。

雅姬"嗯"了一声，推理道："凶手知道这间地下室的存在，他在杀死费懿辉并且伪装成自杀后，把书房的门反锁，然后自己便躲进了这间地下室。在费太太和外卖员确认书房内没有其他人，并且离开书房后，凶手再从地下室走出来，最后通过厨房离开别墅。"

思炫补充："他应该还带上了食物和水，如果费懿辉的妻子在报警后没有离开书房，一直等到警察到达，那他就暂时待在地下室里不出来了。只要有食物和水，在这里住上几天是没问题的。他可以在警察离开后，再寻找机会离开。"

雅姬向地上的脚镣看了一眼："难道曾经有什么人被囚禁在这里？"

思炫爬进床底，找到了一只童鞋："应该是一个六到八岁的孩子。"

雅姬秀眉一蹙："费懿辉曾经把一个孩子囚禁在这里？他想干吗呢？那个孩子又是什么人呢？"

后来经过深入调查，雅姬发现费懿辉似乎是有恋童癖的。接着雅姬又调查了费懿辉死亡前接触过的人，果然有所发现：在费懿辉死亡前一周，他曾给一个名叫唐瑞的男人的银行账户转了三十万元。

雅姬进一步调查，得知这个唐瑞在十年前曾跟一名女子谈恋爱，然而在那个女子怀孕后，唐瑞却抛弃了她。后来那个女子把孩子生下来了，取名为唐子洋。唐子洋一直跟着妈妈生活，两人相依为命。再后来那个女子病逝了，作为父亲的唐瑞便接走了唐子洋（当时唐瑞已经跟一个叫李冬萍的女人结婚了）。

思炫推断，被囚禁在费家书房地下室的孩子，就是唐子洋。唐瑞以三十万元的价钱把自己的孩子卖给了费懿辉，费懿辉则把唐子洋囚禁在地下室里，对其实施侵犯。雅姬认同思炫的推理。

根据资料显示，唐瑞和他的妻子李冬萍目前居住在 W 市。雅姬和思炫决定到 W 市跑一趟，会一会唐瑞。

在前往 W 市的途中，雅姬一直在想着各种问题：那个叫唐子洋的孩子现在在哪里呢？难道当时被那个杀死费懿辉的凶手带走了？费懿辉被杀已经三年，那个孩子恐怕早就凶多吉少了吧？

她并没有想到，此时此刻，唐子洋跟杀死费懿辉的凶手断然好好地生活在一起。

插曲：断小寒的故事（三）

断小寒和师父本来是住在郊区的。在断小寒十六岁那年，师父说他已经长大了，让他自己在 L 市城区租了一间房子，自己生活。

此后师父不定期给他指派一些跟踪、监视任务，断小寒住在城区，要执行这些任务确实更加方便。

有一次断小寒回到师父的家，想要取走自己没带走的一些衣服，却无意中看到师父家中有一个五六岁的戴眼镜的小女孩。

师父对断小寒说，这个小女孩和他小时候一样，无依无靠，所以自己收留了她。断小寒知道，这个小女孩的命运将和自己一样——被师父培养成杀手。

那次以后，断小寒便再也没有见过那个小女孩了。

在断小寒二十岁那年，师父带着他执行了一个暗杀任务，这是断小寒第一次杀人。

此时断小寒自然早就明白，当杀手要杀的不只是坏人，只要客户愿意付钱，无论目标人物是谁都得杀。

他所杀的第一个人就不是坏人，只是一个在生意场上得罪了竞争对手的可怜人而已。

逐渐地，断小寒成为了一台没有感情的杀人机器。除了对自己有养育之恩的师父，他的心对任何人都没有羁绊。

在断小寒二十五岁那年，他收养了一条被主人抛弃的流浪金毛犬，并且为金毛犬取名为"阿然"。

此时断小寒跟师父的联系已经不多了，金毛犬成为了他唯一的朋友。

在断小寒三十岁那年，他接受了一个黑社会副帮主的委托。这个副帮主想让断小寒帮他杀死帮主，这样他便可以上位。这些黑社会的内部争斗跟断小寒没有关系，他收了副帮主的钱，便杀死了帮主，简单直接。

帮主死后，帮主的一个兄弟调查帮主之死，查到了是副帮主雇凶杀人，于是对副帮主严刑逼供，副帮主说出帮自己杀死帮主的人是断小寒。

帮主的兄弟想要杀死断小寒为帮主报仇，但却找不到断小寒的下落。断小寒作为一名杀手，又怎会让别人轻易找到自己的行踪？

有一天晚上，断小寒回到家中，看到师父来了。他跟师父已经大半年没有见面了，此时见到师父，十分高兴。

当晚师父就留在断小寒家中过夜，两人喝酒聊天，酒过三巡，师父忽然说："小寒，师父已经老了，马上就要退休了，想再干几票就收手了，这时候有人找我，花两百万元在我这里买下你的命，你说我该怎么办呢？"

断小寒皱眉不语。

"小寒，你不要怪师父，如果有人要花两百万元从你这里买我的命，我想你也不会对我留情的，毕竟我们是杀手啊。"师父阴阳怪气地说。

断小寒明白了，要雇佣师父杀死自己的人，就是被自己杀死的那个黑社会帮主的兄弟。他不禁心如刀绞：自己把师父当成父亲，然而在师父眼中，自己却连两百万元也不如。

他知道师父顷刻之间就要动手，自然不能束手就擒，然而想要先下手为强，却觉得浑身无力，看来自己刚才所喝的酒被师父下了药。

只见师父掏出一把刀子，毫不留情地向自己的面门刺来。断小寒手脚酥软，连躲避的力气也没有，只能耗尽全力缩了缩脑袋，勉强避开了师父的攻击，但左脸上仍然留下了一条长长的血迹，从眼角一直延伸到下巴。

师父的这一刀，让断小寒那封存多年的记忆瞬间被唤醒了。他终于想起了自己的父母的事。

他还没回过神来，师父的第二刀又来了。这一次断小寒真的避无可避，只能闭目等死。

就在此时，金毛犬阿然扑过来咬住了师父的脚，把他往后一拉，让断小寒又躲过了一刀。接下来，金毛犬死死地咬住师父，为断小寒争取了逃跑的时间。

断小寒终于逃掉了，但金毛犬的脑袋却被师父刺了十多刀。它直到死，也没有把师父的脚松开。

断小寒在养伤的时候，总算想起以前全部的事了：当年师父根本不是救了自己，而是杀了自己的父母！

不，以后再也不必称呼这个人为师父了，直接叫他的名字吧——断贝斌。

一九八〇年的那个冬天，断贝斌接受了一个客户的委托，来到断小寒的家，杀死了断小寒的父母。七岁的断小寒目睹父母被杀的过程，因为惊吓过度而失去了记忆。断贝斌或许是不忍心对一个孩子下手吧，暂时没有杀死断小寒，而是把他带走了。

后来断贝斌发现他失去了记忆，便索性收养了他，并且为他取名为小寒。

断贝斌当年杀死了断小寒的父母，现在又为了两百万元要杀死断小寒，断小寒决定和断贝斌恩断义绝。他不想再使用断贝斌所取的名字了，他不再是断小寒。

他知道自己的命其实是金毛犬阿然用它的命换回来的，为了纪念阿然，他决定使用它的名字。

从此他便叫断然。

插曲：断小寒（断然）的故事（四）

在此以后，断然不再相信任何人。

他一直在寻找断贝斌，想要杀死他，为父母和自己报仇。

断贝斌知道断然逃过一劫后，一定会来杀死自己，所以连夜搬走了。当断然痊愈以后，来到断贝斌郊区的房子时，这里早已人去楼空。

断然明察暗访，调查了四年，终于查到了断贝斌的下落。

此时断贝斌跟一个二十来岁的金发女生住在一间出租屋中。断然在跟踪监视他俩的时候，认得那个金发女生便是当年断贝斌收留的那个戴眼镜的小女孩。

断然还查到这个金发女生名叫韦诗赟,原本是在孤儿院生活的,后来被断贝斌带走了。

有一次,断然看到韦诗赟在喝血。他不禁想到自己第一次杀人后,断贝斌也让他喝下死者的血,断然坚决不肯喝。

或许,从那时开始,断贝斌就觉得自己开始脱离他的控制,从而对他心生杀意吧。

此时断贝斌在明,断然在暗,断然有数百种方法杀死断贝斌。这时候他驯养了数十条野狗,他可以命令这些野狗把断贝斌撕成碎片;他也可以潜入断贝斌家中,用那些从他身上学到的杀人技巧把他杀死。

但断然迟迟没有动手,因为他在调查的过程中得知,断贝斌和韦诗赟都是一个名叫鬼筑的犯罪组织的成员,断贝斌更是这个组织的核心成员,代号黑桃K。他知道,如果自己杀了断贝斌,势力庞大的鬼筑肯定会倾力调查,到时候自己将永不安宁。

后来,他租下了断贝斌和韦诗赟所住的出租屋隔壁的房子,每天趁他俩外出时,潜入他俩的家中,在断贝斌喝水的水壶中投放低剂量黄曲霉素B1。

数个月后,断贝斌果然患癌去世,鬼筑没有怀疑断贝斌的死因。断然成功杀死了断贝斌,并且掩饰了断贝斌死于谋杀这件事。

他和断贝斌的恩恩怨怨,就此也就告一段落了。

不久后,断然接受了一宗委托,前去杀死一个名叫曾婉莹的女子。一个名叫慕容思炫的侦探介入调查此案,还破解了断然的诡计。

一个多月后,断然再次跟这个慕容思炫以及刑警支队的副支队长宇文雅姬交手,因为诡计又被慕容思炫识破,最终被警方逮捕。

但在被带回公安局的途中,却有一个自称"活尸"的人救走了他。"活尸"让断然去杀死慕容思炫,以此还他人情。

断然心高气傲,不愿意对"活尸"有所亏欠,于是花了一个月的时间制订了一个谋杀慕容思炫的计划。然而在他准备动手之前,却被一个神秘组织掳走了,随后还被监禁起来。

这个神秘组织,就是断贝斌和韦诗赟所在的鬼筑。

直到四年前，断然通过了鬼筑的五十场死亡游戏，终于恢复自由之身。他没有加入鬼筑，甚至还协助"活尸"对付鬼筑的黑桃7。

恢复自由后，断然继续接受各种杀人委托。

三年前的平安夜，断然接受了一名女子的委托，杀死了她的情人费懿辉。

在杀死费懿辉之前，在对费懿辉展开调查的过程中，断然曾潜入费懿辉的家中，并且在他的书房里安装了针孔摄像头。他因此得知这个书房的其中一块地砖是可以撬开的，地砖下面还有一个地下室。

断然决定利用这个地下室把费懿辉之死伪装成自杀。他打算在杀死费懿辉后，把门反锁，然后躲到地下室中，等费懿辉的妻子确认书房内没有其他人并且离开书房后，再从地下室里出来，逃离书房。这样一来，事后警方便会认为费懿辉是在反锁的书房中上吊自杀的。

可是断然在杀死费懿辉并且进入地下室后，却发现地下室里被囚禁着一个小女孩。

他离开的时候，带走了这个小女孩。

经过一段时间的相处，小女孩感受到断然是真心对她好的，于是对断然敞开心扉。

她告诉断然她叫唐子洋，她还把她的经历全部告诉了断然。不过，当时唐子洋只有六岁，很多事情都表述不清，断然好不容易才从她断断续续的讲述中拼凑出事情的始末。

唐子洋本来是和妈妈一起生活的，在妈妈病死后，她被从来没有见过面的父亲唐瑞接走了。当时唐瑞已经结婚了，妻子叫李冬萍。唐瑞和李冬萍经常虐待唐子洋。后来，在李冬萍的怂恿下，唐瑞把唐子洋——他的亲生女儿，卖给了费懿辉。费懿辉把唐子洋囚禁在书房的地下室中，经常对她进行侵犯。

现在断然杀死了费懿辉，他当然不能把唐子洋送回唐瑞身边。于是他对唐子洋说："你以后跟着我吧。"

就这样，唐子洋和断然一起生活。

当时断然还不知道，这个唐子洋将会改变他的人生。

5

二〇一八年，六月，初夏。

此时韦诗赟已经找了断然大半年，但始终没有发现他的行踪。

这天，她为组织清理门户，杀死了试图背叛组织的黑桃10。

事后鬼筑的首领"大鬼"对韦诗赟说，他可以告诉韦诗赟一个情报，作为她杀死黑桃10的报酬。

这个情报就是——断然的下落。

"大鬼"遍布眼线，要查出一个人的下落自然不难。

知道断然的下落后，韦诗赟跟踪、监视了断然一段时间，得知他现在和一个小女孩住在一起，还发现他对这个小女孩十分关心。

一个月后的某天晚上，韦诗赟直接来到断然目前所住的出租屋。此时小女孩在卧室里睡着了，断然正准备出去杀人，忽然看到韦诗赟上门，吃了一惊。

韦诗赟轻轻一笑："你也知道我是来干什么的，对吧？"

断然"哼"了一声："为了断贝斌这种小人，值得吗？"

"我不知道你和他之间有什么恩怨，但他当年救了我，还把我养大成人。如果没有他，三十年前我就已经被烧死了。所以，无论如何，我一定要为他报仇。"韦诗赟语气坚决。

"那你想怎么样呢？"断然冷冷地问。

"我要跟你打一场，如果我杀不了你，就由你来杀了我吧。"韦诗赟的语气中流露出满满的自信。她确实是个格斗天才，几乎是目前鬼筑中身手最好的人。

断然略一斟酌，说道："你给我三天时间，我要先去处理一些事。"

韦诗赟十分爽快："可以，今天是星期五，我星期一再来找你。这几天我会派鬼筑的人监视着你，如果你试图带着那个小女孩逃跑，那么，无论追到天涯海角，我都一定会把那个小女孩杀死。"

断然自然知道韦诗赟说到做到。不过他本来也没打算逃跑，他知道要面对的始终要面对。

6

宇文雅姬和慕容思炫专门来到W市调查唐子洋的父亲唐瑞，却从唐瑞的弟弟唐烨口中得知，就在昨天晚上，唐瑞被杀了，W市的警方怀疑杀死唐瑞的凶手是他的妻子李冬萍，现在李冬萍被带到了公安局接受调查。

原来，唐瑞的父母在W市一个小区的同一幢大楼里买下了两套房子，一套在七楼，一套在八楼。他们把这两套房子分别赠予两个儿子——唐瑞和唐烨。唐瑞和妻子李冬萍住在八楼，而唐烨则在七楼独居。

昨天晚上十点多，唐烨在家里打游戏，忽然接到哥哥唐瑞的电话。

"阿烨，快到我家来救我，快！"电话中的唐瑞气急败坏。

唐烨吓了一跳："哥，什么事啊？"

唐瑞却没有回答，直接挂断了电话。

唐烨担心哥哥，马上来到八楼。他有唐瑞家的大门钥匙，开门走进屋内，发现唐瑞和李冬萍的卧房的房门被反锁了。他知道哥哥家里的所有房间都在房门内侧安装了插销，只能从房内反锁，也就是说，反锁房门的人现在就在房内。

唐烨拍门叫唤，十多秒后，房门打开了，来开门的人是李冬萍。

唐烨不顾李冬萍阻拦，大步走进卧房，只见哥哥唐瑞躺在床上，双目紧闭，一动也不动。他走过去探了一下哥哥的鼻息，发现他竟然没有呼吸了。于是，他马上打电话报警。

在李冬萍拔出插销、打开房门之前，房内只有李冬萍和唐瑞的尸体。如果杀死唐瑞的凶手不是李冬萍，那么凶手在把房门内侧的插销插上后，怎样离开这间卧房？房内虽然有窗户，但安装了防盗网，而且这里还是八楼。

正因为警方初步排除了房内存在第三者的可能性，所以认为李冬萍的嫌疑很大，把她带回了公安局接受调查。

听完唐烨的讲述，雅姬和思炫直奔W市公安局，找到了主管这起案件的项警官。项警官听说过"冰冷女诸葛"的大名，向来十分佩服雅姬，知道她想了解唐瑞的案件，十分配合。

项警官告诉雅姬和思炫，他们经过检验，得知唐瑞的死亡原因是被注射毒针。卧房的床头柜上有一支针筒，他们推断那是杀害唐瑞的凶器。在那支针筒上，同时存在唐瑞以及他的妻子李冬萍的指纹。他们认为是李冬萍用针筒刺入了唐瑞的身体（因此在针筒上留下了指纹），唐瑞则自己拔出了针筒（所以他也在针筒上留下了指纹），把针筒扔在床头柜上，随后打电话向弟弟唐烨求助，可惜在唐烨到达现场前，他已毒发身亡。

雅姬听完项警官的讲述后，稍微思索了片刻，问道："我们可以见一见李冬萍吗？"

"可以，但时间不要太久。"

项警官把雅姬和思炫带到审讯室，两人在这里见到了李冬萍。

"唐太太，请你讲述一下你的先生唐瑞遇害前后的详细情况。"雅姬开门见山地问道。

李冬萍说，昨天晚上十点多，他们夫妻两人就像往常那样，唐瑞在卧房里喝红酒、玩手机，她则在卧房内的洗手间里洗澡。后来她听到卧房外传来拍门声，于是穿好衣服走出去。此时房门内侧的插销是插上的，李冬萍拔出插销，打开房门，只见小叔子唐烨站在门外。

后来唐烨发现唐瑞死在床上，马上打电话报警。李冬萍自己也百思不得其解：自己洗澡前，唐瑞明明好好的，为什么自己洗个澡唐瑞就会被杀了？房门是反锁的，凶手怎么进来杀死唐瑞？当然，有可能是唐瑞自己开门让凶手进来的，但凶手在杀死唐瑞后，在把房门内侧的插销插上后，却怎样离开卧房？

李冬萍讲述完毕，有些激动地说："两位警官，你们相信我，我真的没有杀死我老公！"

雅姬淡淡地说："我相信你没有杀人。"

李冬萍微微一怔，喜道："真的？"

雅姬点了点头，问道："你知道凶手为什么要杀死唐瑞并且嫁祸给你吗？"

"为什么？"李冬萍自己也思考过这个问题，只是始终没有答案。

"因为唐子洋。"

李冬萍一听这个名字，脸色大变，她定了定神，装傻问道："谁啊？"

"如果你想我们帮你洗脱嫌疑，你就说实话。"雅姬紧紧地盯着李冬萍的双眼。

"好吧。"李冬萍只好道出实情。

跟思炫的推理大同小异，唐瑞在李冬萍的怂恿下，把亲生女儿唐子洋卖给了费懿辉。后来唐瑞听说费懿辉自杀，也担心自己卖女儿的事情暴露，好在过了一段时间警察也没有上门找他，唐瑞和李冬萍都认为费懿辉在自杀前已经弄死了唐子洋，两人就不再理会这件事了。

"难道杀死唐瑞的人是他女儿？可是她还不到十岁，怎么可能杀人？"思炫打断了李冬萍的思索："唐瑞习惯每晚睡前都喝一杯红酒？"

李冬萍回过神来，颔首答道："是的。"

思炫又问："你则习惯每晚睡前才洗澡？"

"是的。"

"你们进入卧房后，一般都会把房门内侧的插销插上，把房门反锁？"

"嗯，一般是唐瑞去把房门反锁的，他说不把房门反锁睡得不踏实。"

"哦。"思炫转头看了看雅姬，示意到她提问。

雅姬会意，向李冬萍问道："唐太太，你的资料上写你是护士，这么说，你在日常工作中，经常会接触到针筒？"

"对啊。"

"你触碰过的针筒会留下你的指纹，凶手会不会拿到了一支留下了你的指纹的针筒，作为杀死唐瑞的凶器？"

"这太有可能了！"李冬萍连声附和，"项警官他们问我为什么凶器上会有我的指纹时，我也这样说过。"

"好了，基本情况我们都了解了，你放心吧，如果你真的没有杀过人，我们一定会还你一个清白的。"

雅姬和思炫离开审讯室，又找到了项警官。思炫劈头就问："唐瑞遇害前，手机有通话记录或微信聊天记录吗？"

项警官摇了摇头："查过了，没有，除了他打给他弟弟唐烨的那通电话。宇文队长，凶手就是李冬萍吧？"

"凶手是李冬萍的可能性不大。"

"什么？"项警官呆了一下，"可是如果不是李冬萍，凶手怎样离开那个反锁的房间？"

"我们现在就去解开这个密室之谜。"

告别项警官后，雅姬和思炫离开公安局，回到唐瑞所住的小区，对唐瑞和李冬萍的卧房进行地毯式搜索，果然有所发现——在房内找到了一个针孔摄像头。

"现在到楼下去吧？"思炫漫不经心地说。

雅姬明白思炫的意思："走吧。"

两人来到楼下，走到唐瑞所住的那幢大楼的后面。思炫指了指八楼的一扇窗户："那就是唐瑞和李冬萍的卧房的窗户。"

"是的，这是唯一的可能性了。"

雅姬说罢，和思炫一起走过去检查地面，果然找到了一些透明碎片。思炫捡起一颗，放在手掌上，细细查看。

"是手机屏幕的碎片吗？"雅姬问。

"应该是。"

雅姬嘴角一扬，淡淡一笑："这么说，密室之谜被破解了？"

思炫面无表情地说："这种程度的密室，答案难道不是一目了然的吗？"

插曲：断然的故事（五）

在跟韦诗赟决斗之前，断然最后还要去做一件事——杀死唐瑞。

断然知道，如果自己在决斗中被韦诗赟杀死了，唐子洋就会无依无靠，很有可能被送回唐瑞身边。他怎么能让唐子洋再回到这个禽兽父亲的手上？所以，他要先到W市去把唐瑞杀死，这样即使自己在决斗中被杀，唐子洋最多也就是被送到孤儿院，而不会落在唐瑞手上。

其实断然早就计划要杀死唐瑞了，此前他已经监视过唐瑞和李冬萍一段时间，甚至曾潜入他俩的家，在他俩的卧房里安装了一个针孔摄像头，从而知道了他俩的一些生活习惯，并且利用他俩的习惯，制订了一个计划，这个计划不仅可以杀死唐瑞，还能嫁祸给李冬萍，一石二鸟。只是断然一直没有付诸行动，毕竟，那是唐子洋的亲生父亲。

但现在，他必须要执行这个计划，把唐瑞杀死了。

他把唐子洋交给邻居照顾，然后独自来到W市，先到李冬萍工作的医院偷走了一支印有李冬萍指纹的针筒，在针筒中注毒，随后潜入唐瑞和李冬萍的家，把这支毒针放在他俩的卧房的床头柜的抽屉里。

此前他通过针孔摄像头拍下的监控画面得知，唐瑞和李冬萍是很少使用这个抽屉的。

接着，断然还在唐瑞的枕头下放了一部手机。

这天晚上，唐瑞和李冬萍进入卧房后，唐瑞像往常那样把房门内侧的插销插上，接着坐在床上喝红酒，李冬萍则走进洗手间洗澡去了。

断然通过针孔摄像头监视着他俩的举动，见时机成熟，便拨打了唐瑞枕头下方的手机。唐瑞听到来电声，觉得奇怪，把手机找了出来，并且接通了电话。

"唐瑞，我是一名杀手，有人出二十万元在我这里买下你的命。"断然先声夺人。

"什……什么？"唐瑞这一惊真是非同小可。

"你刚才所喝的红酒被我投放了毒药。你不用怀疑我的话，我既然可以潜入你的家中，在你的枕头下面放一部手机，要在你的红酒里投毒自然轻而易举。"

实际上红酒里根本没有毒药，但唐瑞信以为真："大……大哥，我不想死啊。"

断然冷冷地道："那些毒药在服下后三到五分钟就会生效，到时候神仙也救不了你了。"

唐瑞连忙求饶："大哥，你救我，你救救我，你要什么我都可以给你。"

"可以，你出钱买回你的命吧。"

"我给你三十万元，你救救我，好不好？"唐瑞战战兢兢地说。

断然以进为退，让唐瑞以为自己的目的是要钱："只是比我的委托人多了十万元，我没必要为了这区区十万元出卖我的委托人。"

唐瑞果然中计："五十万元！我给你五十万元！"

"我要现金，明天要。"

"没问题！"

断然见唐瑞中计了，心中暗喜，接着说："你的床头柜里有一支针筒，解药就在针筒里，你在毒发前注射针筒，就可以解毒了。"

唐瑞听断然这样说，认为自己和杀手已经谈妥了，杀手现在要救自己了，于是马上打开床头柜的抽屉，找到毒针，自己把毒针注射到自己的身体里——针筒上因此也留下了他的指纹。他的所有举动，都在断然的计算之中。

唐瑞注射了毒针后，把针筒放在床头柜上，拿起手机向断然问道："我注射了，应该没事了吧？"

断然冷笑一声："早着呢。实际上，这并不是解药，只是能减缓毒发时间的药剂而已。真正的解药我交给了你弟弟。"

唐瑞愕然："我弟弟？阿烨？"

"是的，你现在马上打电话给他，叫他到你家来救你，他就知道发生了什么事了。不过，你最好不要在电话里说多余的话，否则我会阻止他过来，让你毒发身亡。"

唐瑞惊惶失措，马上用自己的手机拨打弟弟的电话："阿烨，快到我家来救我，快！"

唐烨吓了一跳："哥，什么事啊？"

与此同时，唐瑞听到另一部手机中传来断然的声音："挂掉电话。"

唐瑞只好挂掉了跟弟弟的通话。

"现在你把跟我通话的这部手机从窗户扔出去，然后就可以安心等你弟弟过来救你了。"断然这样做，自然是要毁灭证据，让警方不知道唐瑞死前和别人联系过。

断然算好了时间，在唐瑞把手机扔出窗户后，在唐烨到达之前，唐瑞就毒发身亡，死在床上。

这样一来，和唐瑞的尸体一样身处于密室之中的李冬萍，就会成为杀死唐瑞的嫌疑人。李冬萍曾怂恿唐瑞把唐子洋卖给费懿辉，所以断然也要让她付出代价。

最后，断然到手机掉落的地方取走已经碎屏的手机，连夜回到L市。

翌日晚上，他便要和韦诗赟决斗。

那天白天，他带唐子洋到游乐场玩了一天。唐子洋玩得很高兴。断然见唐子洋玩得这么高兴，不知怎的，心里也颇感喜悦。

但更多的是心酸。

经过三年的相处，他已经把这个小女孩当成自己的女儿。

傍晚，断然带着唐子洋到肯德基，给她买了一个套餐。

"子洋，你在这里吃东西，叔叔去做一些事。"断然知道，他是时候去见韦诗赟了。

"你什么时候回来呀？你不在，我……我怕。"唐子洋怯生生地说。

"我应该会在晚上八点前回来，但如果我过了八点也没有回来，你就到对面的派出所找警察叔叔，并且把这封信交给他。"断然说罢掏出一个信封交给唐子洋。

"叔叔，你一定要回来啊。"唐子洋抓住了断然的手。

断然"嗯"了一声，轻轻地挣脱了唐子洋的手，转过身子，走向肯德基的大门。他没有回头，他怕自己会不舍。

走出肯德基，他深深地吸了口气：好了，现在就让我去会一会所谓的鬼筑第一高手吧。断贝斌所培养的两名杀手，只能留下一个。

其实断然心里清楚，结局或许并非这样。

7

慕容思炫和宇文雅姬虽然破解了密室诡计，为李冬萍洗脱了嫌疑，但对于杀死唐瑞的凶手的身份却暂时没有头绪，两人只好返回L市。

刚回到L市，雅姬收到了霍奇侠的电话："队长，唐子洋出现了！"

"什么？"雅姬微微一怔，连忙问，"她现在在哪里？"

"现在我在她的家里，你快过来吧。"

雅姬和思炫根据霍奇侠提供的地址来到一间出租屋，见到了霍奇侠和一个八九岁的小女孩在一起，那个小女孩正是唐瑞的女儿唐子洋。

原来，今天晚上，唐子洋自己走进一个派出所，把一个信封交给了民警。信封里有一封信，那是警方通缉多时的杀手断然所写的。断然在信中说他要去跟鬼筑的黑桃K韦诗赟决斗，如果警方看到这封信，证明他已经死了，希望警方可以帮忙找人照顾唐子洋。

派出所的民警看到这封信以后，知道事关重大，立即联系市公安局。接下来，霍奇侠便来到派出所，把唐子洋带回她家，却没在家里找到断然。接着雅姬和思炫也来了。

"看来杀死唐瑞的凶手就是断然。"雅姬推测道。

思炫"嗯"了一声:"走吧。"

两人来到小区的管理处,调取了唐子洋所住的那幢楼梯的电梯监控录像,发现在今天晚上七点左右,断然乘坐电梯上了天台。

"看来断然和韦诗赟要在天台决斗,走吧,我们到天台去看看。"雅姬说。

思炫却说:"在此之前,我要先去做一件事。"

插曲:断然的故事(六)

此时此刻,断然瘫坐在地上,胸口插着一把剪刀。

鬼筑第一高手,果然名不虚传。

奄奄一息的断然抬头向站在自己面前的韦诗赟看了一眼,接着便慢慢地闭上了眼睛。

他在回想自己的一生:他发现自己已经记不清父母的样子了,那两个在这个世界上最爱他的人,甚至似乎从来没有存在过一样;断贝斌收养了他,教了他一身本领,他本来把断贝斌视作亲人,没想到原来自己的父母却是死于断贝斌之手,而断贝斌最后还想杀死自己,这让他失去了在这个世界上唯一信任的人;唐子洋呢?断然能真切地感受到这个小女孩是真正关心自己的,就像金毛犬阿然那样,他觉得自己有生以来最快乐的时光,就是和唐子洋一起生活的这三年。

"再见了,子洋。"

这个杀人无数的杀手的人生,就此落幕。

8

慕容思炫和宇文雅姬来到天台的时候,决斗已经结束,他们在这里看到了断然的尸体,此外还有韦诗赟。韦诗赟虽然还活着,但脸色苍白,气息奄奄,看样子即将香消玉殒。

思炫走到她的跟前,向她看了一眼,没有说话。

韦诗赟吃力地抬起头来,看了看思炫,认出了他,勉强地笑了笑:"慕容思炫?没想到我死前还能再见一见你这个唯一让我心动过的男人啊。"

两年前，在思炫家楼下，韦诗赟和思炫曾大战了一场。在大战的过程中，虽然韦诗赟用剪刀划破了思炫的手臂，但自己也被思炫所伤，最后狼狈而逃。她是个格斗天才，出道至今，未逢敌手，那次却未能击倒思炫，这让她不禁对这个和自己实力相当的男人有些心动。

此时思炫面无表情地道："杀敌一千，自损九百九，这样的决斗有什么意义？"

韦诗赟向断然的尸体瞥了一眼，不屑地道："你以为我是被他打成这样的吗？他差远了。我只用了七成功力，便轻易干掉了他。不过，我被他暗算了。"

思炫看到韦诗赟嘴角残留的血，已经猜到了："他的血有毒？"

"十年前，他应该监视过我和我师父一段时间，甚至曾潜入我们家中投毒，因此发现了我在服用一种缓解过敏的药物。与此同时，他也知道我每次杀人后，都要把死者的血液抽出来喝下。所以，他在跟我决斗前，竟在自己的体内注射了我的过敏源⋯⋯"韦诗赟说到这里，已经有些上气不接下气了。

"他知道自己不是你的对手，他担心在他死后，你会去伤害唐子洋，所以用这样的方法跟你同归于尽。"雅姬看了看面前这个杀人无数的断然的尸体，心中有些感慨。

"唉，反正我是翻车了。对了，慕容思炫，"韦诗赟轻轻一笑，喘着气说，"我快死了，你能不能吻我一下？"

思炫愣了一下："为什么？"

"毕竟你是⋯⋯你是唯一让我心动的男人啊，我⋯⋯我想试试和自己喜欢的人⋯⋯接吻的感觉⋯⋯"此时韦诗赟的面色比刚才更加苍白了，她的额头在冒着冷汗，身体则在微微地抽搐着。

雅姬转过身子："我可以不看。"

思炫却一动不动："你不是中毒了吗？我如果吻你，不是也会中毒吗？"

韦诗赟哑然失笑："我不是中毒，而是过敏。"

思炫打了个哈欠："算了，我对你这种杀人魔鬼没有任何兴趣。"

"我就知道你会这么说，"韦诗赟自嘲地笑了笑，突然话锋一转，"不过⋯⋯如果你愿意吻我，我会告诉你⋯⋯告诉你一个秘密。我跟你说，如果你⋯⋯你不知道这个秘密，你一定会后悔的⋯⋯"韦诗赟此时说话已经有些吃力了。

"你不用告诉我了,因为我已经知道了。"思炫悠悠地道。

韦诗赟秀眉一蹙:"你……你知道什么呀?"

"你在断然家中的饮用水里投毒了,对吧?你想,如果你打不过断然,死在他手上,至少还能毒死他,为你师父报仇,对不对?"思炫根据韦诗赟刚才的讲述,已经猜到韦诗赟的师父是被断然毒死的。

韦诗赟诧然:"你……为什么会知道?"

"因为我看到断然家中的饮水机旁边有一些水迹,我推测有人把还有水的水桶取下来了,因此把一些水洒到地上。为什么要取下水桶呢?大概是要往水桶中投毒,然后再把水桶重新放上去吧。"思炫一边摆弄着手掌上的几颗薄荷糖,一边说道,"我在上来之前,已经把那桶水取下来了,并且让霍奇侠找人检验,所以,唐子洋是不会喝到那些有毒的水的。"

上次韦诗赟还只是佩服慕容思炫的身手,这次真是对他的聪明才智也心悦诚服:"慕容思炫呀,有你这样的人存在,我感觉鬼筑快要完了……"

"你的感觉很准。"思炫把手上的薄荷糖一股脑儿扔到嘴里,大口大口地咀嚼起来。

"师父……我来陪你了……"韦诗赟的脉搏越来越微弱,呼吸也越来越困难,她终于慢慢地失去了意识,并且再也没有醒来。

雅姬打电话回公安局,让刑事技术科的同僚们过来勘查现场、查验尸体。

在等候的过程中,思炫无意中发现在不远处的一幢楼房的天台上,竟然有一个人站在天台的边沿。

就在此时,只见那个人纵身一跃,跳了下去!

只是思炫不知道,此时在那个跳楼者的身后,还有一个女生,她目睹了跳楼者跳楼的经过。

而这个女生也不知道,今晚有一个人一直跟着自己来到这个小区。

这个跟踪者,此刻就在楼下的一辆汽车里。

这个跟踪者,和韦诗赟一样也是黑桃会的成员,代号黑桃Q。

原载于《锐阅读·推理》(2022年4月)